레테 1

레테 1

초판 1쇄 찍은 날 | 2016년 9월 21일
초판 1쇄 펴낸 날 | 2016년 9월 28일

지은이 | 심이령
펴낸이 | 예경원

편집 | 유경화 · 안유진

펴낸곳 | 예원북스
등록번호 | 제396-2012-000132호
등록일자 | 2012. 7. 25
YRN | 제1-0161호

주소 | 경기도 고양시 일산동구 호수로 646-24 위너스21 Ⅱ 206A호 (우) 10401
전화 | 031-819-9431 팩스 | 031-817-9432
http://cafe.naver.com/yewonromance
E-mail | yewonbooks@naver.com

ISBN 979-11-5845-201-8 04810
ISBN 979-11-5845-200-1 (세트)

레테 *1*

심이령 장편소설

LETHE • YEWONBOOKS ROMANCE STORY

C · O · N · T · E · N · T · S

제 1 부
정중한 악당

1. 초대받지 않은 손님

　서울에서 고속버스로 두 시간 반가량 걸리는 지방의 어느 소도시는 분주함이라고는 전혀 보이지 않는 한가로운 풍경이었다. 고층 건물 대신 아담한 건물들이 자리를 한 틈으로 차들은 왕복 4차선에서도 여유롭게 운행했고 사람들의 발길에서도 바쁜 기색은 찾아볼 수 없었다. 높고 푸른 하늘에 흰색 뭉게구름이 드물게 수놓인 완연한 가을의 오후였다.

　자전거를 탄 한 젊은 여자가 이면도로에서 나왔다. 청바지에 헐렁한 니트 카디건을, 앞을 풀어헤친 채로 걸친 모습이었다. 여자는 이면도로에서 이어진 인도를 따라 우측으로 방향을 잡고는 또바로 멈춰 섰다. '좋은 서점'이라는 작은 간판이 붙은 입구 앞이었다.

　허름한 4층 건물의 1층, 제일 우측에 자리 잡고 있는 서점은 투명한 유리 안으로 최신 잡지들을 다소 무신경하게 진열해 놓은 흔히 볼 수 있는 동네 서점의 평범한 모습이었다. 여자는 자전거를 바로 그 유리 앞에 세워두고는 안으로 들어섰다.

띠리링, 문에 달린 종소리와 함께 서점 안으로 들어온 여자의 눈에 사람의 모습은 보이지 않았다. 여자는 서점의 제일 안쪽인 계산대를 기웃거리며 '화장실에 가셨나' 하는 혼잣말을 중얼거렸다. 서점 안은 외관에서부터 그 규모나 내부 모습이 짐작되는 바를 크게 벗어나지 않았다. 흔한 동네 서점의 규모보다 오히려 좀 작은 편에 좌우의 서가 중앙에 자리 잡은 허리 높이의 진열대 역시 아담한 크기로, 그 위에는 쇼윈도에 다 전시하지 못한 잡지책과 신간 서적들이 가지런히 진열돼 있었다.

여자는 계산대로 좀 더 가까이 다가가 계산대 안쪽에서 왼편에 난 문을 힐끔, 보고는 도로 물러났다. 그리고 진열대에 있는 신간 소설 하나를 집어 펼친다. 달칵, 소리가 난 것은 그때였다. 여자의 시선이 펼친 책의 활자에 닿기도 전이었다. 여자는 고개를 돌려 계산대를 향하고는 곧장 '어' 하는, 의아함의 소리를 냈다.

계산대 안쪽으로부터 모습을 보인 이는 삼십대 초반의 젊은 남자였다. 검은색 뿔테안경을 쓰고 셔츠에 니트를 받쳐 입은, 이른바 프레피룩을 연상시키는 매우 지적인 외모였다. 남자는 자연스럽게 내린 두 팔 아래에서 가볍게 손을 맞잡은 모습으로 여자를 향했다.

"주인아줌마…… 안 계세요?"

여자는 한 발 다가서며 물었다.

"네."

남자는 간단히 대답하고 입을 다물었다. 여자는 난처한 표정을 지었다.

"어디…… 멀리 가셨나요?"

"네."

다시금 같은 대답을 한 남자를 보는 여자의 눈빛은 난처함과 함께 남자의 정체를 궁금해한 그것이기도 했지만 선뜻 묻지는 못하는 모양새였다. 여자는 말없이 몸을 돌렸으나 서점을 곧장 나가려는 뜻은 아닌지 애매한 발걸음과 함께 마치 책을 고르듯 서가에 눈을 두었다. 검은 뿔테안경의 남자는 그런 여자의 모습을 눈으로 좇았다.

남자의 눈이 닿은 곳은 여자의 머리다. 평범한 옷차림에 비해 유독 눈에 띄는 머리 모양을 한 때문으로, 우선 그 색깔부터 여러 톤(tone)이 섞인 갈색에 가늘고 결이 고운 머리털은 여자의 이마 가장자리에서 특히나 솜털처럼 투명한 빛을 냈다. 무엇보다 이마의 정중앙에서 살짝 오른편으로 치우친 가르마로부터 양쪽으로 땋아 내려 뒤통수 아래에서 흡사 활짝 핀 꽃처럼 마무리를 한 머리 모양은 보통의 머리 만지는 솜씨로는 어림도 없는 전문가의 그것이랄까, 경이로울 정도였다.

"실례지만……."

여자는 서가로부터 눈을 돌려 남자를 향하며 입을 열었지만 그의 눈을 보면서는 아니었다.

"주인아줌마와 어떤 관계세요?"

여자는 남자의 대답이 없자 비로소 그의 눈을 마주했다.

"왜요?"

여자와 눈이 마주친 순간에 남자는 되물었다.

"아, 저…… 구해달란 책이 있었는데 갖다 놓으셨나 해서요. 어제 날짜까지 약속이었으니 구해놓으셨을 거 같은데……."

말을 하며 여자는 계산대 앞으로 다가섰다.

"제목이 뭡니까?"

남자는 볼펜을 집어 들며 서점의 주인인 양 물었다.

"지옥, 작가는 바르뷔스……."

"적어요."

남자는 그 볼펜을 여자에게 건네고 메모지를 그녀 앞에 놓아주었다. 여자는 메모를 하던 중에 잠깐 멈추는가 싶더니 이내 다시 볼펜을 놀렸다.

"흔히 읽히는 책이 아니라 동네 서점에서는 구하기가 쉽지 않아서요……."

볼펜을 놓던 중에 여자는 말끝을 흐렸다. 굳이 하지 않아도 될 말이라는 생각을 하면서다. 온라인 주문을 해도 되는 것을 부러 서점 아줌마에게 주문했던 것이니까. 그 사이 남자는 메모지에 눈을 두었다. 거기에는 책의 제목과 저자명 외에 여자의 것이 분명한 이름과 핸드폰 번호가 적혀 있었다. 여자가 그것을 적으면서 잠깐 머뭇거렸음을, 이름 앞에 찍힌 의미 없는 점 하나가 증명하고 있었다.

"서미교 씨?"

메모지에서 눈을 떼며 남자는 입을 열었다.

"책이 여기 있는지, 일단 찾아보고 연락드리겠습니다."

"네에……. 근데 아줌마 대신 그쪽…… 이 서점을 보는 건가요?"

"네."

"언제부터요?"

남자는 대답 없이 미교를 빤히 보기만 했다. 그의 눈빛에 미교는 처음에는 어리둥절해서, 그러나 곧장 머릿속이 하얗게 변하는 느낌으로 갇히고 만다. 그것이 몹시 어색하다고, 또 다른 의식이 전하지 않은 것은 아니지만 이상하게 곧장 눈을 돌릴 수가 없었다. 그렇다고 기분이 나빠질 만큼 남자의 눈빛이 어떤 뉘앙스를 노골적으로 담은 것도 아니었다. 투명한 안경 렌즈 안의 그의 눈빛은, 도리어 사막처럼 건조했다.

미교는 마침내 몸을 돌렸다. 그 순간에 가슴도 뛰어, 서둘러 서점 밖으로 나와서야 인사도 못했다는 것을 깨달았다. 미교는 자전거의 손잡이를 잡으며 무심한 척, 쇼윈도로 슬쩍 고개를 돌리다 그만 소스라치게 놀랐다. 남자가 어느새 쇼윈도 바로 안쪽에 서 있었던 것이다. 자연스럽게 내려뜨린 두 손을 가볍게 맞잡고서 그는 또 미교를 보고 있었다.

미교는 급히 자전거를 손으로 끌어 그곳을 멀리 벗어난 후에야 자전거에 올라탔다.

"누구지……?"

당황이 진정된 후에야 미교는 고개를 갸웃할 수 있었다. 책을 주문한 것은 5일 전이지만 아줌마의 얼굴을 마지막으로 본 것은 3일 전으로, '내일 책이 올 거야'라는 말도 그때 전해 들었다. 그러니 남자가 서점을 맡았다면 적어도 이틀 전부터일 것이다.

그런데 다만 며칠 동안 서점을 '봐주고' 있는 것뿐이라면, 남자는 서점 아줌마의 친척이거나 아는 사이일 것이라 짐작할 수 있었음에도 남자의 분위기가 여러모로 너무나 이질적이라 그런 짐작에 힘을 실을 수가 없었다. 특히 두 손을 앞으로 가볍게 맞잡은 남자의 모습은 매우 정중하면서도 기묘한 인상을 남겼다.

"어······."

미교는 입구의 빛을 등지고 들어선 뿔테안경의 남자를 보며 입술을 들썩였다. 바로 그 남자를 서점에서 본 이튿날 늦은 오후였다. 역광을 받아선지 남자의 키가 유달리 크게 느껴졌다.

남자는 미교의 반응에 아랑곳없이 입구에서 가장 가까운 테이블에 가 앉았다. 4인용 테이블이 열 개 정도 있는 작은 규모의 식당으로, 벽에 붙은 다섯 개의 메뉴가 모두 추어탕 관련인 것을 보면 그 전문식당임이 분명했다. 미교는 물병과 컵을 쟁반에 올려 다가갔다.

"안녕하세요."

미교는 먼저 인사했다.

"지옥이 없습니다."

남자는 그렇게 인사를 받았다. 남이 듣기에는 이상했지만 미교는 자신이 주문했던 책의 제목이 '지옥'이라 바로 알아들을 수 있었다.

"아, 네에······. 추어탕 드시겠어요?"

남자는 고개를 살짝 끄덕여 보였다. 사실 미교는 '그럼 지옥을 구해줄 수 있느냐' 묻고 싶었지만 그만두었다. 뿔테안경의 남자가 정말 서점의 주인아줌마 대신 그곳을 맡고 있는지 단정할 수 없는 데다 애초에 아줌마에게 주문했던 것도 식당 단골인 까닭일 뿐이라, 지금이라도 책을 구하고 싶으면 온라인으로 주문하면 되었으니까.

'내가 여기 있는지 알고 온 것일까', 주방에서 추어탕을 준비하며 미교는 자문했지만 당연히 그럴 리 없다는 답이 돌아왔다. 어제 처음 본 데다 그 이전에는 한 번도 본 적이 없는 그는 분명 타지 사람일 것이기 때문이었다. 더구나 '지옥이 없다'는 말을 하러부러 왔을 리도 없고, 서점에서 이 식당과의 거리는 걸어서 10분 정도라 차라리 식사하러 나왔다가 우연히 들어왔다는 편이 맞을 것이다.

그럼에도 식당 안에 들어선 남자가 미교를 보고도 멈칫하는 반응조차 보이지 않은 점은, 그저 성품이라고 치부하기에는 어제 그에게서 받았던 인상에 또 한 번의 기묘한 그것을 얹어놓기에 충분했다.

문이 열리고 중년의 여인이 노란색 플라스틱 바구니를 들고 들어섰다. 마침 미교가 남자의 테이블에 추어탕을 놔주고 있을 때였다. 중년 여인은 미교와 눈만 마주치고는 스쳐 가며 '이젠 배달 안 해줄 거야'라고, 미교에게 하는 말인지 혼잣말인지 알 수 없게 중얼거렸다. 플라스틱 바구니에는 빈 그릇이 들어 있었다.

"부동산이 뭐 바쁘다고 자꾸 갖다 달래? 빈 그릇이라도 제 손으로 좀 가져오든지."

미교가 빈 쟁반을 들고 가까이 오자 중년 여인은 또 그렇게 중얼거리면서도 눈길을 미교가 아닌 테이블의 남자에게 향했다. 유심히 살펴보는 것 같은 눈빛을 하고서다. 그러자 미교가 '엄마' 하고 부르는 것으로 여인의 주의를 환기시킨다. 엄마의 눈빛이 너무 노골적이라 느꼈기 때문이다.

"응? 아 참⋯⋯."

엄마는 딸에게 눈을 돌리자마자 생각난 듯 말했다.

"너 오다가다 혹시 부동산 정 사장이 보건소 얘기 꺼내면 못 들은 척해. 됐다는데도 자꾸 너한테 물어보라 그러는 거 보니 너한테 직접 말할 기세더라. 딸을 뭐 하러 다시 서울 보내냐고, 온 김에 데리고 살면서 여기서 시집보내래나, 망할 영감탱이, 지 딸이야? 웬 오지랖이야?"

엄마는 주방으로 들어섰다. 주방이라 봐야 허리 높이의 나무 벽으로 구분되었을 뿐이어서 바로 바깥쪽에 선 미교와의 대화뿐 아니라 작은 홀에서 엄마의 목소리를 듣기에도 무리가 없을 정도였다.

"대학병원에 있다가 보건소가 가당키나 해⋯⋯?"

엄마는 솥의 뚜껑을 열다 말고 미교에게 고개를 돌렸다.

"그럴 게 아니라 너 이제 슬슬 떠날 준비해. 오래 있었다. 한 달 거진 됐지?"

"오빠는⋯⋯?"

"그 새끼 죽었어. 맘 쓰지 마."

그 말을 끝으로 미교의 눈에 엄마의 모습은 보이지 않았다. 바닥에 앉은 것이다. 이어 부스럭거리는 소리를 내는 것으로 저녁 장사를 준비한다는 신호를 보냈다. 그러나 그것이 전부가 아니라는 것을, 말은 '죽었다' 하면서도 오빠 얘기가 나올 때마다 눈시울이 붉어지는 엄마인 것을 누구보다 잘 아는 미교는, 엄마가 그런 제 심정을 늘 감추려 하는 것도 알았다.

그럼에도 또한 그 순간에 미교의 신경이 닿아 있는 곳은 엄마가 아닌, 바로 그녀가 등지고 있는 뿔테안경의 남자였다. 엄마와의 대화를, 그것이 그저 일상적인 내용이라 하더라도 어쩐지 산뜻하지 못한, 아니, 어쩌면 듣기에 따라 구질구질한 내용일 수도 있다는 불편함에 그가 듣고 있을까 봐 신경이 쓰였다.

미교는 자연스러운 움직임을 가장하며 돌아서서 남자 쪽으로 힐끔, 눈길을 보냈다. 남자는 테이블에 놓은 핸드폰을 들여다보고 있었다. 또 그것에 매우 열중해 있어 주변 상황을 전혀 의식하지 않는 모습이었으며 식사는 도리어 핸드폰을 보는 일에 부수적으로 따라붙은 것처럼 보일 정도였다. 때문에 남자의 식사 시간이 다소 길었음에도 그가 계산을 하려 일어섰을 때는 추어탕과 밥그릇 모두 비우지 못한 채였다.

"입맛에 안 맞으셨어요?"

남자가 내민 만 원 지폐를 받으며 미교가 물었지만 남자는 대꾸도 없이 거스름돈만을 받아 나갔다.

뿔테안경의 남자는 이튿날, 거의 같은 시간에 미교의 추어탕 식당에 다시 모습을 보였다. 점심시간은 한참 넘긴, 그러나 저녁시간으로는 모자란 오후 4시쯤이었다. 식사 때가 아니라 어제처럼 텅 빈 식당에서 남자는 같은 자리에 앉아 추어탕을 주문했다. 이번에는 미교의 엄마도 있어, 엄마가 주방에서 추어탕을 준비하고 미교는 그것을 밑반찬 등과 함께 남자의 테이블로 날랐다.

"오늘도 왔네. 어제 처음 본 사람인데……."

미교가 주방으로 들어왔을 때 엄마는 작은 소리로 중얼거렸다. 눈을 홀에 두면서였다.

"서울 사람 같지?"

엄마는 딸에게 눈길을 옮겨 물었다.

"그냥 지나는 사람인가 보다 했는데 또 온 거 보면 근처로 이사 왔나? 첨엔 탤런튼가 했다."

미교네 추어탕 식당은 이면도로 안쪽, 상가에 위치해 있어 손님 들도 대부분 상가를 위시한 주변 사람들에, 설사 모르는 얼굴이라 해도 '동네 사람들'이라는 친근함에서 그리 머지않았지만 뿔테안 경을 쓴 남자에게서 느껴지는 이질감은 그 정도를 달리했다. 눈에 띌 수밖에 없는 풍모였다. 미교가 '서점에 있더라' 알려주니 엄마 는 그나마도 벌써 관심이 없어졌는지 그저 '그래?' 하고는 더 묻 지 않았다.

미교는 주방 너머로 슬쩍, 남자를 훔쳐보았다. 오늘도 어제처럼 남자는 느릿하게 수저를 놀리며 핸드폰만을 내려다보고 있었다. 짧지도 길지도 않은 검은 머리에 검은색 뿔테안경, 그것에 대비되 게도 말끔하게 흰 피부와 셔츠 깃 위로 올라온 긴 목은 확실히 도 회적이었다. 수저를 놀리는 손을 보면 약간 마른 것 같은 체형이 면서 어깨는 넓고 키는 컸으며 무엇보다 베이지색 면바지와 청록 색 니트의 조합만으로도 세련되며 지적인 분위기를 풍겼다. 저런 외모와 분위기면 대도시 서울에서도 눈에 띌 것이 빤한데 하물며 이런 소도시에서는 말해 무엇할까, 하고 미교는 생각했다.

남자는 식사 후 역시나 별다른 말없이 계산을 하고 나가 이튿날 에는 오지 않다가 다시 그 이튿날에 모습을 보였다. 그 후로도 남 자는 매일은 아니었지만 하루 이상을 거르는 일은 없어, 미교는 그가 올 때쯤이면 식당을 지키고 앉아 벽시계를 자주 보는 버릇이 생겼다.

물론 그녀는 남자와 특별한 대화를 나눠본 적은 없었다. 남자는 주문조차도 미교가 먼저 '추어탕 드려요?' 라고 물은 후에야 고개를 끄덕이는 것으로 말뿐이며 기껏해야 물을 더 달라는 정도가 그의 목소리를 들을 수 있는 기회, 그것도 몇 번 안 되는 기회였을 뿐이니까. 그런데 벌써 3일째 남자의 모습이 보이지 않는다.

"좀 이따 청주댁 오기로 했어."

주방에 앉아 시래기를 다듬던 엄마는 말했다. 홀에 있던 미교가 마침 주방의 입구 앞으로 움직인 찰나였다.

"넌 들어가. 청주댁한테 물어봐서 일 계속할 수 있다 그러면 너 나올 필요 없어."

엄마는 그 이상 말하지 않았지만 며칠 전에 했던 말대로 '서울 가라' 는 의미라는 것을 미교는 모르지 않았다. 그런데 미교가 입을 채 열기도 전에 식당의 문이 먼저 열려, 그녀의 고개는 급히 입구 쪽으로 돌았다. 들어온 사람은 두 명의 중년 남자였다. 미교의 얼굴에는 실망한 빛이 역력했으며 곧장 벽시계를 확인하기까지 했다. 그러느라 또 '어서 오세요' 하는 인사말도 잊은 그녀였다.

1층에 '원조 추어탕' 이라는 간판이 달린 상가 건물은 시장통 입구에 위치해 있어 그 주변으로 발길들이 잦았다. 미교는 상가 건물 뒤편으로부터 자전거를 몰고 나왔다. 그리고 어느 방향으로 갈지 결정을 못한 사람처럼 잠깐 자전거를 세웠으나 이내 결정한 듯 페달을 밟아, 사람들 사이를 이리저리 능숙하게 빠져나갔다.

미교의 자전거를 지나쳐 가는 사람들은 약속이나 한 듯 한 번씩 미교를 쳐다봤다. 그녀의 화장기 없는 얼굴이나 소박한 옷차림과 달리 매우 화려하고 특이한 머리 모양 때문이다. 여러 가지 명암을 담은 갈색에, 정수리의 약간 아래서부터 성기게 땋아 내려간 머리는 그 양쪽의 머리칼을, 흡사 둥글게 말린 여러 겹의 커튼처럼 보이게 했으며 또 그것이, 저물어가는 하루의 마지막 햇살을 머금어 투명한 실크 시폰처럼 반짝이고 있었다.

미교는 시장통의 이면도로를 벗어나 오른편으로 자전거의 핸들을 틀어, 차도와 접해 있는 인도로 들어섰다. 그렇게 그녀는 '좋은 서점' 앞을 스쳐 지나 또 바로 멈춰 돌아보았다. 서점은 평소와 다름없는 모습이었다. 안에 있을까, 생각하면서도 들어가 볼 용기는 나지 않았다. 미교가 낼 수 있는 용기는 이 방향으로 볼일도 없으면서 서점 앞으로 자전거를 몰고 온 것까지였다.

그때 고등학생으로 보이는 여학생 두 명이 서점의 문을 열고 들어갔다. 미교는 잠시 그대로 있었다. 그러다 '내가 지금 뭘 하는 거지?' 하는 생각으로 정신이 번쩍 든 후에야 스스로에게 어처구니없어 하며 그 자리를 떠났다.

「지옥, 구했습니다.」

미교가 제 핸드폰에서 문자를 확인한 것은, 5층짜리의 어느 연립주택 앞에 자전거를 세우고 나서였다. 날은 이미 저물어 어둑했다. 문자를 본 미교는 놀라고 당황했다. 때문에 무어라 답문을 보내야 할지 몰라 집에 들어가는 것도 잊고 계속 핸드폰 화면만 들여다보고 있었다. 정신을 차려 문자 도착 시간을 보니 서점에서 집으로 오던 중이었다.

「언제 가면 될까요?」

미교는 그렇게 문자를 보냈다. 그 자리에서 보낸 것은 아니고,

자전거를 들고 2층으로 올라 한쪽에 세워둔 뒤 201호의 문을 열고 들어와서였다.

「아무 때나 괜찮습니다.」

「좀 이따 가도 돼요?」

「네.」

미교는 급히 방문을 열고 들어갔다. 침대도 없이 두 칸짜리 옷장과 4단 서랍장, 다용도 좌식 탁자만으로도 꽉 차 보이는 작고 평범한 방이었다. 다용도 탁자에는 화장품 몇 개와 노트북, 책들 외에 잡다한 것들이, 그러나 잘 정돈된 모습으로 놓여 있었는데 미교는 바로 그 앞에 앉아 거울을 보며 머리를 풀었다.

그러자 그렇게 긴 머리가 다 어디에 숨어 있었을까 신기할 정도로 그것은 그녀의 엉덩이 윗부분까지 내려와 찰랑거렸다. 그 긴 머리를 미교는, 숱이 많은 브러시를 이용해 꼼꼼히 빗었다. 그러다 문득 생각난 듯 핸드폰을 집어 잠시의 고민 끝에 문자를 작성한다.

「혹시 실례가 안 된다면…… 성함을 알려주시겠어요?」

그런데 실례가 되었을까. 문자를 보낸 지 10분 넘게 머리를 빗고 있건만 핸드폰은 묵묵부답이었다. 그러다 보니 책을 찾으러 가야 하나 망설여지기까지 하던 차 벨이 울려 미교는 깜짝 놀랐다. 핸드폰에는 '상엽 씨'라 떠 있었다. 그것을 본 미교의 얼굴은 차갑고 어둡게 굳었다. 벨은 끊어졌다 다시 울리기를 반복한 끝에 미교의 결심을 이끌어냈다. 결국 통화 버튼에 손을 댄 것이다.

[미교야……]

탄식처럼 뱉어내는 남자의 목소리에는 피로와 곤혹스러움이 묻어났다.

[서울 올 시간 안 돼? 만나서 얘기하고 싶어.]

"할 얘기 없어요. 시간 낭비야."

[독하다, 너……. 진짜 독하다.]

"그러니까 독한 여자 잊어요."

[야…….]

'상엽'이라는 남자는 소리를 질렀다. 참다, 참다 터진 소리 같았다.

[그만큼 변명하고, 사정하고, 빌었으면 듣는 척이라도 해라. 빌어먹을…….]

미교는 전화를 끊었다. 곧 다시 벨이 울렸지만 그것이 또 끊기고 다시 울리기를 반복하는 동안 미교는 거울을 보며 머리를 땋았다. 핸드폰의 벨은 결국 다섯 번의 반복을 끝으로 잠잠해지나 싶더니 대신 문자 오는 소리를 냈다. 미교는 상엽의 문자라고 생각하고 한참 뒤에야 확인한다.

「제 사온입니다.」

검은색 뿔테안경을 쓴 남자의 문자였다.

사온은 서점의 문을 열고 들어오는 미교를 보고 있었다. 원피스에 헐렁한 니트 카디건을 걸친 미교는 역시나 '작품'을 보여주듯 이마 위에서부터 땋은 머리를 어떤 식으로 마무리해 저런 모양을 낼 수 있을까 궁금해할 정도의 모양을 하고서였다. 거기에 평소와 달리 입술을 붉은빛 틴트로 물들여 그것이 또 그녀의 머리와 너무도 잘 어울렸다. 미교는 사온을 보며 그가 눈길을 끄는 외모라 했지만 사실은 그 못지않게 그녀 역시 평범하지만은 않았다. 단순히 머리 모양뿐 아니라 그녀 자체가 그랬다.

"안녕하세요."

미교가 먼저 인사했다. 계산대를 등지고 있던 사온은 제 앞으로 맞잡고 있던 손을 풀어 등 뒤쪽의 책을 집어 들었다. 미교는 그가 내민 책을 받아 들었다.

"감사합니다."

미교는 책값을 확인하고 카디건 주머니에 손을 넣었다.

"됐습니다."

사온이 말했다.

"너무 늦게 구해 드려 선물로 드리죠. 커피, 괜찮아요?"

사온은 계산대 안으로 움직였다.

"아, 네. 주세요. 그럼 책값은 언제 식당에 오실 때 식사 대접으로 대신할게요."

사온이 별다른 대꾸 없이 커피를 준비하는 동안 미교는 서가 앞에 있는 동그란 플라스틱 의자에 앉아 책의 비닐을 벗겼다.

"책 많이 읽어요?"

사온의 목소리가 들린 것은 약간의 시간이 흐른 뒤였다. '지옥'의 앞부분을 읽고 있던 미교가 고개를 들어 보니 사온은 양손에 머그잔을 각각 들고 서 있었다. 그는 그중 한 잔을 내밀었다.

"고맙습니다."

머그잔을 받으며 미교는 말했다.

"그냥 습관처럼 읽어요. 딱히 취미도 없어서요."

미교는 머그잔을 입에 대고 커피를 조금 마시다 '사실은' 하며 말을 이었다.

"어릴 땐 작가가 되고 싶었어요. 근데 뭐 재능도 없고…… 그래서 읽기라도……. 어, 나 좀 봐, 별소릴 다 하네."

미교는 민망한 듯 웃었다.

"재능이 없는지는 어떻게 알았어요?"

사온이 물었다. 계산대에 뒤를 기대고 서서, 미교의 웃음과 달리 무표정한 얼굴이었다.

"네? 아, 뭐…… 그냥……."

"신춘문예에 떨어졌어요?"

"떨어질 기회도 없었어요. 시도도 못해봤으니. 국문과를 가고 싶었는데 진즉 포기하고 진로를 바꿨거든요."

미교의 얼굴에는 저도 모르는 짙은 아쉬움이 묻어났다. 그 아쉬움 위로 사온의 눈빛이 포개졌다. 그때 문이 열리는 종소리가 나며 여자가 들어왔다. 여자는 들어와 잠시 머뭇거리더니 한 잡지 이름을 대며 신간 나왔냐, 물었다.

"없습니다."

사온은 바로 대답했다. 여자는 '어' 하며 쇼윈도를 힐끔거렸다. 전시해 놓은 것을 보았다는 표정이었다. 미교도 그 잡지를 쇼윈도에서 본 것 같아 의아해했다. 여자가 나간 후 사온은 입구로 가 문 위에 달린 고리로 문을 잠갔다. 미교는 엉거주춤 일어섰다.

"불편합니까?"

돌아본 사온이 물었다. 그는 천천히 다가왔다. 미교는 당황함을 감추고 도로 의자에 엉덩이를 붙였다. 문을 잠근 그의 행동이 전혀 불편하지 않다고 말할 수는 없었다. 구체적인 어떤 위험을 의

식해서라기보다는 폐쇄성에서 오는 긴장감이 없을 수 없기 때문
이었다.

사온은 계산대 안에서 플라스틱 의자를 가져와 미교 앞에 마주
앉았다. 미교는 무릎을 움츠렸다. 제 무릎에 사온의 무릎이 거의
닿을 듯했던 탓이다. 그렇게 가까이 앉은 그를 또 바로 볼 수 없어
그녀는 머그잔에 입을 댄 채 후룩, 후룩 소리를 냈다.

"방해받기 싫을 뿐입니다."

사온은 문을 잠근 이유를 그렇게 댔다.

"이제 얘기 계속해 봐요."

"네?"

"국문과에서 진로를 바꿨다는 말까지 했습니다."

"아……."

미교는 자신의 이야기를 사온이 그렇게 열심히 듣고 있었나 싶
어 약간 놀라면서도 싫지 않은 마음으로 그를 바라봤다. 안경 너
머의 차분한 눈빛은 상대를 편안케 하려는 배려로 신중했다. 그러
고 보니 참 선한 인상이구나, 미교는 안도했다.

"저 간호사예요."

미교는 말했다.

"한두 달 전까지 서울에 있는 한 대학병원에 근무했어요. 여긴
부모님 고향이고 저도 여기서 태어나 두 살까지는 살았다는데 너
무 어려서 그때 기억은 당연히 없구요……."

말과 함께 미교는 웃음을 띠었다.

"죽 서울에서 공부하고 자랐어요. 그러다 3년 전쯤에 엄마 혼자
여기로 온 거예요. 멀지 않은 곳에 이모도 살고 해서."

미교는 유복했던 어릴 적을 떠올렸다. 중학교 올라갈 때까지는 그랬다. 집안 형편은 그 후 빠르게 기울었는데 눈치로도 아버지의 일이 어려워지고 있음을 알 수 있었다. 그리고 그 끝은 심근경색으로 인한 아버지의 갑작스러운 죽음이었다. 나중에야 알았지만 아버지의 도박이 원인이었다.

"미교 씨도 이젠 여기서 사는 겁니까?"

미교가 잠시 말을 멈춘 사이 사온은 물었다. 미교는 대번에 '아뇨' 했다.

"제 자취집은 아직 서울에 있어요. 아, 근데 왜 여기 내려와 있느냐, 그거죠? 그냥…… 엄마가 좀 힘들어해서요…….."

미교는 그 속사정까지 다 설명하기는 곤란하다는 표정으로 얼버무렸다.

"해는 넘기지 않고 다시 올라가려구요. 사온 씨는…… 참, 사온 씨라고 불러도 되죠?"

미교는 물어놓고 사온이 뭐라 대꾸하기도 전에 쿡, 웃음소리를 냈다.

"왜 웃습니까?"

"솔직히 말해도 돼요? 사온 씨 이름…… 사람 이름 같지가 않아서요. 뭐랄까, 무슨 사원? 아님 도서관? 그것도 아니면 고급 음식점, 뭐 그런 이름 같아요."

"그렇군요. 미교 씨 이름도 다리 이름 같습니다. 한강교 같은."

"네?"

사온의 시큰둥한 반격에 미교가 이번에는 까르르, 웃었다. 그 유쾌한 웃음은, 그러나 미소조차 보이지 않는 사온 앞에서 금세 수그러들었다. 미교는 어색하다 못해 일순 멈칫하기도 했다. 안경 너머 사온의 눈빛에 스친 어떤 인상 때문이었다. 그것은 매우 익숙한 것, 아니, 그 이상의 밀접한 무엇을 향한 것이었다. 물론 찰나였다. 잘못 봤나 싶게 사온은 벌써 그 특유의 건조한 눈빛으로 돌아와 있었으니까.

"이만 가봐야겠어요……."

미교는 일어나 머그잔을 계산대 위에 올려놓았다.

"커피 감사합니다."

책만 들고 입구를 향하는 미교 뒤를 사온은 말없이 따라와 문의 잠금을 풀어주었다.

"아, 맞다. 사온 씨는……."

잠금을 푼 문을 사온이 채 열기도 전에 몸을 돌리던 미교는 멈칫, 입을 다물었다. 바로 뒤에 서 있던 사온과 그만 너무 가까이 마주하게 됐던 것이다. 미교는 저도 모르게 책 든 손을 제 가슴 앞까지 올리며 어깨를 움츠렸다. 눈앞에는 그의, 어두운 빛깔의 와인색 니트만 보였다.

"키…… 키가 크시네요……."

조금만 더 가까워지면 그의 품에 안겼다 해도 이상할 것 없는 거리감에 당황한 나머지, 미교는 원래 하려던 말 대신 그렇게 더듬거렸다. 상대적으로 작은 제 키를 의식하면서였다. 그녀의 키는 158센티미터니까.

그럼에도 그녀의 체형은 그 작은 키의 핸디캡을 무시해도 좋을 만큼 타고나, 그것이 사온 못지않게 평범하지 않은 이유가 되었다. 만일 비교 대상 없이 미교를 홀로 두고 본다면 그녀의 키를 가

늠할 수 없을 것이다. 정말 드물게 작은 두상에 하체, 특히 다리가 길어 비율만 보면 서구적인 체형이라 실제보다 커 보였으며 또한 가냘픈 목에서 팔로 이어지는 선은, 옷을 입은 모습으로도 그 고운 자태를 숨길 수 없을 정도였다.

"말해요."

미교의 정수리를 내려다보며 사온은 나직이 속삭였다.

"뭘 물어보려 하지 않았나요?"

"아……."

미교는 고개를 들었다.

"전에 물었던 건데……. 서점 아줌마랑 무슨 관곈지……. 친척인가요?"

"인척입니다."

"네에……."

미교는 이어 어떤 사정으로 아줌마 대신 서점을 봐주고 있으며 또 언제까지인지도 묻고 싶었지만 실례인 것 같아 그만두었다. 미교가 다시 문으로 몸을 돌리자 사온이 문을 열어준다. 그는 문을 잡고 서서, 미교가 자전거의 바구니에 책을 담는 것을 지켜보았다.

"실례가 안 된다면……."

미교가 자전거의 핸들을 잡고 인사를 하려는 찰나 사온이 입을 열었다.

"나도 미교 씨에 대해 하나 물어봐도 되겠어요?"

"네."

"혈액형이 뭡니까?"

"네?"

미교는 웃을 뻔했다. 그런 질문은 소개팅에서나 나올 법한 것에, 속칭 혈액형별 성격을 따지는 것이 연상되는데다 그러한 것이 사온과는 전혀 어울리지 않았던 때문이었다.

"AB형인데요……."

미교는 대답하면서 난처한 표정을 지었다.

"그렇군요."

사온은 미교의 얼굴을, 마치 그 난처함의 정체를 알아내려는 사람처럼 가만히 응시했다.

"들어보셨는지 모르겠는데…… 시스 AB형이에요."

"얼핏 들어본 적 있습니다. 드문 혈액형이라 알고 있어요."

'CIS—AB형'은 한 염색체 안에 A와 B를 동시에 갖고 있는 돌연변이 희귀 혈액형으로 부모 중 한쪽만이라도 CIS일 경우 가질 수 있다.

"네. 맞아요. 사온 씬요?"

"맞춰봐요."

"네?"

"소설 다 읽으면 리뷰와 함께. 잘 가요."

다시 보자는 소리라고, 미교는 알아들었다. 그녀는 미소로 인사를 대신하고 자전거를 손으로 끌어 서점이 있는 건물의 모퉁이를 돌고 나서야 뒤를 한 번 돌아보고는 그 위에 올라탔다.

시장통으로 향하는 이면도로는 밤이 되면서 사람들의 모습이 현저히 줄어 있었다. 미교는 잠시 페달을 밟다가 특별한 생각 없이 다시 뒤를 돌아보았다. 그러자 멀리 사온의 모습이 바로 눈에 들어와 그녀는 깜짝 놀랐다.

그는 미교가 방금 돌아서 나온 그 모퉁이에 서 있었다. 즉 미교를 향해 있는 것이다. 미교는 찰나에 돌아본 것이라 자신이 잘못 보았는지 다시 고개를 돌리려 했으나 차마 용기가 나지 않아 그만 두었다. 대신 가슴이 뛰었지만 그녀는 그것도 모른 척했다.

"막 재밌진 않았어요."

그렇게 말한 미교는 사온과 함께 자전거 전용도로를 걷고 있었 다. 두 사람이 서점에서 만난 이틀 후의 밤이었다. 물론 어제도 미 교는 식당에 식사하러 들른 사온을 보았었다. 추어탕을 놔주며 '혹시 O형?' 하고 물어 '네' 하는 답도 들었으며 부지런히 '지옥' 도 읽었다. 그리고 오늘 오후에 식당에서 그를 기다렸으나 오지 않아, '지옥 다 읽었어요' 하고 문자를 보내니 '8시에 자전거 도 로에서 볼까요?' 하는 답이 돌아와 그와 만난 것이었다.

자전거 도로는 서점에서 자전거로 5분쯤 달려 만날 수 있는 곳 이었다. 길을 닦은 지 얼마 안 돼 비교적 깨끗하고 도로 폭도 넓은 편이지만 정작 자전거는 잘 다니지 않는, 이른바 전시 행정의 결 과물이기도 했다.

"배경은 20세기 초 프랑스구요. 주인공 화자가 어느 호텔의 방에서 우연히 구멍을 발견하고, 그 구멍을 통해 옆방을 들여다보 면서 그 안에서 일어나는 일이 주로 다뤄졌어요."

미교는 말을 계속했고, 사온은 그녀의 자전거를 대신 끌고 가며 묵묵히 듣고 있었다. 평소 낮에도 자전거족을 보기가 힘든 도로 는, 밤인 지금은 더욱 자전거의 모습을 볼 수 없어 그저 걸어 다니는 사람의 모습이 간혹 눈에 뜨일 뿐이었다.

"어떻게 보면 선정적이랄까, 관음적일 수 있는데……. 그 구멍을 통해서 화자가 보고 싶어 했던 것, 또 보았던 것은 아마도 삶의 날 것? 가면을 쓰지 않은, 진짜 모습 같은 게 아니었나 싶어요. 화자는 마치……."

미교는 적당한 단어를 고르느라 손짓을 많이 섞었다.

"신처럼 남의 삶을 엿보고 있거든요. 자기는 너무 깊게, 또 너무 많이 본다고 하면서."

"그렇군요. 그 구멍을 통해 본 세상이 지옥인가요?"

"글쎄요……. 뭐, 그럴 수도……."

미교는 고개를 갸웃했다.

"근데요…… 좀 야해요."

그 말을 하면서 두 사람의 눈이 마주쳤다. 사온은 애매한 고갯짓으로 주억거렸다.

"뭐 생각했어요?"

사온의 고갯짓을 보며 미교는 짐짓 새치름한 눈초리를 해 보였다.

"그 책을 나도 꼭 봐야겠다고 생각했습니다."

미교는 빵, 웃음을 터뜨렸다. 그런데도 그런 그녀를 보며 따라 웃지도 않는 사온의 멀뚱한 얼굴을 보며 그녀는 간신히 웃음을 진정해야 했다.

"솔직히 좀 불쾌했거든요."

미교는 부러 정색을 하느라 미간을 좁혔다.

"야해서요?"

"아뇨. 몰래 들여다보는 거요. 건방지잖아요. 누군가 몰래 날 것의 나를, 가면 쓰지 않은 발가벗은 나를 엿보고 있다면 불쾌하지 않겠어요?"

사온은 다시 애매한 고갯짓으로 주억거렸다.

"누군가 나를 속속들이 다 알고 있다면 소름 끼칠 것 같아요."

"감출 게 많습니까?"

"네? 아뇨. 전혀……."

"잘 생각해 봐요. 혹시 있을지도 모르니까."

"네?"

"감추고 싶은 흉터라든가, 엉덩이에 점이 있다거나……."

순간 미교의 눈이 살짝 휘둥그레졌고, 그것을 또 사온은 놓치지 않았다.

"점은 있는데……."

미교는 얼떨결에 중얼거렸다. 사온이 눈짓으로만 '어디?' 하고 묻자 그녀는 또 대번에 고개를 흔들었다.

"실례예요."

미교는 짐짓 발끈했다.

"분명히 말하지만 엉덩이는 아니에요."

"네."

"뭐예요? 그 표정은?"

미교는 사온의 애매한 표정을 두고 시비 걸었다.

"안 믿는 거 아니죠? 엉덩이는 아니라구요."

"엉덩이가 어때서 그렇습니까? 미교 씨한텐 익숙한 부위 아닙니까?"

"네에?"

"주사 놓잖아요."

"정말 그러네? 언제 한번 아프게 놔드릴게요."

그러자 미간을 살짝 찌푸리는 사온을 보며 미교는 하얀 이를 드러내며 웃음 지었다.

"근데요……."

웃음 끝에 미교는 말했다.

"비밀이 많아 보이는 건 사실 사온 씨거든요."

"별로. 뭐든 물어봐요."

사온은 담백하게 받았다.

"집이 어디예요?"

"현재는 서점 안에 있는 방입니다."

"그거 말고……."

미교는 고개를 살랑살랑 흔들었다.

"원래 사는 데 말예요."

"서울입니다."

"그럴 것 같았어요. 직업은요?"

"지금은 백수."

"나랑 똑같네? 그럼 언제 집에 가요? 아줌만 언제 돌아오시구요?"

"글쎄……? 그렇게 오래 걸리진 않을 겁니다."

"어쩜 그렇게 묻는 것만 딱딱 대답해요. 좀 줄줄이, 서울에 살고, 백수고, 취미는 뭐고, 곧 어디에 취직할 거다 등등 자발적으로 나올 수 있잖아요?"

"자랑할 게 없어 그렇습니다."

"아하, 그러시구나? 다행이네요. 우리 둘 다 자랑할 게 별로 없어서."

"미교 씨는 다르죠. 대학병원 간호사면 돈 많이 벌지 않습니까?"

사온의 진지한 반론에 미교는 다시 풉, 웃음을 터뜨렸다. 무어라 뚜렷한 이유를 댈 수는 없지만 이 남자 귀엽잖아, 하는 생각이 들면서였다. 사온이 왜 웃느냐, 눈짓을 보냈다. 그런데 미교가 채 입을 열기도 전에 핸드폰 벨이 울렸다. 미교의 것이었지만 그녀는 '상엽 씨'라 뜬 것을 확인만 하고는 전원을 꺼버렸다. 그리고 핸드폰을 다시 카디건 주머니에 넣고 옷깃을 잡아 깊이 여몄다.

"추워요?"

사온이 물었다. 카디건의 앞을 여미는 미교를 보며 물은 것이었다.

"네?"

늦가을의 날씨가 꽤 쌀쌀하기는 했다. 그럼에도 카디건을 여민 미교의 모습에서는 추위 이전에, 어떤 방어적인 몸짓이 먼저 읽혔다. 마음으로부터 이미 단절해 버린 '어떤 과거'가 바로 현재, 그것도 지금 이 순간에 어떠한 영향도 미치기를 바라지 않는 무의식의 발로 같다고나 할까.

"네에……. 조금."

미교는 카디건의 지퍼 꼭지를 잡으려 두 손을 내렸다. 제 말을 증명하듯 집업 카디건의 앞을 아예 채우려 한 것인데 카디건의 길이가 좀 길다 보니 지퍼가 잘 잡히지도, 잡고 나서는 제대로 끼워지지 않아 그녀는 걸음까지 멈추고 쩔쩔맸다.

그러자 사온이 자전거를 가로수에 세워두고 미교 앞에 한쪽 무릎을 꿇고 몸을 낮췄다. 지퍼를 대신 채워주려는 것이다. 그러느라 그의 손이 미교의 손 위로 가볍게 포개지니, 그녀는 또 슬그머니 제 손을 뺐다. 사온은 매우 쉽게 카디건의 지퍼를 끼워 올려, 그대로 일어나 미교 턱 아래에서 손을 멈췄다.

"고, 고맙습니다."

말을 하면서 미교는 제 목을 슬쩍 스치는 사온의 손끝을 느낄 수 있었다.

"이제 자전거 탈까요?"

사온은 속삭였다.

잠시 후 미교의 자전거는 공원의 전용도로를 따라 씽씽 달렸다. 앞자리에서 페달을 밟는 이는 사온이고, 미교는 뒤에 앉아 그의 허리께를 조심히 잡은 모습이었다. 그녀는 제 가슴에서 약하게 고동치는 심장의 소리를 의식하며 그 야릇한 긴장감에 빠져들어, 어느덧 사온의 등에 이마를 대고 두 팔로 그의 허리를 감았다. 공원의 밤 풍경은 눈에 들어오지도 않았다. 그녀의 신경은 온전히 사온에게만 집중되었다. 뭘까 이런 느낌, 전에는 한 번도 느껴보지 못했는데 그것은 참으로 기분 좋은 긴장이었다.

두 사람의 자전거는 어느 골목에서 멈춰 섰다. 미교가 사는 연립주택에서 멀지 않은 곳이었다.

"집 앞까지는 좀 그래서……."

거기서 자전거를 멈춘 이유에 대해 미교는 민망한 얼굴로 변명했다.

"네. 들어가요."

사온은 안다는 듯 고개를 끄덕였다.

"내일 식사하러 오실 거예요?"

자전거를 건네받으며 미교는 무심히 물었다.

"미교 씨 파스타 좋아해요?"

사온은 대답 대신 불쑥 되물었다. 그러니 미교는 당연히 내일 함께 식사하자, 그것도 파스타로 하자는 소리로 알아들었다.

"파스타 맛있게 하는 데 알아요? 이 근처엔 없을 텐데……"

미교는 고개를 갸웃했다.

"난 파스타 좋아하냐 물었는데?"

"아, 뭐…… 솔직히 그렇게 즐겨 먹진 않아요. 아주 맛있게 하는 데가 있다면 굳이 사양 안 하는 정도?"

"그렇군요."

사온은 원래의 질문 목적이 무엇인지 알 수 없게 중얼거렸는데 그 순간 그의 얼굴에 떠오른 묘한 실망의 빛을 미교는 보지 못했다.

"차라리 추어탕이 맛있어요. 물론 우리 엄마 솜씨의 추어탕만. 근데 왜요? 언제 굉장한 파스타 먹게 해주려구요?"

"그러죠."

"와아, 기대된다."

"언제 서울 올라갑니까?"

사온의 질문에 미교는 또 당연히 그것을 '굉장한 파스타'와 연결했다. 서울에서 다시 만나 파스타를 먹자, 하는 의미로 말이다.

"그게……"

미교는 그럼에도 애매하니 고개를 옆으로 떨어뜨렸다. 엄마는 어서 서울 가라 등 떠밀고 있는 상황이지만 아직 확실한 결정을 하지 못한 때문이었다.

"해는 넘기지 않을 거니까…… 가긴 가야죠, 뭐."

말을 하며 미교는 12월의 성탄절에 사온과 함께 파스타를 먹는 모습을 머릿속에 그려 보았다.

"다시 같은 병원에 취직할 건가요?"

"네?"

파스타에서 병원으로 화제가 옮겨가자 미교는 어리둥절했다.

"그게 아니면 내가 좋은 병원 소개하려고 합니다."

"어머……."

미교는 어이가 없다는 미소를 머금었다.

"백수가 그럴 재주는 있는 모양이네요?"

"굼벵이도 재주는 있으니까요."

"그럼 굼벵이 씨가 소개하려는 병원은 어딘데요?"

"먼저 서울 올라갈 날짜 정해지면 알려줘요."

"좋아요. 근데 거기 월급 세요?"

"네. 계성만큼은."

"와, 그럼 진짜 센 건데……?"

활짝 웃던 미교는 내심 멈칫했다. '계성'은 미교가 여기 내려오기 직전까지 다녔던 대학병원의 이름으로, 그것을 사온에게 말한 적이 있었던가, 전혀 그런 기억이 없었다.

"잘 자요."

사온의 인사를 들으며 미교는 몸을 돌렸다. 그동안 그와 이런저런 대화를 제법 나누었으니 무심결에 언급했나 보다, 생각하면서였다.

'자전거 데이트' 후 미교와 사온은 자연스레 다음 만남을 이어갔다. 보통의 남녀가 만나 가까워지는 과정이 으레 그렇듯 두 사람도 서로 얼굴을 보고, 통화를 하고, 문자를 나누었다. 더구나 미교에게는 시간이 많았다. 식당은 이제 '청주댁'이라는 일손이 들어와 미교가 딱히 식당에 나가지 않아도 되었던 까닭이다.

대신 엄마는 어서 서울 가라, 재촉을 했지만 미교는 이 소도시가 가져다준, 그러나 소도시와는 전혀 어울리지 않는 남자와의 뜻밖의 가슴 설렌 시간들을 그리 쉽게 포기하려 하지 않았다. 이곳을 벗어나면 왠지 그 설렘도 깨질 것 같은 아슬아슬하면서도 달콤한 불안을, 그녀는 갖고 있는지도 모르겠다.

미교는 다소 시간이 남는 저와 달리 사온은 서점을 지켜야 하는 사람이라는 것을 또한 잊지 않으려 했다. 때문에 그 사정에 세심한 주의를 기울였지만 오히려 전혀 무신경한 쪽은 사온이었다. 그는 미교와 함께 시간을 보내기 위해서라면 아무렇지도 않게 서점의 문을 닫고는 했으니까.

그것만 봤을 때는 '여자 만나느라 정신이 빠진 사람' 같음에도 그에게서는 전혀 그런 것이 느껴지지 않았다. 미교는 한 번도 그에게서 어떤 흥분이나 야릇한 무엇, 즉 지나치면 불쾌할 수도 있는 그 어떤 것들도 전달받은 적이 없었다. 물론 남녀 사이니 성적 긴장감이 전혀 없었다고는 할 수 없으나 11월의 가운데가 지나는 동안까지도 두 사람이 한 접촉이라고는 손을 잡은 것이 전부일 정도였다. 사온은 변함없이 건조했으며 또 정중했다.

그러던 어느 날 밤, 미교는 자전거를 타고 집을 나섰다. 엄마의 심부름으로 현금을 인출해 식당으로 가져가기 위해서였다. 재료 대금을 치르는 것을 깜박한 엄마가 늦은 시간에 그것을 받으러 온 거래처 사람을 다시 돌려보내기 미안해 딸에게 급히 전화를 했던 것이다.

미교는 카드로 현금을 빼서 식당으로 가, 마침 식당 문을 닫을 시간이기도 해 엄마와 함께 귀가하려 했지만 엄마는 잔일이 남았다며 먼저 들어가라 했다. 미교는 그런데 식당을 나와 집으로 간 것이 아닌, 곧장 서점을 향했다. 나온 김에 커피 얻어 마시고 가야지, 하는 가벼운 마음이었다. 그래서 전화도 하지 않고 페달을 밟아 서점 건물에 다다를 쯤 그녀는 그 모퉁이를 돌자마자 즉시 자전거를 세웠다. 먼저 눈에 띈 것은 서점 앞 도로에 서 있는 검은색 고급 승용차였다.

서점의 문이 열린다. 짙은 빛깔의 슈트를 입은 남자가 나와 천천히 차로 향했다. 구릿빛의 피부에 신중하다 못해 다소 경직된 얼굴의 남자는, 그 때문에라도 책을 사러 왔다기보다는 중요 협상에 실패하고 돌아가는 사업가의 인상이었으며 또 결코 평범한 그것도 아니었다. 또한 남자의 손에는 책도 들려 있지 않았다. 남자에 이어 사온이 나왔다. 동시에 남자가 사온에게 몸을 돌렸으나 사온의 눈은 곧장 미교를 향했다.

"미교 씨……?"

2. 세 개의 별

사온은 지체 없이 미교 앞으로 다가와 또 당연하다는 듯 자전거의 손잡이를 건네 잡았다. 그사이 미교는 자전거에서 내렸다.

"식당에 들렀다가……"

미교는 짙은 빛 슈트의 남자를 힐끔 보며 말도 없이 온 것에 대해 변명했다. 남자 역시 미교를 보고 있다가 또한 의식적으로 고개를 돌려 외면했다. 사온은 별다른 대꾸 없이 자전거부터 서점 앞에 세우고, 이어 미교를 서점 안으로 이끌었다.

"잠시만 기다려요."

서점에 들어온 미교는 쇼윈도 너머로 밖을 지켜보았다. 슈트의 남자는 경직된 표정을 하고 있었고, 사온과는 짧게 몇 마디만을 주고받은 후 바로 차에 올라 그 자리를 떠났다. 그런데 그 인상이 참 묘했다. 딱 부러지게 '이거다'라고 말하기에는 애매했지만 두 남자의 나이가 비슷함에도 친구 같지 않고, 직장 동료 같은 분위기도 아니었다. 우선 사온이 '백수'니 직장 관련일 턱도 물론 없다 생각했지만 말이다.

사온은 차가 떠난 후에도 거리에 남아 담배를 피워 물었다. 유리 너머의 그는 제 얼굴 앞을 담배 연기로 자욱하게 만들며 미교와 얼굴을 마주했다. 그러자 미교는 다시금 묘한 인상에 사로잡혔다. 어쩌면 그녀의 뇌리에 박혀 있는 그에 관한 첫인상이 환기된 것에 불과할지도 몰랐다. 물론 그와의 만남이 이어지며 그에게 형과 남동생이 있다는 것을 알게 되는 등, 서로 알아가는 과정에 있음에도 사온이라는 남자는 여전히 선명치 못했다. 지금 유리 너머에서, 다시 연기에 가려 있는 모습처럼 말이다.

그것도 그의 매력일까, 미교는 문득 생각했다. 사실 자신에 관해서도 오빠가 있다는 정도의 기본적인 것들만 그에게 알려준 상황이니 그런 면에서는 서로 공평했기 때문이다. 사온은 별로 캐묻지도 않았지만 무엇보다 미교 생각에 자신은 사온처럼 '신비하게' 보이지는 않을 것 같아서였다.

"커피?"

담배를 다 피우고 들어온 사온은 먼저 그렇게 물었다. 그러면서 대답도 듣기 전에 몸을 돌려 서점의 문을 잠그고 쇼윈도와 문에 설치된 블라인드를 내렸다.

"누구예요?"

그가 블라인드를 내리는 모습을 보며 미교는 물었다. 밤늦게 서점에서 만나 커피를 나누어 마실 때마다 그는 블라인드를 내리고 조명을 낮춰, 그의 표현을 빌리면 '카페 분위기를 만든다' 했다.

"일 관계로 아는 사람입니다."

전등을 하나 끄며 그는 대답했다.

"무슨 일?"

"무역 쪽입니다."

"무역? 무역 일을 했었어요?"

미교의 눈이 휘둥그레졌다.

"그게 놀랄 일입니까?"

"네. 사온 씨 분위기는……."

미교는 활짝 웃었다.

"옷발 살고 센스 있는 매력적인 젊은 교수님이 딱인걸요."

"실망시켜서 미안합니다."

"아녜요. 무역도 좋아요. 묘하게 반대되는…… 그런 매력도 있잖아요. 예를 들어 아닌 것 같으면서 은근 터프하다거나……."

사온이 무역 일을 했었다는 것이 마냥 신기한 양 미교는 혼자 수다를 떨었다.

"아이러니한 매력이랄까, 그런 거요. 그럼 외국에도 많이 다녔겠네요?"

"더러."

계산대 안에서 커피를 만들며 사온은 짧게 대답했다.

"그럼 외국어는 기본으로 잘할 거고……. 특히 잘하는 외국어 있어요?"

"사실은……."

사온은 커피를 담은 머그잔을 가져와 미교 앞에 섰다.

"어린 시절 일본에서 좀 살았습니다."

"그래요?"

미교의 눈은 다시 휘둥그레졌다.

"어쩐지…… 뭐랄까, 좀 이국적인 분위기가 있었어요, 사온 씨한테요."

"그런가요?"

"네."

미교는 활짝 웃으며 그가 내민 머그잔을 받았다.

"어, 한 잔? 나만 먹어요?"

"같이 마실까요?"

"어……."

미교는 자기도 모르게 나간, 제 어리바리한 소리를 의식하고는 얼른 입을 다물었다. 사온과 만나는 동안 그의 건조한 말투에는 어느새 익숙해 있었지만 그의 '작업 멘트'에는 전혀 그럴 기회가 없었다. '작업'은커녕 너무 정중해서 탈이었으니까. 그런데 그것이 정말 작업 멘트인지, 혹 미교 제 오해가 아닌지 알 수 없어 그만 살짝 당황하고 만 것이다. 때문에 머그잔에 입을 대고 곧이어 제 머리에 닿은 그의 손길을 느꼈을 때는 도리어 당황을 멈추고 차분해질 수 있었다.

"오늘은 단순하군요."

사온이 말했다. 손끝으로 미교의 머릿결을 쓸어내리면서였다. 그녀의 머리는 가르마 옆에서부터 땋아 내려 뒤통수 아래에서 하나로 만나 그냥 길게 내려뜨렸을 뿐이라 평소에 비한다면 그의 말대로 '단순한' 모양새였다. 그녀는 이삼 일 간격으로 제 머리 모양을 달리 했는데 아주 화려할 때가 있는가 하면 비교해서 좀 단순할 때도 있었다.

미교가 말없이 커피만 홀짝홀짝 마시는 사이 사온의 손은 그녀의 뒷덜미로 가, 그 하나로 땋은 머리채를 지그시 움켜잡았다. 거의 동시에 미교의 얼굴은 머그잔으로부터 천천히 위로 들렸다. 꼭 그만큼의 속도로 사온이 그녀의 머리채를 아래로 잡아당기고 있었기 때문이다.

마침내 미교의 턱이 살짝 위로 들려, 위에서 내려다보는 그의 얼굴과 만난다. 그녀의 입술은 커피에 젖어 반짝, 빛을 내었다. 사온이 그녀의 얼굴에 닿기 위해서는 깊이 고개를 숙여야 했다. 물론 그는 그 수고를 마다하지 않았다. 미교는 제 시야에서 그의 얼굴이 뿌옇게 보이는 순간 눈을 감았다. 머그잔을 두 손에 꽉 잡고서였다.

두 사람의 입술이 닿았다. 커피에 젖은 미교의 입술은, 그 향을 먼저 사온에게 건네주었다. 그는 그 향과 함께 그녀의 입술을 핥아 그것이 스스로 벌어지기를 기다려 천천히 그 안으로 들어왔다. 그러나 깊이 들어오지는 않는다. 미교는 현기증 같은 것을 느끼며 중심을 잡기 위해 제 얼굴에 닿은 그의 안경에 집중했다. 안경테의 차가운 감촉에 제정신을 붙들어두었다. 그런데 그것 때문일까, 사온은 금세 물러났다. 그러니 또 한편으로는 아쉽고 이제 눈을 떠야지 싶으니 부끄러웠다.

"흡……."

미교는 눈을 뜰 새도, 부끄러울 새도 없이 재차 사온의 입술에 제 것을 빼앗겼다. 아이스크림 같던 앞선 입맞춤과 달리 포위하듯 뒤통수를 압박하는 힘과 함께였으며 안경테의 서늘함도 느껴지지 않았다. 때문에 미교는 머그잔을 더욱 꽉 쥐었지만 커피가 흘러 제 옷과 사온의 옷을 적시는 것을 완전히 막지는 못했다. 그 흔들림만 큼 그가 이번에는 깊이 들어왔으니 말이다. 이제는 현기증을 막을 도리가 없어, 그것은 고스란히 입안에서도 소용돌이를 일으켰다.

조용한 서점의 은은한 불빛 아래에서 두 사람은 위태롭게 흔들렸다. 넘어질 듯 휘청하다가도 중심을 잡는 것은 사온의 몫이었다. 그럼에도 더 위태로워 보이는 쪽도 그였으니 참 이상한 일이었다. 그는 정말 오래 그녀를 놔주지 않았다.

미교는 불 꺼진 제 방에 누워 있었다. 잠을 못 이뤄 이리 뒤척이고 저리 뒤척이며, 그 뒤척임에 어울리게 한숨도 뒤따랐다. 짜릿한 설렘의 끝에서 그것을 좀 가라앉히느라 스스로를 다독이는 한숨이었다. 서점에서 사온과의 입맞춤을 되새길 때마다 미열이 올라 이제 그만 생각해야지, 했는데도 어느새 그 입맞춤은 그녀의 머리를 가득 채웠고, 그것을 몰아내느라 또 한숨을 쉬었다. 그 길고 뜨거운 입맞춤 후 사온은 말이 없었다. 그저 그녀의 머리를 쓰다듬기만 했으며 그 또한 뜨겁고 오래였다.

이제 와 생각하니 이상한 접촉이었다. 그렇게 격렬한 입맞춤 후에 그처럼 다정하고 침착한 손길이라니, 차라리 진한 애무였다면 부담스러울망정 '이상하다' 느끼지는 않았을 텐데 그의 그 다정함에는 말할 수 없이 깊고 따스한 친밀감이 묻어 있었다. 그러니 이상하지만 좋았다. 불과 한 달에 며칠 더 얹힌 시간 동안의 익숙함에 그처럼 마음으로 깊어질 수 있다는 것이 마음을 포근하게 했다. 그러면서 몸에 열은 왜 오르는지, 미교는 또 한숨을 쉬었다. 그 순간에 핸드폰에서 '띠롱' 소리가 난다. 문자가 도착한 소리다.

미교는 급히 몸을 일으켜 핸드폰을 낚아채듯 집어 들었다. 밤이 꽤 깊었는데 하면서 그 깊은 밤의 문자 신호음은 무한한 상상력을 불러일으켰다.

「자니? 안 자면 통화 좀 하자.」

문자는 '상엽 씨'라는 이름과 함께였다. 미교는 핸드폰을 도로 툭 던져 놓았다. 그동안 줄곧 상엽의 전화를 받지 않았었다. 다행인 것은 그도 바쁜 사람이라 전화가 자주 오지는 않았다는 점이다. 그래서 굳이 수신거부를 하지는 않았다. 그래도 한때 사귀었던 사람인데 수신거부까지 하기에는, 물론 마음도 편치 않았다.

핸드폰이 다시 소리를 낸 것은, 미교가 아스라이 잠에 빠져들 때쯤이었다. 보나마나 상엽의 문자일 터라 미교는 무시하고 그냥 잤다가 아침이 돼서야 확인했다.

「날 밝으면 내려간다. 거기서도 전화 안 받나 보자.」

문자를 확인한 미교는 깜짝 놀랐다. 그녀는 바로 전화를 걸었다.

[수신거부 해놓지는 않았군.]

전화를 받자마자 상엽은 말했다.

[오프야. 그래서 너 만나러 가려구.]

"오지 마요. 안 만나."

[그래도 갈 거야. 지금 출발한다.]

"오지 말라니까."

미교는 소리쳤다.

"우리 헤어졌어. 난 이미 정리했다구요."

[너 혼자 정리한 거잖아. 난 정리 못했어. 아니, 못해.]

"못하면? 이게 고집부린다고 되는 거예요? 한 사람이 끝나면 끝난 거잖아요?"

[나 너 포기 못 한다구.]

"가증스럽게……."

미교는 냉정하게 뱉어냈다.

"난 거짓말하는 남자 안 믿어요. 못 믿어."

상엽이 즉시 미교의 말을 받았지만 그녀는 이미 핸드폰 든 손을 내려뜨렸다. 목소리도 듣기 싫은데 그 얼굴을 봐야 한다니, 미교는 아랫입술을 꾹, 깨물었다.

상엽은 미교가 간호사로 일했던 '계성의대종합병원'의 레지던트로 현재 4년 차 치프다. 서로 일하는 과가 달라 오며 가며 얼굴부터 익힌 후 교제가 시작됐는데 사실 미교는 상엽이 먼저 말을 시키기 전까지 그의 얼굴도 알지 못했다. 상엽은 그 바쁜 레지던트 생활에도 불구하고 미교의 마음을 잡기 위해 지극정성을 다했고, 그 정성에 감동한 미교가 그와의 만남을 갖기 시작했던 것이다.

상엽과 만난 지 3개월쯤, 미교는 동료 간호사로부터 충격적인 말을 전해 들었다. 상엽에게 여자가 있다는 것이다. 미교는 즉시 상엽에게 확인을 했지만 그는 펄쩍 뛰며 단호히 오해라 했다. 집에서 강요해 맞선을 본 적은 있지만 여자는 없다 했다.

그런 그의 변명이 거짓으로 밝혀지기까지, 그러나 그리 오래 걸리지 않았다. 그는 바로 그 맞선 상대와도 만나면서 이른바 양다리를 걸치고 있었던 것이다. 그러자 그는 역시나 부모의 압력을 핑계로, 그 여자와는 만나는 척을 했을 뿐이며 즉시 헤어진다고도 했다. 저가 사랑하는 사람은 미교라 했다. 용서도 빌었다.

미교는 상엽의 도착했다는 전화를 피하지 않았다. 이제는 그와 얼굴을 마주하는 일을 피할 수 없다 여겼다. 다만 식당이나 서점 부근을 피하기 위해 관공서 명을 대며 그곳에서 기다리라 하고 그녀는 자전거로 출발했다. 가는 길에 '좋은 서점' 앞을 스치면서는 의식적으로 쇼윈도를 보려 하지 않았다. 왠지 잘못을 하고 있는 것만 같았다.

관공서는 내리막 도로를 끼고 위치한, 지은 지 얼마 안 돼 보이는 신축 건물이었다. 넓은 출입구로부터 이어진 높고 긴 담장 주변으로 가로수도 없어 좀 삭막하다 싶은 풍경은 그 담장 앞에 서 있는 한 은색 승용차도 담아낸 채였다. 그 차에서 한 남자가 내렸다. 가죽점퍼 차림의 남자는 내려선 자리에서 즉시 멀리 눈길을 보냈다. 그것을 확인하며 차에서 내렸다는 듯, 남자 앞으로 자전거가 다가왔다. 미교다. 그녀는 '상엽'이 분명한 남자 앞으로 와 자전거를 세웠다.

"오랜만이다."

자전거에서 내리는 미교를 보며 상엽이 먼저 입을 열었다. 눈가에 피로의 기색을 숨기지 못하는 그는 그럼에도 작지 않은 키에 균형 잡힌 체격을 한 썩 잘생긴 외모였다.

"9월에 마지막으로 봤으니 두 달은 된 것 같은데…… 그때 너 병원 그만두고 사라진 게 네 생일 앞이라서 선물 준비했다가 날벼락 맞았으니까……."

"마지막이에요."

상엽의 말을 무시하며 미교는 차갑게 말했다.

"어쩌 넌 더 이뻐졌다."

상엽 역시 미교의 말을 무시하듯 저 할 말을 했다.

"다신 안 만나요."

"저번에 소리친 건 미안했다. 널 만나고는 싶고, 일은 바쁘고, 그러다 보니 신경이 예민해 있었어. 일단 어디 들어가자."

"싫어. 여기서 해요."

미교는 자전거의 손잡이를 더욱 꽉 잡았다.

"서서 얘기하자고? 점심인데 밥 먹자."

"싫어."

"그럼 차에라도 타."

상엽은 조수석의 문을 열었다.

잠시 후, 미교는 상엽의 차에 혼자 앉아 있었다. 테이크아웃용 종이컵을 양손에 들고 오는 상엽을 백미러로 보면서였다. 그와 사귈 당시, 함께 이곳에 내려온 적이 딱 한 번 있었는데 엄마를 만나기 위해 고향에 내려가는 그녀를, 마침 시간이 난 그가 제 차로 데려다준 것이었다. 그것이 지금에 와 이처럼 귀찮은 일을 만들 줄이야, 미교는 쓴웃음을 삼켰다.

차에 오른 상엽이 손에 든 종이컵 하나를 미교에게 건넸다. 그런 후 막 시작할 것 같던 대화는 정작 이야기를 풀어야 할 상엽이 어쩐 일인지 입을 다물고만 있어, 차 안은 둘이 커피 마시는 간헐적인 소리만을 담아냈다.

"서울엔 언제 오니?"

상엽이 마침내 입을 열었을 때는 커피를 반쯤 비운 후였다.

"몰라요. 아직."

"나 때문이야?"

미교가 고향에 내려와 있는 이유를 묻는 것이었다. 지난 9월, 두 사람이 헤어진 때와 미교가 이곳으로 내려온 때가 맞물려 있었다.

"아님…… 오빠 문제?"

"상관할 거 없잖아. 상엽 씨 때문은 아니에요."

미교는 제 집안 문제까지 그에게 말했던 것을 내심 후회했다.

"나 때문이 아니라면 다행이고. 내가 무슨 스토커도 아니고 나 때문에 피해 있는 거면 화날 뻔했다. 그래도 그렇게 매몰차게 가 버리면 어떡하냐?"

상엽은 짧게 한숨을 토했다. 변명과 용서를 구하는 중에 미교가 병원을 그만두었다. 전화로 다시 그녀의 마음을 돌리려 했지만 그녀는 들으려 하지 않았다. 그러다 보니 그도 지쳐 갔다.

"내가 아무리 용서를 빌어도 너한텐 부족하리라는 거 알아. 다 내 잘못이다. 비겁했고…… 솔직하지도 못했어. 너랑 헤어질까 봐 겁났다. 그래서 그 순간엔 나도 모르게 거짓말을 했던 거야. 네가 알기 전에 그 여자 정리하면 된다 생각했어. 근데 정말 그 여자랑은 아무것도 아니야. 형식적으로 만난 것뿐 마음을 준 적도, 흔들려 본 적도 없어. 여전히 비겁하게 들리겠지만…… 부모님…… 특히 엄마를 이기지 못해 어쩔 수 없이 그렇게 됐다는 거……."

미교는 상엽의 말을 들으며 눈을 창밖에 두고 있었다. 그의 그 맞선 상대가 어느 기업의 사장 딸이라는 것을 새삼 되새겼다. 그 여자의 집에서 병원을 차려주기로 했다는 것도.

"물론 벌써 정리했다. 네가 아니라도 그 여자랑 결혼할 생각은 없으니까."

상엽은 미교를 바라봤다. 창밖만을 보고 있는 그녀를.

"미교야……."

그가 이름을 부르는데도 미교는 여전했다. 상엽은 손을 뻗어, 귀밑으로 땋아 내려간 그녀의 머리를 조심히 만졌다. 순간 탁, 미교가 그의 손을 뿌리쳤다.

"나 사랑한 거 맞니?

미교의 사나운 눈을 보며 상엽은 물었다. 순간, 미교는 가슴이 철렁했다. 또 그런 제 감정을 들킬까 봐 다시 창밖으로 눈을 돌렸다.

"사랑해서 용서 못하는 거면 기다리고…… 아니…… 조금이라도 사랑했다면 한 번만 믿어다오. 딴 건 몰라도 널 놓기 싫은 내 마음…… 내 진심을 말이야……."

말끝에 상엽의 목소리는 갈라졌다. 그것이 그가 전하려는 내용보다 오히려 말로 다할 수 없는 그의 심정을 더욱 잘 드러내 주었고, 그대로 미교에게도 읽혔다. 그녀는 처음으로, 상엽이 그동안 겪었을 마음고생에 공감했다. 사귀는 동안 그가 무척 자상했다는 기억과 함께였다. 유머 감각이 있어 미교를 잘 웃게 했고, 그 바쁜 중에도 연인을 위해 로맨틱한 이벤트도 준비할 만큼 섬세한 면도 있었다고 말이다.

"용서를…… 기다려도 되겠니?"

여전히 상엽을 외면한 채 창밖만을 보고 있는 미교를 향해 그는 나직이 물었다. 미교는 천천히 상엽에게 고개를 돌렸다. 그 시간은 상엽에게뿐 아니라 미교 자신에게도 지루하면서 조마조마하고, 동시에 착잡한 순간이었다. '용서'라는 말은 이미 두 사람이 사이에 의미를 가질 수 없었다. 상엽의 진심을 안 이상, 미교는 그를 인간적으로 용서할 수는 있었다. 아니, 이 순간에 용서했다. 더불어 그 용서는, 그가 다른 여자를 만나서 행복하게 잘살기를 바라는 인간적 염원과 함께였을 뿐이다.

"기다리지 말아요."

미교 역시 조용한 목소리로 입을 열었다.

"용서는 지금 했으니까. 다만 이별과 함께예요."

순간 상엽의 미간이 꿈틀했다.

"이젠 제발 받아들여요."

그의 험악해진 얼굴을 향해 미교는 힘주어 말했다.

"내 진심이 아직도 안 닿았니?"

"닿았어요. 그런데 의미가 없어요. 이제……."

"뭐……?"

"우리…… 끝났어요."

미교는 확실히 못 박듯 했다. 상엽은 믿을 수 없다는 표정이었다. 자신의 실수와 거짓말로 인한 미교의 크나큰 실망과 이별 선언에도 불구하고 진짜 이별은 실감하지 못했던 것에서, 이제는 그 무게에 제대로 머리를 맞은 것 같은 충격의 그것이기도 했다. 그것은 아마도, 더 이상 자신을 사랑하지 않는 연인의 마음을 확인한 순간의 잔인한 절망감과도 맞물려 있을 것이다. 때문에 차 안을 지배하는 기묘한 침묵의 끝에 미교가 말없이 먼저 차에서 내렸을 때 상엽은 그녀를 잡지도 못했다.

깨끗하게 잘 닦인 자전거 전용도로를 미교의 자전거가 달리고 있었다. 전용도로를 따라 이어진 공원으로 들어가, 이제는 꽤 추워진 날씨에 낮이라도 사람들이 그리 많지 않은 그곳에서 그녀는 차디찬 바람에 코와 뺨이 붉게 변하고 얼굴의 피부가 얼얼해 감각이 느껴지지 않을 동안까지 계속 페달을 밟았다.

미교는 마음이 편치 않았다. 상엽을 끝내 밀쳐 낸 이면에 제사온의 존재가 있는 것일까, 하는 생각이 들 때면 더욱 그러해 고개를 저었다. 사온을 만나기 전에 상엽과는 이미 끝나 있었다고. 또 그것은 사실이었다. 사실이면서도 만약 사온이 없었다면 조금 전 상엽의 진심을 받아주었을지도 모른다는 생각에 가책과도 같은 불편을 느꼈다.

"사랑이었을까……?"

미교의 중얼거림은 세찬 바람결에 흩어졌다. 그녀는 상엽의 정성 가득한 구애에 마음을 열고, 그렇게 그와 만나면서 그것이 사랑이라 여겼다. 고등학교를 졸업하고 간호학과에 들어가 졸업해서는 바로 대학병원에서 간호사 생활을 하며 일 년여는 업무와 학자금 대출 상환에 여념이 없었으니 상엽이 그녀의 첫 연애 상대였다. 그러니 비교 대상도 없다.

미교는 사온을 떠올렸다. 정확히 그와의 입맞춤을 떠올렸다. 아니, 떠오르지 않았다. 무엇인가 떠올랐다면 그저 아찔함, 머릿속이 핑 도는 현기증과도 같은 무엇이었다. 도리어 상엽과의 입맞춤은 고스란히, 무덤덤할 정도로 쉽게 떠오른 반면 사온과의 그것은 설렘으로 기억되었다. 만남에서 입맞춤까지, 사온과의 추억은 그 짧은 시간에도 불구하고 모든 것이 특별했다. 그래서 더욱 가책이 느껴진 것일까. 사랑이 또 다른 사랑에 생채기를 내야 하니 말이다.

미교는 집으로 곧장 갈까 하다가 엄마의 식당 앞에 자전거를 세웠다. 그 길에 사온의 서점을 지나면서 들어가 볼까, 잠깐의 갈등도 했었다. 그런데 그는 식당에 있었다. 평소처럼 식사를 하며 핸드폰을 들여다보고 있던 사온은, 식당에 들어서서 그를 발견하고 놀란 미교를 향해 고개를 살짝 끄덕여 보였다. 마치 괜찮으냐, 혹은 안심하라 하는 것 같은 그 고갯짓은 그의 버릇과 같은 인사로, 미교와 눈이 마주칠 때마다 미소 대신 보여주는 것이기도 했다. 또 그것을 받는 미교의 인사는 늘 환한 미소였다.

"엄마 요 앞에 나가셨어."

주방에 있던 아줌마가 미교를 보며 알려주었다. 미교 엄마의 일을 도와주는 청주댁인 모양이다. 홀은 그 시간대의 평소와 달리 사온 외에도, 늦은 점심을 하는 세 명의 중년 여자들의 수다로 약간 시끄러웠다. 그 여자들이 반찬을 더 달라 해, 미교는 그 심부름을 하고 사온이 식사를 거의 끝낸 것 같아 식혜 한 잔을 들고서 또 바로 그의 테이블로 갔다.

"찬바람 맞았습니까?"

미교가 식혜 잔을 놓는 것을 보며 사온은 물었다.

"어……."

미교는 얼른 한 손을 제 얼굴에 댔다.

"까칠해요?"

"감기 듭니다."

사온의 말이 걱정으로 들려 빙그레 미소를 띤 미교가 '그렇잖아도 목이 좀 아프다'고 말하는 중에 덜컹, 소리가 났다. 입구의 문이 그것도 급히 열리는 소리였다. 미교는 소스라쳤다. 소리를 낸 이가 상엽이었던 까닭이다. 그는 미교를 보자마자 성큼 다가와 손목을 낚아챘다.

"왜, 왜 이래요?"

미교는 당황하면서도 저항했다.

"따라와. 할 말 있어."

상엽은 미교를 잡고 입구로 끌었다. 주방에 있던 청주댁이 놀라서 나와보고, 수다를 떨던 여자들도 무슨 일인가 싶어 모두 한곳으로 눈길을 던졌다. 상엽은 누가 말릴 틈도 없이 금세 미교를 데리고 식당을 나갔다.

식당 밖으로 미교를 끌고 나온 상엽은 바로 근처에 세워둔 제 차에 다짜고짜 그녀를 태우려 했다.

"놔……. 무슨 짓이에요?"

미교는 잡힌 팔을 흔들며 저항했다.

"말 좀 하자고……."

"난 할 말 없어요. 아까 말한 게 다야……."

"일단 타."

상엽은 막무가내였다. 거의 흥분 상태였다. 미교가 싫다, 소리치는데도 그녀를 조수석으로 밀었다. 그런 상엽의 행동을 멈추게 한 것은 '실례합니다' 하는, 정중한 소리였다. 바로 제사온이다. 그는 어느새 실랑이하는 두 사람 곁에 와 있었다.

"여자분을 놔주십시오."

사온이 말했다. 상엽은 대답 대신 '넌 뭐야?' 하는 의아한 눈빛을 던졌다.

"서미교 씨 손을 놔달라 부탁드리고 있습니다."

사온의 '부탁'에 상엽은 먼저 미교에게 눈을 옮겼다.

"아는 사람이야?"

미교는 뭐라 대답해야 할지 몰라 상엽의 눈을 피하는 것으로 그것을 대신했다. 문이 열린 차의 조수석에 떠밀리듯 앉은 모습으로 손목 하나는 상엽에게 잡힌 채였다.

"그쪽이 무슨 상관입니까?"

상엽은 다시 사온을 보며 따지듯 했다.

"서미교 알아요?"

"손 먼저 놓으시지요."

"못 놓겠다면?"

상엽의 신경질적인 반응에 사온은 더 기다리지 않고 상엽의 손목을 잡았다. 미교의 손목을 잡고 있는 바로 그 손이다. 덥석 잡은 것도 아니고 가만히 잡았다.

"뭐 하는……."

상엽은 다른 손으로 사온을 떠다밀 듯 거칠게 팍, 쳤으나 바로 움찔했다. 동시에 얼굴도 일그러뜨렸다. 광대뼈 부근이 꿈틀대고, 입은 힘을 잃은 듯 벌어져 그 아랫입술에 바르르, 경련까지 일었다. 그런 상엽의 반응은 사온의, 미동도 없는 무표정과 절묘하게 대비되었다. 미교는 눈치채지 못할 정도로, 물론 아주 잠깐이기도 했다. 상엽은 금세 미교의 손목을 놓았고 거의 동시에 사온도 그를 놓아주었으니까.

상엽은 뒤로 비틀, 물러났다. 아무 소리도 내지 않았지만 손목에 통증을 느끼는 완연한 모습을 보이면서였다. 그 틈에 미교는 재빨리 조수석에서 나왔다.

"둘이…… 무슨 사이야?"

상엽은 둘을 번갈아 보다 미교에게 눈을 멈추었다.

"무슨 사이냐구?"

미교의 머뭇거림에 상엽은 소리쳤다.

"상엽 씨, 제발……."

미교는 어서 이 상황을 끝내고 싶었다.

"그만해……."

"그래서 그랬니? 그새 남자가 있었던 거야? 날 밀어낸 이유가……."

"제발 그만하라니까."

"뭘 그만해? 난 알아야겠어. 이자가 누군지……."

말과 함께 상엽은 사온을 노려봤다.

"알았어요. 가서 얘기해요. 가……. 차에 탈 테니까."

미교는 상엽을 그의 차로 밀었다. 사온과 함께하는 이 상황을 모면해야겠다는 생각밖에는 없었다. 그런데 그 순간에 미교는 제 몸이 뒤로 끌려 상엽으로부터 멀어지는 것에 깜짝 놀란다. 미교 뒤에서 사온이 그녀를 잡아 제 쪽으로 끌어당긴 것이다.

"남자분이 흥분해 있습니다."

사온은, 미교의 어깨를 가볍게 잡고 조용히 말했다.

"지금 단둘이 있는 것은 좋지 않으니 식당에 들어가서 얘기하시지요."

"뭐?"

사온의 말을 상엽이 대번에 받으며 다가섰다. 험악한 얼굴을 하고서다.

"좋지 않아? 그게 무슨 말이야? 내가 무슨 깡패 줄 알아? 나 이 여자 애인……."

"그만, 그만, 그만……."

흥분한 상엽이 사온을 칠 기세를 보이자 미교는 두 손으로 상엽을 밀치며 발작적으로 소리쳤다.

"지금 하는 짓이야말로 깡패잖아……."

내뱉듯 소리치는 미교의 얼굴에는 진한 혐오감이 배어 있었다.

"거기…… 무슨 일이야?"

그때 중년 여인의 무겁고 건조한 목소리가 세 사람 사이로 들어왔다. 모두의 눈길이 목소리가 난 곳을 향했다. 미교의 엄마다. 손에 검은 봉지 다발을 들고 어두운 낯빛을 한 채였다.

얼마 후, 미교는 식당에 있었다. 주방에서 가까운 테이블에 엄마와 마주 앉아 있는 모습이었다. 밖에서의 소란은 엄마의 등장으로 정리가 되었다. 미교의 엄마를 본 적이 없는 상엽이지만 그 자리에서 그것을 눈치채기 어렵지 않을 뿐만 아니라, 그 엄마가 있는 자리에서까지 제 흥분을 못 이기고 소란을 계속할 만큼 그는 비상식적인 사람도 아니었다. 상엽은 말없이 미교 엄마에게 고개만 숙여 보이고는 제 차로 그 자리를 바로 떠났다. 사온은 두 모녀가 식당으로 들어가는 것을 확인 후 물러났다.

미교는 엄마에게 한때 상엽과 사귀었노라 털어놓았다.

"남자가 있는 줄은 전혀 몰랐지."

다 듣고 난 뒤 엄마는 말했다.

"잘 헤어졌다. 여자관계 복잡한 놈은 나중에 또 그래. 더구나 의사씩이나 되는 놈이 찌질하게 여기까지 와서 행패 부리는 것만 봐도 영 아니다."

미교는 제 손만 만지작댔다. 양다리를 걸친 실수만 뺀다면 여자에게 행패나 부리는 그런 남자가 아니라고, 변명해 줄 기분도 나지 않았다.

"괜찮겠어?"

엄마는 걱정하듯 물었다.

"혹시 너······."

엄마는 딸의 눈길을 잡아, 그 나머지 말을 전달했다. 미교는 바로 알아듣고 고개를 흔들었다. 그럴 만큼 오래 사귄 것도, 깊은 마음의 정을 나눈 것도 아니었으니.

"그래. 그럼 됐다."

엄마는 안심하는 표정으로 고개를 주억거렸다.

"남녀 사이 그거 아니면 금세 잊힌다."

"미안해. 오빠 문제도 있는데 나까지······."

"그거랑 같애? 정교, 이 자식을 그냥······. 아니다. 그놈 말해봐야 내 입만 아프지. 넌 언제 서울 올라갈 거야? 거기 자취방 너무 오래 비워두는 거 아냐? 아예 연말까지 엄마랑 있고 새해 되면 갈래?"

"가는 건 어렵지 않은데······ 엄마 혼자 괜찮겠어?"

"네가 있다고 뭐 달라져? 생각해 보니 차라리 네가 없는 게 낫겠어. 엄마야 이 나이에 험악한 꼴 당해봤자지, 넌 아니잖아. 그 깡패 놈들이 무슨 짓을 할지······."

엄마는 길게 한숨을 쉬더니 '들어가라'며 몸을 일으켰다. 저녁 손님을 위한 준비를 위해 주방으로 발길을 옮기는 엄마를 미교는 물끄러미 바라봤다. 왜 저리 구부정할까. 한때는 사모님 소리를 들으며 부유하게 살던 엄마였는데, 그때만 해도 나이에 비해 젊어 보이는 어여쁜 엄마였는데 남편과 아들로 인한 마음고생은 한순간에 엄마를 나이보다 10년은 더 들어 보이게 만들어놓았다. 더구나 '아들 문제'는 여전히 엄마의 발목을 잡고 있고, 미교에게도 마찬가지였다.

미교는 자리에서 일어나 제 축 처진 어깨를 의식도 못한 채 문을 열었다. 밖으로 나와 자전거에 올랐지만 어디로 가야 할지를 몰라 한참이나 페달에 발을 올리지 못했다. 내내 마음 한편을 무겁게 했던 사온을 떠올리니 울적한 마음은 배가되었다. 아까와 같은 소란을 보인 것이 무엇보다 창피했다. 그래도 피해서는 안 되겠지, 변명이든 설명이든 해야겠지, 하며 이윽고 서점을 향했지만 결국 서점 반대편으로 방향을 바꾸고 말았다. 미교가 다시 서점 앞에 나타나기까지는 꽤 긴 시간을 소요해, 이미 날이 저문 후였다.

미교는 서점의 문을 열고 들어섰다. 사온의 모습은 바로 보이지 않다가 미교가 한 발 한 발 천천히 계산대로 다가서는 사이 덜컹, 문소리와 함께 안쪽으로부터 나타났다. 막 옷을 입고 나오는지 미처 잠그지 못한 셔츠를 날리며 또 그 셔츠 안으로 알몸을 보이면서였다.

그렇게 나풀, 셔츠가 펄럭인 찰나 사온의 왼쪽 가슴이 미교의 눈에 들어왔다 사라졌다. 정확히는 쇄골과 왼쪽 가슴의 중간쯤에서 약간 더 겨드랑이 쪽에 가까운 지점에 있는, 세 개의 점처럼 보이는 것이다. 마치 오리온 별자리의 삼태성(三台星)처럼, 그것은 일 센티미터의 간격을 두고 사선 방향으로 나 있었다.

"또 찬바람 맞았습니까?"

셔츠의 단추를 여미며 다가온 사온이 미교의 빨개진 얼굴을 보며 물었다. 찬바람에 빨개졌을 뿐만 아니라 당황스러움도 한몫하고 있다는 것을 아는지 모르는지, 그는 미교의 안색을 살피며 괜찮으냐고 다시 물었다.

미교는 말없이 고개를 떨어뜨렸다. 당황했음에 더해 뭐라 설명할 길 없는 제 심정을 그렇게 감추었다. 더구나 여태껏 자전거 전용도로를 몇 번이나 돌며 준비했던 말까지도 머릿속에서 홀랑 날아가 입은 더욱 떨어지지 않았다. 사온 역시 더 묻지 않고 그녀를 부드럽게 잡아서, 방금 자신이 나왔던 방으로 이끌었다.

아주 비좁은 방이었다. 침상인지 소파인지 모를, 두 개의 매트리스를 겹쳐 누빔 시트를 씌운 길고 안락한 장의자에, 철제 캐비닛과 작은 테이블이 전부였으니까. 서점 아줌마는 이곳을 어떤 용도로 사용했는지 모르지만 사온은 여기서 잠도 자는 것이 분명하다고 미교는 생각했다. 사온은 미교를 장의자에 앉힌 후 다시 나가, 잠시 후 김이 모락모락 나는 머그잔을 들고 돌아왔다. 미교가 받아서 보니 유자차다.

"그러다 감기 걸립니다."

사온은 걱정의 말을 제 건조한 어조에 실어 말했다. 미교는 그렇잖아도 피로와 함께 열이 오르는 것을 느끼던 중이었다. 거기에 유자차를 한 모금 마시니 맥이 탁 풀리는 느낌마저 들었다.

"어디…… 앉으셔야죠?"

미교는 말하며 옆으로 조금 물러나 앉았다. 장의자 외에는 앉을 만한 데가 달리 없었기 때문이다. 사온은 곁에 앉았다.

"아깐 죄송했어요. 괜히 나 때문에 봉변당하고……."

사온이 앉자마자 미교는 말을 이었다. 그가 맞은편에 서 있는 것보다 옆에 있으니 말하기가 훨씬 수월했다. 손안의 머그잔이 전하는 따뜻한 온기도 용기를 주었다.

"실망하셨죠?"

"네."

그의 짤막한 대답에 미교는 말문이 막혔다. 대신 옆으로 살짝 고개를 돌리니 그의 얼굴과 바로 만난다. 검은색 뿔테안경 너머로 늘, 어딘지 선명치 못한 눈빛을 한 얼굴을.

"실망을 안겨주는 여자가 매력 있어요."

사온은 속삭이듯 말했다.

"혹시 실망시킬 일이 더 있습니까?"

"네. 아주 많아요."

미교는 쓴웃음을 머금었다.

"그중 하나만 말하면…… 오빠가…… 도박 중독자예요."

그녀는 그 말을 한숨처럼 하면서도, 제 얼굴에 드러날지 모를 어떤 감정을 굳이 숨기려 하지 않았다. 그것은 짙은 피로가 묻어난 혐오감이었다. 피붙이기에 걱정도 되는 한편, 같은 이유로 품게 된 그것이 이제는 천형처럼 따라붙게 된 것이리라.

"병원을 그만두고 엄마한테 내려와 있는 것도 오빠 때문이었어요. 이상한 남자들이 몰려와서 오빠 어딨는지 대라고 식당을 다 때려 부숴 엄마가 충격을 받으셨거든요."

당시 이모의 연락을 받고 와보니 엄마는 집에서 몸져누웠고 식당은 아직 수습도 못한 상태였다. 미교는 그런 엄마가 걱정돼 떠나지 못했다.

"오빠가 어디서 죽었는지 살았는지 우리도 모르는데 말예요……."

말끝을 흐리며 미교는 아버지를 떠올렸다. 오빠가 그렇게 된 데에는 아버지의 영향이 적지 않았지만 그 사연까지는 차마 털어놓을 수도, 그럴 이유도 없어 입술을 꼭 다물었다. 더구나 그런 구질

구질한 사연을 사온이 들어줘야 할 의무도 없지 않은가.

"피곤한 것 같군요."

사온은 미교의 손에서 머그잔을 부드럽게 빼앗아 바닥에 놓았다. 이어 '기대요' 하며 그는 미교를 제 반대편으로, 역시나 부드럽게 밀었다. 그쪽에는 커다란 쿠션이 벽에 비스듬히 기대어 있었다. 미교는 사온이 이끄는 대로 쿠션에 몸을 편히 기대어, 그가 담요를 꺼내 몸에 덮어주는 것도 마다하지 않았다. 그녀는 그를 물끄러미 바라보기만 했다.

"사온 씬…… 누구예요?"

미교는 불쑥 물었다. 턱 밑에, 담요를 잡은 사온의 손길이 와 닿았을 때였다. 동시에 그의 왼쪽 가슴에서 보았던 별 같은 점도 함께 떠올렸다.

"서른둘에 백수, 그거 말고."

"스물다섯, 전직 간호사. 나도 미교 씨에 대해 아는 건 그것뿐인데요?"

"오늘 조금 더 알았잖아요. 실망스러운 거."

"미교 씨도 차차 알게 될 겁니다."

"그럼…… 먼저…… 벗어봐요. 안경…….."

"실망할 텐데?"

"실망이 매력이라면서요……?"

미교의 목소리는 잦아들고 있었다.

"근데요, 난…… 실망하지 않을 거예요…… 사온 씨한테…….."

말을 하며 다시 사온의 '별'을 떠올린 미교였지만 아스라해지는 정신에 그도 잠깐이었다. 사온의 얼굴이 흐려졌다. 또 잠깐은 보이지 않다가 다시 보이고 또다시 사라지고를 반복했다. 미교의 눈꺼풀은 완전히 아래를 향하기 전에 속눈썹의 파르르한 떨림을 보였다. 그녀는 서서히 잠에 빠져들었다.

그리고 그 과정은 모두 사온의 눈에 담겼다. 그는 미교의 고개가 옆으로 툭, 떨어지고서야 일어나 그녀의 다리를 장의자 위로 올려, 마저 담요를 덮어준 후 자신은 그 끄트머리에 다시 걸터앉았다. 그 사이로 바닥에 놓인 머그잔의 내용물을, 그것이 반쯤 줄어든 것을 확인하듯 잠깐 본 것만 빼고는 줄곧 미교의 얼굴에 눈을 고정했다. 미동도 없이 꽤 오래였다.

사온은 이윽고 움직임을 보였다. 미교 위에 덮인 담요를 잡아 아래로 내린 것이다. 이어서 놀랍게도 그는 미교의 두툼한 카디건의 지퍼를 내리고 그 안에 있는 체크셔츠의 단추를 풀었다. 분명 옷을 벗기는 것이다. 서둘지 않으면서도 신속하게, 그리고 그녀의 가슴 앞만을 풀어헤쳤다. 그러는 동안 미교는, 아무리 깊이 잠들었어도 제 옷을 벗기는 것도 모를까 싶게, 흡사 시체처럼 축 늘어져 있었다.

마침내 앞이 열린 체크셔츠 안에서 위로 올라간 얇은 면 티 아래로 연한 핑크빛의 브래지어가 드러났다. 그제서 움직임을 멈춘 사온은, 브래지어 위로 살짝 부풀어 오른 미교의 왼쪽 젖가슴을 보고 있었다. 눈빛이나 표정 모두, 흔히 여자의 알몸을 향해 보이는 남자의 그것과는 거리가 있었다.

사온은 천천히 손을 뻗어 조심히, 그녀의 그 왼쪽 브래지어의 캡 윗부분을 살짝 아래로 내렸다. 그러자 그곳, 젖꼭지가 드러나기 직전의 위치에, 놀랍게도 사온의 가슴에 있는 것과 같은 삼태성 모양의 점 세 개가 자리하고 있었다. 쌀알의 반도 안 되는 크기의, 옅은 갈색 점이었다.

그 점들 하나, 하나에 사온의 손끝이 스친다. 그사이 그의 호흡
도 거칠어졌다. 미교의 옷을 벗기는 동안에도 무덤덤했던 그가 그
제야 욕망에 사로잡힌 듯 어쩔 줄을 몰라 했다. 그는 미교의, 세
개의 점 위로 고개를 숙였다. 그리고 혀를 내어 그 '삼태성'을 크
게 한 번 핥았다.

미교가 눈을 떴을 때는 사방이 어두웠다. 잠시 동안은 자신이
눈을 뜬 곳이 어딘지도 몰랐다가 곧 알아채고는 몸을 일으켰다.
완전히 죽어 있었나 봐, 그녀는 중얼거리며 귀를 기울였지만 아무
소리도 들리지 않았다. 몇 시지, 하며 카디건 주머니를 더듬어 핸
드폰을 켜니 자정이 가까워오고 있었다. 놀란 그녀는 얼른 일어나
핸드폰의 불빛을 이용해 문을 찾았다.

그런데 문고리를 잡고 열기 전, 그녀는 다시 사온의 왼쪽 가슴
을 머릿속에 떠올렸다. 자신과 똑같은 점이, 그것도 몸의 같은 곳
에 있다니, 그런 사람을 만나다니, 이제는 당황스럽기보다는 신기
하고 묘했다. 우연인가, 아니면 운명인가.

"일어났군요."

미교를 보며 사온은 말했다. 그는 서가 앞에 있는 동그란 플라
스틱 의자에 앉아 손에 책을 들고 있었다. 서점 안 조명은 바로 그
서가 앞에만 밝은 빛을 내고 있을 뿐 대체로 어두웠다. 미교는 계
산대를 나와 사온 앞으로 다가왔다.

"깨우지 그랬어요?"

손에 핸드폰을 든 미교가 말했다.

"엄마한테 전화도 와 있었는데 그것도 못 듣고 자다니, 나 원래 깊은 잠 잘 못 자는데."

"감기 기운 때문일 겁니다."

사온은 책을 놓고 일어섰다.

"얼른 가봐야겠어요. 엄마가 걱정하시겠어요."

"어때요? 몸은?"

"푹 잘 잤나 봐요. 아주 개운해요."

미교는 쑥스러운 듯 웃었다. 그런 그녀 앞으로 사온이 다가서고, 누가 먼저랄 것도 없이 자연스럽게 서로를 향했다. 미교의 작고 가녀린 몸은 사온의 품 안에 온전히, 동시에 갇히듯 안겼다. 두 사람은 오래 그렇게 있었고, 이상하게도 그 모습이 그들의 운명처럼 보였다.

얼마 후 두 사람은 언젠가 사온이 미교를 집에 바래다주던 날에 그랬듯 고적한 골목길을 걷고 있었다. 자전거는 사온이 끌고서.

"병원 소개해 주세요."

미교는 갑자기 말했다. 사실은 오는 길에 그렇게 결심한 것이었다.

"서울 갈 거예요. 그러니 전에 말씀하신 병원 소개해 주세요."

"언제 갑니까?"

"내일…… 아니, 모레요. 사온 씬요?"

"이런, 인연인가 봅니다. 마침 나도 모레 서울 올라갑니다."

사온이 너무나 자연스럽게 말을 받아 미교는 정말 그것을 '인연'이라 믿어버렸다.

3. 사이코

미교와 사온은 고속버스로 서울에 도착했다. 사온은 커다란 배낭에 미교의 짐인 캐리어를, 미교는 보스턴백 하나를 든 모습이었다. 두 사람은 터미널 부근에서 함께 늦은 점심을 먹고 곧장 미교의 자취집이 있는 곳으로 움직였다.

"사온 씨 집은 반대 방향이라면서요?"

택시에서 내려 걷는 길에 미교는 말했다.

"부모님과 함께 사는 집이에요?"

"아닙니다."

"나처럼 자취?"

"네."

"밥은 주로 사먹구요?"

"네."

"어머님이 반찬 안 해주세요?"

"전혀."

"하긴 다 큰 백수 아들 뭐가 이쁘다고 반찬 만들어주겠어?"

미교의 악의 없는 비웃음에 사온이 애매한 어깻짓을 하니 그녀는 깔깔 소리를 내 웃었다.

미교의 자취집은 차도에서 이면도로를 따라가다 만날 수 있는 한 다가구주택의 1층이었다. 출입구가 정문이 아닌, 담장 사이로 난 조그만 문을 통해 난 좁은 통로의 맞은편 철문인데 그 옆으로 있는 창에 설치된 굵은 은색 창살은 흡사 교도소의 그것을 방불케 했다.

"너무 오래 비워둬서 추울 거예요."

열쇠로 문을 열며 미교는 말했다. 사온은 미교 뒤를 따라 안으로 들어갔다. 차가운 공기가 먼저, 이어 주방을 겸한 작은 공간이 두 사람을 맞았다. 소파는 따로 없이, 식탁을 겸해서 쓰는 것이 분명한 4인용 테이블과 의자가 중앙을 차지한 비좁은 곳이었다. 그럼에도 벽지의 색감과 그에 어울리는 커튼과 테이블 보, 그리고 주문 제작했을 것 같은, 소박하지만 인상적인 디자인의 장식장 등은, 이 자취집의 주인이 실내장식에 얼마나 정성을 쏟았는지를 한눈에 엿볼 수 있게 했다.

"와, 먼지……."

가방을 내려놓던 미교는 테이블 위를 보며 말했다. 이어 보일러를 튼다며 싱크대 옆에 있는 다용도실의 문을 열었다. 그사이 사온은 눈으로 안을 훑어, 두 개의 문이 더 있는 것을 확인한다. 방과 화장실일 것이다.

"사온 씨 가면 청소부터 해야겠다."

다용도실에서 나온 미교가 무심히 말했다.

"빨리 가라는 겁니까?"

"네?"

미교는 눈을 동그랗게 떴다. 사온이 아주 신중한 얼굴로 물었던 것이다.

"아뇨. 커피 마시고 가세요."

미교는 곧 웃음을 띠었다.

"그럼 커피 마시고 함께 청소하자면요?"

"절대 거절 안 하죠."

방긋 웃는 미교 앞으로 사온이 다가와 그녀의 머리 뒤를 부드럽게 잡아 제 눈 아래에 두고는, 언제나처럼 화려하게 땋은 그것의 정수리에 입을 맞추었다. 미교는 눈을 감고 위로부터 전해지는 그의 체온과 깊은 호흡, 이어지는 '커피 주시죠' 하는 목소리를 꿈결처럼 느끼고 있었다.

두 사람은 커피를 마시고, 각자 편한 옷으로 갈아입은 뒤 청소를 시작했다. 창문을 열어 환기를 하고, 진공청소기를 돌리고, 걸레질을 하며, 두 사람은 그것이 청소인지 색다른 데이트인지 알수 없게, 특히 미교의 장난과 웃음소리가 끊이지 않았다.

청소를 모두 끝내고 나서 미교는 따뜻한 물이 떨어지는 샤워기아래에 있었다. 머리만 수건으로 감싼 채 나머지를 모두 드러낸 그녀의 몸은 물줄기도 이길 수 없을 것처럼 작고 가녀렸지만 동시에 생동감이랄까, 강인함을 감춘, 그런 종류의 생생한 활기를 불러일으켰다. 그것은 그녀의 얼굴에서도 느껴지는 것으로, 총명해 보이는 눈빛 덕분인지 입꼬리가 살짝 위를 향한 야무진 입매 덕분인지는 알 수 없었다. 예쁘다면 예쁘다 할 수 있고, 그 반대의 의견도 전혀 불가하지만은 않을 것 같은—그러니 매력적이었다—기묘한 불균형을 물론 포함해서다.

옷을 입고 화장실에서 나온 미교는 열린 침실 문 사이로 보이는 사온의 뒷모습을 향해 걸음을 멈추었다. 그리고는 푹, 나온 웃음을 간신히 참았다. 혼자 있으면서도 두 손을 앞으로 모아 가볍게 맞잡고 있는 모습 때문이었다. 방 안을 눈으로 훑고 있는 그는 미교보다 먼저 씻었던 터라 얼굴 가까운 곳의 머리가 조금 젖어 있었다. 미교는 살금살금 그의 뒤로 가 두 팔을 크게 벌려 살그머니 끌어안았다.

"뭘 그렇게 봐요?"

미교가 물었다. 사온은 제 뒤의 그녀를 느끼며 그대로 있었다.

"평범한 방인데……."

침실 청소만은 미교 혼자 했는데 아직 관계가 분명하지 않은 남자의 손길이 민망해서였다. 사온은 팔만 움직여 제 앞으로 와 있는 미교의 손을 부드럽게 잡았다.

"손이 예쁘군요."

그는 미교의 손을 한 손에 받쳐 들고, 다른 손으로는 그녀의 손등을 손끝으로 쓸었다.

"좋아해야 할지 말아야 할지……."

사온의 등에 얼굴을 댄 채 미교는 수줍은 미소를 지었다.

"손 예쁜 여자치고 얼굴 예쁜 여자 없다는데요?"

그러자 사온은 천천히 몸을 돌려, 화장기 없는 미교의 해맑은 얼굴을 마주했다. 그리고 두 손 가득 그녀의 얼굴을 쥐었다. 그렇게 그녀의 얼굴을 잡고 입맞춤을 할 것처럼 고개를 기울인 그는, 다만 그녀의 이마에 제 이마를 갖다 댈 뿐이다.

"그렇군요."

사온은 속삭였다. '손 예쁜 여자의 얼굴은 못생겼다'에 동의한다는 듯.

"네에?"

어이없다는 미교의 목소리는 곧장 쿡, 하는 웃음으로 바뀌었다. 그런데 그 웃음은 길지 않았다. 그녀는 제 얼굴을 잡고 있는 사온의 손으로부터 기이한 느낌을 전달받았다. 꿈틀꿈틀, 움직임을 보이는 그것은 제 손에 잡힌 얼굴을 놓지 않은 채로 더듬는 것 같았다. 마치 장님처럼 제 손끝의 감각으로만 얼굴의 생김새를 익히려는 것처럼, 또 그것이 지나쳐 얼굴 안으로 파고들려는 것도 같았다. 미교는 사온의 손으로부터 약간의 압력까지 받았다. 코앞에 있어, 그 너무 가까운 거리감으로 인해 보이지 않는 그의 얼굴은 뜨거운 숨결만으로 제 존재를 알리고 있었다.

사온은 이제 미교의 눈꺼풀에 입술을 가져다 댔다. 미교는 눈이 너무 뜨거웠다. 뭐지, 이 느낌은? 그에게서 전해지는 감정을 딱 집을 만한 단어가 떠오르지 않았다. 그저 남자가 여자를 갈구하고, 그로 인해 발산하는 욕망이라고 하기에는 부족했다. 전혀 다른 것이라고 말할 수는 없었지만 더욱 복잡하고 절박했다. 그리고 위험했다. 미교는 소름이 끼쳤다.

"사온 씨……."

미교는 나직이 불러보았다. 가쁜 숨을 참듯 불안정한 목소리였다. 그런데 놀랍게도 그녀의 부름과 함께 그 기이한 느낌은 말끔히 사라졌다.

"파스타……."

사온이 입을 열었다. 목소리만큼은 채 가라앉지 않은 뜨거운 호흡이 섞인 채였다.

"먹으러 갈까요?"

"네에……. 그러고 보니 배고프네요."

"미교 씨 청소 열심히 했습니다."

사온은 고개를 들고 미교의 머리를 잡고 있던 손도 천천히 떼었다. 미교는 비로소 그의 얼굴을 볼 수 있었다. 평소와 같은 모습이었다.

"우리……."

미교는 머뭇거리며 말했다.

"무슨…… 사이인가요?"

"무슨 사이할까요?"

"음…… 남친, 여친?"

"좋습니다."

사온의 말이 떨어지기 무섭게 이번에는 미교가 그의 가슴에 손을 짚고, 발꿈치를 들어 재빨리 입을 맞췄다. 키 차이가 나 사실 발꿈치를 든 것만으로는 그녀의 입술이 사온의 그것에 닿기 쉽지 않았는데 그가 고개를 숙여주어 가능했다. 그래선지 미교의 얼굴이 빨개졌다. 자신의 행동을 사전에 들켰다는 것과 함께, 자칫했으면 그의 입술이 아닌 턱에 대고 입을 맞출 뻔했다는 것을 의식한 것이다.

"파, 파스타 먹으러 가자구요? 그럼 옷을 갈아입어야 하니까……."

미교는 사온의 팔을 잡고 문으로 밀었다.

"나가서 담배 피우고 있어요."

사온을 방에서 몰아낸 그녀는 등 뒤로 문을 닫았다. 가슴이 고동쳤다. 그것이 어느 정도 진정된 후에야 그녀는 옷을 갈아입으려 옷장을 열었지만 사온과 함께 파스타를 먹으러 가지는 못했다. 문밖에서 핸드폰 벨 소리가 난다 했더니 그가 일이 생겨 가봐야겠다, 미안하다, 했던 때문이다. 아쉽지만 미교는 그를 보냈다.

사온이 떠난 후 미교는 엄마의 전화를 받았다. 진즉 서울에 도착했을 딸의 전화가 없자 걸려온 전화였다.

"근데 엄마……."

안부를 마무리할 쯤 미교는 미적댔다.

"혹시…… 나한테 형제가 더 있는 건 아니지? 오빠 말고."

엄마의 대답은 즉각 들려오지 않았다.

[뜬금없이 뭔 소리야?]

한 호흡의 사이를 두고 들린 엄마의 목소리는 시큰둥했다.

[이복이라도 있을까 봐? 글쎄. 네 아빠가 어디서 무슨 짓을 했을지까지야 내 모르지.]

"그런 뜻 아니고……."

미교는 서둘러 전화를 끊었다. 그리고 곧장 제 왼쪽 가슴에 손을 댔다. 그 이상하고 희귀한 우연 앞에 그녀는 별의별 상상을 다 했던 것이다. 그러다 보니 피식, 웃음도 난다. 미교와 사온의 외모는 억지로라도 닮은 구석을 찾기 힘들었다.

"제사온⋯⋯."

입속으로 중얼거리던 미교는 저도 모르게 빙그레 웃음 지었다.

서울 자취방으로 돌아온 이틀째 되던 날 미교는 늦은 오후에 집을 나섰다. 짙은 감색의 반코트 외출복 차림으로, 걸어서 10분 거리에 있는 지하철역으로 들어갔다. 어제까지는 집에서만 시간을 보내며 사온과 전화를 주고받았었다. 병원을 소개해 준다던 그는 시간을 내기가 힘든지, '친구를 만나라' 하는 말로 기다려 달라는 말을 대신했다. 이틀 전 전화를 받고 급히 떠나던 그의 모습을 떠올리며 나쁜 일이 생긴 건 아닌지, 하는 걱정도 약간 되었지만 전화상 목소리로는 전혀 그런 느낌을 받을 수 없어 복직을 한다 했으니 그 때문일 수도 있지, 해버렸다.

그러면서 그녀는 정작 제 복직에 대해서는 그리 서둘지도, 걱정하지도 않았다. 간호학과를 나오면 거의 백 퍼센트 취직이 된다는 점을 고려할 때, 더구나 4년제 간호학과를 우수한 성적으로 나와 대학병원 경력까지 있는 미교에게 구직이란, 설사 사온이 소개해 주지 않아도 결코 어려운 일은 아니기 때문이다. 그래서 미교는 정말 사온의 권유대로 친구를 만나기 위해 집을 나섰던 것이다.

미교는 도착지의 지하철역에서 내려 5분을 걸었다. 그렇게 당도한 곳은 '계성의대종합병원' 앞이었다. 바로 그녀가 근무했던 곳, 상엽이 현재 레지던트로 있는 병원이다. 여기서 함께 근무하며 친하게 지냈던 대학 동기이자 같은 간호사인 친구를 만나러 온 것인데 그 친구와 어젯밤 통화로 서울에 있다고 알려주니 친구는 몹시 반가워하며 '얼굴이라도 보자' 해 미교가 움직인 것이었다. 엄마 집에 내려가 있는 동안 만나지 못했으니 친구가 보고 싶기는 미교도 마찬가지였다. 다만 상엽을 만나지 않을까, 그것이 마음에 걸렸지만 사실은 부러 만나려 해도 쉽지 않을 만큼 규모가 큰 병원인데다 친구가 있는 곳은 별관인 VIP 병동이라 다소 안심도 되었다. 미교는 그가 찾아왔던 날 바로 그의 번호를 수신거부 해놓았다.

별관은 따로 관리인이 있는 넓은 지상 주차장과 잘 꾸며진 뜰을 갖춘 건물로, 다른 병동에 비해 그 입구부터 비교적 한산한 편이었다. 미교는 그 뜰을 가로질러 천천히 걸었다. 걸음을 멈춘 것은 눈앞에서 무엇인가를 발견했을 때였다. 그것은 사람이고, 남자였다. 회청색 슈트 차림의 남자는 주차장 방향으로부터 별관 입구를 향해 걸어가고 있었다.

"사온 씨……?"

미교는 손 하나를 이마 위에 대고 눈을 가늘게 떴다. 거리가 있어 썩 선명하게 보이지는 않았지만 그녀의 눈은 분명 사온으로 인식하면서도 머리는 또 다르게 반응하고 있었다. 회청색 슈트의 남자는 그동안 미교가 보아왔던 사온의 모습하고는 너무도 달랐으니까.

때문에 미교는 자신이 잘못 봤나 싶으면서도 또 한편으로는 궁금하기도 해 걸음을 급히 떼려는 찰나, 별관 입구로부터 어떤 남자가 불쑥 튀어나왔다. 사온이 별관 입구에 채 이르기도 전이었다. 남자는 사온을 마중 나온 듯 곧장 그를 향해 인사했다. 그렇게 인사한 모습이나 그 인사를 대충 받는 둥 마는 둥 입구로 들어가는 사온, 또 바로 그 뒤를 따르는 남자의 유연한 움직임은 흡사 잘 훈련된 일련의 과정처럼 이어졌다.

미교는 움직이지 않고 잠시 그대로 있었다. 낯설고 묘한 인상에 사로잡힌 때문으로, 그것은 자연스레, 언젠가 사온을 만나러 서점을 방문했던 짙은 빛깔의 슈트를 입은 남자를 떠올리게 했다.

미교는 갑자기 달렸다. 달려서 별관의 입구로 뛰어든 그녀는 로비를 두리번거렸지만 사온과 또 한 명의 남자 모습은 보이지 않았다. 그녀는 또 승강기 앞으로 달렸다. 역시나 아무도 없었다. 다만 두 대의 승강기 중 하나가 움직이고 있어 숫자판을 확인하니 그것은 제일 꼭대기 층인 5층에서 멈췄다.

"잘못 봤겠지……?"

미교는 중얼거렸다. 복직한다 했던 사온이 병원에서 근무했던 것이 아닌 다음에야 이곳에 모습을 보일 리 없지 않은가. 더구나 그는 무역 일을 한다 했었다.

얼마 후 미교는 간호사 탈의실 겸 휴게실에서 친구를 만나, 잠시 후에는 커피를 손에 쥐고 앉아 있었다.

"미안해."

단발머리의 간호사 친구는 말했다.

"교대자가 펑크 낼 줄 누가 알았어?"

"괜찮아. 내가 이 생활 몰라?"

3교대로 움직이는 종합병원의 간호사들은 과로 등 여러 가지 이유로 교대를 펑크 내는 일이 드물지 않게 있는 편이다.

"근데 너 복직 안 해?"

친구가 물었다.

"으응, 하긴 할 건데 여긴 아냐."

"안상엽 선생 땜에?"

미교는 말없이 커피 잔을 입에 댔다.

"헤어진 남자 마주치는 거 껄끄럽긴 하지. 근데 뭐 얼마나 마주치겠어? 아님 안 쌤이 아직도 지분지분 그래?"

"아니……."

미교는 고개를 저었다.

"그건 그렇고, 민서야. 여기 입원해 있는 환자들 다 알아?"

"그걸 어떻게 다 알아? 왜?"

"그냥……."

"다 돈 많으신 분들인 건 분명하지, 뭐. 주로 회장님들만 누워 있어서 우리끼린 회장실이라고 부르잖어. 특히 5층."

"5층……? 너도 올라가?"

"가끔. 근데 거긴 거의 수간호사 쌤들이 맡아."

민서는 말하며 고개를 흔들었다. 두 사람은 오래 앉아 있지 못하고 헤어졌다. 민서가 긴급 호출을 받았기 때문이다.

미교는 별관을 나와서 바로 떠나지 못하고 제법 오래 뜰을 거닐었다. 혹시나 사온이, 아니, 사온으로 보인 남자가 다시 나오지 않을까 했던 것인데 그런 우연은 일어나지 않았다.

미교는 집으로 돌아와, 잠자리에 들 시간쯤에 사온의 전화를 받았다. 안부 전화였고, 미교는 친구를 만나러 계성병원에 갔었다는 말은 아직 하지 않았다.

"사온 씨…… 혹시……."

통화가 계속되는 중에 미교는 말했다.

"오늘 계성병원에 갔었어요?"

[네. 미교 씨도 병원에 왔었습니까?]

사온이 되물어 미교는 그제야 친구를 만나러 갔었다고 했다. 그러면서 그의 평소와 같은 목소리에 그녀는 안심했다. 그것은 숨길 것이 없다, 거짓말을 하고 있지 않다는 것의 다름 아니었기 때문이다.

[아는 분 문병 갔었습니다.]

"아, 네에. 거기 센 사람들만 입원하는 곳인데……. 사온 씨도 은근 센가 봐……?"

[네. 셉니다.]

"혼자만 좋은 데 복직하지 마시고 저도 좀 취직시켜 주시죠? 언제 시간 돼요?"

미교는 웃으며 물었다. 소개해 준다는 병원에 언제 데려갈 것이냐, 묻는 것이지만 속내는 그를 만나고 싶은 마음이 먼저였다.

[미안합니다. 시간을 내기가 지금은 좀 어렵군요. 병원을 알려 줄 테니 우선 미교 씨 혼자 가요. 그쪽에 미교 씨에 대해 미리 말해놓겠습니다.]

사온은 병원의 이름과 위치를 알려주고 통화가 끝난 후에는 전화번호와 담당자 이름 등을 문자로 보내왔다. 미교는 그와 함께 가지 못하는 것을 아쉬워하면서도 기분 좋게 잠자리에 들었다. 그런데 바로 잠들지 못하고 뒤척이는 중에 핸드폰 벨 소리를 듣는다. 미교는 얼른 일어나 핸드폰을 집어 들었지만 바로 받지 않고 고개를 갸웃했다. 따로 저장하지 않은 번호였기 때문이다. 받을까, 말까, 하다 결국 받았다.

[혹시…….]

미교의 '여보세요'를 받아 핸드폰 너머의 목소리는 그렇게 시작했다. 상엽이다.

[내 번호 수신거부 해놨어? 끊지 마. 후회할 거야.]

미교가 끊으려는 것을 안다는 듯 그는 말했다.

[하나만 묻자. 그때 그놈…… 누구야? 언제 알게 된 거야? 보통 사이 아닌 것 같던데?]

"상관할 거 없잖아요?"

미교는 차갑게 받아쳤다.

[상관할 거 없다?]

상엽은 크큭, 의식적이며 억눌린 웃음을 뱉어냈다.

[양다리라고 날 그렇게 비난해 놓고? 도망가서 그새 남자 만들어놓은 넌 그렇게 잘나 날 똥 취급했냐? 혹시 그전부터 알던 놈 아냐?]

"제발…… 억지 쓰지 말아요."

[억지?]

상엽은 다시 웃음소리를 냈다.

[그럼 어디, 그놈한테 물어볼까? 그놈 전번이 뭐야? 난 삼자대면도 좋아. 셋이 만나서…….]

미교는 더 듣지 않고 전화를 끊었다. 들을 가치도 없는 말이라, 화가 나서 핸드폰을 이불 위로 던지기까지 했지만 곧 다시 집어들었다. 방금 그 번호도 수신거부 할 참이었다. 그런데 문자 신호음이 먼저였다.

「좋아. 안 가르쳐 주면 내가 알아내지. 그까짓 거 사람 쓰면 금방이거든. 두고 보자, 서미교.」

❖

사온은 문을 열고 들어섰다. 슈트를 입은 모습이다. 안은 그리 크지 않은 규모의 게스트 룸 같은 곳이며 또 매우 고급스러웠다. 사온이 들어서기 전, 방에는 이미 한 남자가 있었다. 역시나 슈트를 입은 모습에, 창가에 서서 밖을 내다보던 남자는 사온이 들어오는 소리를 들었음에도 창에서 눈을 거두지 않고 있었다. 창 아래에는 초겨울의 저녁 풍경을 담은 뜰이 펼쳐 있었는데 바로 어제 미교가 친구를 만나러 오며 지났던 곳으로, 또 그곳에서 사온을 발견하기도 했었다.

"오늘 못 넘기실 것 같다."

창가의 남자는 불쑥 입을 열고나서야 천천히 사온에게 몸을 돌렸다. 삼십대 후반 정도로, 사온과 닮은 것 같으면서도 완전히 다른 분위기의 남자였다.

"회사에서 오는 길이니?"

"네."

사온은 소파 앞으로 다가섰으나 앉지는 않고, 그 특유의 정중한 자세로 섰다.

"지분 정리는 거의 됐고, 나머진 법무팀이 알아서 할 거니 복잡한 건 다 끝난 셈이다. 사빈이가 골칫거린데⋯⋯."

그때 노크도 없이 벌컥, 문이 열리고 한 젊은 남자가 모습을 보였다.

"녀석, 양반은 못 되네."

막 들어온 젊은 남자를 향해 사온의 형은 퉁명스럽게 말했다. 젊은 남자는 사온을 보자마자 얼굴을 구기며 곧장 몸을 돌렸다.

"사빈아."

사온의 형이 불렀다. 나가지 말라는 뜻의 억양을 실어서였다.

"너 언제까지 그럴 거야?"

"혁이 형이야말로 언제까지 그거 물어볼 건데요?"

사혁을 보며 말하는 사빈의 말투는 거의 비아냥거리는 투였다.

"내가 대답을 안 한 것도 아니고."

"그렇군."

사혁은 어이없으면서도 수긍하는 얼굴이었다.

"죽을 때까지라고 하긴 했지. 근데 어쩌냐? 죽으려면 아직 멀었고, 너 이제 작은형 밑에서 일 배워야 하는데?"

"사이코 밑에서?"

사빈은 코웃음을 쳤다.

"차라리 자살을 하고 말지."

사빈은 쾅, 소리와 함께 사라졌다. 사온은 내내 아무 말도, 표정도 없었다.

"막내 자살은 네가 책임지고."

사혁은 천천히 다가오며 말했다.

"사빈이까지 죽으면 진짜 답 없다. 차라리 네가 죽어."

"그러죠."

사온은 건조하게 대답했다.

"근데 말이다…… 대체 그 안경은 뭐냐?"

사혁은 사온의 검은색 뿔테안경에 눈을 고정했다.

"박사 같다."

사온은 말없이 손을 들어 천천히 안경을 벗었다. 안경이 사라진 얼굴은 때로 그 허전함을 다른 것으로 메워놓고는 하는데, 사람의 인상을 바꿔 버리는 것도 그중 하나다. 그 차이는 심지어 가면을 벗은 것과 같을 만큼 전혀 딴사람처럼 보이게도 한다. 바로 사온이 그랬다.

"그동안 어디에 가 있었던 거야?"

사혁은 말을 이었다.

"병가 낸 건 이해가 가지만 요양을 할 거면 어디에 있다 거처를 밝히든가. 별장에 있었던 것도 아니고 해외로 빠진 것 같지도 않은데…… 하긴 아버지 저렇게 계신데 해외로 나갈 린 없겠다만."

"지방에 잠시 있었습니다."

"그럼 몸은…… 이제 괜찮은 거야?"

그러나 사온이 미처 대답도 하기 전에 문은 다시 벌컥 열렸다.

"모두 모이시랍니다."

문을 연 남자가 다급히 말했다. 사온과 사혁은 서둘러 방을 나갔다. 이어 빠른 걸음으로 기역 자 복도의 코너를 도니 그곳에는 몇 명의 남자들이 서성이고 있었다. 한 입원실 문 앞이었으며 모두 심각하고 어두운 얼굴들이었다. 그들은 사온 형제를 보고 문에서 비켜나, 그중 한 명은 재빨리 문을 열었다.

VIP 입원실 안은, 침상을 주변으로 많은 사람들이 모여 있었다. 흰 가운을 입은 의사와 다른 의료인 한 명, 나이 지긋한 남자세 명, 사빈, 젊은 여자, 그리고 그 모두가 서 있는 가운데 유일하게 앉아 있는 오십대 중반의 여인이 그들이었다. 그 여인은 침상의 머리맡에 위치한, 환자와 관계된 복잡한 의료기기의 바로 앞에서 손수건을 손에 꽉 쥔 채 침상에 누워 있는 남자를 내려다보고 있었는데, 일흔 전후로 보이는 침상의 남자는 갈색의 밀랍인형 같은 얼굴로 이미 산 사람의 그것이 아니었다. 의료기기 또한 남자로부터 전체 분리된 상태였다.

"편안히…… 운명하셨습니다."

반백의 의사는 침통한 얼굴로 말했다. 사온과 사혁이 들어와 얼마 되지 않아서였다. 억눌린 흐느낌의 소리는 오십대 중반의 여인에게서 가장 먼저 나왔다. 여인은 손수건으로 입을 틀어막고도 흐느낌을 어쩌지 못해 휘청거렸다.

"엄마……."

여인을 부르며 어깨를 잡아주는 사빈 역시 오열을 참지 못하는 모습이었다. 그 곁에서 젊은 여자도 '어머님' 하며 오열했다. 어머니라고 불린 여인은 방금 임종한 남자의 얼굴을 쓰다듬으며 알 수 없는 소리를 오열에 섞어 중얼거렸다.

나이 지긋한 남자들 틈에서는 '회장님' 하며, 방금 고인이 된 남자를 부르는 비통한 목소리가 낮게, 여러 번 새어 나왔다. 그들은 저마다 손으로 눈가를 가리거나 몸을 돌려 손수건을 꺼내 드는 것으로 회장을 향한 저들만의 슬픔을 표현했다.

사혁은 의사 앞으로 가 '수고하셨다'는 말과 함께 몇 마디 주고받고는 이내 가족을 제외한 모두를 이끌고 입구로 움직였다. 그사이 사온은 침상 가까이에서, 의료기기에 있던 제 눈을 천천히 침상의 고인에게로 옮기고 있었다. 의료기기와 고인을 분리한 지 만 51시간 만이었다.

사온은 갈색 밀랍인형과도 같은 아버지의 얼굴을 물끄러미 내려다보았다. 정확히 2년 반이다. 그 기간 동안 아버지는 병상을 단 한 발자국도 벗어나지 못한 채 산 것도, 죽은 것도 아닌 잔인한 시간을 견디어왔다. 의식은 있다, 없다를 반복하고, 움직이지도 못하면서 고통은 느끼는 삶과 죽음의 경계였다. 더 이상의 인위적인 생명 연장은 도리어 환자에게 더없는 고통이라는 결론이야말로, 바로 그 소리 없이 잔인했던 시간의 막다른 지점이 아니고 무엇이었겠는가.

사온은 몸을 숙여 아버지의 손을 잡았다. 아직 온기가 남아 있었다. 지난 2년 반 가까이, 차마 잡아볼 수 없던 손이었다.

"아버진 널 용서 안 하셨어……."

그때, 분노와 눈물이 섞인 목소리가 사온의 귀를 후벼 팠다. 그의 눈은 맞은편의 여인, 아버지의 아내에게 향한다.

"넌 자격 없어."

사온을 보며 여인은 여전한 감정을 보였다.

"압니다."

사온은 조용히 대답했다.

"나쁜 놈……. 용서할 수 없는 놈……."

여인의 감정이 격해지자 사빈은 다시 '엄마' 하며 부축하듯 그녀의 팔을 잡았다.

"아버지 살려내. 이놈아……."

여인은 흐느낌과 함께 토해냈다.

"내 딸 살려내……."

"어머니……."

사혁이 급히 끼어들었다. 아버지의 임종을 함께했던 이들을 입구에서 막 배웅하고 온 찰나였다.

"이제 지난 일은 더 이상 거론하지 마세요. 건강도 안 좋으신데 그러다 어머니까지 자리보전하십니다."

"살아 뭐 해? 차라리 죽기라도 했으면……."

"그만하시라니까요. 당신이 어머니 저리로 모시지."

사혁이 젊은 여자에게 말하며 소파 쪽을 가리켰다. 사혁의 아내로 보이는 여자는 어머니를 부축해 몸을 돌리고, 그사이 내내 사온을 노려보고 있던 사빈도 그 뒤를 따랐다.

사온과 그의 형제 모두가 어머니라고 부르는 여인은 사실 세 형제 모두의 생모가 아니다. 생모는 사빈을 낳으면서 임신중독증으로 사망하고, 이후 아버지의 재혼으로 세 형제를 뒷바라지한 이가 바로 계모였다. 제 회장의 재혼 당시 겨우 돌이 지난 사빈은 전적으로 계모의 손에서 자랐는데 원래 아이를 좋아한 계모는 사빈을 제 친자식 이상으로 정성껏 돌봐, 사빈 역시 계모를 마음으로는 친모라 생각할 정도였고, 현재까지도 세 형제 모두, 특히 계모와 열여덟 살 차이밖에 나지 않는 사혁조차도 깍듯하게 '어머니'라 부르며 예를 다했다.

사혁은, 제 아내와 막냇동생이 어머니와 함께 소파에 있는 것을 확인하고는 천천히 아버지 곁에 가 앉았다. 그리고 이불 밖에 나와 있는 아버지의 팔을 다시 그 안으로 조심히 집어넣었다. 마치 잠든 아버지를 돌보듯.

"평안하시길……."

기도하듯 입속으로 중얼거린 사혁은 아버지의 얼굴로 눈을 옮기고서야 눈물을 머금었다. 그 눈물이 뺨을 타고 턱 밑으로 뚝 떨어질 찰나, 사혁의 입에서 '나쁜 자식' 하는 소리가 나직이, 신음처럼 흘러나왔다. 맞은편에서 그 소리를 들은 사온은, 그런데도 무섭도록 무덤덤한 얼굴이었다. 눈빛조차 건조해 아버지를 보낸 최소한의 슬픔조차 느끼지 못하는 사람 같았다.

먹구름이 잔뜩 낀 먼 하늘로부터 번쩍, 불빛이 일고 그 잠시 후 요란한 천둥소리가 울렸다. 비도 눈도 내리지 않았다. 더구나 아직 오후 3시인데 저녁처럼 어두운 시내 중심가는 제 안의 모든 것을 잿빛으로 물들여, '제양사'라 음각된 석조 조형물을 배경으로 선 한 빌딩에 대해서도 예외가 아니었다. 거기에 더해 그 14층짜리 빌딩의 입구 양옆을 차지한 검은색의 조화와 입구를 드나드는 사람들의 어두운 옷 빛깔은 그러한 분위기를 한층 우울하게 보이도록 만들었다.

제 회장의 빈소는 제양사 1층의 연회실에 마련되었다. 어제 차려 오늘이 이틀째였다. 조의금 창구도, 문상객을 따로 대접하는 일도 없이, 다만 조의를 표하는 자리로만 마련되어 전체적인 분위기는 차분했다. 조문객들은 사내 직원들을 비롯해 정, 재계의 관련 인사들이 주를 이루었다.

'제양사'는 항만과 무역, 물류 유통을 주 사업으로 하는 업체로 한국과 일본 양쪽에 본사를 두고 있다. 아주 큰 회사는 아니지만 한일 양쪽에 보유한 부동자산이 엄청나, 그 자산 덕분에 은행에 진 빚이 비교적 낮은, 즉 재무구조가 튼튼한 기업이다. 그런데 그 사업의 본격적인 성장은 일본에서였다. 사온의 아버지 제 회장이 유통 사업을 하며 일본에 거주 중 재일교포 여인을 만나 결혼을 하는데 이 여인이 바로 사온과 그 형제들의 친모고, 재일교포 출신 야쿠자 보스의 무남독녀였다.

제 회장의 사업은 그 자신의 사업적 수완과 야쿠자의 비호 아래 짧은 시간 안에 급성장을 해, 한일 양국에 걸쳐 성공적으로 자리를 잡았다. 더구나 제 회장은 아내의 죽음 후 야쿠자와의 관계도 서서히 청산하며 완전히 합법적인 회사로 키워냈다.

그 과정에서 여러 우여곡절도 많았으니, 특히 생모 사후, 마침 일본 외가에서 지내던 사온을 외조부가 한국으로 돌려보내지 않고 붙잡아둔 것이 그중 하나였다. 때문에 사온은 어린 시절을 일본의 외가에서, 사실상 억류된 것이나 다름없는 채로 보내게 되는데 그 기간이 무려 10년이었다. 외조부는 심지어 사온을 제 후계자로 키우려고까지 해, 제 회장은 큰 희생을 감수하면서 사온을 데려와야 했다.

사온은 빈소를 나와 1층 로비를 지나 입구를 향하고 있었다. 주머니에서 담뱃갑을 꺼내면서였다. 그때 뒤로부터 '상무님' 하고 부르는 소리에 그는 돌아본다. 상복용 검은 정장을 한 사십대 초반의 남자가 다소 빠른 걸음으로 다가오는 것이 보였다. 동선을 보아 승강기가 있는 곳으로부터 오는 것 같았다. 남자가 가까이 오자 사온은 고개를 숙여 정중히 인사했다. 남자 역시 먼저 애도를 표했다.

"근데…… 사흘 전에 말씀하셨던 분 말입니다."

의례적인 애도 후 남자는 말했다.

"서미교 씨라는 여자분요."

"네."

"병원에 안 와서 어젠 전화도 걸어봤지만 통화가 안 되던데요."

"그런가요?"

사온은 별다른 내색 없이 말을 받았다.

"알겠습니다. 제가 연락해 보도록 하지요. 알려주셔서 감사합니다. 원장님."

사온은 빌딩 밖으로 나와 미교에게 전화를 걸었다. 아버지의 상으로 사온도 어젯밤에야 그녀에게 문자를 보냈지만 답이 없었다는 것을 비로소 의식했다. 핸드폰에서는 '전원이 꺼져 있다'는 멘트가 흘러나왔다. 사온은 곧장 '차 비서'라 저장된 번호를 누르고, 그 잠시 후 한 남자가 사온 곁으로 다가왔다. 언젠가 '좋은 서점'에 다녀간 적도 있던 바로 그 남자, 차 비서는 사온이 나직이 말하는 지시를 들으며 고개를 끄덕였다.

평범한 소시민의 주택가는 흐린 하늘 아래에 특히나 을씨년스러운 풍경이었다. 미교의 집 앞도 마찬가지다. 굳게 닫혀 있는, 담장에 난 작은 대문은 최근에 열려본 적도 없는 것처럼 더욱이 침울해 보였다. 그 작은 대문으로 차 비서가 다가갔다. 그는 담장 너머로 미교의 집 현관을 눈으로 확인만 하고는 발길을 돌려 정문을 향했다. 다가구주택의 정문은 늘 열려 있으니 그는 그곳을 통과해 좁은 통로를 지나 미교의 집 현관 앞으로 와 벨을 눌렀다. 제법 오래 기다렸건만 반응이 없었다. 다시 눌렀으나 마찬가지였다. 탕탕, 차 비서는 주먹으로 현관문을 두드렸다.

"누, 누구세요……?"

결국 현관문 안으로부터 불안 가득한 여자의 목소리가 흘러나왔다. 미교의 목소리다. 차 비서는 아무 소리도 내지 않고 기다렸다. 미교의 목소리도 더 이상 들리지 않았다. 차 비서는 그대로 물러났다. 미교가 안에 있는지, 무사한지만 확인한 듯했다.

미교는 현관 안에서 뒷걸음질을 쳤다. 그녀의 행색은 말이 아니었다. 긴 머리는 풀어헤친 채로, 해쓱한 안색에 눈가는 퀭했다. 며칠 동안 집에만 있었던 모습이며 실제로 사흘 전 상엽과 통화 후 거의 집을 나가지 않았었다.

미교는 비틀비틀 방에 들어와 힘없이 침대로 쓰러졌다. 그렇게 있은 잠시 후 옆에 있는 핸드폰을 손에 집었으나 이내 툭, 떨어뜨렸다. 전원을 꺼놓은 채로 가끔씩 수신 기록과 문자만 확인해 보고 있는데 '오 간호사에게 들었다. 서울에 있는 거 안다'는 상엽의 문자를 확인한 것이 그제였다(오 간호사란 미교의 친구 민서다). 그러더니 급기야 어젯밤에 찾아와 꽤 오래 현관의 초인종을 누르고, 문을 두드리고, 온갖 협박에 입에 담을 수 없는 욕까지 하고 갔다.

이미 그 직전에도 협박과 저주에 가까운 내용을 문자로 보내와, 미교는 극도의 스트레스를 받고 있었다. 뉴스 등을 통해 가끔씩 접했던, 이별을 받아들이지 못해 전 연인을 폭행하거나 심지어는 살인까지 하는 사건이 남의 일인 줄 알았더니 바로 자신이 당할 줄이야, 미교는 상엽을 경멸할 힘도 이제는 없었다. 그런 사람을 한때나마 사랑이라는 감정으로 대했다는 사실이 오히려 참담할 뿐이며, 수치심과 자기혐오에서 벗어날 수가 없었다.

미교는 한참 만에야 두려움을 억누르며 핸드폰을 켰다. 예상대로 상엽으로부터 많은 양의 수신 기록이 도착해 있었다. 문자는 거의 '수신거부 안 해놓은 거 알고 있다', '전화 받아라', '다시 찾아갈 테니 문 안 열면 가만두지 않는다', '언제까지 날 피할 수 있나 보자'는 투의 협박이 주를 이루는 가운에 '그놈도 가만두지 않겠다'는, 상엽 저와는 아무 관계도 없는 사온을 향해서까지 적의를 드러내었다.

그래서 미교는 더욱이 상엽의 번호를 수신거부하지 못했다. 그가 정말 사온에게 무슨 짓을 할 것 같아, 그런 낌새라도 있으면 어쩔 수 없이, 또 재빨리 사온에게 알리기 위해서였다. 물론 그것은 죽기보다 싫은 일이었다. 도리어 그녀는 사온에게 숨기고 싶었다. 그가 모르기를 바랐다. 미교도 이제서 비로소 알게 된, 저가 만났던 남자의 실체가 바로 쓰레기라는 사실을 말이다.

미교는 수신 기록의, 그 수많은 상엽의 번호 틈에서 사온의 번호를 발견하고는 눈시울을 붉혔다. 어제도 그의 안부 문자를 보며 얼마나 울었는지, 뭐라 형언할 수 없는 감정이었다. 이제 막 시작한 것을 끝내야 하는 아쉬움에 묘한 서러움이 북받쳤었다. 지금의 제 힘든 상황을 그에게 알리고 싶지 않으면서, 또한 그의 따뜻한 손길을 원하는 이율배반의 서글픔이었다.

날이 저물고 나서 진눈깨비가 흩날렸다. 시간이 흘러 미교가 사는 다가구주택의 입구로 드나들던 사람의 모습도 뜸해질 무렵, 은색 승용차 한 대가 근처에 와 섰다. 상엽이 내린다. 그곳으로부터 거리를 두고 어둠 속에 서 있던 차 안에서는 차 비서가 상엽을 주시하고 있었다. 차 비서는 미교의 집 현관을 두드리고 나온 후 줄곧, 흡사 잠복근무하는 형사처럼 그곳을 떠나지 않고 있었다.

상엽은 곧장 다가구주택의 정문으로 해서 미교의 집 현관 앞에 이르렀다.

"미교야……."

초인종으로 반응이 없자 그는 문을 톡톡 두드리며 미교를 불렀다.

"안에 있는 거 알아. 문 열어. 네가 자꾸 이러니까 나만 미친놈 되잖아. 얼굴 좀 보고 얘기하자. 너한테 나쁜 짓 하려는 거 아니야. 내가 깡패야? 양아치야? 왜 피하기만 하는 거야? 나 좀 그런 놈으로 만들지 마……."

상엽은 현관문에 얼굴을 바짝 대고, 무척 답답한 얼굴로 말했다.

"듣고 있니? 문 좀 열어."

물론 미교는 듣고 있었다. 현관문 안으로부터 두 발자국 떨어진 곳에서, 후들거리는 다리를 지탱하며 서 있었다. 덜컹, 덜컹, 상엽이 문고리를 잡아 흔드는 소리에 그녀는 뒤로 비틀, 더욱 물러섰다.

"화나게 하지 말고 좋게 말할 때 열어. 응? 진짜 너……. 후우……."

상엽은 여전한 모습으로 말했다. 그런 그의 뒤, 담장 너머에는 차 비서가 있었다. 담장의 높이가 성인 남자의 머리가 그 위로 올라올 정도인데 차 비서는 몸을 다소 낮춰 잡고 귀를 기울인 채였다. 진눈깨비는 어느덧 빗줄기로 바뀌고 있었다.

"너 정말 이러면 나 무슨 짓 할지 몰라……. 야……."

달래다 못해 상엽은 부아가 치밀어 오른 얼굴로 소리쳤다. 그때 주택 안으로부터 '거 좀 조용히 합시다' 하는 소리가 들려왔지만 상엽은 막무가내였다.

"문 열어, 씨팔……."

그 순간에 둔탁한 소리와 함께 상엽의 입에서 말이 끊겼다. 이어 그는 바닥으로 풀썩, 쓰러졌다. 담장 위에 차 비서가 올라 있었다. 낮은 자세로 고양이처럼 앉아 있던 그는 재빨리 좌우를 살핀 후 소리 없이 안으로 뛰어들었다. 이어 재빨리 상엽의 외투 주머니를 뒤져 핸드폰을 확인한다.

현관 안에서 미교는 바닥에 주저앉아 두 손으로 귀를 막은 모습으로 있었다. 그러다 천천히 귀에서 손을 떼었다. 아무 소리도 들리지 않았다. 그러고도 한참을 멍하니 있던 그녀는 불안정하게 일어나 현관 가까이 다가섰다. 여전히 밖은 빗소리 외에는 들려오지 않았고 문에 귀를 기울여도 보지만 마찬가지였다. 갔나, 하며 미교는 현관 우측으로 난 창으로 가 잠금을 풀고 조심스럽게 이중창을 빠끔히 열었다. 창밖에는 보안용 창살이 설치돼 있어 고개를 완전히 밖으로 뺄 수는 없지만 현관 앞을 확인하는 데에 무리는 없었다.

미교는 깜짝 놀랐다. 현관 앞에 쓰러져 있는 상엽을 확인하고서였다. 내리는 비를 고스란히 다 맞으며 그는 꼼짝도 않고 있었다.

미교는 어리둥절해서 잠시 지켜보았다. 그러다 그의 꿈틀하는 움직임에 얼른 다시 창문을 닫아 잠그고 침실로 뛰어들었다.

제양사 빌딩은 밤이 깊어가는 가운데 문상객의 발길이 뜸해지고 있었다. 내일이 발인이라 사실상 문상 올 사람들은 거의 온 셈이며 빈소 앞에는 상주를 비롯한 가족과 회사 관계자들이 주로 자리를 지키고 있었다.

사온이 빈소를 떠나 차 비서의 전화를 받은 곳은 빈 회의실 안이었다.

[안상엽이 맞습니다.]

차 비서의 목소리는 그렇게 시작했다.

[문 앞에서 협박하는 것도 그렇고, 핸드폰을 확인해 보니 송신 기록에 아가씨의 번호가 많고 수신 기록에는 거의 없는 것을 보면 일방적인 것이 분명합니다.]

"작업해 봐."

[알겠습니다.]

미교는 식탁에서 죽 한 그릇을 앞에 두고 있었다. 상엽이 다녀간 이튿날 오후로, 오전까지만 해도 침대에 있다가 간신히 일어나 죽을 쑤었다. 불안과 공포로 통 먹을 수가 없어, 며칠을 물만 먹고 버티었더니 그도 한계에 이른데다 어쩐 일인지 상엽으로부터 아무 연락도 없어, 그것도 그녀를 다소나마 숨통 트이게 했다. 상엽이 다녀간 후 핸드폰의 전원을 두 번 켜 보았지만 단 한 번의 수신 기록도 없었다. 그렇다고 불안이 가신 것은 당연히 아니었다. 언제 또 상엽이 들이닥칠지 알 수 없는 일이었으니까.

경찰에 신고할 생각을, 미교가 안 해본 것은 아니었다. 그러나 자칫 상엽을 더욱 화나게 해 상황을 악화시킬까 선뜻 하지를 못했고, 또 경찰에게 안전을 보호받는 것에도 여러모로 회의적이었다. 스토커 행위는 참으로 애매한 범죄이며 아직 국내에서는 그것이 범죄라는 사실조차 제대로 인식되지 못하고 있는 형국 아닌가. 차라리 멀리 도망가는 것이 나았다.

그래서 미교는 열심히 죽을 먹었다. 틈만 나면 먹었다. 어서 기운 차려야지, 기운 차려서 엄마 집으로 다시 내려가자, 그녀는 결심했다. 마음으로야 바로 가방을 꾸리고 싶었지만 당장의 체력으로는 가다가 쓰러질 것 같아 엄두가 나지 않았다.

이튿날 아침, 미교는 서둘러 가방을 꾸렸다. 그리 서둘지 않아도 되건만 요 며칠 동안의 불안 증세가 그녀를 한시라도 빨리 집에서 벗어나고 싶게 만들었다. 혼자 있는 것이 무섭고, 도움을 청할 데가 없다는 것도 두려웠다. 그나마 엄마 곁이면 좀 낫겠지, 그녀는 그 생각밖에 못했다.

"헉……."

현관문을 열던 미교는 너무 놀라 거의 비명을 지르며 털썩, 주저앉았다.

"괜찮습니까?"

사온이 거의 같은 속도로 몸을 낮추며 미교의 팔을 잡았다. 미교는 입을 헤, 벌린 채 멍하니 그를 쳐다봤다. 눈가에 금세 눈물이 차올랐다. 지난 며칠 동안의 마음고생에 더해, 그 눈물은 어쩌면 기댈 무엇인가가 절실히 필요했던 순간의 안도감 같은 것이리라. 마치 길 잃은 아이가 엄마를 발견하고, 그제야 안도하면서 서러워

하는 것처럼 말이다.

미교는 큰 소리로 울음을 터뜨렸다. 사온은 그런 그녀를 달래기보다는 그의 품 안에서 실컷 울도록 그냥 내버려 두었다. 작은 체구의 미교는 사온의 무릎 위에서 오도카니, 더구나 그 넓은 가슴 안에 갇히듯 폭 싸여 엉엉 울다가 긴 시간을 두고 차츰 진정되었다. 그 짧지 않은 시간 동안 사온은, 그녀의 눈물이 빨리 마르기를 바라는 그 어떤 언급이나 신호도 없이, 오히려 지나온 시간의 몇 배도 기다릴 수 있는 사람처럼 넉넉하고 여유로운 모습으로 있었다.

"미교 씨 핸드폰이 계속 꺼져 있어 걱정이 돼 와봤습니다."

이윽고 미교의 훌쩍 소리가 거의 들리지 않을 쯤에 사온은 말했다.

"혹시 핸드폰이 고장났나요?"

"네에……."

미교는 풀 죽은 목소리로 대답했다.

"그렇군요. 가다가 하나 삽시다."

"어딜…… 가다가……?"

"미교 씨 어디 가려던 참 아니었어요?"

미교는 몸을 꿈틀대 고개를 들어 그의 얼굴을 바라봤다.

"왜…… 안 물어봐요? 왜 우냐고…… 무슨 일 있냐고…….."

"물어야 합니까?"

사온은 그녀의 빨개진 눈과 퉁퉁 부은 얼굴을 부드러이 쓰다듬었다.

"보통은…… 묻지 않나요……?"

"그럼 말해봐요. 왜 울었어요?"

미교는 머뭇거렸다. 어디서부터 어떻게 말해야 할지 몰라 생각을 정리하느라 그런 것이었는데 사온은 그새 그녀의 이마와 뺨에 입을 맞추며 전혀 '들을 자세'를 보이지 않았다. 그러다 보니 미교마저 그의 달콤한 입맞춤 애무에 빠져, 정리는커녕 애써 고른 몇 마디 말조차 잊고 말았다. 그는 마치 아이스크림을 핥듯 그녀를 핥고 있었다.

"설명할 필요 없어요."

미교의 귓불에 입을 맞춘 사온은 속삭였다.

"고민할 필요도 없고, 불안해하지도 말아요. 그냥…… 내가 곁에 있다는 것만 기억해요."

미교의 귀에 그의 목소리는 꿈결처럼 들려왔다. 그는 마치 모든 것을 아는 사람처럼 말하고 있지 않은가. 미교는 꿈결에서 벗어나려 했다. 정신을 차리고 고개를 들려고 했다. 그런데 그가 놔주지 않았다. 그녀의 얼굴은 도리어 점점 그의 가슴에 깊이 파묻혔다.

"안심해요."

사온은 다시 나직한 목소리로 말했다. 순간 미교는 자신을 놓았다. 설명이나 의아함 따위 아무래도 좋았다. 그런 것들을 갖기에는 그의 가슴에서 전해지는 편안함이 너무 좋았다. 그의 말대로 안도가 되었다. 그렇게 짧지만은 않은 시간이 흘렀다.

"이제……."

이윽고 사온이 말했다.

"보여줄래요?"

"뭘요……?"

사온의 품에서 다소 나른한 기분에 빠진 미교는, 역시나 나른한 목소리로 되물었다.

"웃는 얼굴, 행복한 얼굴……."

미교는 그의 품에서 천천히 고개를 들어 그의 눈을 찾았다. 두 사람의 눈은 곧 만났다. 그녀는 미소를 지었다.

"예쁩니다."

사온의 말에, 미교의 미소는 이내 하얀 이를 드러낸 함박웃음으로 바뀐다.

"착합니다."

그 말에는 미교가 그의 얼굴에 손을 대, 목덜미 쪽으로 쓸어내렸다. 그의 목덜미 뒤를 감싼 그녀의 손길을 따라 그는 고개를 숙였다. 두 사람의 코끝이 슬쩍 닿는가 싶게 옆으로 비켜난다. 대신 입술이 포개졌다. 포개진 입술이 다시 떨어지기까지는 꽤 오래 걸렸다.

4. 타지마할

검은색의 고급스러운 승용차가 미교의 다가구주택 골목길을 빠져나왔다.

"정말 회사 차예요?"

조수석에 앉은 미교가 운전석 쪽으로 힐끔, 눈길을 보내며 물었다. 재차 확인하는 투였다.

"네."

사온은 앞만 보며 짧게 대답했다.

"그럼 복직했다는 건데…… 평일에 이러고 다녀도 돼요?"

"아직 정식 출근 전입니다. 오후 일정이 있긴 하지만."

"사온 씨 혹시……."

미교는 미심쩍은 눈초리를 보냈다.

"임원급? 설마……? 나이가 아직인데……. 회사 이름이 뭐예요?"

"제양사입니다."

"제양사? 음…… 들어본 것도 같고."

미교는 혼잣말처럼 하며 이번에는 뒷좌석 쪽을 힐끔 쳐다봤다. 그곳에 그녀의 가방이 있었다. 엄마 집에 가기 위해 꾸렸던 작은 여행용 가방인데 그냥 집에 두고 나오려던 것을 사온이 굳이 차에 실었다. 그러면서 이유도 말해주지 않아 미교는 좀 어리둥절했지만 또 굳이 캐묻지는 않았다.

"핸드폰 고를까요?"

미교가 갸웃하는 사이 사온은 불쑥 물었다.

"어…… 사실은……."

미교는 사실 핸드폰이 고장난 것이 아니라고 분명하게도 아니고 얼버무리듯 했다. 고장난 것이 아니라면 그동안 핸드폰의 전원을 끄고 있던 상황을 설명해야 하는데 사온은 이미 '설명할 필요 없다' 했기 때문이다. 그래선지 설명을 하는 쪽이나 듣는 쪽이나 매우 성의 없어 보였다.

사온은 어느 이동전화 대리점 앞에 차를 세웠다.

"번호도 바꿀 거죠?"

사온이 물었지만 의향을 묻는다기보다는 당연한 것을 확인하는 쪽에 더 가까웠다. 때문에 미교도 그냥 고개를 끄덕였다. 그 짧은 순간에, 상엽과의 일을 사온은 알고 있나 보다, 어떻게 알았을까, 혹시 상엽이 사온의 번호를 알아내 전화를 했을까, 하는 의문이 한꺼번에 스쳤지만 또 한꺼번에 싹 치워 버렸다. 그의 말대로 설명할 필요 없으니까. '안심하라'고 했으니까.

"어서 오세요."

사온이 미교를 데리고 대리점 안으로 들어서니 대리점주로 보이는 남자가 친절하게 맞았다. 그는 미교에게 의자를 권하고, 사온과는 함께 판매대 쪽으로 걸어가며 넌지시 말을 주고받았다. 그 모습을 보며 미교는 둘이 초면은 아닌 것 같다는 인상을 받아 사온이 잘 아는 대리점인가 보다 했다.

미교와 사온은 대리점에서 약 40분 정도를 머물다가 나왔다.

"번호 마음에 들어요?"

사온이 물었다. 미교를 먼저 차에 태우고 뒤이어 운전석에 오른 후였다.

"어, 그렇잖아도 그 말 하려고 했어요."

새 기종으로 바꾼 핸드폰을 손에 든 미교가 눈빛을 반짝였다.

"숫자란 게 개인마다 인상이 다르잖아요. 특히 여러 개의 숫자가 조합을 이룰 땐 더욱이 그런데…… 새 번호가 아주 마음에 드네요. 친숙하다고 하면 좀 과장이고…… 암튼 이상하게 낯설다는 느낌이 별로 없어요."

"그럴 겁니다."

"네?"

"내가 사준 핸드폰이니까요."

"결국 공치사인 거죠?"

"하면 안 됩니까?"

"얼마든지요. 공짜 폰인데 그깟 공치사쯤."

미교는 소리 내어 웃었다. 그녀는 그사이 아주 밝아졌다.

"배고파요."

미교는 양쪽 손가락을 제 눈꼬리에 대 아래로 처지게 만들며 말했다.

점심식사를 하기에는 약간 이른 시간이었다. 사온은 미교를 한 고급 레스토랑으로 데려갔다.

"어서 오세요."

레스토랑의 매니저로 보이는 여인이 환한 얼굴로 사온과 미교를 맞았다.

"정말 오랜만이시네요, 두 분."

"룸으로 안내 부탁합니다."

사온은 건조하게 매니저의 말을 자르며 어리바리한 표정의 미교를 재빨리, 그리고 부드럽게 이끌었다.

두 사람은 직원의 안내로 4인실의 룸으로 들어섰다. 룸에서 사온은 미교가 앉을 자리의 의자를 먼저 빼 그녀를 앉힌 후 직원에게 나직한 소리로 귀엣말을 했다. 직원은 고개를 끄덕인 후 나갔다.

"아까 그 여자분······."

맞은편에 앉는 사온을 보며 미교는 말했다.

"무슨 말이에요? 두 분이 함께 왔다, 그런 거······."

"여자와 함께 왔다는 뜻입니다."

"아하······."

미교는 장난기 어린 얼굴로 농담을 하려다 냉큼 입을 다물었다. 사온의 나이면 당연히 여자도 있었을 터, 그래서 가볍게 놓치는 것도 실례는 아닐 수 있었지만 미교 제 입장이 바로 그 문제로, 불과 몇 시간 전까지만 해도 얼마나 힘들었는지를 금세 깨달았기 때문이었다.

"질투합니까?"

사온이 도리어 가볍게 놀치듯 했다. 미교는 눈을 동그랗게 뜨더니 이어 눈을 흘겼다.

"우리가 질투할 사이예요?"

"아닙니까?"

"음…… 아닌 건 아니죠."

미교는 풋, 웃었다. 그때 노크 소리가 나고 전채요리가 서빙되었다. 메인은 파스타였다. 미교 앞에는 붉은 소스가 풍부한 볼로냐 파스타 한 접시가 놓였다.

"이게 여기 대표 파스타인 거예요?"

미교가 묻자 사온은 '네' 했다. 레스토랑에 들어올 때 그녀는 이미 사온에게서 '파스타를 아주 잘하는 곳'이란 설명을 듣기는 했다.

"근데 사온 씬 왜 파스타 안 먹어요?"

사온 앞에는 정말 파스타가 아닌, 생선살을 얹은 리소토 종류 한 접시가 놓여 있었다.

"바로 어제 먹었습니다."

"아, 네. 그럼 잘 먹겠습니다."

미교는 포크를 들고 파스타를 먹기 시작했다. 내내 굶다가 마음이 편해진 이제서 입맛도 도는지, 그녀는 정말 맛있게 먹었다. 너무 열심히 먹느라 그런 제 모습을 사온이 물끄러미 보고 있다는 사실도 의식 못했다. 그는 제 식사보다는 미교가 먹는 것을 보는 것에 더 많은 시간을 할애할 정도였다.

"미교 씨, 글을 쓸 생각은 없습니까?"

사온이 그렇게 물은 것은 디저트가 나오고 나서였다.

"네?"

커피 잔을 들던 미교는 눈을 동그랗게 떴다.

"소설을 쓰고 싶다고 하지 않았나요?"

"아이 참, 새삼스럽게. 한때 꿈이죠. 소설 쓰는 게 무슨 장난도 아니고, 내가 지금 무슨 재주로 글을 써요?"

"잘 쓸 것 같은데……."

사온의 신중한 어조에도 미교는 웃음기를 버리지 못했다. 정말 터무니없는 일이라 여겼으니까.

"됐거든요. 먹고살기도 바쁜데 언제 그럴 시간이 있어요? 또 썼다 쳐. 그걸 어디서 출판해요? 출판사들이 다 바보도 아니고……."

"내가 출판합니다."

"아~ 돈 많으신가 봐요? 아무도 살 사람이 없어 폭망할 텐데?"

"내가 삽니다."

"아, 네, 고맙습니다. 최소한 한 권은, 아니다. 우리 엄마도 살 테니 두 권은 팔리겠네요."

미교는 부러 소리까지 내 웃었다. 그런데도 사온의 입가에는 웃음기의 그림자조차 보이지 않았다. 그렇다고 미교가 무안해할 정도로 정색한 것도 아닌, 평소와 그리 다르지 않은 얼굴로 다만 애매한 빛을 띠었을 뿐이다. 더구나 안경을 통해 한 번 걸러 나온 그 눈빛으로, 미교가 그 이상을 알아내는 것도 어려웠다. 그녀에게는 그저 익숙한 그의 얼굴이었을 뿐이니까.

식사를 끝내고 레스토랑을 나온 두 사람이 그다음으로 향한 곳은 고급 주택가에 속해 있는 어떤 건물 앞이었다. 18층의 단독 건물로, 그 외관에서부터 한눈에 알아볼 수 있는 고급 아파트였다. 미교는 놀라고 어리둥절했지만 주차장에서 차를 세운 사온이 한 손에 그녀의 가방을 들고, 다른 손을 그녀 앞으로 내밀었을 때도 말없이 그 손을 잡았을 뿐이다.

사온은 미교의 손을 꼭 잡고 승강기에 올라 11층에서 내렸다. 그리고 1102호의 문을 열었다. 미교는 안으로 들어와 인테리어 관련 화보를, 그것도 서민은 접하기 힘든 사진들만 모아놓은 것들 중에서 하나를 그대로 옮겨놓은 것 같은 실내를 보면서도 '여기가 어디냐' 묻지 않았다. 물을 수가 없었다. 다만 벌린 입을 다물지 못할 뿐이었다.

벽의 상단 부분에서 시작해 돔의 형태를 띤 천장과 그 중앙에 달린 크리스털 샹들리에 아래에 펼쳐진 리빙 룸은 전체적으로 오리엔탈풍이었다. 그러나 그 특유의 화려함을 절제하면서도 실내 장식에 쓰인 모든 것에 얼마나 값비싼 품질이 쓰여졌는가 짐작하기가 결코 어려운 일이 아닐 만큼 집이기보다는 궁전이라는 말이 어울릴 정도로 호화스러웠다. 그 지배적인 분위기에서 보자면 또한 색다른 장식을 사용한 것도 잊지 않아, 콘솔 위에 걸린 한 폭의 추상화가 그러했다. 그림은 비록 그것을 처음 보았다 해도 그 화풍만은 미교뿐 아니라 누구에게나 낯익은 것이라 진품이냐 묻고 싶을 정도였으니까. 아이보리색의 소파는 청록색의 비단 커튼 아래 우아한 원형의 형태로 자리했고, 연한 핑크빛을 띠는 원목 바닥은 복잡한 문양의 회색 대리석과 어우러졌다.

"잘 어울리는군요."

사온이 그렇게 말했을 때 미교는 화들짝 놀랐다.

"네?"

"집이 미교 씨와 잘 어울려요."

리빙 룸 중앙에 서 있는 미교에게서 다소 떨어져 그녀를 보고 있던 사온은 말했다.

"당분간 여기서 지내요."

그렇게 말을 잇는 사온을 보며, 미교는 그제야 그가 왜 그녀의 가방을 갖고 왔는지를 이해했다.

"난 다시 나가봐야 해요. 미교 씨는 쉬어요."

"네? 나 혼자……? 남의 집에서 혼자 있기엔……."

"내 집입니다."

사온은 부드럽게 미교의 말을 잘랐다.

"안전가옥이라고…… 이름을 붙였죠."

"안전가옥……?"

사온은 다가와 그녀를 창가로 데려갔다.

"사온 씨 여기서 살아요?"

창가에서는 미교가 먼저 입을 열어 물었다. 사온은 고개를 살짝 저었다.

"어쩌다 가끔 지내기는 합니다만 거의 비어 있어요. 이 빈 곳을 미교 씨로 채울 수 있으면 좋겠군요. 주인이 돼주면 더할 나위 없고."

사온은 두 손으로 미교의 얼굴을 잡았다. 창을 통해 들어오는 한낮의 햇빛이, 비록 구름 사이로 비추는 빛이라도 미교의 얼굴 위를 밝게 비추는 데에는 부족함이 없었다. 그 빛에 미교는 눈살을 찌푸렸지만 사온은 마치 그것을 볼 생각이었는지 그녀의 얼굴을 놔주지 않았다.

"당분간 지내봐요. 그럴 거죠?"

사온은 미교가 뭐라 대답도 하기 전에, 마치 그것을 즉시 차단하려는 양 그녀의 입술을 부드럽게 덮쳤다. 미교는 그대로 제 입술을 내맡긴 채 꼼짝도 하지 못했다. 머릿속 혼란과는 별개로 그와의 입맞춤은 솜사탕 같으면서도 아찔했다. 잠시 후 입술을 뗀 사온은 그녀의 정수리에도 입을 한 번 맞추고, 또 얼굴과 머리를 몇 번 쓰다듬은 후에야 말없이 입구를 향했다.

미교는 사온이 나간 후에도 창가를 떠나지 못하고, 창유리에 가만히 이마를 댔다. 그 차가운 감촉에도 멍하고 혼란스러운 머리는 바로 맑아지지 않았다.

"안전가옥……?"

미교는 중얼거렸다.

"나더러 이 안전가옥의 주인이 돼달라고……?"

그 말은 꼭 청혼 같지 않은가. 그녀는 고개를 흔들었다. 그녀와 상엽의 일을 사온이 알고 있어, 이곳에서 지내라고 한 것까지야 그럴 수 있다 치지만, 아직은 서로를 알아가는 단계에서 청혼이라니, 말도 되지 않았다. 그래도 의문은 남는다. 더욱 깊고 선명한 의문이었다. 지방 소도시의 서점에서 우연히 만난, 검은색 뿔테안경을 쓴 지적이고 매력적인 백수가 어찌해 이런 초호화 궁전으로 작고 평범한 간호사를 데려왔는지 말이다.

미교는 창가에서 제법 오래 서 있다가 걸음을 옮겨 조심스럽게 실내를 먼저 눈으로 훑었다. 따로 문을 열지 않아도 되는 주방부터, 그러나 들어가지는 않고 눈으로 보기만 하며 전체를 순백색에 맞춰, 주방이기보다는 우아한 카페를 연상시키는 그것에 감탄했다.

욕실 정도는 알아둬야지 했지만 그녀의 발길은 다른 의지로 움직이듯 한곳으로 향하며, 길이가 짧은 복도의 끝에 이르렀다. 우아한 곡선 형태의 일인용 소파와 그 옆에 작은 테이블이 함께한, 흡사 파우더 룸 같은 그곳은 무척 화려하고 인상적인 입구로 들어가기 위한 대기실처럼 위치해 있었다.

미교는 그 파우더 룸의 안쪽에 있는 문을 보고 있었다. 동양풍의 화려한 문양도 그렇거니와 아치형의 문, 양옆에 선 기둥 모양의 장식도 그 문을 통해 들어설 방을 특별한 것으로 상상하게끔 만들었다. 미교는 이윽고 문을 열었다.

"아……."

미교의 입에서는 절로 탄사가 흘러나왔다. 특히 바닥에 펼쳐진 수백 가지의 컬러로 조합된 모자이크는 거의 충격이었다. 그 모자이크가 그려낸 인도풍의 궁전을 밟으며 미교는 조심스레 한 발, 한 발 내디뎠다. 현란한 모자이크 때문인지 그 나머지는 은은한 모노톤 위주로 꾸며진 방에서, 실크와 시폰이 섞인 여러 겹의 아름다운 휘장을 드리운 침대가 방의 중앙을 차지했다.

이상한 일이었다. 사온은 제집이라고 했지만 이곳은 살기 위한, 삶을 위한 집 같지가 않았다. 정성을 다해 꾸미고, 치장하고, 제 모든 것을 다 쏟아부어서라도 기어이 완성해 내고야 말겠다는 집념이 먼저인, 그렇다고 보이기만을 위한 것도 아닌, 뭐랄까, 집 자체가 목적이랄까. 한마디로 표현할 단어를 찾을 수는 없지만 집

전체를 지배하는 분위기, 특히 이 침실에서 더욱 강하게 느껴지는 그것에 미교는 소름이 끼쳤다.

어둠 속에서 무슨 소리가 들려왔다. 미교는 귀를 기울였다. 이름을 부르는 것 같았다. 저를 부르나 했지만 가만히 들어보니 제 이름이 아니었다. 누구를 부르는 거지, 미교는 몹시 답답했다. 그러자 '깼어요?' 하는 목소리가 이번에는 선명하게 들렸다.

"어……."

미교는 바로 코앞에 있는 사온의 얼굴을 보았다.

"언제 왔어요?"

몸을 일으키려는 미교를 사온은 '그냥 있으라' 하고는 도로 눕혔다. 그녀는 거실의 소파에 체크무늬 담요를 덮고 모로 누워 있었다. 그 담요는 조금 전에 들어온 사온이 덮어준 것이다.

"나도 모르게 잤나 봐요."

그런데 깨고 나니 깊은 잠이었다는 것을 깨달았다. 며칠의 마음고생 끝에 잠시의 평화가 가져다준 선물이라 생각되었지만 그렇다고 미교의 마음이 완전히 편했던 것도 아니었다.

"몇 시예요? 내가 얼마나 잔 건지……."

"8시. 저녁은 먹었어요?"

바닥에 앉아 소파 위의 미교를 가까이 내려다보며 사온은 물었다. 손끝으로 그녀의 얼굴을 매만지면서였다. 미교는 고개를 살짝 흔들었다.

"혼자 뭐 했어요? 나 없는 동안."

"음…… 엄마랑 통화하고, 친구나 아는 사람들한테도 번호 바

꿰었다고 단체 문자 보내고, 커피도 마시고…… 소파에 잠깐 누웠
는데 그대로 잠들어 버렸나 봐요."

"왜…… 침실에서 안 자고?"

사온의 그 물음에 미교가 얼른 대답을 못했다. 대신 그의 얼굴
을 물끄러미 쳐다봤다.

"사온 씨……."

말을 하라는 그의 눈짓을 받고서야 미교는 입을 열었다.

"누구예요……?"

미교는 언젠가 한 번 했던 질문을 다시 했다. 스스로 찾아보기
도 했다. 혼자 있을 때 핸드폰으로 '제양사'를 검색했으니까. 그
래 봐야 경제 기사를 제외하면 기껏 홈페이지가 다였고, 거기에
서 항만과 무역업체라는, 사온의 말을 재차 확인한 것 이상의 특
별한 것을 찾아내지도 못했다. 다만 그 창립자의 이름을 사온과
연결시키면서 떠오른 상념이 그녀를 여러 복잡한 감정에 휩싸이
게 만들었다. 사온의 성이 희귀 성이어서 달리 생각할 여지도 없
었다.

"미교 씨의 남친."

사온은 즉시 대답했다.

"왜 나예요?"

"이유가 있어야 합니까?"

"난 평범하고 가난한 간호사예요. 이런 곳과 어울리지 않아요."

"그럼 무엇과 어울립니까?"

"소박한 서점. 그리고 그곳에서 만난, 복직을 기다리는 백수."

"그럼 다시 내려갈까요?"

"농담 아닌데……."

미교는 어설픈 미소를 띠었다.

"진작 말해주지 그랬어요? 무슨 사연으로 서점에 있었는진…… 모르지만 알았다면 시작도 안 했을 텐데."

"이제 시작했으니 무를 수 없는 거죠?"

미교는 말문이 막혀 그냥 사온을 쳐다보기만 했다. 그녀의 눈에 그는 마냥 진지한 것도 아니지만 그렇다고 가볍게 말하는 것도 아니었다.

"대답해 봐요. 무를 수 없다고."

"무르기…… 쉽진 않을 것 같아요……."

"그래요. 착합니다."

그는 마치 아기를 다루듯 미교를 토닥였다.

"무르지 않는 것은 사온 씨뿐이고……. 이 집은 물러요. 그 거…… 생각해 봤는데요……."

말하는 중에 미교가 몸을 일으키려 하자 사온이 도와주었다.

"나더러 여기서 지내라 그런 거요……. 말은 고맙지만 힘들 것 같아요. 당분간만이라고 해도요……. 내 집이 아니라 그런지 불편해요."

미교의 거절에도 그는 마치 그럴 줄 알았다는 듯 별다른 감정을 내비치지 않았다.

"집에 갈래요."

"그래요. 바래다줄게요."

사온은 흔쾌히 고개를 끄덕였다.

두 사람은 밖으로 나와 늦은 저녁식사를 하고, 또 커피도 마셨

다. 사온은 미교와 가능한 오래 있고 싶은 사람 모양 그녀를 붙잡
아두어, 두 사람이 미교의 다가구주택이 있는 이면도로 접어들었
을 때는 거의 자정 가까워서였다. 물론 미교도 싫지 않았다. 그와
함께 있는 것이 행복했다. 상엽으로 인한 마음고생을 모두 잊을
정도로.

"어……."

미교는 소스라치며 저도 모르게 손을 입으로 가져갔다. 헤드라
이트가 비친 앞으로 다가구주택이 보였을 때였다. 주택만 보인 것
이 아니라 한 남자의 모습도 동시였기 때문이었다. 바로 상엽이었
다. 그는 미교의 집으로 들어가는 입구인 담장의 조그만 철문 앞
에 잔뜩 찡그린 얼굴을 하고 서서, 마침 다가오는 사온의 차를 보
고 있었다.

사온의 차는 자연스럽게 상엽을 스쳐 그대로 지났다. 차가 지난
후 상엽은 손에 든 핸드폰으로 시간을 확인했다. 마치 누군가를
기다리듯. 그러고 나서 어젯밤의 일이 일이 떠오른 그는 담벼락을
발로 툭툭, 찼다. 아무리 기억을 더듬어도 어제의 상황을 도무지
이해할 수가 없었다. 비에 젖은 바닥에서 올라오는 한기에 정신이
들고 나서야 자신이 쓰러져 정신을 잃었다는 것을 알았는데 뒤통
수 위쪽이 부어올라 머리를 맞았다는 것도 알았지만 그것이 누군
가에 의한 고의인지, 아니면 위에서 우연히 떨어져 내린 돌에 맞
은 것인지는 통 알 수가 없었다. 실제로 주먹의 반만 한 돌멩이가
옆에 있었으니까.

"시간이 지났는데……."

다시 한 번 핸드폰으로 시간을 확인한 상엽은 중얼거렸다. 오늘

오후에 그는 놀랍게도 사온의 전화를 받았다. 번호야 미교가 알려 주었겠지, 싶어 놀라지 않았지만 만나자는 연락에는 무척 놀랐다. 상엽을 만나자 할 정도로 미교와 깊어진 사이인가 싶었다. 그녀와 말다툼 중에는 그렇게 의심하는 언사를 퍼붓기도 했지만 그녀의 성정을 잘 아느니만큼 진심은 그렇지 않았었기에 더욱 그랬다.

만날 시간은 상엽이 정했다. 마침 당직이어서 원래는 거절했어야 하는 것을, 제 여자와 관련 있는 남자의 만남 요구에 화가 날 뿐더러 그 내용이 궁금하기도 해 미룰 수가 없었다. 그래서 대신 자리를 지켜줄 후배와 시간을 맞추니 자정이었다.

장소를 정한 이는 사온이었다. 바로 이곳, 미교의 집 앞에서 만나자고 말이다. 삼자대면이라도 하자는 건가. 그도 이 장소를 굳이 거절하지 않은 것은 미교의 번호가 정지돼 있어, 핑곗김에 그녀를 만나는 것도 괜찮겠다 싶어서였다. 그런데 정작 그녀는 집에 없는 것 같았다. 이런저런 생각을 하던 상엽은 자정에서 15분이 넘어가는 것을 보고 사온의 번호에 손을 댔다.

사온의 차는 차도의 어디쯤, 갓길에 서 있었다.

"그 앞에 차를 세우는 건 좋지 않을 것 같아서 지나쳤습니다."

그렇게 말하는 사온 곁에서 미교는 고개를 약간 숙인 채 있었다.

"네에……. 미안해요."

미교가 모기 소리만 하게 말하는 새 사온은 재킷 주머니에서, 벨 소리 대신 밝은 빛을 뿜어내는 핸드폰을 꺼내 들더니 '잠시만요' 하고는 차에서 내렸다. 그는 차 밖에서 핸드폰을 받기 전에 담배 한 개비를 먼저 꺼내 입에 물었다. 그리고 불을 붙이며 핸드폰을 귀에 댔다.

[왜 안 나오는 겁니까?]

상엽의 목소리는 대뜸, 공격적이었다.

"연락을 드린다는 것이 깜박했군요."

사온은 태연하게 대답했다. 말과 함께 그의 입에서 나온 뿌얀 연기가 어둡고 차가운 밤공기를 타고 퍼져 갔다.

"바빠서 시간을 못 냈습니다."

[뭐, 뭐요? 장난하는 겁니까? 그쪽이 만나자 했잖아……. 당신, 미교와 정확히 어떤 관계야?]

화가 났는지 상엽은 무례해지고 목소리도 커졌다.

[그 여자, 나랑 안 끝났어. 아직 내 여자라고, 내 여자. 무슨 말인지 알아들어요? 가만, 설마 지금 미교랑 있는 거요? 그 여자랑 함께 있어?]

"네. 곁에 있습니다."

[아니, 뭐 이런……. 미교 바꿔, 바꿔. 바꾸라구…….]

상엽이 얼마나 소리를 지르는지 사온의 핸드폰 밖으로까지 쩌렁쩌렁하게 새어 나올 정도였다.

"안상엽 씨."

그런데도 사온은 여전히 태연했고 목소리도 나직했다.

"그만하고 들어가요."

[이런 쌍, 난 미교 만나야겠어. 우리 만나자구. 어디 있어? 내당장 갈 테니…….]

"들어가. 그만 닥치고."

평소처럼 나직이 말하는 것 같으면서도 사온의 목소리에는 묘한 기운이 함께 실려 들어갔다. 굳이 표현하자면 음산하달까. 그 래선지 핸드폰 너머는 단번에 조용해졌다.

"내 눈에 안 띄는 게 네가 오래, 잘사는 길이야."

사온은 손가락 사이에 낀 담배를 그대로 가볍게 튕겨냈다. 핸드 폰 너머는 여전히 조용했다.

"한 번만 더 띄어. 숨통을 끊어버릴 테니."

사온은 통화를 끝내고 차에 올랐다.

차 안에서 미교는 사온과 함께 그의 몸에서 나는 담배 향의 여 운을 맡기 전까지 내내 멍해 있었다. 상엽에 관해서라면 특별히 무엇인가를 생각하기도 지치고 역겨워 차라리 머리를 비운 결과 였다.

"당분간 내 집에서 지내요."

사온은 저를 쳐다보는 미교의 아직은 불안한 빛이 완전히 가시 지 않은 눈을 향해 말했다. 방금 전 밖에서 언제 그런 일이 있었느 냐는 듯, 그가 할 수 있는 가장 다정한 목소리요, 얼굴을 하고서였 다.

"안전가옥?"

"네."

"그곳은 정말 안전한가요?"

"세상에서 가장 안전합니다."

그의 대답에 미교는 약간의 시간을 두고 고개를 끄덕였다.

"그래요. 착합니다."

사온은 그녀의 뺨을 조심히 쓰다듬었다.

미교는 사온과 함께 '안전가옥'으로 돌아왔다. 오전에 자취집을 나올 때 갖고 나왔던 여행용 가방도 사온의 손에 딸려 함께 돌아왔다. 사온은 가방과 함께 미교의 손을 잡아끌고서 침실로 들어섰다. 화려하지만 결코 조잡하지 않으며 도리어 예술적이고 고급스러운 모자이크 장식의 바닥을 한 바로 그 침실이었다.

"여기가 미교 씨 방입니다."

가방을 놓고 사온은 말했다. 이어 드레스 룸과 욕실 문이라며 자개 장식의 문들을 알려주었다. '미교 씨가 사용할 방'도 아니고 '미교 씨 방'이라니, 엉겁결에 방주인이 된 미교는 영 불편해 보이는 얼굴을 하고 있었다.

"그럼 편히 지내요. 난 가볼 테니."

"네⋯⋯?"

미교는 딴생각을 하고 있다가 의식이 돌아온 사람처럼 깜짝 놀랐다.

"이렇게 큰 집에 나 혼자 두고요?"

그녀는 사온 앞으로 다가와 매달렸다. 마치 아이 혼자 두고 나가려는 엄마한테 매달리듯.

"안 가도 됩니까?"

아이 같은 미교를 보며 되묻는 사온의 입 가장자리가 슬며시 위로 올랐다. 그것을 멍하니 보고 있던 미교는 금세 새치름한 눈을 해 보였다.

"뜨거운 물에 목욕을 하면 어떻겠어요?"

잠시 후, 미교는 타원형의 욕조 안에 몸을 담근 모습으로 있었다. 그 주변으로 뜨겁고 뿌얀 김이 가득해 흡사 구름 속에 있는 것처럼도 보여, 그녀의 여전히 불편해 보이는 얼굴만 아니었다면 그처럼 안락한 분위기도 없을 듯했다. 미교의 불편은 이렇게 호화로운 집에서 느낄 법한 낯섦 이상의 것이었다. 그런데 그 '이상의 것'을, 그녀 스스로도 설명할 수가 없었다.

"지내다 보면 적응되겠지……?"

'편히 지내라'는 사온의 말을 되새기며 미교는 중얼거렸다. 정말 약간의 시간이 흐르니, 기분 좋게 따뜻한 물의 온도 때문인지 긴장이 풀리는 것도 같았다. 물을 받아주고, 입욕 전에 따뜻한 차한 잔을 가져다준 것도 사온이어서, 그런 그를 머릿속에 떠올리니더욱 그랬다. 낯선 집에서 첫날을 보내야 하는 그녀를 편안하게해주려는 그의 배려를 느낄 수 있었으니까. 미교는 하품을 했다. 그러다 보니 졸음도 쏟아져, 깜박 졸다 깨고서야 욕조에서 일어날수 있었다.

욕실은 짙은 빛깔의 원목과 그 대비되는 빛깔의 대리석으로 꾸며져 있었다. 거기에 파우더 룸은 원목을 더 많이 사용해, 발가벗은 여인의 몸을 따뜻한 분위기로 감쌌다.

미교는 발가벗은 모습 그대로 거울 앞에 서서 머리를 풀어 브러시로 빗었다. 머리끝이 거의 엉덩이 윗부분까지 내려오는 긴 머리라, 그녀는 꽤 공들여 빗었다. 자기 전에는 늘 하는 일이었다. 그런데 새삼 묘한 기분에 사로잡혔다. 전신 거울에 비친 제 발가벗은 몸 때문인가. 아니면 처음 와본 집, 그것도 사온의 집에서 맞이한 첫날에 대한 긴장 때문인가. 그래서 가슴이 고동치는가. 그러고 보니 긴장보다는 설렘에 가까웠다. 미교는 얼른 브러시를 놓고 욕실에 들어올 때 미리 챙겼던 팬티를 급히 입었다.

미교가 목욕용 가운 차림으로 욕실을 나와보니 사온은 침대 발치 가까운 곳의 의자에 앉아 있었다. 다리 하나를 가볍게 포개어 앉은 모습으로, 침실 전체를 지배하는 다소 어두운 조명 속에서도 특히나 짙은 어둠을 가득 안고 있어 미교가 침실에 막 발을 들여 놓았을 때는 그의 얼굴을 제대로 읽을 수 없을 정도였다. 그래서 '어때요?' 하는 그의 나직한 소리를 듣고서야 그녀는 안심할 수 있었다.

"좋아요. 좋아졌어요."

미교는 하얀 이가 드러나도록 웃음을 띠었다. 그것을 보며 일어 선 사온은 천천히 다가와 그녀를 품에 안고, 그녀의 정수리에 입 을 맞추었다. 미교는 그 널찍한 가슴에서 그의 포근한 체온을 만 끽했다.

"담배 피웠군요?"

사온의 몸에서 나는 향에, 미교는 물었다. 금세 나른해진 목소 리다.

"냄새 싫습니까?"

"아뇨. 좋아요. 원랜 싫었는데…… 사온 씨랑은 잘 어울려요."

미교는 이어 하품을 했다.

"정말 긴장이 풀렸는지…… 자꾸 졸려요. 욕조 안에서도 깜박 졸았거든요. 어……."

미교는 제 몸이 위로 붕 뜨는 느낌에 깜짝 놀랐다. 사온이 그녀 를 번쩍 안아 든 것이다.

"침대에 눕힐 겁니다."

미교를 두 팔에 안고 사온은 말했다.

"그런…… 다음엔요?"

"잠들기까지 기다려야죠."

"또 그런 다음엔요?"

"나갈까요?"

"사온 씨 마음은 어때요?"

"미교 씨를 발가벗기고 싶습니다."

미교는 순간 '뻥 쪘다'. 그 말을 너무 아무렇지 않게 하니 어이없어서였는데 그러는 한편으로는 웃겨서 곧 풋, 소리를 냈다. 그는 그녀를 침대에 눕혔다.

"나……."

미교는 쑥스러운 얼굴을 해 보였다.

"아직은 준비가……."

"그래요."

사온은 더 들을 필요 없다는 듯 미교 위로 이불을 덮어주었다.

"그래도…… 발가벗는 건 할 수 있어요. 벗기만……."

미교는 재빨리 말하며 얼굴을 붉혔다.

"그 후엔 내가 괴로울 것 같은데?"

"그런가요?"

사온은 미교 옆으로 누웠다. 다만 이불 속으로는 들어가지 않고 누워, 그녀의 얼굴 가까이에 제 얼굴을 놓았다. 미교도 때맞춰 그의 얼굴로 고개를 돌렸는데 그 찰나에 두 사람 다 멈칫했다. 사온의 머리 밑에 미교의 긴 머리가 깔려, 그녀가 고개를 돌린 순간에 당겨졌기 때문이었다.

"이런, 불상사가……."

사온이 얼른 고개를 들자 미교는 제 머리를 손으로 주섬주섬 챙기며 키득댔다.

"그렇게 웃깁니까?"

미교가 제 머리칼을 치운 곳에 다시 머리를 댄 사온은 속삭이듯 물었다.

"그냥……."

미교 역시 웃음의 끝에서 나직한 목소리를 냈다.

"이상해서요……."

"뭐가 말입니까?"

"우리…… 그리고 당신, 제사온."

"왜 이상하죠?"

"그러게요. 그 이유를 모르겠거든요. 그런데 가만히 생각하다 보면…… 역시나 참 이상해요. 당신을 만난 것도, 당신이 이렇게 다정한 것도, 지금 우리가 함께 있는 것도……."

미교가 말하는 사이 사온은 그녀의 얼굴을 가만히 만지고 있었다. 그녀는 사온의 그 손길 역시나 어딘지 조금 이상하다고 생각했다. 그런 남자의 손길에 담겨 있을, 몸을 향한 욕망뿐 아니라 이루 말할 수 없는 다정함까지 느껴졌던 때문이었다. 그것은 언젠가도 그랬던 것처럼 오랜 시간의 익숙함 끝에 오는 깊고 따스한 친밀감 같은 것이었다. 그런데 그 친밀감이 설명되지 않아 이상했다. 아직 깊은 관계도 아니니 말이다.

"우리…… 꼭 전에 만난 적이 있었던 사람 같아요."

여전한 그의 손길을 느끼며 미교는 말을 이었다. '이상한' 그의 손길이, 그래서 그녀는 싫지 않았다. 아니, 좋았다. 너무 좋았다.

"우리…… 전생에서 정말 만났을까요?"

"네. 아마도."

사온의 대답을 들으며 미교는 그의 왼쪽 가슴에서 보았던 별 세 개를 슬며시 떠올렸다. '나에게도 같은 것이 있다'고, 순간 말할 뻔했다. 보여주고 싶었다.

"그렇다면 아마…… 사온 씨가 나한테 엄청 못되게 굴었을 거야……."

"어째서요?"

"현생에서 이렇게 다정하니까요. 원래 전생에서 못다 한 것을 현생에서 푸는 거잖아요. 벌이에요."

"벌…… 달게 받아야겠군요."

"전생에…… 무슨 죄를 지었을까, 사온 씬 나에게……."

미교의 목소리에는 이제 나른함이 짙게 묻어났다. 그녀는 사온의 눈길 아래서 시나브로 잠에 빠져들었다.

"잘 자라……."

눈꺼풀이 완전히 닫힌 미교의 얼굴을 보며 사온은 독백처럼 중얼거렸다.

"사혜야."

"사혜는 죽었습니다."

사혁은 정색한 얼굴이었다. 소파에 앉아 있는 어머니를 향해서였다. 그 소파 뒤에는 사빈이 등을 보인 채 서 있었다. 격자무늬의 커다란 창을 통해 아름다운 정원의 모습이 고스란히 보이는 리빙 룸이었다. 사온의 본가다.

"가슴 아픈 일이지만…… 현실이에요. 이제 그만 인정하세요. 며칠 전 가족묘에 아버지의 유해를 사혜 곁에 안치까지 했습니다."

"그러니까…… 사혜가 이제 아빠랑 함께 있으니 외롭지 않을 거라고…… 그 말을 했을 뿐인데…… 그게 잘못인 거야? 그런 말도 못 해?"

어머니는 억울한 얼굴이었다.

"그게 사온이 얘기 끝에 나와 드린 말씀입니다. 이제 그만하세요. 산 사람은 살아야죠. 더구나 온이가 이제 국내에선 제양사 얼굴입니다."

"그래……. 산 사람은 살아. 잘살아. 난 아니야. 난 산 목숨 아니야……."

"제발……."

사혁은 자리에서 일어났다. 답답해하는 모습이었다.

"어머니 마음 잘 압니다. 누구보다 잘 알아요. 저도 아직 때때로……. 사온일 완전히 용서하기 힘드니까요. 그렇다고 그 감정에만 매달릴 순 없습니다. 이젠 끝을 내야죠. 생각해 보세요, 어머니. 이대로 가면 누군가가 또 죽습니다. 그게 누굴 거 같아요? 사온입니다. 결국 사온이까지 죽어야 합니까? 그래야 끝이 납니까?"

사혁의 말에 어머니는 충격을 받은 듯 가슴에 손을 댔다.

"큰형, 말이 너무 심한 거 아니야?"

사빈이 끼어들었다. 형을 돌아보며 사뭇 나무라는 투였다.

"죽긴 누가……? 죽는 것도 정상적인 사람이 죽는 거지. 사혜처럼 착하고 여린 애나 아버지처럼 강직한 분이 죽는 거지, 작은형 같은 미친놈은 죽지도 않아. 질기게 오래 살아. 두고 봐……."

"입 다물지 못해."

사혁이 소리쳤다.

"넌 언제까지 비아냥댈 거야?"

"죽을 때까지요. 차라리 내가 죽어요?"

"이 자식이……."

"그만들 해. 아버지 돌아가신 지 얼마나 됐다고……."

어머니는 기운 빠진 얼굴로 둘 사이에 끼어들고는 곧장 막내아들을 돌아보았다.

"아버지 유고 시엔 형이 아비다. 빈이, 그러는 거 아니야."

사빈은 입을 다물고 다시 고개를 돌려 외면했다.

"내일……."

사혁은 다시 자리에 앉지 않고 그대로 서서 어머니를 보며 말했다.

"사온이 부대표 취임식이 있을 겁니다. 나이도 그렇고, 바로 대표직에 오르는 것은 아직 일러 당분간은 천 대표님 체제로 그냥 갑니다만……."

천 대표는, 제 회장이 병석에 누운 후 줄곧 제양사의 대표를 역임한 회장의 최측근이다. 천 대표 이하 회장의 측근들과 오너 가족은 그동안 제 회장의 사후를 대비해, 후임 회장은 사혁이 승계하고, 사온이 제양사 한국 본사의 부대표직을 맡는 것으로 이미 결정이 나 있었다. 사혁은 오랫동안 일본의 제양사를 맡았기에 그 대표 보직을 그대로 유지하는 것을 포함해서였다.

"나중엔 작은형이 제양사 다 먹을 텐데, 뭐."

형의 말에 끼어들어 사빈이 혼잣말처럼 이죽거렸다. 사혁의 눈길은 곧장 사빈을 향했다. 사빈 역시 형의 눈길을 의식해 돌아본다.

"외할아버지가 작은형 밀고 있는 거, 다 알잖아요? 아버지가 쓰러지지만 않았어도 작은형을 아예 회사에서 쫓아냈을 거야……."

"말 같지도 않은 소리 작작해."

사혁은 단번에 사빈의 말을 잘랐다. 그러나 사빈의 말 중 적어도 하나는 진실이었다. 형제의 외가, 정확히 그 외가의 회사가 현재 제양사의 대주주 중 하나이기 때문이다. 원래도 투자를 했던 것에 더해, 어린 시절 일본의 외가에 억류돼 있던 사온을 데려오기 위해 제 회장이, 그 장인의 회사에 제양사 주식의 상당량을 양도했던 이유가 무엇보다 컸다. 바로 그 외가의 주식이 현재 사온을 지지하고 있었다.

"온이 능력은 이미 검증됐어. 그건 아버지도 인정했어."

"능력만 있음 다예요? 인간이 정상이 아닌데?"

"미친놈. 너도 정상 아냐."

사빈은 두 팔을 잠깐 들어 올린 것으로 그에 대한 제 대답을 대신했다.

"정상이 아닌 놈들끼리 어디 잘해봐라. 어차피 어머니랑 너는 여기서 작은형이랑 살아야……."

"싫다니까……!"

사빈은 신경질적으로 소리쳤다.

"일본으로 갈래요."

"가긴 어딜 가? 어머니 곁에 있어야지."

"어머니랑 같이 가면 되죠. 작은형 혼자 여기서 살라고 해요. 잘 됐네. 원래 가족, 이런 거 안중에도 없는 인간이잖아요. 어릴 때 우리랑 안 살아서 그런지⋯⋯."

"빈아⋯⋯."

어머니가 말리듯 막내아들의 이름을 불렀다.

"가족이라 생각했음 애초에 그런 짓 못 하지. 엄마한테, 우리한 테 그런 짓 못⋯⋯."

어머니의 만류에도 소리를 치던 사빈은 갑자기 입을 다무는 것 과 동시에 한쪽으로 세차게 고개를 돌렸다. 어머니와 사혁의 눈길 은 이미 그쪽에 쏠려 있었다.

리빙 룸 입구를 등지고 사온이 서 있었다. 짙은 회색 슈트를 입 고, 안경을 착용하지 않은 얼굴을 무심히 가족에게 두고서였다. 또 으레 그렇듯 두 손을 앞에 가볍게 맞잡은 모습이더니 곧 그것 을 풀고 천천히 다가왔다. 때맞춰 사빈도 움직인다.

"거기 서."

사빈의 뒤에 대고 사혁이 명령했다. 사빈은 그러나 잠깐 멈칫했 을 뿐 그대로 성큼성큼 걸어 사온의 어깨를 제 그것으로 세차게 밀쳐, 그 때문에 도리어 자신이 더 휘청하면서도 급히 리빙 룸을 빠져나갔다. 사혁은 도리 없다는 듯 고개를 절레절레 흔들었다.

"빈인 내가 알아듣도록 잘 타이를게."

어머니는 사혁을 안심시키듯 말하고 일어나, 그새 다가와 인사 하는 사온에게 고개만 끄덕여 보이고는 자리를 떴다.

"너 취임식 하는 것만 보고 난 일단 출국한다."

사혁이 말했다.

"수행 인원 몇몇은 남아서 계열사 부분 조율할 거고……."

"네."

"회사 걱정은 안 하는데……."

사혁은 소리 없이 한숨을 쉬었다.

"혹시 어머니랑…… 특히 빈이가 영 고집을 꺾지 않으면 그냥 일본으로 보내."

"아닙니다. 걱정 마세요."

얼마 후, 사온은 2층의 계단을 밟고 있었다. 그 아래 홀에서는 사혁이, 그곳에서 대기하고 있던 수행인 두 명과 함께 현관을 향해 움직이다가 잠깐 멈추고 동생의 뒷모습을 쳐다봤다.

사온은 2층 복도의 어느 문 앞에 섰다. 똑똑, 노크를 한다. 그러나 안으로부터 별다른 반응이 없자 문을 열었다.

방 안은 음악 소리로 가득했다. 비트가 강한 음악으로 상당히 시끄러웠음에도 사빈은 침대에 누워 핸드폰을 들고 무척 열중해 있는 모습이었다. 사온이 들어온 것을 아는지 모르는지 쳐다보지도 않았다. 사온은 천천히 오디오 앞으로 가 음악을 껐다. 그래도 사빈은 여전했다.

"빈아."

사온이 오디오 옆에서 침대를 향한 모습으로 서서 동생을 불렀지만 사빈은 들은 척도 안 했다.

"며칠 내로 회사에 나와. 네 자리는……."

"닥치고 나가."

사빈은 내뱉듯 형의 말을 잘랐다.

"큰형 떠날 때 나도 같이 갈 거야."

"넌 아무 데도 못 가."

사온은 조용히 말했다. 사빈이 벌떡 몸을 일으켜 사온을 노려본다.

"일본 가면 넌 죽어."

여전히 조용히 말하는 사온의 목소리에 억양조차 느껴지지 않았다.

"죽어?"

잠깐 움찔했던 사빈은 곧이어 냉소적인 노기를 띠었다.

"말 참 쉽게 하네? 하긴, 형한테 그게 뭐가 어렵겠어? 도리어 아주, 아주 쉬울걸? 파리 죽이는 것처럼. 안 그래? 그러니 사혜까지 죽였지…….."

"그래. 사혜까지 죽인 난데…….."

사온의 목소리는 더욱 낮게 깔렸다.

"너 하나 더 못 죽일 것 같나?"

사빈은 더 입을 열지 못했다. 그저 침대 위에 댄 손을 시트와 함께 꽉 그러쥘 뿐이었다.

"이 달 안에 회사 나와. 일은 안 해도 돼."

그 말을 마지막으로 몸을 돌린 사온이 방을 나가자 사빈은 약간의 사이를 두고 뒤를 따랐다. 복도를 성큼성큼 걸어가며 콘솔 위에 놓여 있는 청동 장식품을 한 손에 낚아챘다.

사온은 계단을 내려가고 있었다. 중간쯤 내려가고 있을 때 계단 위로부터 청동 장식을 손에 쥔 사빈이 나타났다. 그는 그것을 던지려 손을 높이 들었다. 거리가 그리 멀지 않아 사온을 맞히려 한다면 그것은 매우 쉬운 일이었다.

"던져."

사온이 말했다. 걸음을 멈추지 않고 돌아보지도 않은 채 그리고 매우 천천히 계단 아래로 발을 내리면서였다. 사빈은 던지지 못했다. 사온은 발을 멈추고 돌아보았다.

"가만히 있어야 맞힐 수 있겠어?"

사온의 말은 마치 사빈이 정확히 맞힐 수 있게끔 걸음을 멈췄으니 이제 안심하고 던지라는 듯했다. 사빈은 청동 장식 쥔 손을 몇 번 움찔댔으나 그런 저를 빤히 쳐다보는 사온의 눈앞에서, 끝내 그것을 던지지 못했다.

사온은 다시 몸을 돌려 계단을 내려갔다. 간발의 차로 그의 뒤로부터 퍽, 하는 둔탁한 소리가 났다. 그것이 툭, 툭, 소리로 이어지며 사온의 발 옆으로 청동 장식이 굴러떨어졌다. 사온이 몸을 돌리자마자 사빈이 청동 장식을 던진 것인데 의식적으로 엉뚱한 지점에 던진 것이었다. 사온은 그러나 돌아보지도 않고, 흠칫하는 기색은커녕 제 발 옆으로 청동 장식이 아닌 개미가 지나간 양 의식도 못하는 사람처럼 계단을 마저 내려가 홀을 가로질렀다. 정작 그 소리에 놀라 '무슨 소리야?' 하며 수선을 피운 이는 주방에서 뛰쳐나온 가사 도우미 아줌마였다.

"사이코……!"

사빈은 내뱉었다.

5. 지배해 주세요

　미교는 어느 빌딩 입구에서 나왔다. 빌딩의 5층에 위치한 내과와 소아과를 겸한 한 병원을 방문하고 나온 길이었다. 바로 사온이 소개한 병원으로, 방금 그녀는 원장을 만나고 나온 길이며 내일부터 출근하기로 했다. 입원실이 있어 3교대를 해야 하지만 원장의 설명대로라면 그 교대 회전이 대학병원만큼 빠듯하거나 쫓기지는 않을 것 같아 마음에 들었다.

　미교는 그런데 정작 이 병원을 소개한 사온에게서는 그리 흔쾌한 느낌을 받지 못했다. 바로 어제, 사온에게 '이제 일을 해야겠어요' 했을 때 그가 보인 반응은 그냥 글을 쓰는 것이 어떠냐 하는 것이었다. 그가 그 얘기를 처음 꺼냈을 때만 해도 거의 농담으로 알아들었는데 뜻밖에도 매우 진지한 그의 모습에서는 미교가 병원 근무를 하지 않았으면 하는 뜻까지도 읽혔다. 물론 그가 대놓고 그런 뜻을 밝힌 것은 아니어서 미교는 제 억측이려니 하기는 했다. 미교가 '병원에 다니겠다'는 뜻을 분명히 하자 그는 곧바로 수긍했으니까.

미교가 안전가옥에서 지낸 지 나흘이 지난 시점이었다. 그 나흘 동안 그곳에 웬만큼 적응도 했다. 그리 쉽게 정이 붙지는 않았지만 미교는 노력했다. 그사이 잠깐 다녀간 자취집에서 익숙한 제 소지품들을 가져와 안전가옥의 침실에 놔둔 것도 그러한 노력 중 하나였다. 대개의 시간은 독서로 보냈고 퇴근해 돌아온 사온을 만났다.

사온은 하루도 빠짐없이 왔다. 다만 매우 늦은 시간에 와서 그중 두 번은 미교가 자고 있을 때였다. 그는 바쁘다 했고—실제로 그는 제양사 부대표 취임식과 리셉션, 업무 파악 등으로 매우 빠듯한 일정을 소화하고 있었는데 미교는 그의 직함조차 몰랐지만 알려고도 하지 않았다—미교의 방이 아닌 다른 방에서 자고 일어나 또 늘 아침 일찍 출근했다. 미교도 확인해 본 그 방에는 그의 옷과 소지품 등이 꽤 있어, 그 방을 사용한 지 좀 된 것 같았다.

그러니 이상했다. 안전가옥을, 사온은 제집이라 했다. 제집이면서 가장 넓고 화려하게 꾸민 침실을 비워놓고, 그는 왜 다른 방을 사용하고 있었는가. 화려한 방의 주인은 처음부터 따로 있다는 듯 말이다.

미교는 차도 가까이에 서서 멀리 눈길을 옮겼다. 사온이 데리러 온다 했기 때문이다. 곧 검은색 승용차 한 대가 갓길로 들어서며 미교와 가까워졌다.

"늦어서 미안합니다."

차에서 내리자마자 사온은 말했다. 감청색의 슈트에 미교에게 익숙한 검은 뿔테안경을 쓴 모습이었다.

"아녜요. 별로 안 기다렸어요. 근데 오늘은 안 바빠요?"

"일정 조정했습니다."

"그럼 감사의 뜻으로 칭찬할게요. 슈트 멋져요."

미교는 제 앞에 선 사온을 손가락으로 살짝 가리키며 미소 지었다. 사온의 슈트 입은 모습을 오늘 처음 본 것은 물론 아니지만 그 '처음'도 그래 봐야 며칠 전이고, 그전까지 그의 모습은 늘 프레피룩에 또 그것이 무척이나 잘 어울려 다른 복장은 상상이 잘 안 되었다. 때문에 그의 슈트 차림에 대한 첫인상은 나름 신선한 충격이었다. 섹시했기 때문이다.

"오늘 특별히 더요."

"그런데 표정이 왜 그렇습니까?"

사온은 고개를 옆으로 살짝 기울여 미교의 얼굴을 빤히 보며 물었다. 마치 그를 향해 '섹시하다' 느낀 그녀의 감정을 읽은 것처럼.

"내가 뭘요?"

미교는 시치미 뗀 얼굴을 해 보였다.

"수상합니다."

말과 함께 사온이 손끝으로 미교의 코끝을 살짝 콕, 눌렀다.

"아이, 뭐야……."

미교는 손으로 코를 가렸다.

"사온 씨 섹시하다구요, 섹시."

미교는 억울하다는 투로 말했다.

"그럼 미교 씨에겐 어떤 옷이 섹시한지 오늘 좀 볼까요?"

"네?"

"일단 타요."

사온은 조수석의 문을 열어주었다.

"크리스마스 선물?"

차가 출발한 후 미교는 재차 확인하듯 물었다. 사온이 '크리스마스 기념 쇼핑합시다' 한 후였다.

"근데 크리스마스는 주말인데?"

"그땐 사람이 너무 많습니다."

"하긴."

"미교 씨 쇼핑 좋아해요?"

"세상에 쇼핑 싫어하는 여자가 어딨어요?"

미교는 기분 좋은 얼굴로 손뼉까지 한 번 쳤다. 물론 저를 기준으로 한 소박하고 자유로운 쇼핑을 상상하면서였다. 진열창 앞에서 바라보는 즐거움, 품평을 곁들인 수다, 직원의 눈치를 보며 수차례 해보는 피팅, 둘 중에 뭐가 좋을지를 두고 하는 가슴 설렌 고민, 다리가 아파 들어간 커피숍에서 먹는 달달한 과자와 거품 가득한 비엔나커피 등과 같은, 쇼핑에 없어서는 안 되는 바로 그것들을 말이다.

"어서 오세요."

매장 매니저로 보이는 여자가 깍듯하게 인사를 했다. 먼지 하나 없을 것 같은 고급스러운 매장으로 사온이 미교의 손을 꼭 잡고 들어왔을 때였다. 매니저는 두 사람을 소파로 인도하고 직원을 시켜 차를 내오게 했다. 이어 잠시만 기다리라 한 후 물러갔다.

"여기서 옷을 사요?"

백화점의 명품관에서 곧장 이곳으로 오게 된 미교는 다소 어리바리한 얼굴이었다. 매장에 걸린 브랜드야 낯이 익었지만 그것은 잡지책에서나 그러한 것이었다.

"여기 캐주얼이 미교 씨와 잘 맞을 것 같아서요."

미교는 별다른 대꾸를 하지 않았다. 잠시 후 매니저가 다시 와 미교를 피팅룸으로 안내했다. 아주 널찍한 피팅룸에는 직원이 옷 몇 벌을 걸어두고 있었다.

"입어보세요."

매니저가 옷들을 가리켰다.

"어떤 걸로요?"

나가려는 매니저에게 미교는 물었다. 옷들이 여러 벌이라 그것들 중 어느 것을 입어야 하는지 물은 것이다. 그러자 매니저는 도리어 '네?' 하고 의아한 얼굴이더니 이내 '마음에 드시는 것부터 입어보라' 했다.

"머리 너무 이뻐요. 언제 그렇게 기르셔서……. 그동안 어디 여행 가셨나요?"

매니저는 미교의 땋은 머리를 신기한 듯 보며 조심히 물었다. 미교가 매니저를 등지고 옷을 하나 집어 들었을 때였다.

"네?"

돌아본 미교가 눈을 동그랗게 뜨니 매니저는 '입고 나오세요' 하고는 피팅룸을 나갔다. 미교는 잘못 들었나, 하며 고개를 갸웃했다.

사온은 찻잔을 입에서 떼 내려놓으며 피팅룸에서 막 나온 미교에게 눈길을 던졌다. 미교가 입고 나온 옷은, 발목이 약간 보이는 길이의, 몸에 붙는 모직 소재 바지에, 소매는 붙고 가슴 아래로 크게 주름이 지면서 아래는 밴딩 처리된 벌룬 형의 짙은 겨자 빛 니트였다.

"딱이네요, 딱. 거기에 맞는 구두가 있어요."

매니저는 호들갑을 떨며 직원에게 '그거, 36 B 가져와' 했다. 사이즈를 말한 것으로, 미교는 제 발 사이즈를 물어보지도 않고 그렇게 주문한 매니저를, '척 보면 아나 보다' 하고 신기해했다. 물론 오랜 직업적 경험이려니 했다. 역시나 매니저가 추천한 연회색 펌프스 구두는 미교에게 사이즈도 딱 맞을 뿐 아니라 옷과도 무척 잘 어울려, 전체적으로 세련된 스타일이 완성되었다.

"어때요?"

미교는 거울을 통해 사온의 얼굴을 만나 물었다. 그는 입 끝에 옅은 미소를 짓고 있었다. 만족한 미소였다. 그리고 어쩌면 그 이상이었다. 그의 미소는 무척 익숙한 것을 대했을 때나 보일 수 있는 깊고 편안한 그것이었기 때문이다.

"다른 옷도 입어보세요."

'체형이 예뻐 스타일이 산다' 며 입에 침이 마르도록 칭찬하던 매니저가 청했다. 미교는 그 매장에서 네 벌의 옷을 입어보고 그중 두 벌을 샀다. 이어 두 군데의 매장을 차례로 들러 세 벌을 더 샀는데 그 매장들 역시 앞선 매장처럼 기다리고 있던 듯 두 사람을 맞아, 미리 준비해 두었던 옷을 미교 앞에 내놨고, 사온은 매장 내에서는 별다른 말도 없이, 다만 미교가 옷을 입고 피팅룸을 나올 때마다 미소 지었다.

"가방도 사야 하지 않겠어요?"

옷에 구두까지 사고 나서 사온은 말했다.

"사온 씨 돈 많은 건 알겠는데요……."

미교는 고개를 살랑살랑 흔들었다. 그런 그녀는 이미 집에서 나올 때의 모습이 아닌 새 옷, 진한 와인색 후드 코트에 굽이 낮은 베이지색 부츠를 입은, 누가 봐도 세련된 그것이었다.

"너무 그러면 나 초라해지거든요. 오늘 사준 것만으로도 감사히, 아껴 입고 신을게요."

"내가 사주는 것이 미교 씨를 초라하게 합니까?"

사온은 신중하게 물었다. 또 그것이 그의, 원래의 말투라는 것을 모르지 않으면서도 미교는 말문이 막혔다. 함께 신중하자니 좀 웃기고, 농담으로 받자니 딱히 떠오르는 말이 없어서였다.

"그럼 미교 씨가 밥을 사요."

사온이 제안했다. 쇼핑하다 보니 저녁시간을 넘기고 있기는 했다.

"오케이."

미교는 흔쾌히 백화점 내 식당에서 비싼 회전초밥을 사고, 그것의 이백 배도 넘는 값의 가방 두 개를 품에 안았다. 남는 장사라 농을 치며 웃은 미교는 그러나 옷이나 가방보다는 사온과 손을 꼭 붙잡고 다니는 것이 무척 좋았다. 그는 제 손이 비었을 때는 언제나 미교의 손으로 그 안을 채웠는데 그것만큼은 그녀의 상상 속, 소박한 쇼핑의 모습과 닮았기 때문이었다.

두 사람이 아파트에 도착하니 밤 9시였다. 미교는 쇼핑해 갖고 온 것들을 침실의 드레스 룸에 정리하고, 씻고, 리빙 룸의 푹신한 소파에서 사온이 만들어온 따뜻한 차를 마시며 시간을 보냈다. TV를 틀어놓기는 했으나 두 사람은 시청보다는 서로를 보며 대화를 나누는 데에 더 열중해 있었다. 특히 사온은 미교에게서 눈을 떼지 않았으며 듣거나 말하는 중에도 종종 그녀의 머리를, 땋은 것을 모두 풀어 허리까지 내려온 긴 머리를 쓰다듬었다.

"이제…… 안 아픕니까?"

사온이 불쑥 물었을 때 미교는 하얀 이를 드러내며, 그러나 소리는 없이 웃었다. 사실은 그동안 생리였던 것이다. 안전가옥에 와 첫 밤을 지내고 일어난 아침에 생리가 시작된 것을 알고 미교는 살짝 당황했었다. 예정일보다 며칠 빨리한 데다 가방에 생리대를 챙긴 기억이 없기 때문이었다. 급하게 챙긴 가방이었으니 생리대까지 챙길 정신이 있었겠는가. 역시나 가방에 없었고, 욕실 파우더 룸의 수납장도 뒤져 보았지만 없었다. 남자가 그런 것까지 비치해 놓았을 리 만무했다.

이른 아침이었다. 생리대를 사러 편의점에라도 가기 위해 옷을 입고 나오니, 마침 주방에 있던 사온이 '왜 그럽니까' 물었다. 그는 출근 준비 중인 모습이었다. 미교는 머뭇거리며 '배가 아파요' 했다. 실제 생리통이 심한 편은 아니었지만 표현만 그렇게 한 것이었는데 그가 그것을 잊지 않았나 보다 생각하니 웃음이 났던 것이다. 그런데 정작 그는 그 말을 알아듣지는 못했었다. 결국 미교는 사실대로 말해, 생리대는 사온이 사다 주었다.

"오늘부터 안 아파요."

"다행입니다."

"그 말의 뜻은…… 뭐예요?"

"말 그대로, 안 아프니 다행이라는 뜻입니다."

"아……."

미교는 짐짓 입을 벌리고 고개도 끄덕거렸다.

"무슨 뜻입니까?"

이번에는 사온이 물었다.

"기다린 사람 같거든요?"

"당연히 기다렸습니다. 훨씬 전부터."

"훨씬 전……?"

"미교 씨를 갖고 싶었을 때부터."

"그게…… 언젠데요?"

"오래됐습니다."

미교는 서점을 떠올렸다. 서점 문을 잠그고 그와 얘기를 나눌 때면 묘한 긴장에 사로잡히고는 했었다. 그것이 미교 저 혼자만의 느낌이었는지, 아니면 사온과 공유되었던 것인지는 알 수 없었다. 그의 욕망을 느끼기에 그는 너무나 신중했고 정중했던 때문이었다. 그런데 지금 갑작스레 그 해답을 얻은 것만 같았다.

"근데……."

미교는 제 발그레해진 뺨을 숨기듯 그의 눈길을 피했다.

"왜 별로 그런 것 같지 않지……?"

사온의 눈길을 피했는데 그가 따라왔다. 그녀의 입에서 말이 나간 직후 그의 입술이 따라와 그녀의 입술 바로 앞에서 멈췄다. 미교가 약간 놀라 저도 모르게 숨을 멈추니 그의 숨결이 먼저 뜨겁게 그녀의 입 주변을 감쌌다. 그래서일까. 입맞춤은 미교의 의지로 시작되었다. 그녀는 사온의 목을 끌어안고 그의 입술을 깨물다시피 덤벼들었다. 때문에 사온의 안경은 절로 벗겨져 소파 아래로 툭 떨어지고 말았다.

입맞춤은 또 사온이 미교를 팔로 안아 받쳐 들며 더욱 깊어져, 둘의 입술과 타액과 숨결을 구분 없이 섞었다. 이윽고 그가 그녀를 안고 일어서고, 그녀 또한 양다리로 그의 몸을 휘감은 그 순간에도 둘의 입술은 떨어지지 않았다. 그는 오직 감각으로 침실을 찾아들어 가, 또 감각만으로 그녀와 함께 침대에 쓰러졌다. 그렇게 쓰러져, 사온이 미교를 제 아래에 둔 숨 막히는 입맞춤은 아주 오래 계속되었다. 두 사람의 몸은 리듬을 타듯 일렁였다.

입맞춤 중에 사온은 미교의 체크무늬 남방의 단추를 한 손만으로 급히 풀었다. 남방의 단추가 다 풀려 양쪽으로 벌어지니 사온은 미교를 제 품으로 바짝 잡아끌어 한쪽 어깨가 위로 가게 한 후 남방의 소매를 그녀의 팔에서 벗겨냈다. 그런 다음 급히 티 안으로 손을 집어넣어 그녀의, 브래지어를 하지 않아 걸리는 것이 없는 미끈한 등을 어루만졌다.

미교는 그에게 몸을 맡긴 채 가만히 있었다. 눈도 뜨지 못했다. 이따금씩 속눈썹만으로 파르르, 미세한 떨림을 보인 것으로 제 심정을 대신하고 있을 뿐이었다. 자신의 알몸에 부끄러운 곳에 남자의 손이 닿았던 경험이 없어, 이럴 때면 저는 무엇을 어찌해야 하는지 알지 못했다. 그런데 그의 손길보다 그의 눈길에 더 쑥스러움이 들었다. 눈을 감고 있음에도 그의 눈길을 느낄 수 있었다.

그가 무엇을 보고 있는지도 안다. 왼쪽 젖무덤에 난 세 개의 점. 그런데 어쩐 일인지 그 시간이 길었다. 미교는 주저하듯 천천히 제 눈꺼풀을 위로 밀어 올렸다. 그렇게 눈을 뜨자마자 사온의 눈과 금세 만났다. 그것도 안경 렌즈에 걸려 나온 것이 아닌, 본래 그의 눈이며 줄곧 그녀의 얼굴만을 보고 있었다는 듯 흔들림 없는 눈빛이었다.

"어……."

미교의 입에서는 다소 낯선 인상의 받았을 때 흔히 내는, 그런 소리가 작게 흘러나왔다. 눈앞에 있는 사온의 얼굴을 의식한 순간이었다.

"왜요?"

사온이 물었다.

"사온 씨 안경 벗은 거 처음 봐서…… 좀 낯설어서요."

"마음에 안 듭니까?"

미교는 대답보다는 손을 들어 먼저 그의 얼굴을 만졌다.

"다른 남자 같아요……."

안경이 사람의 인상을 바꿔놓기도 하는데 사온의 경우는 눈빛까지 바뀐 것 같았고 사실상 그것이 모든 것을 결정했다.

"어쩌죠?"

미교는 이어서 물었다.

"내가 허락한 사람은 검은색 뿔테안경을 쓴 제사온이란 남자 잔데……."

"안경 안 쓴 제사온은 거절입니까?"

"음…… 지금 허락할게요."

"다행이군요. 안경 가지러 갈 뻔했습니다."

미교는 웃음을 띠었지만 잠시였다. 제 젖가슴이 사온의 손아귀에 잡힌 것을 느끼고는 바로 눈을 감았다.

사온은 미교의 젖가슴을 모두 양손 가득 쥐었다. 젖무덤은 빨려들 듯 그의 손안으로 자취를 감춰 잠시 순응하고는 금세 답답한 양 그 안에서 꿈틀대다 숨통을 트듯 붉은 젖꼭지를 내밀었다. 그렇게 밀려 나오기가 무섭게 또 그것은 사온의 입술에 갇힌다. 그는 제 입안에 들어온 미교의 젖꼭지를 혀로 조심스럽게, 마치 그 모양새를 혀끝으로 기억하려는 듯 오래 더듬고 건드렸다. 그것이 만족할 만큼에 이르러서야 입술을 떼고, 타액에 젖어 윤기를 내며 빳빳하게 선 그것을 내려다보다가 이내 입을 맞추고, 그 입으로 다시 물고는 했다.

그의 그런 애무는 젖꼭지에서 젖무덤으로, 또 그 아래로 천천히 내려가며 솜사탕 같은 미교의 살갗을 하나도 빠짐없이 제 것으로 했다. 그는 미교의 배꼽에 이르러 그것이 몹시 귀여운 양 미소도 지었다. 손으로 만져 보고, 혀를 내어 배꼽 깊숙한 곳까지 찔러 넣기도 했다. 이윽고 더 아래로 내려가니, 거기서부터는 옷에 막혀 있었다.

미교의 실내용 면바지를, 사온은 주저 없이 아래로 내렸다. 그렇게 해서 드러난 연한 핑크색 팬티가 움찔했다. 팬티는, 그 중앙에서 양쪽으로 살이 비치는 레이스 처리가 된 것으로, 바로 그곳에 그는 손끝을 대보고 쓸어보고 입을 맞췄다. 그는 바지를 더 내려, 드러난 그녀의 흰 허벅지에도 제 손길과 입술 자국을 남기고, 그녀의 무릎, 종아리에도 마찬가지였으며 마침내 바지를 발목으로부터 완전히 분리해 냈을 때는 그녀의 발등에 입을 맞추었다.

미교는 사온의 애무를 느끼며 꼼짝도 않고 있었다. 편안하고 야릇하며 달콤하면서도 동시에 긴장이 되었다. 아랫배에 그의 손이 닿았을 때는 특히 긴장이 고조돼, 몸의 어딘가가 불편해지는 것만 같았다. 결국 그녀는 그에게 등을 보인 채 몸을 돌렸다. 그의 손에 팬티가 허벅지 쪽으로 내려갔을 때였다. 사온은 곧장 그녀의 뒤로 붙어 그녀를 끌어안았다. 또한 거의 동시에 치골을 가린 그녀의 검은 체모 부분을 움켜잡는다.

"아……."

미교는 저도 모르게 나직한 소리를 냈다. 제 가랑이 사이로 파고
드는 사온의 손끝이 너무 선명하게 느껴져 소름이 끼쳤다. 그것은
마치 절대 들어와서는 안 되는 곳을 침입한 이물질 같았다. 그 '이
물질'은 검은 수풀을 헤치고, 그 사이로 길게 난 비좁은 틈을 극도
의 조심성으로 파고들었다. 그러자 축축하고 연한 살이 살포시, 입
을 맞추듯 와 닿았다. 그 찰나에 미교가 온몸을 떨고, 그 떨림은 또
그대로 사온에게 전해졌다. 그녀의 전율은 사온을 흥분시켰다. 그
는 손끝에 힘을 실어, 보다 깊이 그녀의 꽃을 헤집기 시작했다.

"으음……."

미교는 시트에 얼굴을 묻었다. 몸에서 오는 흥분이기보다는, 제
몸의 가장 은밀하고 부끄러운 부위가 사온의 손에 다뤄지고 있는
것에 대한 달콤한 충격이었다. 그 '충격'으로 꽃은 이슬을 내어놓
았다. 이슬에 젖은 사온의 손끝은 더욱 활발히 꽃밭을 희롱했다.
미교는 저도 모르게 허벅지에 힘을 빼 약간 벌리다가 또 곧바로
그런 제 움직임을 의식하고는 시트에 얼굴을 더욱 깊이 묻었다.
그러느라 어깨가 앞으로 기울어 거의 등을 보인 그녀를, 사온은
굳이 다시 뒤집지 않고 그대로 둔 채 그녀의 가랑이에서 손을 뺐
다. 그리고 엉덩이에 반쯤 걸쳐 있는 그녀의 팬티를 마저 벗겼다.

미교는 몸에 실오라기 하나 남지 않은 완전한 나신으로 그의 눈
아래에, 뒷모습을 보이고 있었다. 그녀의 엉덩이는 아기의 그것처
럼 희고 토실토실했다. 사온은 그것을 손으로 쓰다듬고 입술로 애
무하다, 제 흥분에 못 이겨 가볍게 물기도 했다.

"하아……."

미교는 막혔던 숨을 내쉬듯 하며 저도 모르게 엉덩이를 들썩였다. 그 하얀 엉덩이는 수줍은 처녀의 뺨처럼 발그레해졌다.

사온은 급히 셔츠를 벗었다. 단추를 그냥 뜯다시피 벗어 그것을 미교의 엉덩이 아래에 바짝 붙여놓고, 바지와 속옷은 침대 아래로 던졌다. 이어 미교의 엉덩이 아래로 손을 넣은 그는 그녀의 아랫배를 파고들어 골반을 움켜잡는가 싶더니 곧장, 그녀를 단번에 뒤집었다. 뒤집은 것과 동시에 그 연결 동작으로 허벅지를 위로 올리니 미교의 은밀한 숲은 바로 위를 향했다.

"아……."

미교는 몸서리를 치며 저도 모르게 고개를 들었지만 이내 시트 위로 툭, 떨어뜨렸다. 그 순간에 사온의 또 다른 모습이랄 수 있는 그것을, 하늘을 향해 고개를 빳빳이 세우고 제 몸을 잔뜩 불린 그의 욕망 덩어리를 본 것이다. 약간의 두려움이 엄습했다. 그녀는 절로 이불을 꽉, 그러쥐었다. 그 때문일까. 사온이 그녀의 숲에 다시 손을 댔을 때 그것은 잔뜩 움츠러들어, 이미 내보낸 제 이슬을 도로 거두어들인 듯 말라 있었다.

"열어……."

그렇게 말하는 사온의 나직한 음성이 미교의 귀를 파고들었다. 어쩐 일인지 명령 투면서도 간절했다.

"날 받아요."

사온은 이어서 말했다. 그리고 그녀의 다른 쪽 허벅지를 마저 옆으로 벌리니 그것은, 흡사 '받아주겠다'는 대답의 대신이듯 부드럽게 벌어졌다. 그녀의 은밀한 숲은 빛의 커튼을 수줍게 살짝 열어젖히듯 제 붉은 속살을 빼꼼히 드러냈다. 사온은 그것만으로는 모자란다는 듯 '커튼'을 더 열어젖혔다. 깊이 숨은 수줍음까지 모두 드러낼 양 활짝 열었다. 그 무례함에 꽃은 전율을 일으켰다.

"아……."

아래의 수줍음이 그대로 미교 저의 부끄러움인 양, 그녀의 뺨도 아래만큼 붉게 달아올랐다. 그런데 사온의 눈길을 더욱 무례했다. 활짝 연 그녀의 '수줍음'에 집요하게, 오래 매달려 있었다. 미교가 허리를 틀어 부끄러움을 표현해도 아랑곳없었다. 탐욕이 전부는 아니다. 추억이 뒤섞였다. 단순히 보고 있는 것이 아니라 확인하고 만족하는 눈빛이었다. 더불어 그의 입꼬리도 위로 올랐다.

사온은 미교의 허벅지 하나를 제 팔로 휘어잡으며 그녀의 은밀한 숲으로 바짝 다가들었다. 까슬한 수풀이 마치 방어하듯 먼저 그의 코끝에 닿았다. 그는 숨을 들이켜 숲의 향을 만끽했다. 혀를 내어 제 타액으로, 말라 움츠러든 숲에 생명을 불어 넣으려 한 것은 그다음이다. 혀를 깊숙이 찔러, 더듬고, 헤집고, 탐험했다.

'문을 열라' 주문을 외듯, 또한 집요했다. 그에 반응하듯 미교의 깊은 샅에서는 경련이 일었다. 그녀의 수줍음과 사온의 욕망은 격랑을 타듯 요란하게 흔들렸다. 그 끝은 사온이 미교의 머리 뒤를 손에 받쳐 제 앞으로 끌어당긴 것으로 끝과 함께 시작을 알렸다. 미교는 그의 어깨를 움켜잡았다. 그는 그녀의 정수리에 깊이 입을 맞추었다. 이상하게도 그것은 마치 기도를 하는 듯했다.

"악……."

미교는 갑작스럽고도 강렬한 통증에 절로 입을 벌렸다. 그의 어깨를 잡았던 손에도 힘이 들어가 손톱이 살을 파고들 정도였다.

그런데도 그녀는 짤막한 비명 소리를, 그것도 아주 잠깐 낸 것이 다였다. 나머지는 목구멍 너머에 감춘 채 입을 굳게 다물고 이를 악물었다. 그러느라 온몸의 근육이 경직된 것이 고스란히 사온에 게도 전해졌다.

"힘들면 말해요."

사온은 속삭였다. 미교는 그의 목덜미에 댄 얼굴을 가로로 흔들 었다. 입을 열면 말이 아닌 신음이 나올 것 같아서였다. 힘들지만 여기서 멈추기는 싫었다. 사온은 허리 아래를 가만히 둔 채 미교 의 등을 어루만졌다.

"지배할 자신이 없으면……."

사온의 목을 끌어안고 미교는 속삭였다. 숨이 가쁜 소리였다.

"나가주세요……."

"지배해 줄 겁니다."

사온은 대답했다.

"처음엔…… 부드럽게……."

"그러죠."

"그다음에는…… 당신 뜻대로, 당신 마음대로……."

"그럴 겁니다."

"나만 지배해 주세요."

"당신밖에는 없습니다."

미교는 천천히 흔들렸다. 동시에 잠시 숨 죽여 있던 통증도 되 살아났다. 그렇게 사온에 의해 흔들리며 살아난 통증은 또한 그 흔들림 속에서 시나브로 수그러들었다. 사온은 그녀의 요구대로 '부드럽고' 조심스럽게 행위를 이어가, 둘의 사랑은 차분한 가운

데서도 마치 시간 속을 유영하듯 아주 오래 계속되었다. 그 오랜 사랑이야말로 '부드러움' 속에 숨은 진실로 잔인한 속성이 아닐까 싶게, 그는 미교가 더 이상 통증이 아닌, 그저 흔들림만으로도 지쳐 버릴 만큼 집요하게 그녀를 붙들어두었다.

오랜 사랑의 끝에서 기진해 버린 미교는 기절하듯 잠이 들었다. 아무것도 보이지 않고 아무것도 들리지 않는, 꿈의 세계보다 더 깊고 어두운 곳으로 침잠해 들어갔다. 그런데 그곳을 뚫고 들어오는 소리가 있었다. 사실은 소리인지도 알 수 없을 만큼 희미한 무엇은, 그럼에도 어느덧 미교의 의식을 파고들었다. 물론 소리를 식별할 수는 없었다. 그녀의 의식을 분명하게 깨우기에도 역부족이었다. 다만 누구를 부르는 소리 같았는데, 가만히 들어보니 미교, 제 이름은 아닌 것 같았다. 누구의 이름을 저리도 애절하게 부르는 거지?

미교는 눈을 떴다. 침실을 가득 채운 빛의 일렁임에, 눈을 뜨자마자 또 곧장 눈살을 찌푸렸으나 잘 잤다는 것은 개운한 느낌으로 알 수 있었다. 출근해야 하는데, 하면서도 그녀는 급히 움직이지 않았다. 아직 이른 아침인 것이 분명했고, 무엇보다 곁에 사온이 있었기 때문이다. 그의 따뜻한 체온이 무척이나 포근해 그것을 포기하기 쉽지 않을뿐더러 그가 깰까 봐도 조심스러웠으니까. 그래도 미교는 조심히 고개를 들었다. 저를 향해 모로 누워 있는 사온의 왼쪽 가슴이 의식돼 그것을, 정확히는 그의 가슴에 난 미교 저와 같은 세 개의 점을 보기 위해서였다.

"어……."

미교는 저도 모르게 의아함의 소리를 내며 사온의 가슴으로 손을 가져갔다. 사온의 '삼태성'은 점으로 보이지 않았다. 문신 같은데, 하며 그녀는 자세히 들여다보았지만 문신이라 해도 사실은 이상했다. 누가 이런 점 같은 문신을 만드는가. 그때 사온이 미교를 와락, 끌어안아 그녀는 깜짝 놀랐다.

"귀엽습니다."

미교를 끌어안고 그는 밑도 끝도 없이 말했다.

"뭐가요?"

"미교 씨의 뭐든 다."

"구체적으로?"

"미교 씨가 방금 보고 있던 거."

"아~"

미교는 웃음 지었다. 젖가슴을 말하는 것이라 알아들은 것이다. 그 순간에 그의 삼태성에 대해 물어볼까 했지만 그만두었다. 점이든 문신이든, 아무려면 어떤가 싶었다.

"발가락도, 자는 모습도."

사온은 계속 '귀여운 것'을 읊었다.

"계속할까요?"

"더 있어요?"

사온은 대답 대신 미교의 엉덩이를 가볍게 움켜잡았다.

"알았어요."

미교는 고개를 끄덕거렸다. 그다음으로 사온은 그녀의 엉덩이 밑으로 손끝을 삐죽 밀어 넣었다.

"됐거든요."

미교는 웃음을 참으며 부러 퉁명스럽게 말했다. 엉덩이도 살짝 흔들었다.

"또 있는데?"

"뭔데요……?"

"됐다면서요?"

"궁금하게 해놓고."

미교는 눈을 가늘게 해서 그를 째렸다.

"정말 궁금합니까?"

"네에. 안 가르쳐 주면 삐짐이야."

사온은 상체만 일으켜 침대 아래에서 뭔가를 집어 들었다. 그의 셔츠였다. 그는 그것을 미교에게 건네주었다.

"사온 씨 셔츠잖아요? 이게 왜……."

그의 셔츠를 들고 무심히 말하던 미교는 눈을 동그랗게 떴다. 말을 멈춘 것과 동시였다. 셔츠에는 분명 피로 보이는 손바닥만 한 얼룩이 묻어 있었다. 간밤에 사온이 미교의 엉덩이 아래에 깔아놓았던 것이다.

"아이 참……."

미교는 셔츠를 얼른 제 뒤로 감춘 후 주먹으로 사온의 가슴을 팡팡 때렸다. 그런 그녀를 사온은 끌어안으려 하고 그녀는 짐짓 앙탈을 부리며 두 사람은 장난치듯 몸싸움을 했다.

"어, 몇 시지……?"

이불 속에서 사온과 장난에 빠져 있던 미교는 정신 차린 얼굴로 시계를 확인했다.

"일어나야겠어요."

"조금만 더."

사온은 아쉬운 듯 미교를 붙들고 놔주지 않았다.

"씻고 가볍게라도 뭘 좀 먹으려면 게으름 부릴 시간 없다구요. 더구나 난 오늘 첫 출근이라 좀 일찍 가서 수간호사 쌤한테 설명도 미리 들어야 하구요."

"병원보다는, 집에서 글을 쓰면 더 귀여울 텐데."

"또야? 자기가 추천해 준 병원이면서."

미교는 눈을 흘겼다.

"간호사가 간호 일을 해야지, 글 써서 어떻게 먹고살아요?"

"먹는 데 돈 많이 안 듭니다."

"그만하시죠?"

미교는 메롱, 혀를 내밀었다.

"안 착합니다."

사온은 말과 함께 미교의 코끝을 손가락으로 콕, 눌렀다.

"아이, 뭐야, 그러면 코 납작해지잖아요."

미교는 또 그의 가슴을 팡팡 때렸다.

"빨랑 일어나서 씻어요."

"같이 씻을까요?"

"아, 아뇨. 사온 씨 먼저……."

미교는 이불을 제 가슴 앞으로 끌어 잡았다. 사온은 입꼬리 한쪽을 씩 올리고는 일어나 벌거벗은 몸 그대로 욕실을 향했다. 미교는 이불을 눈 아래까지 당긴 채 수줍은 눈빛으로 그의 뒷모습을 훔쳐보듯 했다. 사온의 나신을 보니 비로소—그가 보여준 처녀막의 흔적보다 더—어젯밤의 정사가 실감되었다. 그것이 제 처음이라는 것도, 처음이기에 겪어야 했던 고통도, 그 고통을 주고 제 처녀를 가져간 남자가 방금 욕실로 들어간 사온이라는 것까지 모두가 생생한 현실로 다가왔다. 아니, 너무 생생해서 도리어 현실이 아닌 것도 같았다.

"당신밖에는 없습니다……."

미교는 뇌까렸다. 어젯밤 사온의 속삭임이었다.

미교는 사온의 차에 실려 출근을 했다. 새 병원에서 새로운 동료들과 새 환자들을 익히는 일 외에 업무는 원래 익숙한 일이라 특별히 어려운 점은 없었다. 또 연말까지 미교는 교대 없이, 오전에 출근해 저녁 7시에 퇴근하는 것으로 정해 더욱이 마음이 편했다. 간호사 업무 중에 가장 힘든 것이 교대였다.

미교는 퇴근해서 오는 길에 장을 봐와서 혼자 간단하게 저녁을 해먹었다. 며칠 전 안전가옥에 처음 들어왔을 때 미교가 가장 먼저 한 일은 냉장고부터 채운 일이었다. 사온은 제집이라고 하면서도 거의 안 살았음을 텅 빈 냉장고로 증명하고 있었다. 아무리 남자 혼자라도 과일 정도는 있어야 하는데 그마저 없었으니까. 물론 사온에게 본가가 따로 있어, 그곳에서 주로 지냈을 것이라 미루어 짐작은 했지만 그에게 묻지는 않았다.

그가 제양사의 오너 가족이라는 것과 얼마 전에 아버지가 돌아가시고 어머니도 몸이 편찮으시다는 것 정도를 알고 있을 뿐인데 더 많은 것을 알기 위해 그녀는 서둘지 않았다. 시간을 두고, 자연스럽게 차차 알아가면 될 일이라고 생각했다. 이 궁전 같은 안전가옥에도 이제는 조금 익숙해져, 처음과 같은 불편함은 느끼지 않고 있으니, 익숙함이란 원래 그런 것 아니겠는가. 시간의 문제일 뿐이다, 라고 말이다.

사온은 10시 조금 넘어 들어왔다. 미리 '10시쯤 들어간다'고 문자도 준 터였다. 그는 저를 맞아주는 미교를 꼭 끌어안기부터 했다.

"보고 싶었습니다."

"어머……."

미교는 고개를 들고 어이없어했다.

"우리, 아침까진 함께 있었거든요?"

"그렇군요. 깜박했습니다."

미교는 웃음을 터뜨렸다.

"얼른 옷 갈아입고 씻어요."

"잠시만…… 조금 더 보구요."

사온은 미교의 얼굴을 두 손에 가볍게 잡았다.

"오늘 밤도, 미교 씨 발가벗겨도 되겠습니까?"

미교는 미소 짓고 있다가 대번에 새치름한 눈빛을 보냈다.

"왜 그럽니까?"

"그런 말을 할 때는 너무 그렇게 경어 쓰지 마시죠? 되게 이상하거든요."

"네. 그러죠."

사온은 신중하게 고개를 주억거렸다.

"또……?"

미교가 발끈하자 사온은 의아한 눈빛을 보냈다.

"그런 심각한 얼굴도 하지 마요."

"심각한 적 없는데요?"

"알았어요, 됐구요. 그럼 말이라도 놔요."

"미교야, 이렇게?"

"뭐…… 그래도 되고. 내 말은 너무 정색하지 말라구요."

"그래. 알았다."

그러자 미교가 이번에는 헉, 하는 표정을 지었다. 토끼 눈을 한 그녀를 보며 사온은 한쪽 입꼬리만을 슬쩍 올렸다.

"귀엽습니다."

사온은 또 손가락으로 미교의 코끝을 꾹 눌렀다.

"아이 참, 그러지 말라니까……."

미교도 역시나 주먹으로 사온을 팡팡, 때렸다.

시간이 흘렀다. 미교는 욕실 내 파우더 룸에서 길게 푼 머리를 숱이 많은 브러시로 정성스럽게 빗고 있었다. 이미 양치질도 마친 파자마 차림이었다. 이 시간이 되기까지 그녀는 사온과 함께 주방 식탁에서 차를 마시며 수다를 떨고 먼저 침실로 온 것이었다. 그는 어디선가 담배를 피우고 있을 것이다.

미교가 욕실에서 침실로 나오니 사온은 벌써 들어와 있었다. 팔걸이가 있는 일인용 의자에 앉아, 마치 미교를 기다리고 있던 사람 모양 그녀를 향해 손 하나를 내밀었다. 미교가 다가가니 그는 그녀의 허리를 잡아 제 앞으로 바짝 끌었다. 그녀는 그의 다리 사이로 들어왔다.

"머리…… 풀어요."

미교의 긴 머리는 하나로 느슨히 묶여 있었다. 그녀는 핀을 빼 머리를 풀었다.

"예쁘군요."

머리가 뺨 옆으로 찰랑이는 미교를 보며 사온은 말했다. 미교는 미소만 지어 보였다. 그는 그녀를 더 바짝 끌어 그녀의 가슴에 얼굴을 묻었다. 미교는 그의 머리를 두 팔로 안아 지그시 제 가슴에 더 밀착했다. 두 사람은 그렇게 잠시 있었다. 이윽고 사온이 먼저 움직여 미교의 파자마 상의를 벗겨냈다. 브래지어를 하지 않은 그녀의 몸은 젖가슴을 곧장 사온의 눈앞에 가져다 놓았다.

미교는 어깨를 살짝 움츠렸다. 이미 보인 몸이라고 부끄럽지 않은 것은 아니었다. 그것을 아는지 모르는지 사온은 그녀의 젖꼭지 하나를 덥석, 입에 물었다. 손으로는 그녀의 바지를 더듬어 내렸다. 툭, 헐렁한 파자마 바지는 힘없이 그녀의 발목으로 떨어졌다. 마지막 남은 팬티마저도 그는 거침없이 내리고 곧장 그녀의 가랑이 깊은 곳을 파고들었다.

"아……."

미교는 저도 모르게 엉덩이를 뒤로 뺐지만 사온의 다른 손이 이미 그녀의 엉덩이를 움켜잡고 있어 도리어 앞으로 당겨졌다. 그녀의 아래에 있는 사온의 손은 그 좁은 틈을 비집고 들어가 유연하게 일렁였다. 미교는 제 가슴에 있는 그의 머리칼을 지그시 움켜잡았다. 그리고 그 위로 조금씩 뜨거운 숨결을 토해냈다. 허벅지도 조금씩 벌어졌다. 사온의 손끝은 그녀의 아래에서 가장 예민한 곳을 집요하게 애무했다.

"으음……."

사온의 머리칼을 쥐어 잡은 미교의 손에 힘이 가해졌다. 사온은 이내 미교의 허리를 잡아 돌려 제 무릎 위에 앉히고는 그녀의 허벅지에 걸려 있는 팬티를 마저 벗겼다. 이어 그녀의 다리 하나를 의자 팔걸이에 걸쳐 놓았다. 그렇게 벌어진 허벅지를 내려다보며 사온은 그녀의 그 은밀한 부위를 다시 애무했다. 그의 손끝은 부드럽고 윤기 나는 액체에 흠뻑 젖어들었다. 사온은 조심히, 미교의 비밀스러운 동굴로 손가락 하나를 두 마디 정도 삽입했다.

"흡……."

미교는 숨을 들이켜며 허리 아래를 움찔했다.

"아파요?"

사온이 묻자 그녀는 부끄러운 듯 고개만 흔들었다. 그는 손가락을 더욱 깊숙이 찔러 넣은 뒤, 천천히 피스톤의 움직임을 했다. 미교는 고개를 틀어 그의 입술을 찾아 물었다. 두 사람은 그렇게 의자에서, 마치 오픈 게임과 같은 사랑을 나눈 뒤 사온이 미교를 안고 침대 위로 쓰러진 다음부터는 보다 격렬해졌다.

미교는 그의 셔츠를 풀어 알몸을 어루만졌다. 단단한 것이 바위 같고, 피부 결은 매끈하니 감촉이 좋았다. 그곳을, 그녀는 입술로 비비고 핥았다. 이어 대담하게 사온의 바지 앞을 더듬었다. 터질 듯 강한 그의 욕망이 손에 잡혔다.

"헉……."

사온의 욕망이 미교 안으로 들어간 순간, 그녀의 입에서 다소 격한 신음이 터졌다. 몸 전체에 인 한 번의 짧은 경련과 함께 턱이 위로 올라간 것이 동시였다. 골반이 깨지는 것 같은 날카로운 고통이 스치듯 잠깐이었다. 이어 그의 욕망이 그녀의 안에서 더욱 부풀어 올라 골반뼈를 옆으로 밀어내는 것 같은 뻐근함이 잠시 머물다 사라진다.

사온은 미교의 몸에 인 경련을 그대로 느끼면서도 그녀의 허벅지를 더욱 당겨 보다 깊숙이 들어갔다. 그가 허리를 든 것은 약간의 시간이 지난 뒤며 그렇게 들기 무섭게 다시 내려, 마찬가지로 깊숙이 들어갔다. 그는 조심히 행위를 하면서도, 그 행위 한 번에 어떤 의미라도 담아내려는 듯 신중했다. 천천히, 길게, 그리고 오래 끌었다. 마치 한 번의 사랑으로 그 이상을 실현해, 미교를 어서 빨리 그 안으로 끌어들이려는 듯했다.

그래서일까, 미교는 어제에 비해 금세 편안해진 몸으로, 또 어제보다는 좀 더 선명히 느끼고 있었다. 사온과 하나 된 그곳으로부터 전해지는 미묘한 마찰을. 또 그 마찰에 집중하면 할수록 미지의 세계를 향해 열려 있는 무엇인가가 준비되고 있는 느낌도 들었다. 물론 아직은 불투명했다. 또 멀어 보였다. 그 먼 길을 아직은 사온 혼자 가고 있었다. 미교를 데려가기 위해 뒤를 돌아보고 또 기다리면서. 그러나 그런 그도, 어느 순간이 되면 돌아보지 않았다. 앞만 보고 내달렸다. 미친 듯 내달려 단숨에 목적지에 도달하고는 그 찰나에 와르르 무너져 내렸다.

폭풍 같던 격정의 끝은 잔물결도 일지 않는, 지독하리만큼 적요한 평화였다. 어둠 속 침실은 무덤과도 같았다.

"사혜야……."

어둠과 적요를, 사온의 나직한 음성이 깨뜨렸다. 대답은 없었다. 또 그것으로 끝이었다.

미교는 어느 순간에 어떤 감각에 의해 의식을 깼다. 그 감각이란 바로 미교, 제 몸을 더듬는 사온의 손길이라는 것도 쉽게 알아챘다. 저도 모르게 스르르, 아스라한 잠결로 빠진지 얼마나 지났는지 알 수는 없지만 아직 사방이 어두운 것으로 보아 한밤중이라는 것은 알 수 있었다.

미교는 사온의 팔을 벤 채 그에게서 약간 돌아누운 모습이었다. 그런 그녀 뒤로부터 사온의 손길은 미교의 어깨를 따라 아래로 내려와 젖가슴을 섬세하게 쓰다듬었다. 손끝으로 젖무덤의 모양을 따라 원을 그리는가 하면 젖꼭지를 살짝 꼬집듯 잡기도 했다. 연약한 무엇을 다루듯 조심스럽고도 감미로운 희롱이었다. 그 희롱은 배꼽에 이르고 아랫배를 향한다.

미교는 숨소리조차 조심히 내며, 깊이 잠든 양 꼼짝도 하지 않았다. 그의 애무가 너무나 따뜻하고 달콤해 당장에 어떤 방해를 받고 싶지 않았을 뿐만 아니라 혹여 그의 애무에 바로 잠에서 깬 모습을 보이면 그가 미안해할까 봐도 그런 것이었다. 잠들기 전의 격정만으로 보면 미교 저보다는 사온이야말로 지쳐 잠들어야 맞는데 그는 그것으로도 부족했던 것일까, 그녀는 그 생각에 빙긋 미소도 지었다.

그때였다. 깊은 한숨과도 같은 사온의 목소리가 미교의 귀에 들려왔다. 그저 한숨이 아니라 분명 무엇을, 이름이라 생각되는 것을 부르는 소리였다. 그런데 그것이 너무 나직한 데다 한숨에 섞여 분명치가 않았다. 미교는 귀를 쫑긋 세웠으나 더 이상은 아무소리도 들려오지 않고, 그의 손길도 멈추었다. 미교의 가슴에서 심장박동이 빨라졌다. 그의 '한숨'이 여자의 이름 같다고, 별로 하고 싶지 않으면서도 어쩔 수 없이 고개를 든 생각을 못내 떨쳐 내지 못한 것과 동시였다.

'무슨…… 혜라고 한 것 같았는데.'

❖

「점심 맛있게 먹었어요?」

미교가 사온에게 문자를 보낸 것은 점심시간, 병원에서였다. 간호사용 탈의실에서 거울 앞에 앉아 있는 그녀는 머리를 빗고 있던 중이었다. 늦잠을 잔 바람에 아침에 대충 땋은 머리가 마음에 들지 않아 다시 땋으려는 것이다.

성탄절도 지나고 한 해가 저무는 날이 코앞에 다가와 있는 때였다. 성탄절에는 사온과 멋진 데이트를 하고, 뜻밖의 선물도 받았다. 미교는 거울 속 저를 보며 간호사 유니폼의 목선 안으로 손을 넣어 무엇인가를 꺼냈다. 목걸이였다. 일명 '솔리테어 스타일'이라고 부르는, 금이나 플래티넘을 이용한 하드웨어에 보석만 연결한 심플한 디자인으로, 미교가 목에 걸고 있는 것은 일 캐럿 크기의 녹색 보석이었다. 아주 투명한 빛을 한, 매우 품질이 뛰어난 에메랄드다.

미교는 제 목에 걸린 목걸이를 보며 빙그레 웃음 지었다. 무척 마음에 드는 데다 5월생인 자신의 탄생석이 바로 에메랄드라는 것을 알기 때문이었다. 그래서 사온에게 '알고 선물한 것이냐' 물었더니 그는 '몰랐다' 했다. 생일을 말해준 적 없으니 모르는 것이 당연했고, 또 어찌 알아냈다면 성탄절보다는 생일 선물로 했을 것이다. 성탄절 밤에 미교는 에메랄드 하나만을 몸에 걸친 채 사온의 뜨거운 사랑을 받았다. 어디 그 밤뿐인가. 사온은 거의 매일 밤 미교를 원하며 지치지도 않고 그녀의 몸을 탐했다.

미교의 미소는, 핸드폰의 화면으로 눈길을 옮기는 중에 약간의 균열을 보였다. 또 그것을 저도 의식을 했는지 재빨리 고개를 흔들었다. 머리에서 지워 버리자 해놓고, 사온의 입에서 나왔던 한숨 아닌 '한숨'을 가끔씩 떠올리며 우울해하는 제 좁은 마음을 탓했다.

과거, 사온에게 여자가 있었다는 것은 이상한 일이 아니며, 전에 파스타를 먹었던 레스토랑에서 그는 그것을 시인하기도 했었다. 그러면서 '질투하느냐' 농을 치기도 했던 것까지 기억해 낸 미교는, 자신이 정말 질투를 하는가 보다, 했다. 그래도 잠자리에서 다른 여자의―여자의 이름이라고 추정되는―이름을 듣는 것은 썩 달가운 일이 아니라고, 스스로를 변호했다. 다행인 것은 그의 '한숨'이 그때 한 번뿐이라는 것이다. 아직까지는.

사온의 답이 바로 오지 않아, 미교는 기다리는 동안 머리를 땋아, 뒤통수에 고정시키는 것으로 모양을 완성했다. 가르마를 중심에 두고 양옆으로 굵게 땋아 하나로 모은 뒤, 그것을 다시 촘촘히 땋아 뒤통수 아래에 가로 모양으로 해서 핀으로 고정시킨 것인데 그 모양이 흡사 과거 유럽의 여자들을 떠올리게 할 만큼 이국적이면서도 클래식했다. 뿐만 아니라 미교의 그 솜씨는, 그것이 하루 이틀 해본 것이 아님을 보여주듯 매우 빠르고 능숙하며 정교했다.

그때 핸드폰 벨이 울렸다. 사온인가 싶었는데 계성의대종합병원 별관에 근무하는 친구 민서였다.

[너 안상엽 쌤이랑 완전 헤어진 거 맞지?]

연말 안부 인사 몇 마디 후 민서는, 마치 그것이 진짜 볼일인 양 불쑥 물었다.

"응……. 왜?"

미교는 약간 놀라고 불안한 기색으로 되물었다.

[역시 모르고 있구나 싶어서. 완전 안 좋거든. 듣기 싫음 말구…….]

"말해봐······."

[나도 어제서야 최 간한테 들었어. 상엽 쌤이 얼마 전에 당직이 있는데 후배인 김 쌤한테 몇 시간 미루고 자리 비웠다가 난리 났었댄다.]

"의료 사고?"

[큰 건 아닌데 상엽 쌤 입장에서 보자면 재수 없었던 거지. 하필 그날 응급 환자 들어오고 김 쌤이 실수할 줄 누가 알았겠어? 김 쌤은 자기 실수 아니라는데 환자가 완전 시빈 거 있지? 환자 중에도 진상 있잖아. 제대로 걸린 것 같아. 변호사 선임해서 난리도 아니었대. 그것 땜에 상엽 쌤이 당직 비운 거 다 뽀록나고, 과장, 원장까지 알게 된 거래. 외과 과장이 완전 노발대발해서 상엽 쌤을 쳐다도 안 본댄다. 담당교수인데 말이야, 하필 레지 말년에 찍혀서 시험 통과나 될지 모르겠다고 수군대더라.]

미교는 얼마 전 사온의 차로 자취집에 돌아가던 날 밤, 집 앞에 서 있던 상엽을 떠올렸다. 설마 그날인가.

[있는 집 여자랑 양다리 걸치더니 그 여자도 물 건너가고 어쩌냐, 상엽 쌤? 하긴 그거 걱정할 때가 아니지. 들리는 말로는······. 어, 호출이다. 나중에 다시 전화할게.]

통화 후 미교는 민서의 말을 곰곰이 되짚어보았다. 상엽을 마지막으로 본 것이 그녀의 자취집 앞이었는데 그날 이후 그가 조용했던 것이, 다만 미교가 핸드폰 번호를 바꾼 까닭만은 아니었구나 싶었다. 상엽, 제 코가 석 자였던 것이다.

「네. 먹었습니다.」

사온의 문자가 그제야 도착했다. 사온답게 질문한 것에만 답을 단 채였다.

「보고 싶습니다.」

이어서 도착한 뜬금없는 내용 역시도 그 사람다웠다. 미교는 문득 사온도 질투했을까, 하며 고개를 갸웃했다.

사온이 미교에게 문자를 보낸 곳은 제양사의 부대표 집무실이었다. 그는 담배에 불을 붙이다 눈만 들어 한쪽을 향했다. 그의 눈길이 닿은 곳에는, 문을 막 열고 들어와 선 사빈이 있었다. 집무실 안에는 두 사람 외에 차 비서도 있었는데 그는 막 나가려던 참에 사빈과 맞닥뜨린 것이기도 했다.

"오히사시부리데쓰."

사빈은 차 비서를 향해 다소 비아냥대듯 인사했다. 오랜만이란 의미였다. 차 비서는 미소로 답을 대신하고는 밖으로 나갔다.

"정체가 뭐야? 비서야, 기사야? 그것도 아님 보디가드?"

사빈은 양손을 바지 주머니에 찔러 넣고 천천히 걸어, 사온의 집무용 책상을 향했다. 의자 등받이에 몸을 깊이 묻고는, 대답도 하지 않는 입으로 담배 연기만 날리고 있는 사온을 노려보면서였다.

"자기가 싸움은 더 잘하면서……."

이어 사온에게는 들리지 않을 정도의 목소리로 중얼거린 사빈은, 차 비서의 정체랄 것은 없지만 그가 재일교포고, 사온이 일본에서 데려온 자라는 것 정도는 알고 있었다.

"아직도 깡패 새끼들하고 인연 못 끊은 건 아니겠지?"

사빈은 한 번 더 비아냥대보지만 사온의 대답이 역시 없자 이내 입을 다물었다. 자신이 경멸하듯 뱉어낸 '깡패'의 밑그림에는 생모, 즉 외가가 관련돼 있으니 더 해봤자 제 얼굴에 침 뱉기였던 탓이다. 형제의 아버지인 제 회장은 과거, 사온이 일본 외가에 오래 억류돼 있던 것을 이유로, 꽤 오랫동안 둘째 아들의 일본 출입을 막았었다. 그리고 그것이 현재 그가 국내 제양사를 맡게 된 배경이 되었다.

"착각하지 마."

창가까지 걸어갔던 사빈은 갑자기 돌아보며 불쑥 내뱉었다.

"형이 협박해서 출근한 거 아냐."

사빈은 아마 오늘, 그것도 점심 후에 출근이랍시고 회사에 나온 모양이다.

"엄마 때문이야. 정말 간곡히 부탁하셔서……."

"누가 뭐래?"

사온은 시큰둥하게 받았다.

"암튼…… 엄마, 병원에 입원시켜 드리고 오는 길이야."

사빈은 쌩한 목소리로 화제를 돌렸다.

"시름시름하시면서 병원엔 안 가겠다고 어찌나 고집을 부리시는지. 그제부터 상태가 많이 안 좋으셨던 거 알아?"

사빈은 말끝에 목청을 높였다.

"엄마 모시는 거 맞냐고? 집에도 잘 안 들어오고 말이야."

"퇴근하고 병원에 들르마."

"들르긴 어딜 들러? 누구 때문에 아픈 건데…… 가서 병 돋울 일 있어?"

사빈의 우격다짐 식 시비에도 사온은 별 내색이 없었다. 사빈이 오히려 제 분에 겨워 씩씩대다가 이내 쾅, 울리는 문소리와 함께 사라졌다.

형제의 어머니는 계성의대종합병원 별관의 한 특실에 입원해 있었다. 그녀의 병은 화병에 가까운 스트레스성 질환으로, 면역력이 급격히 낮아져 생기는 다양한 증세를 포함했다.

"누워 계시지 않구요?"

간호사가 다가와 물었을 때 사빈의 어머니는 창을 향해 침상에 걸터앉아 있었다.

"좀 어떠세요?"

간호사는 상냥하게 말을 이었다. 미교의 친구인 민서였다.

"계속 아프시면 진통제 좀 더 놔드리구요."

"그보다는…… 나 좀 창가로 데려다줄래요?"

어머니의 요청에 민서는 어머니의 팔을 잡아 부축해서 천천히 창가로 데려갔다.

"의자 가져올게요."

"아니. 됐어요. 그냥 서 있을 거야."

"힘드실 텐데……."

"간호사님은…… 나이가 어떻게 되나……?"

사빈의 어머니는 갑자기 민서의 나이를 물었다.

"스물다섯이에요. 이제 곧 여섯 되구요."

어머니는 고개를 끄덕여 보이고는 창으로 눈길을 돌렸다. 안색이 매우 어두워 있었다.

"올해도 다 갔네요."

민서도 창밖으로 눈길을 던지며 말했다.

"스물다섯……."

어머니는 민서의 나이를 뇌까렸다. 그런 그녀의 모습은 억장이 무너져 내리는 그것이었다. 결국 휘청, 쓰러지고 만다.

"사모님……."

민서가 놀라 소리쳤다.

미교는 퇴근길에 사온의 연락을 받았다. '오늘 밤 못 들어간다'는 내용이었다. 마침 지하철을 타기 전이어서 미교는 잠시 고민하다가 행선지를 바꿨다.

"민서야. 나, 너한테 가고 있어."

지하철역 안에서 미교는 친구에게 전화를 해 그렇게 전했다.

[어, 나 11시까지 못 움직이는데…….]

"괜찮아. 연말이라 잠깐 얼굴만 보려구."

50분 후, 도착지 지하철역에서 나온 미교는 곧장 계성대종합병원의 별관으로 향했다.

별관은 겨울 풍경을 아름답게 담아낸 뜰과 함께, 북적이는 본관과 다르게 다소 한산한 모습까지 여전한 모습이었다.

미교는 별관의 입구를 들어서며 핸드폰을 꺼내 민서에게 전화를 걸었다. 받지 않는 것을 보니 회진인가 싶어 '로비에 있다'는 문자를 작성해 보냈다. 그러느라 걸음을 멈추고 핸드폰에 주의를 기울이던 중 그녀는 기묘한 느낌을 받고 눈을 들었다. 그러자 그녀의 맞은편, 불과 다섯 걸음의 거리를 둔 지점에 한 남자가 우뚝서 있는 것이 보였다. 미교를 향해 눈을 거의 부릅뜨다시피 한, 키가 훤칠하고 약간 마른 체격에 매우 균형 잡힌 이목구비를 한 이십대 후반의 남자, 바로 제사빈이었다.

6. 사혜

　미교는 어리바리한 얼굴로 사빈을 마주했다. 무리도 아닌 것이, 생전 처음 보는 남자가 눈을 부릅뜨고, 어찌 보면 잡아먹을 것 같은 눈빛으로 쳐다보고 있으니 말이다. 미교는 슬쩍 사빈의 눈을 피해 몸을 틀었다. 그러자 곧장 제 앞으로 걸어오는 사빈의 움직임이 느껴져 그녀는 그만 뒤로 주춤 물러나고 말았다.

　"왜, 왜 이래요?"

　미교는 당황했다. 사빈의 움직임을 공격적으로 본 것이다. 실제로 그는 미교를 움켜잡으려는 것처럼 손을 뻗어 그녀는 짧게 '악' 소리도 냈다.

　"아…… 실례합니다."

　사빈은 저도 모르게 그런 듯 얼른 손을 뺐다. 그러면서도 미교의 앞을 막아선 그대로, 그녀의 얼굴에서 눈을 떼지는 않고 있었다. 미교는 어찌할 바를 몰랐다.

"성함이……?"

사빈은 다시 입을 열었다.

"사실은…… 제가 아는 사람인가 해서요."

"네……?"

미교는 여전히 사빈의 얼굴을 제대로 보지 못한 채 의아해했다.

"전…… 처음 뵙는데요……?"

"여긴 무슨 일로 오셨는데요?"

이어진 사빈의 질문에 미교는 비로소 그의 얼굴에 눈을 두면서 황당해했다. 다시 봐도 모르는 남자다. 생전 처음 보는 남자가 남의 볼일은 왜 묻는가.

"분명 낯이 익어서요……."

사빈은 미교를 손가락으로 가리키며 적당한 핑계가 떠오른 것처럼 냉큼 또 말을 이었다.

"그러니 이름을 말해주든가, 여기 온 용건이라도 말해주시죠?"

"친구…… 만나러 왔는데요……."

미교는 마지못해 대답했다.

"문병?"

"아뇨……."

"그럼 의료진? 의사? 아님 간호사?"

"그게 그쪽과 무슨 상관인데요?"

미교는 사빈의 무례함에 그제야 다소 발끈했다.

"사람 잘못 보셨어요. 그럼 이만……."

미교는 사빈을 피해서 가려 했지만 그는 재빨리 그녀의 앞을 막아섰다.

"잠깐만요. 우리 분명 아는 사이입니다. 잘 생각해 봐요."

"잘못 보셨다니까요……."

"이름 좀 말해주는 게 뭐가 힘들다고, 그럼 전번이라도 주든가."

"좀 비켜주시죠?"

미교는 이제 사빈을, 실없이 여자한테 수작이나 거는 남자로 추측했다.

"경비 부를 거예요."

미교는 부러 화난 얼굴을 해 보였다. 그러느라 미간을 좁히고 눈에 힘도 주었다. 그런데 그것이 너무 의식적인 탓에, 정색한 느낌보다는 어린아이의 뿌루퉁한 인상에 더 가까워 보이게 했다.

미교의 얼굴에서 내내 눈을 떼지 않고 있던 사빈은 그만 피식, 웃고 말았다. 절로 나온 웃음이었다. 그것도 미교의 얼굴이 그저 우스워서가 아닌, 어떤 익숙한 기억으로부터 올라온 자연스러운 그것에 더 가까웠다. 매우 친숙한 것을 대했을 때나 떠오를 수 있는 미소 같은 것이었다. 그렇게 웃고 나서, 정작 사빈 저는 의식도 못했다가 미교의 의아한 눈빛을 눈치채고서야 웃음을 거두었다.

"시, 실례……."

미교는 그 틈에 재빨리 사빈을 비켜 지났다. 그러면서도 자신이 어디로 가는지 몰랐다. 뒤로부터 사빈의 발자국 소리가 들려, 그 당황함에 더욱 그랬다. 그때 '미교야' 하고 부르는 소리가 두 사람 사이로 들어왔다. 미교는 앞서고, 그 뒤를 사빈이 바짝 쫓는 중에 둘의 눈길은 동시에 한 방향으로 움직였다. 민서였다. 승강기가 있는 쪽을 등지고 서 있는 것을 보면 미교의 문자를 확인하고 내려온 모양이었다.

"민서야……."

미교는 '살았다' 하는 얼굴로 민서에게 쪼르르 달려갔다.

"오민서 간호사님 친구?"

사빈 역시 뒤따라와 민서를 보며 물었다. 그리고 민서의 '네' 하는 대답을 듣는 즉시 안도하는 빛을 띠었다. 드디어 미교의 '정체'를 알았다는 듯.

"친구는 끼리끼리라더니 두 분 다 미인이십니다."

사빈은 유쾌하게 말한 후 그제야 몸을 돌려 입구를 향하다, 갑자기 슥 다시 돌아보았다. 마침 민서가 미교에게 '너 세련돼졌다'며 친구의 위아래를 훑어보던 중이었다. 미교는 얼마 전 사온과 함께 쇼핑했던 외투와 부츠를 착용한 모습이었다.

"미교……?"

사빈은 입구를 나서며 중얼거렸다. 이번에는 아주 심각한 얼굴이었다.

같은 시간, 미교와 민서, 두 친구는 간호사 전용 탈의실 겸 휴게실에 있었다.

"뭐……?"

미교는 크게 놀란 얼굴을 해 보였다. 휴게실의 의자에 막 앉아서였다. 민서는 작은 크기의 커피 자동판매기에서 커피를 꺼내는 중이었다.

"제양사라고……?"

"응. 들어봤어? 완전 대기업 그룹은 아니고, 뭐랄까 좀 작은 그룹이래나? 그래도 엄청 실속 있는 그룹이라고 하던데. 나도 수간

쌤한테 들었어."

커피를 미교에게 내밀며 민서는 말했다.

"그러니까 아까 그 남자가 제양사의 막내아들이라고?"

다시 확인하듯 묻는 미교는 방금 보았던 사빈과 사온의 얼굴을 나란히 떠올리며, 형제치고는 별로 안 닮았네, 했다. 그런데 사빈은 왜 그런 눈빛으로 미교를 바라봤을까. 그것은 매우 놀란 눈빛이면서도 그 이상을 담고 있었다.

"그렇다니까. 오늘 낮에 사모님 입원하셨을 때도 왔었거든. 근데 언제 또 온 거지? 엄청 효자 거 같긴 해. 회장님 계실 때도 몇 번 보긴 했는데. 제양사 회장님이 2년 넘게 계셨다고 하거든. 나야 작년 초부터 근무했으니 그전 상황은 잘 모르지만…… 암튼 여기서 돌아가셨어."

민서는 제 커피를 뽑으며 말했다.

"어디가 아프셨는데?"

"누구? 회장님? 사모님? 회장님은 혈관 관련인데 마지막엔 거의 식물 상태였대. 난 거기엔 올라간 본 적이 없어서 잘 모르지만…… 수간 쌤한테 듣기론 어떤 일에 크게 충격받았던 게 원인이었다더라."

"사모님은?"

"일종의 스트레스. 회장님 간병하실 때도 뻑 하면 대상포진 왔었거든. 에휴, 돈이 있거나 없거나 이런 건 참 공평하다. 부자라고 죽음을 피해갈 수 있는 것도 아니고, 스트레스 많아 저리 아프고 말이야. 딴사람은 몰라도 제양사 사모님은 얼른 나으셨으면 해. 정말 좋은 분이거든. 꼴에 돈 좀 있다고 간호사를 무슨 하녀로 아는 졸부도 심심찮은데, 제양사 사모님은 전혀 그런 거 없고, 돈 있는 티도 안 내고, 어쩜 그렇게 인자하고 좋으신지…….”

“아까 그 남자 말고…… 다른 아들들도 와?”

민서가 커피를 마시느라 말을 멈춘 사이, 미교는 조심스레 물었다.

“어, 맞다, 맞다. 진짜…….”

민서는 얼른 커피를 입에서 떼며 호들갑을 떨었다.

“아까 그 남자의 형, 지금 완전 우리 팀 워너비잖아. 외모에, 매너에, 뭐 하나 빠지지 않는데다, 그 나이에 제양사 부대표니 뭘 더 바라? 그 위에 형이 또 있는데 유부남이니 패스고, 그 제사온 부대표님이 진짜 대박. 어쩌다 여기 오면 우리 다들 몰래 사진 찍는다구 난리도 아니라니까.”

민서는 자신도 그중에 하나라는 듯 제 핸드폰을 만지작댔다. 미교는 약간 당황해서 이미 다 마신 커피를 입에 댔다. 사온의 정식 직함이 제양사의 부대표라는 것도 지금 민서에게 들어 처음 알게 됐다.

“게다가 스토리까지 있거든.”

민서는 말을 이었다.

“뭐, 소설일 가능성이 농후한데. 왜냐하면 그 부대표님이 여자 보기를 통…… 뭐랄까, 돌같이 본다고, 그래서 누가 만들어낸 것 같거든. 근데 그게 나름 로맨슨 거 있지? 예전에 사랑했던 여자를 잃고 그 여자 못 잊어서 다른 여잘 쳐다도 안 본대.”

“뭐……?”

미교는 저도 모르게 큰 소리를 냈다.

"여, 여자가…… 죽었대……?"

이내 목소리를 낮춘 미교는 단순한 호기심인 양 물었다.

"죽은 건지, 비극적으로 이별한 건진 나도 모르지. 소설가가 거기까진 안 썼거든."

민서는 말하고 나서 소리 내어 웃었다.

"아 참, 우리가 지금 뭔 수다야? 너, 그냥 온 거야? 아님 할 말 있어?"

민서는 금세 정색했다.

"혹시 안상엽 쌤 때문에? 낮에 얘기가 끊어져서 다시 전화한다 하면서 나도 정신이 없어 깜빡했네……."

"그 얘기, 확실한 거야?"

미교는 조심스레 물었다. 사온이 오늘 아파트에 오지 않는다 해, 곧장 민서를 찾아온 데에는 한 해가 가기 전에 친구를 보고 싶은 마음이 먼저이긴 했지만 상엽에 대해 더 듣고 싶은 것도 물론 있어서였다.

"확실하니까 너한테 말했지."

민서는 단호하게 대답했다.

"거기까진 확실한데, 위에서 노발대발하는 게 단순히 당직 비운 것만은 아니라는 소문이 있거든. 이건 아주 확실치는 않지만……."

"말해봐."

민서가 머뭇거리자 미교가 재촉했다.

"지금 병원 내부에서 쉬쉬해서, 들려오는 게 빙산의 일각이라 나도 잘 모르지만 의료 장비 쪽 업체랑 어쩌구 해서 뭔가 잡아냈다는 거 보니…… 돈 받아먹은 비리 쪽인 거 같애."

민서는 목소리를 낮췄다.

"겨우 레지가 그딴 짓 했다고 미움 산 건지, 아님 윗선과 연결돼 있는 것을 상엽 쌤이 실수로 노출시켜 눈 밖에 난 건진 확실치 않은데, 만약 문제가 되면 형사 입건도 될 수 있다더라."

미교는 놀라 입만 벌린 채 아무 반응도 못했다.

"외과에선 안상엽 쌤, 거의 끝났다는 분위기래. 그때 너, 똑 부러지게 잘 헤어진 거야."

민서는 마치 제 일인 양 안도했다.

친구와 헤어져 계성병원을 나온 미교는 바로 지하철을 타지 않고, 밤거리를 따라 그냥 쭉 걸었다. 걷기 시작할 때는 상엽의 일을 생각했지만 그것은 잠깐이고 어느새 그녀의 의식은, 사랑하는 여자를 잃고 그 여자를 못 잊는다 했던, '사온의 로맨스'에 지배돼 있었다. 상엽의 일은 사실, 그 로맨스를 부러 피하려 억지로 생각해 본 척한 것에 불과했다.

그러나 피해도 소용없다는 것을 금세 깨닫고, 그냥 제 자신을 자연스러운 상념에 놓아버렸다. 그러자 그 연장선에서 파스타가 떠오르고, 그의 '한숨'도 떠올랐다. 무슨 사연일까, 하는 의문도 자연스럽게 따라붙었지만 그것은 궁금해서라기보다는 연민 어린 탄식에 가까웠다. 이상한 일이지만 질투 이전에, 가슴 한편이 아릿하니 아파왔다.

이튿날 미교는 점심시간에 민서의 전화를 받았다. 오전 근무를 막 끝내고 탈의실로 향하던 중이었다.

[미교야. 어제 그 남자, 제양사 막내아들 말이야⋯⋯ 이름이 제

사빈인데……]

민서의 목소리는 다소 흥분해 있었다.

[웬일이니? 그 사람이 아까 나한테 네 번호 가르쳐 달라고 하더라구. 나 너무 놀랐어. 암튼 너한테 먼저 물어본다고 했거든. 어쩔까?]

미교는 잠시 망설이다 가르쳐 줘라, 했다.

"제사빈……?"

전화를 끊고 미교는 중얼거렸다.

사빈의 전화는 바로 오지 않았다. 때문에 며칠 뒤, 미교는 제 핸드폰에 낯선 번호가 떴을 때, 그것을 즉시는 사빈과 연결시키지 못했다.

[서미교 씨 핸드폰이죠?]

핸드폰에서 흘러나온 경쾌한 남자의 목소리를 듣고서야 미교는 그 목소리의 주인이 사빈이라는 것을 알아차렸다.

[난 제사빈이라고 합니다. 며칠 전에 계성병원 별관에서 만났던 거…… 기억해요?]

사빈은 재차 물었다.

"네. 기억해요."

[일단 새해 복 많이 받으시고요, 반갑습니다.]

새해가 되고도 며칠이 지난 때를 의식했는지 그는 그렇게 인사했다.

[오늘 시간 어때요? 좀 만나뵙고 싶은데.]

"오늘은 11시 퇴근이라 안 되는데……. 무슨 일로 그러시는데요?"

[그거야 만나뵙고 말씀드려야죠. 그럼 내일은요? 점심 쏠게요.

아님 미교 씨 퇴근 시간에 맞춰 11시에 내가 그 병원으로 갈까요?]

"네?"

미교는, 자신이 근무하는 병원을 그가 어떻게 알고 온다는 것인지 잠깐 의아했지만 이내 민서에게 들었겠구나, 하고 넘어갔다. 그녀는 침착하게 내일 사빈과 만날 장소와 시간을 정했다. 만나서 얘기해야지 싶었다. 그의 형인 사온과 사귀는 사이라고, 전화상으로 말하기도 좀 애매하지만 상대가 어떤 용건인지도 모르는데 무턱대고 사온과의 관계를 밝히는 것도 이상하니, 먼저 그를 만나는 것이 순서라 여겼다.

사빈이 미교와 통화를 한 곳은 계성대종합병원의 별관에 위치한 게스트 룸이었다. 소파에 앉아 노트북을 앞에 두고 있는 그는 통화를 끝내자마자 모니터에 눈을 고정했다.

"서미교. 올해 스물여섯이 되고, 키 158에, 혈액형은 시스 AB형……."

사빈이 보는 노트북 모니터에는 특정인의 신상 명세 파일이 떠 있었다. 바로 미교의 것이다. 사빈은 미교의 핸드폰 번호를 이용해 먼저 그것을 알아보느라 며칠이 지난 오늘에서야 그녀에게 연락을 한 것이었다.

"세상에 이런 일도 있을 수 있나……?"

사빈은 중얼거렸다. 이미 본 것을, 도저히 믿기지 않는다는 듯 재차 확인하는 투였다. 그것도 파일을 막 봤을 때의 충격에 비하면 지금은 그나마 평정을 되찾은 뒤였다.

"어떻게 핸드폰 번호까지……."

사빈은 두 손을 얼굴에 대고 두어 번 비비고는, 손을 떼지 않고 그대로 댄 채 꽤 오랜 시간을 꼼짝도 하지 않았다.

이튿날, 아침부터 눈이 내렸다. 보기에 좋게 내려 소복이 쌓이는 눈이 아닌, 을씨년스러운 하늘을 배경으로 산만하게 흩날리는 가는 눈발이었다.

미교는 승강기 안, 사람들 틈에 있었다. 사빈과의 약속 장소로 가는 길로, 이름만 대면 알 만한 시내의 유명한 빌딩 24층이 약속 장소였다.

24층에서 미교는 한 레스토랑으로 들어섰다. 그리고 직원의 안내를 받아 전망 좋은 창가의 테이블에 이르렀다. 완전한 형태의 룸은 아니지만 파티션으로 구분해 놓은 4인석 테이블이었다.

"어서 와요."

먼저 와 기다렸다가 자리에서 일어난 사빈은 사뭇 반갑게, 웃음 띤 얼굴로 미교를 맞아 먼저 그녀의 외투를 받아주었다. 외투 안에 그녀는 목선이 높은 원피스를 입고 있었다. 그래서 요사이 늘 목에 하고 다니는 에메랄드 목걸이는 옷 안에 숨어 보이지 않았다. 사빈은 이어 손수 의자를 빼 그녀를 앉혔다.

"혹시 파스타 좋아해요?"

사빈은 불쑥 물었다.

"딱 보니까 좋아하게 생기셨는데. 파스타 코스를 선주문 해놨는데 괜찮죠? 여기 파스타가…… 특히 모차렐라 파스타가 썩 괜찮습니다."

미교는 황당했다. 초면에 묻지도 않고 선주문 해버린 것도 그렇지만 어떻게 형제가 똑같이 저에게 파스타를 먹이려 하는지, 어처구니가 없었던 탓이다. 다만 파스타가 사온의 과거 로맨스와 관련이 있나 했더니 그것은 아닌 것 같아 묘한 안도감을 느끼기는 했다. 그래서 그녀는 별 내색하지 않았다.

두 사람은 식사 초반까지 별로 대수롭지 않은 내용의 대화를 주로 나누었다. 사빈은 제 어머니 얘기를 주로 했는데 어머니가 대상포진으로 고생한다면서 그 병이 생각보다 무서운 병이라는 등의 내용이 그것이었다.

"형제가 어떻게 돼요?"

어떤 대화 끝에 사빈이 물었다. 그도 파스타를 먹는 중이었다.

"위로 오빠 있어요."

"딱 오빠만?"

"네."

"현재 그런 거예요? 아님…… 이런 말 좀 실례지만 형제가 있었는데…… 사고나 뭐 그런 걸로……."

"아뇨. 원래 남매뿐이에요. 왜요?"

미교는 의아한 눈빛을 보냈다.

"그냥…… 그냥요. 나한텐 여동생이 있었거든요."

미교는 멈칫했다. 사빈에게 여동생이라면 사온에게도 그러할 텐데, 그에게서 그런 말은 들어본 적이 없었다. 더구나 사빈의 '있었다'는 표현은 지금은 없다는 뜻 아닌가.

"미교 씨와 나이가 같아요. 살아 있다면……."

미교는 딱히 대꾸할 말이 떠오르지 않아 고개만 끄덕여 보였다.

"영리하고 예쁘고…… 글도 참 잘 썼는데……. 특히 시를 잘 써서 어릴 때 상도 받았거든요."

미교는 다시 고개를 끄덕거렸다. 그러면서 자신도 중, 고등학교

때 독후감을 써서 상을 받았던 기억을 떠올렸다.

"여자애 하나라 부모님은 물론이고, 우리 다 그냥 걔를 공주처럼 떠받들었어요."

"우리…… 라면? 형제들?"

"네. 큰형이요. 작은형은 별로…….."

말끝에 사빈의 얼굴에 떠오른 사뭇 험악한 빛을 미교는 보지 못했다.

"너무 내 얘기만 했네. 미교 씨 얘기도 좀 해봐요. 아 참, 미교 씨 핸드폰 번호요…… 오래된 번호 아니죠?"

"네……? 네에. 왜요?"

미교는 의아한 얼굴로 되물었다.

"언제 바꿨어요?"

"얼마 전에요……. 왜 그러는데요?"

"아닙니다. 아…… 머리 참 예쁘네. 직접 한 거예요?"

사빈은 재빨리 화제를 바꿨다.

"네…….."

"이야, 손재주 장난 아니시네. 재주 많으신 분이랑 친하게 지내야지."

"실례지만…….."

사빈의 밝은 표정을 경계하듯 미교는 신중하게 입을 열었다.

"저 처음 봤을 때요…… 왜 그랬어요?"

사실 미교가 민서로부터 '사빈이 네 번호를 원한다' 전해 들었을 때 가르쳐 줘라, 했을 때는 그것이 가장 궁금해서였다. 만나게 되면 물어보고 싶었다.

"절 보고 왜 그렇게 놀랐냐구요……."

"그거야……."

사빈은 짐짓 대수롭지 않은 얼굴이었다.

"미인이시니까. 정확히 말하면 딱 내 이상형을 봤다고나 할까, 흔히 말하잖아요. 운명적인 상대를 봤을 때는 번개에 맞은 것 같다고……. 안 믿겨요? 난 진심인데……."

미교의 시큰둥한 낯빛을 보며 사빈은 도리어 유쾌한 목소리를 냈다.

"그럼 만나자 하신 용건은……."

"당연히 친하게 지내자는 거죠. 남자랑 여자로서……."

"그건…… 곤란한데요……."

"왜요? 남친 있어요?"

사빈은 말투는 경쾌했다. '남친'이 있어도 상관없다는 투였다.

"네. 있어요."

"경쟁자가 있는 셈이군요. 일단 알겠습니다."

"경쟁자가 아니라…… 그쪽 형이에요."

"네……?"

무슨 의미인지 얼른 알아듣지 못한 사빈은 물컵을 들다 멈칫했다.

"말씀드려야 할 것 같아서 밝혀요. 저, 제사온 씨와 만나고 있어요."

순간 쨍, 날카로운 파열음이 울려 퍼졌다. 사빈의 손에 있던 컵이 떨어져 테이블 위에서 한 번 둔탁한 소리를 낸 후 바닥으로 떨어진 것이었다. 미교는 놀라고 당황했으나 사빈에 비하면 아무것도 아니었다. 그는 흡사 벼락이라도 맞아, 그 순간에 영혼이 달아나 버린 것 같은 얼굴을 하고 있었기 때문이다.

❖

어둠이 짙은 가운데 빛이 한줄기 들어와 점점 넓어졌다. 바닥에는 또한 사람의 그림자가 길게 깔렸다. 사빈이었다. 그는 어두운 입원실의 문을 열고 들어와 다시 조용히 문을 닫았다. 그리고 제자리에 한참을 서서 어둠에 눈이 익숙해진 후에야 움직여 커튼의 한쪽을 열었다. 그러자 바깥 불빛이 입원실 안을 희미하게 비추고 침대에 누워 있는 어머니의 모습도 드러냈다.

"으음……."

어머니는 몸이 불편한지, 아니면 악몽을 꾸는지 매우 힘든 신음을 냈다. 사빈이 다가와 곁에 앉아 어머니의 손을 살포시 잡았다.

"사혜……."

어머니는 한참 후 다시 신음처럼 흘렸다.

"우리 딸…… 혜……. 우리 이쁜 혜……."

"혜는 아버지랑 같이 있어."

사빈은 담담히 말을 받았지만 목소리는 침울하게 가라앉아 있었다.

"그러니 걱정 마세요. 외롭지 않을 테니."

"내가 가야 하는데……."

"사혜만 자식이야?"

사빈은 울컥한 소리를 냈다.

"난 어쩌고? 아버지 돌아가신 지 얼마나 됐다고……. 아버지 너무 일찍 만나러 가면 아버지한테 되레 혼나요. 그러니 제발 기운 좀 내요. 응?"

그렇게 말하는 사빈도 무척 힘들어 보였다. 낮에 미교를 만나 충격을 받았던 때로부터 그리 많은 시간이 지난 것도 아니니까. 그 자리에서 '우리 만난 거 형한테는 비밀로 해달라' 당부하며, 마치 형의 여자친구에게 관심을 보였다는 사실을 민망해하듯 둘러대는 것만도, 그는 이를 악물어야 했었다. 다행히 미교는 큰 의심 없이 받아들였다.

"술…… 먹었니?"

어머니가 묻는 중에 달칵, 문 열리는 소리가 났다. 소리에 이어 문가에, 역광을 받아 검게만 보이는 남자의 모습도 드러났다. 사온이다. 사빈은 대번에 얼굴이 험악해져, 형이 문을 닫고 천천히 다가오는 동안 잡아먹을 듯 노려보았다.

"차도는 좀 있으신가?"

눈을 감고만 있는 어머니를 내려다보며 사온은 나직이 물었다.

"왜? 나빠져서 빨리 돌아가셨으면 좋겠어?"

거친 말을 하면서도 사빈의 목소리는 큰소리를 내지 않으려 억누른 흔적이 역력했다. 사온은 별다른 내색을 하지 않았다.

"형 원래 그렇잖아. 자기밖에 모르잖아. 사혜가 죽어도, 아버지가 돌아가셔도, 이제 엄마까지 이렇게 아픈데 그런 거 아무 상관 없잖아. 형 욕심만, 형이 갖고 싶은 것만 가지면 그만이잖아. 그것에 방해가 된다면 도리어 엄마가 빨리 잘못되기도 바랄 작자야, 형은……."

"빈아……."

어머니가 사빈을 나무라듯 불러보지만 소용도 없이, 그는 더욱 목청을 높여 '형이 다 망쳤어'라고 비난했다.

"이번에도…… 망쳤어. 형이 망쳤다구. 엄마 나을 수 있었는데……."

사빈의 비난에, 늘 그렇듯 크게 내색하지 않던 사온이, 이번에는 미간을 살짝 좁혔다. 의아해하는 기색이었다.

"나가. 당장 나가. 형은 여기 있을 자격도 없어. 나가란 말이야. 나가, 나가, 나가……."

사빈은 점점 흥분한 끝에 사온을 거칠게 밀었다. 그 소란스러움의 끝은 퍽, 둔탁한 소리였다. 사빈이 사온을 친 것이다. 소리만으로도 어머니는 몸서리를 치며 격한 신음을 토했지만, 다행히 둔탁한 소리는 그 한 번으로 끝이었다. 무엇보다 사온이 사빈에게 손끝 하나 대지 않은 채 동생의 분노를 고스란히 받아내고만 있으니 싸움이 될 턱이 없었다.

"나가……!"

사빈은 다만 소리를 질렀다. 사온은 어머니를 향했다.

"내일 다시 오겠습니다. 편히 쉬십시오."

그는 어머니를 향해 고개를 숙여 보이고 입원실을 나갔다.

"그러지 좀 마……."

어머니는 몸과 마음이 몹시 힘든 모습으로, 그러면서도 타이르듯 했다.

"온이도 아파. 아픈 사람이야……."

"그거 꾀병이에요. 의사도 모른다잖아요. 그런 병이 어딨어요? 큰형 말로는 다 나은 것 같다던데, 그것 봐, 꾀병이니까 슬그머니

나은 거야. 사혜 죽이고 나서 미안한 척, 양심 있는 척하느라 그런 거라구. 그런 사이코는 정신병원에 입원해야……."

"우웃……."

어머니는 가슴을 부여잡고 괴로워했다. 사빈은 그제야 다시 엄마에게 와 걱정스러운 낯빛을 보였다.

"아파요? 당직 간호사 부를까?"

어머니는, 그러나 사빈의 옷깃을 꼭 잡았다.

"냅둬……. 그냥 죽게 둬……. 내버려 둬……. 나도 빨리 가고 싶구나……."

"그런 말 말라니까……."

사빈은 화를 벌컥 내면서도 어머니의 손을 콱, 잡았다.

"만약…… 만약에 내가 사혜 데려오면…… 엄마 눈앞에 사혜 데려다 놓으면 살 거예요? 살고 싶을 거야? 살고 싶을 거냐구……."

사빈은 간절했다. 또 그것이 그가 미교에게 접근한 첫 번째 이유였다.

사온은 아주 늦은 시간에 아파트로 들어섰다. 리빙 룸은 어두운 가운데 소파 근처에만 키가 큰 스탠드의 불빛으로 환했고, 바로 그곳에 미교가 있었다. 소파 팔걸이에 고개를 떨어뜨린 채 가슴 아래에 펼친 책을 손에 안고 있는 모습이 책을 읽다 잠든 것이 틀림없었다.

사온은 미교 가까이에서 한참 동안 그녀를 내려다보았다. 평소의 화려한 머리는 씻으면서 풀었는지 그냥 목덜미 한쪽에 가볍게 묶여 있고, 머리카락 몇 가닥만이 미교의 얼굴 옆을 지나 쇄골까지 흐트러져 있었다. 이 얼마나 익숙하며 동시에 낯선 얼굴인가, 사온은 잠시 눈을 감았다 다시 떠, 미교의 얼굴을 재차 눈에 담았다.

"사혜……."

웅얼거리듯 나직이 불러보는 사온. 그러고 나서야 그는 허리를 굽혀 그녀를 안아 들었다.

"어……."

몸이 들린 움직임에 미교는 눈을 떴다.

"언제 왔어요? 술 마신 건 아닌 것 같은데……? 많이 바빴어요? 나도 일찍 들어온 건 아닌데……."

교대 근무 중인 미교 역시 퇴근해 들어온 지 그리 오래된 것은 아니었다.

"씻고 나니 졸렸나 봐. 책에서 뭘 읽었는지 기억도 안 나. 어……?"

눈을 비비며 말하던 미교는 그 눈을 동그랗게 떴다.

"여기 왜 그래요?"

미교는 사온의 얼굴을 손가락을 딱 짚었다. 입술 끝이었다. 그곳에 상처가 나 있었다. 크게 도드라지는 정도는 아니었으나 한눈에 봐서 모를 정도도 아닌, 바로 사빈이 낸 상처였다.

"별거 아닙니다."

"별거 아니긴. 나 이래 봬도 간호사예요."

"그랬나요? 작가가 아니라?"

"또……!"

미교는 눈을 치켜떴다.

"그렇게 작가가 좋으면 작가랑 사귀지 왜 간호사랑 사귀어요?"

"미교 씨처럼 예쁜 작가가 없어서요."

사온의 말에 미교가 새치름한 눈초리를 하는 사이 그는 그녀를 침대 위로 내려주었다.

"사온 씨 옷시중 들어줘야 하는데 그냥 눕히면 어떻게 해요?"

미교는 말을 하면서, 누운 채로 이미 사온의 넥타이를 잡고 풀었다. 그렇게 타이를 잡힌 채로 사온은 또 재킷을 벗어 뒤로 던졌다. 그리고 곧장 미교의 입술을 덮치는가 싶더니 이내 질색을 하며 물러나 침대 위를 뒹굴었다. 제 옆구리에 움켜잡고서였다.

"어, 간지럼에 약하구나?"

사온이 소리 죽여 어깨만 들썩이는 것을 보며 미교는 눈을 둥그렇게 떴다.

"키스도 좋지만 나 이빨 먼저 닦구요."

미교는, 그러나 엉덩이를 들썩하기도 전에 사온의 팔에 잡혀 도로 시트 위로 쓰러졌다. 사온은 그 위로 다시 이불을 뒤집어씌웠다. 이불은 너울처럼 일렁였다. 그 안으로부터 숨죽인 웃음소리도 끊임없이 새어 나왔다. 그렇게 약간의 시간이 흐른 후 이불 밖으로 미교의 옷 하나가 밀려 나와 침대 아래로 툭, 떨어졌다. 잠시 뒤, 또 하나가 떨어졌다. 이불의 윗부분이 확, 젖혀진 것은 그다음이었다.

"반칙, 반칙……."

이불 위로 머리만 내놓은 미교는 웃음소리가 반섞인 비명을 터뜨렸다.

"간지럼 방어를 그런 식으로 하다니, 꼼짝 마요……."

미교는 사온의 셔츠를 잡고 단추를 풀었다.

"미교 씨 간지럼 안 타는군요? 그럼 무적인데."

그렇게 말하는 사온의 입가에 잔잔한 웃음기가 남아 있었다.

"딱 한군데 심하게 타요."

"어딘데요?"

"내가 그걸 가르쳐 줄 거 같아요?"

미교는 메롱 했다. 사온이 '메롱'을 덮치자 그녀는 또 '읍' 했다. 손으로는 사온의 셔츠를 다 풀고 나서 바지 벨트를 잡아 풀고 있었다. 그러다 보니 바지 위로 그의 진한 '욕망'과도 만난다. 미교는 제 손의 감각이 전하는 그의 팽창된 욕망을 느낄 수 있었다. 그녀를 원하는 욕망을.

"그대로 있어요."

입맞춤 후 사온은 말했다.

"이 안 닦아도 됩니다."

그러자 미교는 대번에 얼굴을 찌푸려 어린아이와 같은 울상을 지어 보였다. 그것을 보며 사온은 또 웃었다.

"그거 알아요?"

미교가 말했다.

"뭘 말입니까?"

"나, 오늘 사온 씨 웃음소리 처음 들은 거."

사온은 말없이 미교의 등을 어루만졌다. 이미 그의 손에 옷이 벗겨져 팬티 하나만 입은 몸이었다.

"그래서 좋아요."

미교는 말을 이었지만 이번에도 사온의 대답은 부드러운 애무였다. 그의 애무를 받으며 미교는 사빈과 만났던 것을 사온에게 말할

까, 잠시 고민했지만 그만두었다. 말하지 않겠다고 사빈과 약속했
으니 지켜야 했고, 무엇보다 미교 자신으로 인해 형제간에 불필요
한 오해가 생기면 안 된다 싶었기 때문이다. 서둘 일도 아니지 않는
가. 어차피 언젠가 사온이 그의 가족을 소개할 날이 올 테니까.

쏴아아, 따뜻한 물이 세차게 떨어지는 샤워기 아래에서 벌거벗
은 두 육체는 하나로 얽혀 입술도 하나 돼 있었다. 두 육체는, 여자
가 두 다리로 남자의 몸을 휘감고 남자는 그런 여자를 받쳐 안아
든 채로 샤워 후에도 떨어지지 않고 계속 한 덩어리로 움직인 끝에
침대로 쓰러졌다. 그 직전 파우더 룸에서 남자가 여자의 몸 위로
커다란 타월을 둘러주기는 했으나 몸의 대부분이 젖은 채였다.

사온은 미교의 몸에 묻은 물기를 혀로 핥았다.

"하아……."

미교는 제 몸 위로 사온의 입술이 지날 때마다 몸에 미열이 오
르는 것만 같아, 그것을 식히기라도 하는 양 가쁜 숨을 내쉬었다.
그런데도 열은 쉬이 식지 않아 제 수줍은 가랑이 중심부에 그의
입술이 닿았을 때는 약간 괴롭기까지 했다. 그럼에도 더 괴롭기를
원했다. 그가 더 괴롭혀 주기를 바랐다. 그런 그녀의 바람을 그가
또 알았나 보다. 그는 그녀의 꽃밭을 더 크게 벌려, 더 깊이 혀를
밀어 넣고, 더 잔인하게 그곳을 헤집었다.

"으흑……."

미교는 거의 흐느끼는 소리를 냈다. 목이 뒤로 꺾이고 등이 활
처럼 휜 것과 동시였다. 그 열기가 채 식기도 전에 그녀의 몸은 사
온의 손에 반대로 뒤집혔다. 사온은 뒤에서 들어와, 미교의 머리
채를 잡아 뒤로 젖혀 그녀의 귓불을 깨물고 목덜미를 깨물었다.

"으읏……."

미교는 신음과 함께 뜨거운 숨결을 토해냈다.

"괴롭습니까?"

그녀의 신음 사이로 사온의 나직한 음성이 섞였다.

"아직 멀었는데……?"

말과 함께 사온이 제 허리 아래를 더욱 세게 쳐올리니, 미교의 입에서는 절로 격한 신음이 튀어나왔다.

사온의 지배는 더 이상 부드럽지 않았다. 때로 미교를 거칠게 다루고 그녀가 아파하는 것도 서슴지 않았다. 사온은 미교의 다리 하나를 개구리 다리처럼 옆으로 벌렸다. 동시에 행위는 더욱 격렬해진다.

"아아……."

미교는 시트를 꽉 그러쥐었다. 사온은 미교를 잡고 순식간에 몸을 뒤집었다. 이제는 그녀의 아래에 깔려 천장을 향한 상태가 되었다. 그럼에도 하나로 연결된 두 사람의 아래는 그대로 견고함을 유지했다. 사온은 손을 그녀의 치골에 대고 지그시 누른 채 허리 아래를 힘껏 움직여 행위를 이어갔다. 그리고 치골에 댄 손에서 손가락을 아래로 깊숙이 내려, 가장 먼저 만나는 클리토리스를 격하게 자극했다.

미교의 가슴이 들썩였다. 그렇게 들썩이다 위로 들린 채 멈추었다. 동시에 입도 벌어졌으나 아무 소리도 새어 나오지 않았다. 숨결조차 없었다. 뜬 것도, 감긴 것도 아닌 눈꺼풀에서 속눈썹은 바르르 떨리고 있었다.

"소리 질러봐."

사온이 속삭였다.

"예쁜 소리."

사온의 손끝에 희롱당한 깊은 숲의 진주는 터질 것처럼 부풀어 올라 있었다.

"헉……."

아무 소리도 내지 못하던 입에서 격한 소리가 터진 것을 시작으로, 미교는 정말, 그가 원하는 대로 소리를 질렀다. 몸부림도 동반되었다.

사온의 절정은 미교 다음으로 찾아왔다. 그런데도 그것이 끝이 아니었다. 격정 끝에 절로 잠들었다 먼저 깨어난 사온은 다시 미교를 보듬었다. 자다가 '봉변' 당한 미교는 아침이 밝자마자 또다시 당해야 했다.

[안녕하세요. 잘 지냈어요?]

미교는 핸드폰 너머에서 들려오는 사빈의 경쾌한 목소리를 듣고 있었다. 안전가옥의 침실에서, 그녀는 자다 깬 모습이었다.

"아, 네에……."

[어, 목소리가 왜 그래요? 어디 아파요?]

"아뇨……. 자다 깨서……."

[이런, 병원인 줄 알았는데 오늘 오프예요? 잘됐다. 다 잤으면 나와요.]

"아뇨. 이따 4까지 출근해야 해요."

다짜고짜 나오라는 사빈의 말에 미교는 어이가 없었다. 그와 만나 파스타를 먹었던 때로부터 며칠 뒤였다.

[그럼 좀 일찍 출근해서 나와요. 어차피 밥도 먹어야 하잖아요.]

"근데…… 왜요?"

[만나서 얘기합시다.]

미교는 탁상시계로 눈을 옮겨 1시가 조금 넘은 것을 확인한다. 사빈만 아니면 한 시간도 넘게 더 잘 수 있는데, 하고 내심 원망하면서도 그와 만날 장소와 시간을 정했다.

커피 전문점이 보이는 도심의 오후 거리는 비교적 한산했다. 미교는 그 커피 전문점의 문을 열고 안으로 들어섰다. 사빈의 모습은 쉽게 발견이 되었다.

"일단 식사하는 데로 옮기죠. 배고프실 텐데."

미교가 다가와 앉기도 전에 사빈은 일어나 말했다.

"출근해서 환자 열심히 보셔야 할 분인데 먼저 배가 든든해야죠. 안 그래요?"

"멀리 가는 건 아니죠?"

사빈을 따라 걸으며 미교는 물었다.

"아직 2시 반이니 충분합니다. 딱 4시 10분 전까지 병원 앞에 모셔다 드릴 테니 걱정 말아요."

유료주차장은 채 3분 거리도 안 되었다. 사빈은 짙은 블루 색상의 승용차 앞으로 미교를 데려갔다.

"벌써 형수 대접은 못하지만 그래도 우리, 친해질 필요는 있는 사람들 아닌가요? 언제 기회 되면 형한테 정식으로 소개시켜 달라 할 건데…… 물론 그전까진 비밀입니다."

조수석의 문을 열기 전에 그는 말했다.

"그거…… 알고 싶지 않아요?"

"뭘요……?"

사빈의 사뭇 은밀한 말투에 미교는 어리둥절한 얼굴로 되물었다.

"뭐…… 그런 거 있잖아요. 온이 형의 치명적인 단점이라든가…… 과거 연애사라든가."

미교는 이내 픽, 웃는 것으로 답을 대신했다.

"일단 타시죠."

사빈은 미교를 조수석에 태웠다.

"형이랑 만난 진 얼마나 돼요?"

차를 출발시킨 지 얼마 되지 않아 사빈이 물었다.

"작년 10월 중순쯤에 처음 만났어요."

"어디서 어떻게요?"

미교는 즉시 대답을 못하고 머뭇거렸다. 어디서부터 어떻게 말해야 하나, 하는 잠깐의 고민에 비밀이랄 것이야 없지만 굳이 털어놓을 만한 것도 아니라 여겼기 때문이다.

"은밀한 만남인가요? 우리 형 유부남 아닌데?"

사빈은 농을 치며 은근 재촉했다. 미교는 별수 없이 부모의 고향인 지방의 소도시 이름과 그곳의 서점에서 만났다는 것까지만을 말해주었다.

"형은 거기 왜 내려가 있었대요?"

미교의 얘기를 다 듣고 난 사빈은 물었다. 미교는 애매하니 어깨를 움츠렸다. 그것을 저가 어떻게 알겠냐는 듯.

"서점 주인이라고……? 웃겨, 진짜."

사빈은 혼잣말로 비아냥거렸다.

"네……?"

"안 어울리잖아요. 아, 알았다. 어디 딴 데서 미교 씨를 보고 반해서, 그런 다음 서점으로 유인했던 거야. 어때요?"

"말도 안 돼……."

미교가 웃자 사빈도 따라 웃음 지었으나 눈빛만은 사나웠다.

얼마 후, 두 사람은 고급스럽고 정갈한 분위기의 한식 전문식당으로 들어섰다.

"예약해 놔서 식사 금방 나올 겁니다."

직원이 안내한 테이블에 이르러 사빈이 말했다. 그사이 미교는 외투를 벗었다. 그녀의 외투를 받아주려고 사빈은 손을 내밀다 저도 모르게 '어' 하는 소리를 내며, 외투에 미처 손을 대기도 전에 멈칫했다. 그의 눈은 미교의 쇄골 부분에 닿아 있었다. 정확히 그녀의 목에 걸린 에메랄드 목걸이에 고정돼 있다고 해야겠다. 사빈은 그러나 미교가 눈치채기 전에 재빨리 그녀의 외투를 받아 한쪽에 마련된 행거에 걸었다.

"목걸이 예쁘네요."

미교의 맞은편에 앉으며 사빈은 말했다. 그저 예쁜 것을 칭찬한다는 의례적인 말투였다.

"혹시 형이 선물한 거?"

미교는 미소만 지어 보였다.

"미교 씨 5월생인가 보네요?"

"어, 단박에 아네요? 남자들은 탄생석, 그런 거 잘 모르던데."

"그러게 말입니다. 나도 누이 덕분에 알게 됐네요. 5월생이거든요."

"아……."

미교는 고개만 주억거렸다. 이미 이 세상 사람이 아닌 사람을 두고 뭐라 말을 받아야 할지 적당한 말을 찾기 어려웠기 때문이다. 또 때마침 식사가 서빙되기도 했다.

"뭐든 물어봐요."

식사 중에 사빈은 말했다.

"형에 대해서요. 내가 다 말해줄게요."

"음…… 글쎄요……."

미교는 젓가락 끝을 입에 댄 채 고개를 갸웃했다.

"궁금한 게 하나도 없나 보네? 그만큼 잘해준다는 거?"

미교는 수줍고도 애매한 미소와 함께 고개를 끄덕였다.

"꼴에 죄책감인가……?"

사빈은 혼잣말인 양 중얼거렸지만 미교의 귀에도 충분히 들릴 만한 크기였다. 미교는 의아한 눈빛을 보냈다.

"작은형…… 별로 좋은 사람 아니에요. 그래서……."

미교의 눈빛을 사빈은 정색해서 받았다.

"걱정이 좀 되네요. 미교 씨 상처받을까 봐."

"상처를 준 건 사빈 씬데요, 방금."

"아하, 남친 흉보지 마라? 알아듣습니다. 그래도 우리, 앞으로 친하게 지내는 거죠?"

금세 가벼워지는 사빈에, 미교는 애써 웃음 띤 얼굴을 해 보였다.

"사온 씨가 동생한테 별로 좋은 형이 못 되었나 보네요?"

미교는 슬쩍 떠보듯 했다.

"아뇨."

사빈은 다시 정색했다.

"사혜한테 좋은 오빠가 못 되었죠."

"사혜……?"

미교는 입속으로 뇌까렸다. 이름만 듣고도 형제들의 사랑을 받았다던 그 여동생이라는 것쯤 금세 알았지만 이상하게 처음 듣는 이름이 아닌 것처럼 매우 익숙하게 다가왔다.

미교가 근무하는 병원이 있는 빌딩 앞에, 사빈의 짙은 블루색 승용차가 와서 섰다. 정확히 3시 52분이었다.

"식사 고마웠어요."

안전띠를 풀며 미교는 말했다.

"별말씀을. 저야말로 즐거웠습니다."

사빈은 악수를 청하듯 손을 내밀었다. 미교는 미소를 지으며 그 손을 잡았다. 그 미소는 약간의 사이를 두고 어색해진다. 그녀의 손을 잡은 사빈이 놓지 않고 있었기 때문이다. 그는 아주 천천히 그녀의 손을 놓아주었다.

미교가 차에서 내려 빌딩 안으로 완전히 모습을 감출 때까지, 사빈은 차를 출발시키지 않았다.

"대체 정확히 언제 서미교의 존재를 안 거야?"

사빈은 형인 사온이 미교에게 계획적으로 접근했다는 감을 잡았다.

"서미교를 알고도 아무에게도 말 안 하고 혼자만 어찌해 보겠다?"

다시금 중얼거리는 사빈의 입가에 비릿한 미소가 떠올랐다.

"안 되지……. 이번엔 형한테 안 뺏겨. 절대 안 뺏길 거야!"

7. 정중한 계략

병원으로 들어온 미교는 병원의 간호사 전용 탈의실에서 유니
폼으로 갈아입고 있던 중에 엄마의 전화를 받았다.

[혹시 정교한테 전화 안 갔니?]

엄마는 다짜고짜 물었다. 미교가 '엄마' 하고 부르기도 전이었
다.

"오빠? 아니. 거기 나타났어?"

[아니…… 어휴, 네 번호 가르쳐 주는 게 아닌데…….]

엄마는 한숨을 쉬었다. 미교의 번호가 바뀌어, 그녀의 오빠인
정교는 동생의 번호를 모르는 상황이었다. 예전 번호로 연결하는
서비스는 부러 받지 않았으니까.

[너 말이다, 혹시 그놈한테 전화 오면 그냥 끊어. 알았지? 그놈
말 절대 듣지 마. 어떤 말을 해도 그냥 미친놈 헛소리려니 해.]

"알았어."

미교는 대수롭지 않게 대답했다. 오빠가 할 '헛소리'란 돈 얘기밖에 없다는 것을 잘 아니까.

"근데 엄마……."

미교는 말을 이었다.

"혹시 서점 아줌마 말이야, 서점에 나와 계셔?"

[서점? 거기 문 닫았더라. 정 사장 말로는 그 여자 로또 당첨됐는지 역 근처에다 큰 화장품 가게 열었다던데?]

"로또?"

[돈 없다고 죽는 소리 하던 여자니 하는 소리야. 혹 모르지, 돈 많은 홀애비라도 꼬셨는지.]

엄마는 장난스러운 웃음소리를 냈다.

[아니다. 남 흉볼 때가 아니지. 등신 같은 아들 놈 둔 에미가 말이다. 이놈의 새끼를 그냥…….]

엄마는 다시 아들에 대한 한탄을 잠시 늘어놓다가 전화를 끊었다. 미교는 새삼 사온이 어떤 이유로, 어떤 과정으로 그 서점에 있었는지에 대한 의구심이 들었다. 사온이 제양사의 오너 가족인 것을 안 직후에도 물론 의아해하기는 했지만 굳이 알아야 할 이유도 없어 그냥 지나쳤었는데 사빈과의 대화 중에 그의 냉소적인 반응이 이제 와 마음에 걸린 탓이었다. 그런데 그 생각을 오래 할 틈도 없이, 엄마와 통화를 끝낸 지도 얼마 지나지 않아서 그녀는 오빠의 전화를 받게 된다.

[미교야. 나다, 나. 오빠.]

정교의 목소리는 활기찼다.

[너 어디야? 나, 니네 집 앞인데 빨리 좀 와라. 춥고 배고프고 미치겠다.]

정교의 엄살로 미교는 퇴근하자마자 곧장 제 자취집으로 향했다. 거의 자정이 가까워서였다.

정교는 미교의 집 현관 앞에서 어깨를 잔뜩 세운 채 서성이고 있었다. 겨울에 입기에는 추워 보이는 가죽점퍼 차림이었다. 그는 미교를 보자마자 찬바람에 언 얼굴로 환히 웃어 보였다.

"간만이다. 내 동생."

"비켜."

두 팔을 벌리는 정교를, 미교는 냉큼 밀치며 열쇠를 꺼내 현관을 열었다.

"기집애, 성깔은 여전하네."

정교는 투덜거리면서도 현관문이 열리자 동생보다 먼저 후다닥 들어갔다. 들어와서는 집이 왜 이렇게 춥냐, 얼른 보일러 틀어라, 잔소리를 늘어놓았다.

"여기 며칠만 있자. 동생아."

말하면서 그는 냉장고를 열었다.

"너 여기 안 살았냐? 어떻게 냉장고에 먹을 게 없어?"

"집에 내려갔었어?"

미교는 오빠의 말을 무시하고 물었다.

"미쳤냐? 거긴 그 새끼들도 아는데 거길 가게? 엄마한테 미안해서도 못 가고. 여긴 그 새끼들 몰라. 염려 마."

"오빠가 아는데 그자들이 몰라? 어느 집 숟가락이 몇 개인 것까지 알아내는 자들이라며?"

"내 말은 당장은 모른다고. 나도 오래 안 있어. 당분간만이야. 여관비도 없는데 어떡해?"

"그래서 돈 달라고?"

"이게 오빠를 뭐로 보고…… 내가 아무리 인간 망종이지만 하나밖에 없는 동생, 코 묻은 돈까지 탐내겠냐? 그런 거 절대 아냐. 네가 준다고 해도 안 받어. 야, 배고프다. 라면 있냐?"

미교는 허, 헛웃음을 뱉어냈다.

잠시 후, 남매는 식탁에 라면을 앞에 두고 앉아 있었다. 그러나 미교는 거의 젓가락을 움직이지도 않은 채 맞은편에서 라면을 게 걸스럽게 먹는, 아니, 거의 '흡입' 하는 오빠를 망연한 얼굴로 바라보기만 했다. 오빠의 얼굴을 마지막으로 본 것이 작년 가을이었으니 거의 일 년 만의 만남이었다. 행색만 봐도 그동안 어떻게 살았는지는 짐작하고도 남음이 있었다.

"도박…… 못 끊었어?"

미교는 하나 마나 한 질문을 하는 것으로 제 답답한 심정을 표현했다.

"누군 하고 싶어서 하냐? 빚 갚으려고 하지."

그릇째 들어 국물을 후루룩 마신 뒤 정교는 퉁명스럽게 대답했다.

"그게 말이 돼? 도박 빚을 도박으로 갚는 게? 차라리 막노동이라도 해서……."

"한두 푼이야? 노가다 뛰어서 그걸 언제 다 갚어?"

미교는 입을 다물고, 라면 그릇으로 눈길을 떨어뜨리며 한심해하는 한숨을 길게 내쉬었다. 오빠를 향해서기보다는 수십 번도 더

한 대화를, 의미가 없다는 것을 알면서, 벽에 대고 말하는 것과 같다는 것을 알면서도 하고 있는 이런 상황이 한심했기 때문이었다.

"염려 마라."

그런 누이를 보며 정교는 담배를 척, 빼물었다.

"사람 죽으란 법 없다고, 다 수가 나더라. 빚 한 큐에 날리고, 잘하면 간만에 효자 노릇, 또 너한테도 오빠 노릇 제대로 할 때가 있을 테니 두고 봐. 얼마 안 걸려."

미교는 대꾸도 없이 일어나 정교 앞의 빈 그릇을 싱크대 개수구에 텅, 소리가 나게 던졌다.

"지금은 안 믿길 거다. 대신 내가 한 가지 힌트만 가르쳐 주지."

정교는, 그러나 동생의 신경질을 여유 있는 웃음으로 받으며 말했다.

"제, 양, 사."

정교가 또박또박, 그리고 느리게 말했을 때 미교는 놀라 '뭐?' 하며 돌아보았다.

"혹시 그런 회사 아냐고?"

정교는 히죽 웃었다.

"왜? 거기 취직하게?"

"못 할 것도 없지. 사람 우습게 보지 마라."

정교는 말끝에 낄낄대고 웃었다. 미교는 더욱 한심해하는 눈빛을 던지고는 방으로 들어갔다. 그리고 핸드폰을 꺼내 문자를 작성했다.

「사온 씨. 지금 나, 자취집에 있어요. 오늘 아파트에 못 갈 것 같아요. 오빠가 와서요.」

미교가 사온에게 문자를 보낸 시간에, 그는 계성대종합병원의 별관에 있는 어머니의 입원실에 와 있었다.

"바쁜데 뭐 하러 자주 와?"

어머니는 누운 채로 사온을 올려다보았다.

"좀 어떠십니까?"

사온은 어머니의 침대 바로 옆에서, 두 손을 자연스레 내려 앞으로 맞잡은 그 특유의 자세로 서 있었다.

"늘 그렇지, 뭐. 기운을 내려 애쓰는데 생각만큼 잘 안 되네. 앉아."

사온은 바로 옆에 있는 의자에 앉았다.

"사빈이 좀 잘 이끌어줘. 회사에 통 관심을 안 가져 걱정이야."

"원래 똑똑한 녀석입니다. 걱정 마세요."

"똑똑한 거야 알지. 착하고, 똑똑하고, 정도 많고…… 그래서 형한테 더 그러는 거야. 혹 빈이가 섭섭한 말을 해도……"

"마음에 두지 않습니다."

"그래……. 자넨 그렇지……"

어머니는 고개를 약간 돌려 사온을 외면했다.

"이제 그만 가봐."

약간의 사이를 두고 어머니는 다시 입을 열었다. 사온은 천천히 일어섰다.

"또 찾아뵙겠습니다."

"부탁이 있어."

사온이 인사를 하는데 어머니는 불쑥 말을 꺼냈다.

"오지 않았으면 좋겠어."

정말 부탁이었나 보다. 어머니는 그 말을 단호하고 냉정하기보다는 간절하게 했다.

"그냥 보는 것도 힘이 드십니까?"

어머니는 대답하지 않았다.

"용서 안 하신 거, 압니다."

"용서를 구한 적도 없어."

"용서를 구할 수가 없다는 거, 아시지 않습니까?"

어머니는 그냥 눈을 감았다. 어서 가라는 의미였다.

"쉬십시오."

사온은 고개를 숙이고 물러났다. 그가 나자가 어머니는 가슴을 움켜잡고 소리 없는 신음을 흘렸다. 독한 놈, 어머니는 입술만 들썩여 오열처럼 뱉어냈다. 용서를 하고 싶어도, 용서를 해준다 해도 그 기회마저 안 주는 사온이었다. 아니다, 용서 못한다, 용서를 한다면 위선이다, 녀석도 그것을 알겠지, 어머니는 제 가슴을 쥐어뜯었다.

입원실을 나온 사온은 승강기 앞에서 사빈을 만났다. 사빈이 승강기에서 내린 것이다.

"참 열심히도 오네."

사온을 보자마자 사빈은 대뜸 빈정댔다.

"일부러 엄마 열 받게 해 죽이려고? 가족들 하나, 하나 죽이는 거, 이제 재밌어?"

사온은 표정 하나 안 변하고 승강기에 올라탔다. 닫히는 문을 사빈은 턱, 막았다.

"한 가지만 물어보자, 형. 전부터 궁금했던 건데……."

사빈은 비릿한 웃음을 머금었다.

"사혜 죽고 나서…… 나, 솔직히 형이 어떻게 나올지 한편으론 좀 궁금했었거든. 양심까지 바란 것이야 물론 아니지만……. 그래도 사람인데 어떤 액션은 좀 있어야 하지 않았나…… 싶어서. 그런데 너무 조용했어. 하긴 뭐, 그때까진 아버지도 병환 중이셨으니……. 그렇다 치고. 아버지 돌아가신 후에도 형은 이렇게 멀쩡히 잘살고 있단 말이지. 이유가 뭘까? 곰곰이 생각해 본 결과 둘 중 하나……."

사온은 여전히 아무 표정도, 말도 없이 동생을 가만히 응시하고만 있었다.

"진짜 상종 못할 독종이거나, 아님……."

잠시 침묵이 흘렀다. 두 형제는 서로의 눈만 보고 있었다.

"잘 가."

사빈은 문을 놓았다. 문은 천천히 닫히며, 역시나 천천히 사온의 모습을 사빈의 시야에서 감추었다.

주차장으로 나온 사온은 차에 타기 전에 담배를 꺼내 물었다. 차가운 밤공기는 하얀 연기를 느린 그림으로 흩어지게 했다. 사온은 핸드폰을 꺼내 미교의 문자를 확인하고는 운전석에 오르면서 통화 버튼을 눌렀다.

[어, 문자 지금 봤구나? 자려던 중?]

"병원입니다. 막 떠나려는 중이고요."

[아, 어머님은 좀 어떠세요?]

"여전하십니다. 미교 씬 어때요?"

[네? 뭘요?]

"아프잖아요."

[풋…….]

미교는 자취집의 제 방 침대 위에서 통화 중이었다. 그녀야말로 잠자리에 들려던 중이라 방 안은 아주 낮은 불빛만 켜 있었다.

"거의 나았어요."

그녀는 말하면서 웃었다. '아프다'는 것은 생리 중인 것을 의미하는, 둘만의 표현이기 때문이었다.

[내일 6시 퇴근이죠? 데리러 갈게요.]

"어, 사온 씨도 그때 퇴근해요? 웬일로 그렇게 빨리?"

[미교 씨만 데려다주고 다시 가서 일정 소화하면 됩니다.]

"번거롭게 뭐 하러……."

[보고 싶습니다. 오늘 하루 못 본다 생각하니 더욱.]

미교는 소리 없이 함박웃음을 머금었다.

"그건 나도 그런데요, 그냥 밤에 안전가옥에서 봐요. 사실은 다시 여기 들러야 하거든요. 오빠 땜에."

미교의 오빠, 정교는 식탁 옆에서, 누이가 내준 요와 이불을 덮고 자고 있었다. 방이 하나밖에 없기 때문이었다. 그는 코를 드렁, 드렁 골며 깊이 잠들어, 이튿날 미교가 출근 준비를 다 끝낼 쯤에야 '출근하느냐'며 부스스 몸을 일으켰다. 마침 미교가 외출복 차림으로 식탁 앞에 만 원 지폐 두 장을 꺼내놓는 중이었다.

"돈 여기 놨으니까 일단 밥 사먹어. 퇴근해 오면서 장 봐올 테니."

"생큐, 생큐 이빠~ 이. 착한 내 동생. 이 원수는 꼭 갚을게."

정교의 헛소리를 등 뒤로 들으며 미교는 집을 나섰다.

저녁 6시가 되려면 15분을 더 기다려야 되는 시각에, 미교가 근무하는 병원 앞에는 일찌감치 짙은 블루색의 승용차 한 대가 서 있었다. 사빈의 차다. 그는 입구 앞을 지키듯, 그렇게 20분을 기다려 미교를 발견했다. 그는 재빨리 차에서 내렸다.

"어……."

병원 입구에서 나오자마자 사빈을 발견한 미교는 깜짝 놀랐다.

"그냥 왔어요."

사빈은 그렇게 말하며 밝은 얼굴로 다가왔다. 미교는 곤란한 얼굴을 해 보였다. 사실은 점심시간에 그의 전화를 받았었다. '만나자'는 전화로 '부탁할 것이 있다' 했지만 '오늘은 바빠 시간이 없으니 다음에 다시 전화하자'고 미교는 일단 거절했었다.

"시간 뺏지 않을 테니 걱정 마세요."

미교의 안색을 읽은 사빈은 재빨리 말을 이었다.

"어차피 집에 가실 거잖아요. 바래다 드리며 잠깐 이야기하면 되는 거니까."

이어 그는 차를 가리키며 '타세요, 형수님' 했다.

"어서요. 내가 납치할까 봐 그럽니까? 그럼 나, 형한테 맞아 죽어요."

머뭇거리는 미교에게 사빈은 평소처럼 유쾌한 말투로 떠들었다. 미교는 어쩔 수 없다는 듯 차에 올라, 사빈의 차는 곧 자리를 떴다. 그리고 두 사람 다 반대편 차선의 갓길에 서 있는 사온의 차를 보지 못했다.

사빈의 차가 떠나자 사온의 차에서 차창이 스르르 내려갔다. 사온은 백미러를 통해, 동생의 짙은 블루색의 차가 시야에서 완전히 사라질 때까지 지켜보았다. 어젯밤 미교와의 통화에서 그녀는 오지 말라 했건만 굳이 와서 목격하게 된 모습이기도 했다.

사온은 어젯밤 승강기 앞에서 사빈이 했던 말을 떠올렸다. 사온더러 '멀쩡히 잘살아 있다' 했다. 아니, 그것은 비난이었다.

사빈의 차는 미교의 자취집 방향으로 달리고 있었다. 미교가 그쪽으로 가자 한 것이다. 어차피 가야 했지만 그것이 아니라도 사빈의 차로 안전가옥으로 갈 수는 없는 노릇이었다. 그런 고급 아파트라면 사빈이 이상하게 생각할 것이고 바로 눈치를 챌 것이기 때문이다. 사온과 동거하는 것을 그 동생에게 들킬 수는 없지 않은가.

"사온 씨한테 이젠 말해야겠어요."

미교는 말했다.

"사빈 씨와 안다는 것을요."

"아직은 말하지 마요."

사빈은 짐짓 대수롭지 않게 주문했다.

"왜요?"

"내 부탁 하나만 들어주고 그다음엔 말해도 돼요."

"무슨 부탁인데요?"

"누굴 좀 만나주는 거예요."

"누굴……?"

"그건 만나보면 알고…… 언제 시간 나요? 아, 내일은 몇 시에 출근해요? 늦게 퇴근하면 일찍 만나고……."

"오전에 출근해요."

"그럼 퇴근 후 만날까요?"

미교는 대답을 못했다.

"내 부탁 빨리 들어주고, 또 빨리 형한테 이실직고하는 편이 낫지 않겠어요?"

"일단 생각해 볼게요."

"좋습니다. 그때까진 형한테 비밀 지키는 거 약속."

"알았어요. 사빈 씨 좀 이상한 사람인 거 알아요?"

"압니다. 오후 5시쯤에 연락할게요."

미교는 창밖을 보며 우회전하라 했다. 그리고 마트가 보이자 그곳에서 세워달라 했다.

"시장 보려구요?"

사빈은 왠지 신나하는 얼굴로 물었다.

"그럼 내가 기꺼이 머슴이 돼드리죠."

미교가 됐다고 하는데도 그는 기어이 미교를 따라 마트로 들어가 카트를 대신 밀며 그녀의 충실한 '머슴' 노릇을 했다. 뿐만 아니라 미교가 카트 안으로 식료품을 담을 때마다 쌀도 떨어졌느냐, 뭘 그렇게 많이 사느냐, 보기보다 많이 먹는 것 같다, 등등의 촌평을 늘어놓아 미교를 웃게 만들었다. 그런 쾌활한 사빈을 사온과 비교하며 두 사람은 형제면서 외모뿐 아니라 성품도 많이 다르다고 미교는 생각했다.

마트에서 산 것을 싣고 사빈의 차는 다시 2분을 더 달려 미교의 자취집 근처에 도착했다. 사빈이 먼저 내려 미교가 차에서 내릴 수 있도록 문을 열어주고 이어 뒷자리에 실은 커다란 비닐 백도 내렸다.

"고마워요. 안녕히 가세요."

담장에 난 문 앞에서 비닐 백을 건네받으며 미교는 인사했다.

"먼저 들어가세요."

사빈은 미교가 문 안으로 들어가, 다시 닫히는 것을 보면서 물러났다. 그리고 다가구주택의 전체를 눈으로 한 번 쭉 훑어본 후에야 그곳을 떠났다.

자취집으로 들어온 미교는 경악했다. 담배 연기 자욱한 집 안에, 정교 외에도 세 명의 남자들이 더 있어, 바닥에 모여 앉아 화투를 치고 있었던 것이다. 뿐만 아니라 먹다 만 음식물과 빈 소주병이 어지러이 널려, 그야말로 피난처를 방불케 했다.

"서정교 동생인 모양이네?"

남자들 중 하나가 미교의 위아래를 훑어보며 말했다. 동시에 미교의 손에서 비닐 백이 툭, 떨어졌다. 정교는 동생의 얼굴을 제대로 보지 못한 채 뒤통수만 긁적였다.

"들어오세요. 아가씨."

또 다른 남자가 싱글싱글 웃으며 말했다.

"밥은 우리가 알아서 해먹을 테니 신경 쓰지 마시고 방에서 푹 쉬세요."

미교는 바로 등을 돌려 집을 나갔다.

"미교야."

미교를 뒤쫓아 나온 정교가 동생을 불러 세웠다. 또 그 뒤로는 '야, 새끼야. 어디 가?' 하는 남자의 거친 음성이 따라왔다.

"놔……."

미교는 제 팔을 잡은 오빠의 손을 세차게 뿌리쳤다.

"미안, 미안하다. 저 새끼들이……."

정교는 말하는 중에 뒤를 힐끔 쳐다봤다. 남매의 뒤편으로 담장 입구에 남자 하나가 서서, 둘을 감시하는 눈길과 함께 담배를 꺼내 물고 있었다.

"어떻게 알고 쳐들어왔지 뭐야, 아까 낮에."

미교는 기가 막혀 헛웃음조차 나오지 않았다. 무허가 집도 아니고, 더구나 전세로 사는 집에, 확정일자를 받기 위해서라도 전입신고를 하지 않을 수 없는데, 그렇게 분명하게 적을 둔 거처를 찾아내는 것이 뭐가 어렵단 말인가. 특히 추심을 직업으로 하는 저들에게 그것은 식은 죽 먹기보다 쉬울 것이다.

"하지만 걱정 마. 방법이 있다고 했잖아. 저 새끼들한테도 내가 잘 설명했거든. 돈 해결되면 여기서 나갈 거야. 얼마 안 걸려. 금방 정리할게. 그동안만 어디 가 있어라. 적당히 지낼 친구 집 없어?"

미교는 더 듣지 않고 발길을 옮겼다. 제집으로부터 멀리.

사온은 커피 전문점의 유리문을 밀고 들어섰다. 그리고 금세 미교를 찾아내 천천히 걸음을 옮겼다. 실내 구석에 위치한 4인석의 자리에 앉아 있던 미교 역시 그를 발견하고 얼른 손을 들어 보였다.

"늦어서 미안합니다. 일정을 마무리 짓느라."

미교 맞은편에 앉으며 사온은 말했다.

"아녜요. 별로 안 기다린 걸요, 뭐."

미교는 자취집을 나와 바로 사온에게 전화해, 일정이 되면 밖에서 만나 함께 들어가자 했다. 그는 흔쾌히 알았다, 하고 나온 것이었다.

"보고 싶었습니다."

테이블 위로 미교의 손을 잡아, 사온은 제 두 손에 샌드위치처럼 가두었다.

"나두요……."

미교는 부러 큰 고갯짓으로 주억거렸다.

"그런데 안색이 왜 그렇습니까? 안 좋은 일이 있어요?"

"아뇨……."

미교는 어설픈 웃음을 머금었다.

"그냥…… 일이 피곤한가 봐요."

"잘됐군요. 당장에 병원 그만둬요."

"앗, 실수……."

미교가 이번에는 어이없는 웃음을 터뜨렸다.

"조심해야지. 틈만 나면 나 백수 만들려고 한다니까."

"미교 씨가 왜 백수입니까? 미교 씨는 작갑니다."

"네, 네. 사실은요……."

미교는 금세 시무룩해졌다.

"오빠가 금방 집을 비울 것 같지 않아서요. 게다가 친구들까지 빈대 껴서……."

미교는 정교와 함께 있던 자들을 그냥 '친구들'이라고 둘러댔다.

"사온 씨의 안전가옥이 없었으면 나, 정말 큰일 날 뻔했어요. 원랜 안전가옥에도 당분간만 있기로 한 건데……. 암튼 그래서 우울하고, 또 고맙다구요."

"내 안전가옥이 아니라 미교 씨의 안전가옥입니다."

미교의 장난스러운 엄살을 사온은 그렇게 받았다.

"그러니 내가 거리로 쫓겨나는 수는 있어도 그 반대는 있을 수 없어요."

"정말?"

미교는 눈을 동그랗게 떴다. 사온의 말을 진담으로 받지 않은 표정이었다.

"정말 내 꺼예요? 그 아파트가?"

"네. 곧 미교 씨 앞으로 소유권 이전합니다."

"네……?"

미교가 이번에는 정말 깜짝 놀랐다.

"그런 다음 미교 씨, 내 꺼 합시다."

예상치 않은 그의 말에 미교는 말문이 막혀, 멍한 눈빛을 그에게 고정했다. 꼭 프러포즈 같지 않은가. 그런데도 그는 그것을 그저 지나가는 말처럼 했다.

"나, 욕심 많아요."

미교는 불쑥 말했다. 또 그녀가 그렇게 말한 것은 사온과 함께 식사를 하고 나온 한정식의 야외 주차장에서였다. 사온이 그녀를 먼저 차에 태우려 했으나 그가 담배를 피우려 한다는 것을 안 그녀는 함께 있겠다고 하고서, 그가 담배에 불을 붙이는 것을 보며 한 말이기도 했다.

"안전가옥만으로는 부족해요. 날 갖고 싶으면 더 내놓으세요."

사온의 입에서 유유히 빠져나온 뿌연 연기가 그의 얼굴 앞에서 시나브로 흩어지는 것을 보며 미교는 말을 이었다.

"뭘 더 내놓을까요?"

사온은 물었다.

"사온 씨요."

"그건 이미 미교 씨가 가졌는데?"

"더요. 다요. 비밀리에 감추고 있는 것이 있다면 그것까지 모두 내놓으세요."

"탈탈 다 털었습니다."

"믿어도 돼요?"

"네."

사온이 대답한 찰나에 미교가 그에게 몸을 던져 와락, 그를 껴안았다. 주변에 사람이 있었지만 전혀 개의치 않은, 충동적이면서도 마음이 이끈 대로 한 행동이었다. 사온은 재빨리 그녀의 허리를 한 팔로 끌어안았다.

"그럼 약속한 겁니까?"

미교를 안고 그는 속삭이듯 물었다.

"미교 씨 내 것 맞아요?"

"네에……."

미교는 꿈결에 취한 듯 대답했다. 그녀의 꿈결은 안전가옥에 도착해 따뜻한 물에 샤워를 하고, 사온이 타준 향긋한 차를 마시고, 또 그와 함께 포근한 침대에 들어 그의 넉넉한 품 안에서 달콤한 잠을 기다릴 때까지 계속되었다.

"오늘…… 아픈 거 끝납니까?"

미교를 품에 안고 사온이 물었을 때 그녀는 쿡, 웃음소리부터 냈다. 생리가 끝나느냐 묻는 것이었다.

"노리고 있구나?"

"당연히 노립니다."

"내일까진 참아주세요."

참아달라는 미교의 애교 어린 간청에도 사온의 손은 그녀의 파자마 안으로 들어가 젖무덤을 손아귀에 넣었다.

"간지러워……."

미교는 어깨를 들썩이며 소리 죽여 키득댔다. 사온이 손끝으로 젖꼭지를 간질였을 때였다.

"찾았다. 거기가 급소군요?"

사온은 반색했다.

"겨드랑이도 간지럼 안 타면서……."

"들켰다……."

미교는 계속 키득댔다. 사온은 그녀의 파자마 앞을 벌려 손끝 대신 입을 가져가 그녀의 젖꼭지를 물었다. 미교의 웃음소리도 차츰 잦아든다. 그녀는 제 가슴에 있는 사온의 머리를 쓰다듬고 얼굴을 어루만졌다.

"자요……."

제 품에서 자라고 그녀는 속삭였다.

"나도 아침 일찍 출근해야 해서 얼른 자야 해."

"자장가 불러봐요."

젖꼭지를 입에 문 채로 사온은 청했다.

"자장가……? 음……."

아는 자장가가 얼른 떠오르지 않은 미교는 고개를 갸웃했다.

"자장가 대신 시 어때요?"

사온은 멈칫, 잠시 그대로 있다가 고개를 살짝 들었다.

"미교 씨, 시도 많이 알아요?"

"어릴 때요, 어릴 땐 꽤 많이 보고, 또 많이 외웠거든요. 중학교 때까진 그랬던 것 같아요. 그중 아직도 기억나는 게……."

미교는 오래전 기억을 더듬듯 허공에 눈을 두었다. 그사이 사온은 다시 미교의 가슴에 얼굴을 묻었다. 잠시 후 실내의 은은한 불빛을 타고 미교의 시 낭송이 시작되었다. 그것은 다음과 같았다.

나 죽거든, 그대여.

날 위해 슬픈 노래를 부르지 마세요.

나의 머리맡에 장미도 심지 말고, 그늘지는 사이프러스 나무도 심지 마세요.

내리는 비와 이슬에 젖어 내 위에 푸른 풀만 돋게 하세요.

그러다 문득 생각나거든 나를 기억해 주고

잊으려거든 잊어버리세요.

미교가 시를 다 읊고 나서 갑작스러운 적막이 감돌았다. 짧은 순간이었다.

"사이프러스 나무는 죽음과 망자에 대한 슬픔, 그리고 그리움을 상징한대요."

미교가 먼저 침울한 목소리로 침묵을 깨고는 '19세기에 살았던 영국의 여류 시인 크리스티나 로제티의 시예요'라고 말을 이었다.

"어릴 땐 멋모르고 외우며 그저 아련하다, 하는 느낌만 가졌었는데……."

미교는 눈시울을 살짝 붉혔다.

"소월의 시처럼 역설이고 반어네요. 죽어가면서도…… 사랑하는 사람에게 슬픔도, 장미도, 기억해 줄 것도 요구하지 않고 그저 생각나면 하고, 잊고 싶으면 잊으라 하는 저 무심함이야말로 기억해 달라고 떼쓰는 것보다 더 무섭고, 더 슬픈 것 같아요……."

사온이 내내 아무 말 않고 있자 미교는 손으로 그의 얼굴을 쓰다듬으며 '마음에 안 들어요?' 물었다.

"다음에는 미교 씨가 쓴 시를 들려줘요."

사온은 대답 대신 그렇게 청했다.

"네에?"

미교는 어이없다는 듯 눈을 동그랗게 떴다.

"이젠 시까지 쓰라구요? 시집 내면 사온 씨가 또 다 사려고?"

"네."

"아, 네에~ 간호사 출신 시인이라…… 뭐 듣기 나쁘진 않네. 그럼 간호사 생활을 더욱 열심히 해서 생생한 삶의 현장을 시와 소설에 담아보도록 노력할게요. 어때요?"

농담인지, 진담인지 비장하게 이죽대는 미교를 사온이 고개를 들어 빤히 쳐다보자 그녀는 또 태연하게 '왜요?' 했다.

"간호사 생활을 얼마나 더 열심히 할 건데요?"

"음…… 30년쯤?"

"안 착합니다."

사온이 말과 함께 손가락으로 그녀의 코를 꾹, 눌렀다.

"아이 참, 또?"

미교는 주먹으로 사온의 어깨를 팡팡 때렸다.

"나 계속 안 착할 거예요."

미교는 뿌루퉁하니 내뱉었다.

"괜찮습니다. 안 착한 미교 씨도 귀여우니까."

사온은 다시 미교의 코를 꾹, 납작하게 만들었다.

"아앗, 정말 용서 안 해……."

미교가 발끈하는 사이 사온은 이불을 확, 끌어 저와 미교를 모두 가렸다. 두 사람은 이불 안에서 티격태격 싸움을 이어갔다.

'안 착한' 미교는 이튿날 병원에 출근해 본의 아니게도 간호사 생활을 '더욱 열심히 할 기회'를 맞게 되었다. 간호사 두 명이 갑자기 그만두는 바람에 새 인력을 충원할 때까지 그 몫을 분담해야 했기 때문이다. 간호사들의 무단결근이나 사직은 비교적 잦은 편이어서 병원마다 '그만두고 새로 뽑는' 식은 대체로 일반화돼 있다. 미교는 그래도 이 병원은 견딜 만한 편인데, 했던 데다 그만둔 간호사 두 명이 미교보다 연차가 높은 편이라 좀 의아했지만 새 일손이 들어올 때까지 그들의 몫을 나누는 것은 어쩔 수 없는 일이었다.

"1호실 환자들을 미 간이 맡고……."

수간호사로 보이는 30대 후반의 여자가 미교를 보며 말했다. 간호사의 경우, 성을 앞에 붙여 부르는 경우도 물론 있지만 같은 성들이 많다 보니 이름의 중간이나 마지막을 붙여 부르는 경우도 더러 있다.

"일단 오늘부터 밤 근무 10시까지 하고 뒤에 오는 희 간이랑 교대해요."

"네."

대답은 했지만 내심 한숨이 나오는 미교였다. 아침 8시 반에 출근했는데 밤 10시까지 근무하고 이튿날 다시 오전 일찍 출근해야 했다. 더 큰 문제는 인원이 충원되지 않으면 이후로도 살인적인 교대 일정을 소화해야 한다는 데에 있었다. 미교는 먼저 사빈에게 보낼 문자를 작성했다. '일이 있어서 오늘은 시간을 낼 수 없다' 는 내용으로.

「그럼 내일은 몇 시에 출근하고 퇴근해요?」

사빈의 대답은 그렇게 돌아왔다.

「현재 긴급이에요. 교대 일정이 빠듯하니 사빈 씨와의 약속을 좀 뒤로 미뤄야겠어요. 내일도 아침 일찍 출근해요.」

「알겠습니다. 건강 상할까 걱정이네요.」

사빈은 그러나 불과 이틀 뒤에 다시 문자를 보내 미교의 일정을 물어보았다. 미교가 문자를 확인한 것은 병원에서였지만 너무 바빠서 답을 못하다가 녹초가 된 몸을 이끌고 퇴근을 맞이한 밤 10시 무렵에서야 답문을 보낼 수 있었다.

「이제 퇴근하네요. 가서 자고 다시 오전에 출근해야 합니다. 아직도 충원이 안 됐거든요. 힘들어 죽겠어요. ㅠ.ㅜ」

미교의 하소연이 엄살만은 아니었다. 2인 3교대를 하고 있으니 고달픈 것은 당연했다. 식사를 제때에 하는 것은 고사하고, 비번

때 수면이라도 충분히 취해야 하는데 그마저도 쉬운 일이 아니었다. 몸은 피곤한데 잠이 오지 않을 때는 수면 부족의 피로까지 더해진 몸으로 일을 해야 해 스트레스는 가중되었다. 그러다 보니 수면을 위해 약에 의존하는 일도 생기기 마련이다.

그렇게 일주일이 흘렀다. 처음에는 충원될 때까지 이삼 일만 고생하면 될 줄 알았는데 여전히 충원 소식은 없는 가운데 일요일도 출근해야 할 지경에 이르렀다. 간호사 충원은 그리 어렵지 않은 일이라 대부분 하루, 이틀 안에 해결되는 경우가 보통이기에 이토록 지체되는 까닭을 알 수 없었다. 수간호사는 원장 핑계만 대고, 원장은 '조금 더 참으라'만 했다.

며칠이 더 흘러도 상황은 나아지지 않았다. 미교는 대학병원보다 더 살인적인 교대 스케줄 속에서 매일을 전쟁처럼 치렀다.

"아이고, 나 죽네, 죽어……."

입원실에서 나이 지긋한 여자 환자가 고래고래 소리를 질렀다. 급히 안으로 들어온 미교의 눈에 수액을 놓은 환자의 손목 부분이 퉁퉁 부어 있는 것이 보였다. 바늘을 잘못 꽂은 것이다. 이런 실수를 하다니, 미교는 얼른 수액 바늘을 뺐다.

"죄송합니다……."

"죄송하다면 다야? 의료 사고를 내놓고……."

"정말 죄송합니다. 붓기는 시간 지나면 가라앉으니……."

"네가 의사야? 가라앉는지 아닌지 어떻게 알아? 어디서 이런 실력 없는 게 간호사라고……."

환자는 막말과 함께 '당장 간호사 바꿔' 하며 큰소리를 쳤다. 간호 행위 중의 실수를 보통 '에러'라고 하는데 간호사의 바쁜 일정과 피로 누적이 만들어내는 경우가 대부분이고, 실제로 샘플을 바꿔서 내거나 시간당 수액의 투약 속도 조절에 실패하는 등의 에러는 빈번하게 일어난다.

미교는 밤 10시 30분에 병원 앞에서 기다리고 있던 사온의 차에 올라탔다. 사온이 퇴근길에 그녀를 픽업하러 온 것인데 정확히 하면 그녀의 시간에 제 퇴근 시간을 맞춰 데리러 온 것이다.

미교는 앉자마자 등받이에 고개를 기대고 눈을 감았다. 사온은 말없이 미교의 안전벨트를 매주고는 그녀의 머리를 쓰다듬었다. 안쓰러워하는 기색이 역력했다.

아파트에 도착 후 사온은 미교를 차에서부터 안고 승강기에 올랐다.

"이상해……."

너무 힘들어, 사온에게 안겨가는 것을 거부하지 않은 미교는 그의 품에서 힘없이 중얼거렸다.

"뭐가 말입니까?"

"계성에서도 이렇게 힘든 적은 별로 없었거든요……. 근데 잘 안 하는 에러도 하고……. 이럴 땐 정말 그만두고 싶어……."

미교는 씁쓸한 미소를 머금었다. 정말 그만두라고, 무엇인가가 등을 떠다미는 것 같았다.

"그만둔다, 그러면 사온 씨 박수칠 거죠?"

"네."

"대답이 너무 빨리 나오는 거 아녜요? 삐짐이야."

"나도…… 삐짐입니다."

"네? 어머, 왜요?"

미교는 웃음이 나오는 것을 참으며 눈을 동그랗게 떴다. 사온처럼 생긴 얼굴이 '삐짐'이라고 말하니 웃겼던 것이다.

"그냥…… 귀여워서요."

"뭐가요?"

"삐짐 말입니다."

"그게 무슨 말이야……?"

결국 미교는 소리를 내어 웃었다.

"그만두는 건가요?"

미교의 웃음 사이로 사온은 물었다.

"싫다고 하면 정말 삐질 건가요?"

"네."

"나 먹여 살려야 할 텐데……?"

"당연합니다. 미교 씨는 내 것이니까요."

미교는 사온의 목에 두른 팔에 힘을 주고 그의 목덜미에 얼굴을 꼭 붙였다. 왠지 알 수 없게 '내 것'이라는 그의 말에 가슴이 뭉클해 눈물이 나려 했다.

"나 아주 잘 먹는데……?"

눈물을 꾹 삼킨 채 미교는 속삭였다.

"돈 많이 벌어야겠군요."

사온은 담담히 대꾸했다.

안전가옥으로 미교를 안고 들어온 사온은 욕조에 물을 받아 그녀를 들어가게 하고, 깊은 수면을 취할 수 있게 따뜻한 차도 가져다주었다. 미교는 욕조 안에서 잠이 들었다. 사온은 욕조에서 그녀를 안아 들어 커다란 타월로 몸을 말린 후 침대로 데려갔다.

솜털처럼 푹신한 시트 위로 희고 촉촉한 미교의 나신이 놓였다. 사온은 자신도 발가벗고 곁에 누워, 그녀를 품 안으로 바짝 끌었다. 몸과 몸 사이에 조금의 빈틈도 허용하지 않겠다는 듯 미교의 나신을 끌어안고 그녀의 축축이 젖은 머리에 입을 맞추고 이마를 핥고 귀를 핥았다. 이불 속에서 그의 손은 미교의 부드러운 살을 쉼 없이 어루만졌다. 그 이상은 넘어가지 않았다. 다만 온기를 나누고, 그것으로 그녀를 편히 재우려 그는 제 욕망을 감추었다.

미교는 편안히, 안락한 느낌으로 잠에 빠져들었다. 3교대 일정 탓에 자는 시간이 일정치 않아 그의 품에서 잠든 것도 정말 오랜만인 것 같았다. 이렇게 편한 것을, 이렇게 포근한 것을, 이 따뜻함을 모두 준다는데 왜 사서 고생을 하는지, 그런 생각에 미교는 약해졌다. 기대고 싶었다. 정말 그의 '내 것'으로, 그의 안에서 쉬고 싶었다.

8. 이상한, 너무나 이상한

"일을 그만두어야겠습니다. 원장님."

아직 오후 진료가 시작되기 전 진료실에서 미교는 원장에게 말했다. 진료 책상 앞에 앉아 있던 원장은 약간 놀란 얼굴로 미교를 바라봤다.

"힘들었나 보군요?"

"죄송합니다."

미교는 고개를 살짝 떨어뜨렸다. 오전에 당뇨 환자에게 인슐린 용량을 과하게 투여하는 실수를 저지른 후 그녀는 갑자기 결정하게 됐다. 어제에 이어 연속으로 실수를 범한다는 것은 피로가 위험수위에 이른 경고로 봐야 했다. 자신의 건강은 둘째 치고 환자의 안전도 장담할 수 없는 일이기 때문이었다.

"아녜요. 충원을 빨리 못한 내 탓이 크지. 요 며칠 서 간호사 고생한 거 내가 잘 아니까."

원장은 흔쾌히 받아들였다.

"네. 인수인계는 차질 없이 하도록 하겠습니다."

"일단 내일 한 명 충원될 테니 그 신입에게 인계하면 될 거예요."

"네? 아, 네……."

내일 충원된다는 말을 미교는 그 자리에서 처음 들었다. 그만두려 하니 비로소 인원이 채워지다니, 미교는 내심 기운이 빠졌다.

미교는 밤 10시에 아파트로 돌아왔다. 사온에게서는 '오늘 못들어간다'는 문자를 받았다. 병원을 그만둔다고 하면 사온이 기뻐할 것 같아 만나서 말해주려 했는데 못 들어온다니, 문자로 알려줄까 하다 말았다. 기뻐하는 표정이 그의 얼굴에 어떻게 나타나는지 보고 싶었다.

미교는 씻고 잘 준비를 했다. 그런데 잠자리에 들려 할 때 핸드폰이 울렸다. 사온인가 했는데 사빈이었다.

[정말 미안한데요…… 시간 좀 내줄 수 없어요? 좀 내줘요. 가능한 빨리, 아니, 당장 내일…….]

사빈의 목소리는 다급했다.

"무슨 일인데요?"

[묻지 말고……. 부탁입니다. 정말 부탁입니다.]

"누굴 만나달라는…… 그 일인가요?"

[네…….]

사빈의 목소리는 기운 빠진 한숨처럼 흘러나왔다.

"알았어요. 내일, 어디로 가면 되나요?"

[아…….]

사빈의 탄식은 앞선 한숨에서 구사일생한 듯, 깊은 안도의 그것이었다.

이튿날 오후, 미교는 계성대종합병원의 별관 건물 앞에서 사빈을 만났다. 사빈은 뜰에 나와 있다가 그녀를 맞았다.

"바쁘고 피곤할 텐데…… 와줘서 고마워요."

사빈은 첫인사를 그렇게 했다.

"괜찮아요. 충분히 자고 나오는 거라……. 사빈 씨야말로 안색이 왜 그래요?"

사빈은 밤새 한숨도 못 잔 사람의 얼굴을 하고 있었다.

"가요. 가면서 얘기해요."

사빈은 미교를 이끌고 별관 건물로 발길을 옮겼다.

"만나야 할 분이 별관에 계신가요?"

"네. 어제……."

사빈은 말 중에 짧게 한숨을 쉬었다.

"정말 힘들었습니다."

미교는 의아한 한편으로 묘한 직감에 고개를 갸웃했다. 어젯밤 사온이 아파트에 오지 않은 것과 관계있을까. 그렇다 하더라도 왜? 그러나 미교는 묵묵히 사빈을 따라 별관에서 승강기를 타고 5층에서 내렸다.

"미교 씬 그냥 가만히 있기만 하면 돼요. 가만히……."

사빈이 당부했다. 미교는 그저 고개만 끄덕여 보였다. 지금 만나러 가는 사람이 누군지, 사빈은 말하지 않았고 미교도 묻지 않았지만 짐작은 하고 있었다. 그러니 다시 의문이 들었다. 자신이 왜, 사온이 아닌 사빈의 권유로 두 형제의 어머니를 만나야 하는가.

사빈이 열어준 문으로 미교가 먼저 발을 들였다. 입원실이라기보다는 호텔 객실 같은 넓은 공간에 크림색 소파가 먼저 눈에 들어오고 이어서 환자의 침대가 보였다. 수액 등의 튜브가 걸린 받침대 아래로, 가늘고 긴 줄 두 개가 환자의 이불 안으로 연결돼 있었는데 그 이불을 덮고 있는 환자의 창백하고 야윈 얼굴은 눈을 감고 아무 표정이 없는데도 깊은 슬픔을 간직한 듯했다.

미교는 내심 이분이 사온의 어머니인가, 하며 조심히 다가갔다. 나이가 들수록 사람은 제 내면을 얼굴로 드러낸다고 하던가. 나이 들어 예쁠 것도 없고, 아파서 해쓱해진 안색을 하고 있음에도 여인은, 진실한 사랑을 주어본 자만이 가질 법한 선한 인상이었다. 미교는 제 길지만은 않은 간호사 생활 동안에 이런 인상을 하고 있는 환자들을 아주 드물게 보았던 기억을 갖고 있었다. 그들은 아파도 소리치지 않고, 남의 실수에도 화내지 않으며, 삶과 죽음의 갈림길에서도 비교적 초연했다.

사빈은 어머니의 머리맡에 바짝 다가가 고개를 숙여, 어머니가 깊이 잠들어 있는지를 확인했다.

"일부러 깨우진 마세요."

미교가 나직이 말했다.

"네. 커피 드시겠어요?"

사빈은 침대에서 물러나 한쪽으로 움직였다.

"아뇨. 빈속이라서."

"어, 그럼 속에 좋은 걸 먼저 드셔야겠네. 딱 맞는 게 있어요. 율

무차 같은 건데…….”

사빈은 냉장고가 있는 곳에서 수납장을 뒤적거렸다.

“약간 걸쭉하니, 죽도 아니고 차도 아니지만 속 편하기로는 아주 기특한 놈입니다. 나도 종종 마시거든요.”

“좀…… 물어봐도 돼요?”

사빈이 ‘죽도 차도 아닌 것’을 준비하는 동안 미교는 잠시 그를 바라보다 조심히 입을 열었다. 사빈은 대답 대신 미교에게 눈길을 보냈다.

“내가 어머님을 봬야 할 이유가 있나…… 싶어서요.”

“그냥…… 그냥요. 아니…… 그래요. 솔직히 말하죠. 엄마가…… 딸을 잃었어요. 전에 말했죠? 내 동생…….”

미교는 어렵지 않게 ‘사혜’라는 이름을 떠올렸다. 들을 때부터 낯설지 않아 쉽게 뇌리에 박혔으니까.

“미교 씨랑 나이도 같고 하니까…… 그래서 엄만 미교 씨 나이 또래의 젊은 여자만 보면 딸을 생각하시죠.”

“딸을 많이 사랑하셨나 봐요……?”

사빈은 그것을 말로 다할 수 없다는 듯 고개만 끄덕여 보였다.

“어젠 정말 많이 아프셨어요. 혼수상태에서 계속 사혜만 부르고…….”

“사온 씨도…… 있었어요?”

어젯밤에 사온이 들어오지 않은 이유가, 어머니가 위중한 때문인 것 같아 무심코 물은 것인데 사빈은 형의 이름이 나오자 사뭇 눈살을 찌푸리고 미교로부터 눈을 돌리더니 약간의 사이를 두고서야 퉁명스러운 목소리로 ‘네’ 했다.

사온은 외부 일정을 마치고 회사로 돌아가는 중이었다. 부대표를 수행하는 차는 두 대로 움직여, 얼마 지나지 않아 제양사 본사 앞에 도착했다.

제양사 입구에 두 대의 차가 서자 경비 복장을 한 남자가 다가와 허리를 숙여 인사했다. 사온이 내리기도 전으로, 그가 내릴 때까지 경비는 허리를 펴지 않았다. 그런데 정작 사온은 핸드폰 통화를 하며 내려, 경비의 존재는 의식도 못한 채 비서진이 이끄는 대로 걸음을 옮겼다. 그때 비서진 틈에서 '뭐야?' 하는 소리가 났다. 마침 통화를 끝낸 사온도 그쪽으로 눈길을 던졌다.

"안녕하십니까? 혹시 제사온 부대표님이신가요?"

가죽점퍼를 입은 한 남자가 와서 굽실댔다. 미교의 오빠인 서정교였다. 그는 비서진에 가로막혀 사온을 향해 목을 길게 빼고 있었다.

"아, 아니, 저 사람이 또……."

경비가 당황해 정교를 손가락질했다.

"쫓아냈는데 또 어디에 숨어 있었던 거야? 죄송합니다, 죄송합니다. 저 미친놈이 벌써 며칠째 여기서 부대표님을 만나야 한다고 생난리를……."

경비가 정신없이 떠드는 중에 차 비서는 사온에게 귓엣말을 하고 있었다. 차 비서는 정교를 아는 눈치며, 그의 말을 들은 사온의 눈길이 정교를 향했다. 정교는 경비가 떠드는 사이 '아주 중요한 말입니다' 하고 끼어들었다.

"부대표님을 꼭 만나야 할 일이 있다니까요. 저 안 만나심 후회하십…… 억…….."

차 비서가 팔로 정교의 목을 낚아채자 정교는 외마디 비명을 짧게 터뜨렸다. 차 비서는 그대로 정교를 끌고 갔다. 정교는 '끅, 끅' 하는 소리밖에 내지 못했다. 그는 마치 쫓겨나는 듯했다.

얼마의 시간이 지난 후, 정교가 다시 모습을 보인 곳은 고급 요정으로 보이는 곳의 복도였다. 차 비서도 함께였다. 차 비서가 앞서고 정교가 주위를 두리번거리며 뒤따르는 모양새였다. 차 비서는 이윽고 어느 문 앞에 이르러 똑똑, 노크를 두 번하고, 문고리를 잡은 것과 동시에 정교를 향해 고갯짓을 해 보였다. 정교는 '네, 네' 하며 차 비서가 열어준 문으로 들어갔다.

"처, 처음 인사드립니다."

룸에 들어온 정교는 90도로 허리를 굽혀 인사했다. 테이블에서 막 일어선 것으로 보이는 사온 역시 그 특유의 정중한 태도로 고개를 숙여 보였다.

"전 서정교라고 합니다. 서정교."

고개를 들고 제 소개를 한 정교는 특별히 제 이름을 강조했다.

"저희 아버지 존함이 기 자, 태 자로, 아실지 모르겠지만 과거 제양사 직원이셨죠. 작고하신 회장님과도 꽤 친분이 있으셨던 걸로……."

말끝을 흐리는 정교는 비열하면서도 의미심장한 눈빛을 보냈다. 그 눈빛을 대하는 사온의 건조한 얼굴은, 오히려 제 빛을 가리듯 눈이 가늘어지고 있었다.

"으음……."

사빈 어머니가 기척을 보였다. 사빈과 미교가 꽤 오랜 시간을 기다린 후였다.

"엄마……."

사빈이 얼른 어머니 곁으로 다가가 안색을 살폈다.

"물……."

어머니는 눈도 뜨기 전에 입부터 열어 청했다. 물을 가지러 간 사람은 미교였다. 그녀는 사빈이 움직이기도 전에 먼저 정수기 앞으로 가 먹기 좋을 정도의 따뜻한 물을 받아 사빈에게 건네주었다. 그사이 사빈은 어머니를 한 팔에 부축해, 미교에게서 받은 컵을 어머니의 입에 대었다. 어머니는 물을 한 모금 입에 담으며 눈을 뜨다 멈칫한다. 어머니의 눈길이 닿은 곳에 미교가 서 있었다. 어머니의 입에서는 물이 주르륵 흘렀다. 미교를 본 것과 동시에 입을 다물지 못한 것이다. 사빈은 천천히 컵을 치웠다.

어머니는 부릅뜬 눈을 미교에게 고정하고 있었다. 미교는 그 모습이 낯설지 않았다. 사빈을 처음 봤을 때, 그의 눈빛도 딱 저랬지, 하며 미교는 뭔가 알 수 없는 거부감에 뒤로 한발 물러서려는 순간, 사빈의 어머니가 손을 뻗었다. 미교를 향하여 천천히, 손끝부터 덜덜 떨리는 손을 마치 갈구하듯 뻗었으나 미교는 그저 바라볼 뿐이었다.

"잡아드려요……."

사빈이 나직한 목소리로 부탁했다. 그런데도 미교가 머뭇거리자 그녀의 등을 지그시 밀었다. 미교는 썩 내키지만은 않은 움직임으로, 사빈의 어머니보다 더 천천히, 주저하듯 손을 들어 어머니의 그것을 살며시 잡았다. 순간 콱, 어머니가 미교의 손을 움켜잡았다. 어디서 그런 힘이 갑자기 났는지, 미교는 손에 제법 세찬 압력을 받고 움찔했다.

어머니의 눈에서는 어느새 하염없이 눈물이 흐르고 있었다. 흡사 고장난 수도꼭지처럼 쉼 없이 흘러내린 눈물은 턱 밑에 매달려 있을 새도 없이 뚝뚝 떨어져 이불을 적셨다. 어머니는 무어라 말을 하고 싶은 듯 입술을 들썩이기도 했지만 말은 새어 나오지 않았다.

미교는, 그런 사빈의 어머니를 망연히 바라볼 뿐이다. 생전 처음 보는 사람이, 생명줄인 양 미교 제 손을 움켜잡고 저토록 애달프고 절실한 눈빛을 보이고 있다는 사실이 부담스럽고 혼란스러웠다.

툭, 사빈의 어머니는 갑자기 옆으로 기울어지듯 쓰러졌다. 사빈이 재빨리 어머니를 부축하며 누이려 하다 미교를 돌아보았다. 미교는 당혹스러운 얼굴로 어쩔 줄을 몰라 했다. 어머니는 쓰러지는 그 순간까지도 미교의 손을 놓지 않고 있었던 것이다. 놓지 않았을 뿐만 아니라 그 힘마저도 전혀 빠지지 않아, 미교가 그 손에서 빠져나오려면 힘을 줘 뿌리쳐야 할 정도였다.

"잠깐만 앉아 있어요."

사빈은 의자를 끌어 미교 뒤에 바짝 붙여주었다. 미교는 자리에 앉아, 제 손을 사빈 어머니의 손에 잡힌 채로 가만히 있었다. 어머니는 정신을 잃었는지 아니면 다만 육체적으로 힘든 것인지, 눈을 감고 숨만 쌕쌕 몰아쉬었다. 숨소리는 시간이 지남에 시나브로 잦아들었다.

"잠드셨어요."

사빈이 그렇게 말했을 때에야 미교는 손을 뺄 수 있었다.

얼마 후, 미교와 사빈은 나란히 별관 입구를 나왔다. 또 말없이 뜰을 가로질렀다.

"혹시……."

미교가 먼저 입을 열었다.

"동생분이 나랑…… 닮았나요?"

사빈은 고개를 끄덕였다. 그 고갯짓을 보며 미교는 미간을 좁혔다. 그럼 그것을 사온도 알지 않겠는가.

"많이…… 닮았어요?"

곤혹스러움을 숨기지 못하는 얼굴로 미교는 재차 물었지만 사빈이 이번에는 고갯짓조차 하지 않았다. 그저 딴 데를 보며 한숨 같은 소리를 짧게 내더니 '식사하죠' 했다.

얼마 후 두 사람은 일식당의 4인실 룸에 마주 앉아 있었다. 병원에서 멀지 않은 곳이었다. 테이블에는 부드러운 죽과 함께 정갈한 스키다시가 올려 있었다.

"오늘 오프인가요?"

사빈이 물었다. 병원 근무를 하루 쉬냐는 의미다.

"아뇨. 들어가 봐야 해요."

미교는 사직했다는 말 대신 그렇게 대답했다. 업무 인계를 위해서 병원에 가봐야 하는 것은 사실이었다. 다만 사직했다고 하면 이유를 물을 테고, 사빈의 어머니를 만난 후 묘하게 기분이 내려앉아 있던 그녀는 그것을 설명하는 일조차 귀찮았다.

"그 병원…… 형이 소개한 거죠?"

그때 사빈이 불쑥 물었다.

"네…….."

"그럴 줄 알았어."

혼잣말처럼 중얼거린 사빈은 물컵을 들어 입에 댔다.

"그게 잘못되었나요?"

미교는 정색해 물었다. 기분을 완전히 숨길 수 없어 굳은 얼굴을 하고서였다.

"알아보니 거기 원장님이 사외이사더라구요. 제양사 사외이사. 라인으로 보면 부대표 라인?"

"알아보다니, 그걸 왜 알아봐요?"

"그냥요. 아무 일 없었으면 됐고요."

"아무 일……?"

"그러니까 좀 이상하다 생각되는, 그런 일 말입니다. 상식에서 크게 벗어나지는 않는데……. 께름칙하다거나 기묘한 느낌이 든다거나……."

"그런 일 없는데요."

"잘 생각해 봐요. 아주 하찮은 일이어서…… 혹은 그런 우연의 일치쯤 있을 수 있어 지나쳤지만 되짚어보면 그래도 어딘지 자연스럽지 못한…… 그런 일 말예요……."

"네. 있네요. 조금 전, 그리고 지금……."

미교는 힘주어 대답했다.

"생전 처음 뵙는 분이 날 보고 그리 놀라시는 모습이나 지금 사빈 씨가 하는 말이나 다 나한텐 너무 이상하거든요."

미교는 거의 화를 내고 있었다.

"그게 내가 누구랑 닮아서라구요? 나이도 같고, 태어난 달도 같고, 혹시 날짜는요? 그게 제일 이상하지 않은가요? 뭐예요? 도플갱어인가요?"

"그걸 제일 먼저 알아본 사람이 작은형……."

미교가 보인 다소 격한 감정에도 불구하고 사빈은 태연하게 받았다.

"바로 현재 미교 씨의 연인, 제사온이라는 사실은요? 그건 안 이상할까요?"

미교는 대번에 입을 다물었다. 사빈이 하는 말의 뜻을 바로 알아차린 것이다. '제 누이와 똑같이 닮은 여자를 연인으로 하는 남자'가 어디 그리 흔하냐, 하는 의미였다. 즉 '이상한 일'인 것이다. 더 이상한 일은 사온을 처음 봤을 때 그는, 사빈이나 그의 어머니처럼 미교를 보고 놀라지 않았다는 사실이었다. 미교는 현기증을 느꼈다.

"우리 작은형이 좀 골 때리는 데가 있긴 합니다."

사빈은 말을 이었다.

"그래서 하는 말인데 만약 미교 씨가 내 동생이라면…… 형과의 교제, 말리겠어요."

"대체 하고 싶은 말이 뭐예요?"

미교는 노골적으로 불쾌한 얼굴을 했다.

"형 뒤에서 이런 말 하는 사빈 씨야말로 이상하네요. 친형 아니에요?"

"친형 맞아요. 심지어는 이복도 아니죠. 애석하게도."

사빈은 정색했다.

"이젠 형한테 나랑 만났다고, 아는 사이라고 말하셔도 됩니다. 약속 지켜줘서 고마워요. 엄마 만나주신 것도. 은혜는 꼭 갚아요. 그러니 도움이 필요하면…… 언제든 말해요. 말해줘요."

그렇게 말하는 사빈이야말로 정작 도움이 필요한 사람 같았다. 미교에게 도와달라, 하는 것 같았다. 그것이 부담스러운 미교는 이미 화가 나 있던 것에 더해, 사빈과 마주할 필요도 더는 느끼지 못했다. 그녀는 가방을 낚아채듯 집어 들며 자리에서 일어나, '미교 씨' 하고 부르는 사빈의 목소리에도 불구하고 돌아보지도 않은 채 그곳을 나왔다.

거리로 나온 미교는 뚜렷한 목적도 없이 성큼성큼 걸었다. 사빈에게 화가 나서 시작한 걸음은, 그러나 시간을 두고 서서히 힘이 빠져 나중에는 터벅터벅 걷는 것으로 바뀌어 있었다.

"이상하다고 생각되는 일……?"

미교는 중얼거렸다. 그래, 이상하다면 이상하지. 당장에 병원 일만 해도 인원 보충 같은 어렵지 않은 일이 지체돼 결국 사직까지 하게 됐으니까. 그런데 그렇게 따지고 들면 이상한 일이 한두 가지가 아니어서, 어디서부터 무엇부터 이상한지 설명하는 것도 쉽지 않았다. 분명한 것은, 언제부터인가 미교, 저와 제 주변에서 일어나고 있는 일들로부터 묘한 인상을 받기는 했다는 것이다. 손에 잡힐 듯 선명하게 보이지도 만져지지도 않으면서 분명 이전과는 달랐다. 그 '이전'이란 사온을 만나기 전이다.

사온을 만나기 전 미교의 생활은 평범하고 단순했다. 비록 사온이 평범하지만은 않은 남자였지만 그런 남자와의 평범한 사랑을 꿈꾸었다고, 그것을 특별하다고 할 수 있을까. 그런데 정말 특별해져 가고 있는 느낌이었다. 그것도 스펀지에 물이 스미듯 너무도 은밀하고 서서히 진행돼 그 과정을 되짚어봐도 안개 자욱한 숲을 바라보는 것처럼 뿌옇기만 했다.

그렇다고 사온이 변했느냐, 하면 그것은 아니었다. 그는 적어도 미교에게만은 변함없는 남자였다. 여전히 미교를 소중히 다루고, 그녀의 의견을 존중했으며 뭐라 말할 수 없이 다정했다. 무엇이 문제란 말인가.

미교는 비교적 한가한 길가에서 문득 걸음을 멈추고는 눈을 멀리 두었다. 약간 거리를 두고 공원 입구가 보이는 눈앞 풍경은, 저무는 하루의 마지막을 가장 아름다운 색으로 물들이는 일상의 기적을 담고 있었다. 너무도 당연해 기적인지도 모르는 평범함의 기적이었다. 이렇듯 평화로워야 할 삶이 특별하게 헝클어질, 어떤 이유가 있을까.

미교는 도심의 시설물에 몸을 기대고 시나브로 어두워가는 저녁 하늘을 바라봤다. 사온뿐 아니라 오빠 문제, 거기에 사빈까지, 평온을 깨뜨리는 그 여러 조각들이 사실은 각기 다른 것이 아니라 하나의 연결 고리로 이어져 있다는, 막연하면서도 답답한 느낌을 갖고서였다.

❖

"말씀 계속하시지요."

게걸스럽게 회를 집어 먹고 있는 정교를 향해 사온은 느릿한 어조로 말했다. 두 사람의 테이블에는 보기 좋게 꾸민 회와 술병이 놓여 있었다.

"네에……. 점심을 걸러서……."

정교는 냅킨으로 입을 슥 닦고 곧장 술 한 잔을 쭉 비웠다.

"제가 뭐, 그걸로 어쩌자는 게 아닙니다. 오해하실까 봐 드리는 말씀인데 그럴 마음 손톱 끝만큼도 없구요……."

"여동생이 원래 쌍둥이었고, 그중 하나가 생후 일주일도 안 돼 병원에서 실종됐다, 그 사실을 언제 알았습니까?"

정교의 말을 완곡히 자르며 사온은 물었다.

"정확히…… 한 2년 전쯤? 조금 더 됐을라나……? 쌍둥이 중 하나가 죽고 난 직후니까요……. 물론 전 꿈에도 몰랐죠. 제양사의 귀한 외동 따님이 설마 제 친동생이라고는……."

"누구한테 들었습니까?"

"그것까지 말씀드릴 순 없고, 암튼 돌아가신 아버님의 절친이셨던 분이죠. 제양사의 딸이 묘하게 죽었다고…… 아, 죄송합니다. 암튼 그 사실이 신문에 나가는 것도 막았다던데…… 그걸 어떻게 용케 아시고 술자리에서 하시는 말씀을 들었죠. 네 아버지가 네 동생 하나를 부잣집에 팔았다…… 하고 말이죠. 담배 좀 피우겠습니다……."

정교는 담배를 꺼내 불붙였다.

일본에서 기업을 일으킨 제양사가 한국에 회사를 차려 사업을 확장하던 시기였다. 제 회장의 두 번째 아내가 결혼 3년 만에 해

산을 앞두고 있었다. 임신을 간절히 바란 끝에 어렵게 얻은 딸아이였다. 그러나 조산 끝에 일주일을 못 넘기고 아이가 사망하자 그 충격을 못 이긴 아이의 엄마마저 사경을 헤맸다.

정교의 아버지 서기태는 국내 제양사의 현장에서 일하던 사람이었다. 그는 제 회장의 불행한 소식을 듣고 접근해 은밀한 제안을 한다. 마침 그의 아내도 막 쌍둥이 딸을 출산한 때였다. 쌍둥이라는 사실을 숨긴 채 그는 다만 저가 딸아이를 키울 능력이 못 된다며 '팔겠다' 하는 뜻을 비친 것이다. 그것은 분명한 불법이요, 무엇보다 비도덕적인 일이었지만 아내마저 잃을까 노심초사하던 제 회장은 그 제안을 받아들이고 말았다.

"사실 뭐, 한쪽 동생 입장에서 보자면 운 대박 튄 거죠. 그런 부잣집에서 살았으니까. 오히려 우리 미교가 불쌍하달까, 아, 미교는 그 나머지 쌍둥이입니다. 아버지 돌아가시고 가세 완전 기울면서 애가 개고생했거든요. 대학도 대출 받아서 가고. 똑똑한 기집앤데. 암튼 뭐, 이게 다 우리 아버지들이 저지른 일입니다만……. 또 두 분 다 돌아가셨고요. 근데 그게 또 뭐랄까, 저희 집안이야 명예니 뭐니 따질 것도 없지만……. 부대표님의 집안은 좀 다르지 않겠습니까?"

정교는 담배를 쭉 빨며 사온의 눈치를 살폈다. 저가 하고자 하는 말을 그가 얼른 알아주기를 바라는 눈빛이었다.

"만의 하나 작고하신 회장님께서 과거에, 뭐…… 그렇고 그런 일을 하신 게 밝혀지면…… 사실 좋을 것이 하나도 없지요……."

정교는 말끝을 흐리며 다시 사온의 눈치를 힐끔 본 후 담배를 비벼 껐다. 사온은 내내 아무 말도 없이 무엇인가를 깊이 생각하

232 레테 Lethe 1

는 얼굴이었는데 한 번도 놀란 얼굴을 보여주지 않은 것을 보면 정교가 말한 내용을 그도 알고 있는 것이 틀림없었다.

"어떻게 보면 우린 형제나 다름없는⋯⋯."

"무슨 말인지 알아들었습니다."

이윽고 사온이 입을 열어 말을 자르자 정교는 오히려 반색했다.

"연락처를 남기고 오늘은 일단 돌아가십시오."

"네? 그냥⋯⋯ 오늘은 그냥요?"

금세 아쉬운 얼굴을 하는 정교의 눈앞에서 사온은 지갑을 꺼내 수표 두 장을 내밀었다.

"곧 연락드리겠습니다."

얼른 수표를 집어 든 정교는 백만 원짜리 수표인 것을 확인하고 는 히죽 웃었다.

사빈의 어머니는 제 손으로 미음을 떠 입으로 가져갔다. 침대의 상단 부분이 세워진, 그 아래에 앉은 어머니는 앞에 놓인 병원식 미음을 먹고 있는 중이었다.

"도와드려요?"

곁에서 사빈이 물었다. 어머니의 힘없는 손이 부들거리며 입으 로 가는 것을 조마조마한 심정으로 바라보면서였다.

"아니야⋯⋯."

가느다란 목소리로도 어머니는 단호했다.

"내가 먹을 수 있어."

어머니는 거의 비장한 표정으로 식사를 하고, 그 곁에서 사빈은 안도의 얼굴을 하고 있었다.

"이제 말해봐."

그릇의 바닥이 보일 때쯤 어머니는 말했다. 사빈은 내내 서 있다가 그 곁에 엉덩이를 걸치고 앉았다. 사빈이 미교와 헤어져 들어왔을 때 어머니는 깨어 있었다. 깨자마자 미교를 찾았다. 그래서 '식사를 하시면 말해주겠다'고 사빈이 약속했던 터였다.

"놀라지 마, 엄마. 사혜는 쌍둥이였어."

놀라지 마라, 미리 언급을 해선지 어머니는 눈을 다소 크게 뜨는 것으로만 제 감정을 표현했다.

"어떻게 그 쌍둥이 자매 중 하나가 우리 가족이 됐는지까진 아직 모르지만……."

사빈은 짚이는 바가 전혀 없지 않았으나 차마 말을 꺼낼 수는 없었다. 천애 고아로 보육원에서 입양한 줄 알았던 사혜에게 사실은 가족이 있었다는 사실은 그에게도 적잖이 충격이었으니까.

"정확히…… 알아본 거야?"

사빈이 머뭇거리는 중에 어머니는 재촉하듯 했다.

"응, 거의. 이름은 서미교. 생년월일 중 날짜만 사혜랑 다른데…… 그건 출생신고 때 바꿀 수 있는 거니까. 확실한 건 혈액형이에요. 그게 같아."

어머니는 다시 눈을 크게 떴다. 사혜의 혈액형이 희귀한 것이라 그것까지 일치한다면 거의 의심의 여지가 없던 탓이었다.

"미교 씨 현재 가족은 모친과 오빠가 있고."

"어떻게…… 찾아낸 거야?"

"우연히…… 난 우연이고……."

사빈이 뒷말을 미적대자 어머니는 대번에 '설마' 하며 짧게 몸서리를 쳤다.

"지금 사온 형이랑…… 만나고 있어요."

"무서운 놈……."

어머니는 한숨처럼 내뱉었다. 사온을 두고 한 말이다.

"그래서…… 찾으려구, 엄마……."

사빈은 동의를 구하듯 어머니의 눈길을 잡아챘다.

"사혜, 다시 찾으려구……. 찾아서 이번엔 절대 안 뺏길 거야."

한편, 미교는 근무하는 병원에서 새로 온 간호사에게 인수인계를 마치고 밤 10시가 조금 넘어 나와, 주차장에서 그녀를 기다리는 사온에게 다가갔다. 사온은 이미 차 밖에 서 있는 모습으로 그녀를 맞았다.

"안색이 좋지 않군요."

사온은 제 앞으로 온 미교의 얼굴을 두 손에 잡았다.

"그래도 사온 씨에게는 좋은 소식."

미교는 짐짓 웃음 지었다.

"마지막 근무였어요."

"착합니다."

사온은 슬쩍 미소 지었다.

"그게 다예요?"

그러자 사온은 미교를 더 바짝 끌어 그녀의 엉덩이를 토닥거렸다.

"완전히 애 취급이라니까……."

미교는 그를 두 팔로 끌어안은 채 그의 바로 턱 밑에서 올려다보았다.

"사온 씬, 누이가 있었다면 정말 좋은 오빠였을 것 같아요."

말과 함께 두 사람의 눈이 만났지만 이어진 것은 침묵이었다. 사온은 그 침묵을, 미교의 이마에 가볍게 키스하는 것으로 무마했다.

"우리 오빠는 영…… 아니어서 말이죠."

미교는 아무렇지도 않게 말을 이으며 위로 떠오르려는 제 복잡한 상념까지 도로 가라앉히려 했다. 뿐만 아니라 사빈을 만났다고도, 그의 어머니를 만났다고도 말하지 않았다. 이상하게, 설명할 수 없는 이유로 그것을 말하기가 싫었다.

"갑시다."

사온은 미교를 먼저 태웠다. 그리고 뒤이어 차에 올라 시동만 걸어놓고는 붙박이 박스를 열었다.

"선물입니다."

붙박이 박스로부터 서류 봉투를 꺼낸 사온은 그것을 미교에게 건넸다.

"선물? 오늘이 무슨 날인데요?"

"미교 씨가 작가 되기로 한 날이죠."

"어머, 그럼 뭐야? 이럴 줄 알고 미리 준비해 놨다는 거?"

미교는 어이없어하면서 서류 봉투에 손을 넣었다. 그사이 사온은 그녀의 안전벨트를 매주고 차를 출발시켰다.

"이건……."

A4 용지 크기의 내용물을 본 미교는 그것을 바로 알아보지 못했다. 제법 한참 들여다본 후 마침내 이해를 했을 때는, 그만 몹시 당황하고 말았다. 소유권 이전 등기 서류였던 것이다.

"안전가옥은 미교 씨 것이라 하지 않았습니까?"

이어 사온은 아무렇지도 않게 '미교 씨의 주민증을 잠시 가져갔었다' 고도 덧붙였다. 미교는 벌린 입을 다물지 못했다. 전에 그가 그 말을 했던 것이야 당연히 기억하지만 일종의 프러포즈라 생각했지, 저도 모르게 서류상으로 다 처리를 해버릴 줄 상상이나 했을까. 그것도 마치 그녀가 당연히 사직할 것이라 기다리고 있던 사람 모양 말이다.

"내가⋯⋯."

약간의 사이를 두고 입을 연 미교의 얼굴은 다소 굳어 있었다.

"다시 다른 병원에 취직한다면요?"

"그럼 미교 씨에게 다시 새로운 병원을 소개하면 됩니다."

"아는 병원이⋯⋯ 또 있어요?"

"없으면 만들기라도 해야죠."

사온은 운전만 하며, 마치 지나가는 말처럼 무심히 대답했다. 평소 그의 모습에서 그리 먼 것도 아니었다. 그런데 바로 그 무심함이 미교를 각성시켰다고나 할까. 불현듯 떠오르는 지난 기억에 그녀는 소름이 끼쳤다. 언젠가도 그는 그랬지, 미교에게 글을 쓰라 하며 출판사를 만들겠다, 책을 사겠다고 말이다. 이제는 병원을 만들겠다고? 수십억을 호가하는 아파트를 아무렇지도 않게 덜컥, 미교 앞으로 해놓을 정도면 출판사나 병원도 이제 와 농담으로만 들리지 않았다. 그때 핸드폰 벨 소리가 나 미교는 저도 모르게 소스라쳤다. 화면에 사빈의 번호가 떠 그냥 종료해 버리니 곧이어 문자가 도착한다.

「전화 안 받으시네? 화 많이 났어요? 하지만 난 기분 좋습니다. 미교 씨 덕분에 엄마가 많이 좋아지셨거든요. 그래서요, 엄마가 미교 씨를 한 번 더 보고 싶어 하시는데…… 부탁드립니다.」

사빈은 미교가 근무하던 병원 입구에서 나왔다. 미교와 만난 이틀 뒤로, 그녀가 전화를 받지 않아 병원으로 와본 것인데 병원에서는 뜻밖에도 사직했다고 알려주었다. 그는 차를 몰아 곧장 미교의 자취집으로 향했다.

미교의 자취집 현관 앞에서 사빈은 정교를 마주하고 있었다. 담배를 입에 물고 까치집 머리를 하고 있는 정교는, 저를 보며 놀라는 사빈을 멀뚱히 쳐다보며 머리를 긁적였다.

"누굴 찾는데요?"

정교는 물었다.

"서미교 씨 집 아닙니까?"

사빈은 당혹스러운 얼굴로 물었다.

"설마 미교 남친?"

정교는 손가락으로 사빈을 가리키며 눈을 둥그렇게 떴다.

"난 미교 오빠예요. 친오빠. 근데 미교를 왜 이 시간에 여기서 찾지……? 병원에 있을 텐데……. 좀 들어오세요. 누추하지만."

사빈은 머뭇거리다 무슨 생각에선지 정교를 따라 안으로 들어섰다. 미교에게 오빠가 있다는 것을 모르는 것도 아니었으니까. 집 안은 여전히 지저분했다.

"대접할 게…… 가만 있자 커피밖엔 없는데……."

정교가 혼잣말처럼 중얼거리고 나서 가스레인지에 물을 올려놓는 사이, 사빈은 주위를 잠깐 둘러보고는 그제야 미교가 이곳에 살지 않음을 눈치챘다. 설마 형과 함께 사는 건가, 그 생각과 함께 사빈의 얼굴은 어둡게 굳었다.

"가만, 정말 미교 남친 맞아요?"

정교는 커피를 타던 중 돌아보았다.

"미교 여기 안 사는 거 모르나? 미교 집이 맞긴 맞는데……. 가만, 혹시 헤어졌는데 매달리는 거?"

"미교 씨와는 그냥 아는 사입니다."

사빈은 애매한 얼굴로 대답했다.

"아는 사이요? 무슨 아는 사이가 여자 집으로 불쑥 찾아와요? 빚쟁이도 아니고. 혹시 의사 선생님?"

"아닙니다. 회사원입니다."

"회사원? 어디 다니시는데?"

"제양사요."

"제양사?"

정교는 눈이 휘둥그레지며 반색했다.

"제양사 하면 내가 좀 알지. 거기 대표, 아니, 부대표, 제사온 부대표 알죠? 내가 부대표하고 또 막역한 사이거든."

"네?"

사빈은 황당한 얼굴을 해 보였다.

"진짜라니까요. 안 믿겨요? 부대표를 내가 어제, 아니, 그저께 만났다니까. 그 부대표 비서도 알아요. 차 비서라고."

정교는 으스댔다.

"좀 이따 차 비서 만나러 갈 거거든."

얼마의 시간이 지난 후 사빈은 미교의 집을 나왔다. 머릿속에 여러 가지 생각이 오고 갔다. 형인 사온이 미교의 오빠인 정교를 알고 있는데 정작 정교는 제 누이와 사온의 관계는 모르고 있는 것 같으니 말이다. 형과 정교의 관계가 아무래도 찜찜했다.

"이 사실을 서미교는 알고 있을까……?"

사빈은 차에 올라 미교에게 전화를 걸까 하다가 또 받지 않을 것 같아 문자를 작성했다.

「병원 사직했다면서요? 전화를 하도 안 받아서 병원에 들렀다가, 지금은 미교 씨 집 앞인데 나올래요?」

역시나 5분 만에 벨이 울렸다.

[나 지금 집에 없어요.]

미교는 말했다.

"아, 그래요? 그럼 어딘데요?"

[그냥…… 밖이에요.]

밖이라고 말하는 미교는 안전가옥의 주방에 있었다. 식탁 앞에서 커피 한 잔과 함께였다. 사실은 자취집 가볼까 하다가 오전에 정교와 전화 통화만 하고 말았다. 오빠가 집 안 꼴을 어떻게 만들어놓았을지 상상만 해도 끔찍해, 가보고 싶은 생각이 별로 없어서였다. 물론 집을 점거하다시피 했던 남자들은 진즉에 철수했다는 것을, 그 직전 통화로 알고는 있었지만 그렇다고 집을 청소해 놓을 오빠도 아니었으니까. 오전 통화에서는 더욱이, 그동안 신세진 것을 곧 갚는다며 '며칠 안으로 네 통장에 수억 쏴줄게' 하는 허풍에 진저리를 쳤었다.

[형한텐 말했어요? 우리 만난 거.]

사빈이 물었다.

"네."

미교는 그냥 그렇게 대답했다.

[형이 뭐래요?]

"별말…… 안 했어요."

[그래요? 언제 시간 좀 낼 수 있나요?]

"나중에요. 당분간은 좀 쉬고 싶어요."

[알겠습니다. 그럼 충분한 휴식 후 다시 뵙도록 하죠. 연락드릴게요.]

"네……."

미교는 핸드폰 든 손을 식탁 위로 툭, 떨어뜨렸다.

"이상한 일……."

미교는 중얼거렸다. 사빈에게 문자가 와 전화를 걸기 전까지 그 생각에 빠져 있었다. 자신이 병원을 갑자기 그만두게 된 경위는 이제 와 당연히 이상한 일이 돼 있었다. 병원 원장이 제양사의 사외이사라는, 더욱이 부대표 라인이라는 사빈의 말이 결정적이었다.

"설마……."

미교는 문득 상엽의 일도 '이상한 일'에 속할까, 하는 생각을 떠올렸다. 비교적 잘나가던 그가 하루아침에 무너졌으니 말이다.

나중에 민서에게 재차 들은 소식에 의하면, 대학에 남고자 했던 상엽의 바람도 물 건너간 것으로 봐야 한다고, 전문의 자격이나 딸 수 있을지 모르겠다는 뉘앙스까지 풍겼다.

"말도 안 돼……."

미교는 고개를 흔들었다. 그런데 말이 된다 치자, 그것도 '이상한 일'이라 치자. 그 '이상한' 모든 것들이야말로 정말 이상하게도 모두 변죽처럼 느껴졌다. 정작의 중요한 무엇인가를 감추느라 드리운 연막 같다고 할까. 그러니 불투명했고, 불투명을 상대로 아무리 생각해 봐야 오리무중일 뿐이었다. 그럼 그 안에 숨어 있는 것은 무엇인가.

그때 핸드폰에서 문자 오는 소리가 났다.

「오늘도 잘 먹고 푹 쉬고 있어요?」

사온이다.

「네.」

「그래요. 잘했어요.」

미교는 그의 문자를 물끄러미 바라보았다. 건조한 표정의 사온이지만 그런 그에게서 다정함을 느끼는 것은, 미교에게 이제 별로 어려운 일은 아니었다. 물이 스미듯 다가와 특별하고 달콤한 밀어 없이도 그는 늘 한결같았고, 그녀에게만은 무한히 자비로웠다. 그런데 바로 그것이 가장 '이상한 일'이었다. 미교, 저와 같이 평범한, 한낱 간호사에 불과한 여자를 소위 재벌인 그가 왜? 답은 하나, '사혜'였다. 그것이 '숨어 있는' 것의 정체였다.

미교와 문자를 주고받은 사온은 그의 집무실에 있었다. 집무용 책상 앞에 앉아 있는 그는 핸드폰을 내려놓고 담배를 집어 들었다.

똑똑, 노크 소리에 이어 비서실장으로 보이는 남자가 들어와, '제 팀장이 와 있는데요' 라고 말을 채 끝내기도 전에 사빈이 밀고 들어왔다.

"대통령 만나는 것도 아니고 말이야."

사빈은 들어서자마자 내뱉듯 했다. 실장은 고개를 절레절레 흔들다, 사온의 나가라는 손짓을 받고서 물러갔다.

"엄마 많이 좋아지셨어."

사빈은 유쾌하게 말했다.

"이대로라면 며칠 뒤에 퇴원해도 될 것 같아. 왜 갑자기 차도를 보이신 줄 알아? 살아야 할 이유를 찾으셨거든. 그것도 어떤 착한 여자분 덕분에."

사온은 별 대꾸도 없이 담배에 불을 붙였다.

"어떤 여자분인지 알고 싶지 않아?"

사빈은 떠보듯 했다. 미교가 정말 말을 했는지, 그래서 그녀가 사빈, 저와 어머니를 만난 사실을 사온이 알고 있는지 말이다. 만약 말을 한 것이 사실이라면 정교에 관한 것은 그냥 직설적으로 물어도 될 것 같아서였다. 형이 정교를 이용해 무슨 수작을 하고 있는지 떠보려는 것이다.

"출퇴근이나 제때에 해."

사온은 엉뚱한 대답을 내놓았다.

"일은 안 하더라도 말이다."

"나, 회사 욕심 없거든. 형이 다 가져. 대신 양보할 건 양보하시지?"

"내가 뭘 양보해야 하지?"

"몰라 물어?"

사온은 입에 문 담배를 손가락 사이에 끼며 자리에서 일어났다. 그리고 천천히 사빈 앞으로 걸어왔다. 그런 형을 사빈은 약간 긴장된 눈으로 노려보고 있었다.

"몰라."

동생의 코앞에서 사온은 툭, 뱉어냈다. 사빈은 입을 다물고 여전히 형을 노려보고만 있었다. 미교가 말을 안 했나 싶어 섣불리 입을 열 수도 없었지만 제 자취집에 살고 있지 않는 그녀가 어디서 지내고 있는지, 누구와 함께 있는지를 애써 머릿속에서 밀어내다 보니 갑작스레 화가 치밀어 올라 그런 감정으로 입을 열었다가는 자칫 제 속만 들킬 것 같아서였다.

그의 형, 사온은 어린 시절을 일본 야쿠자 틈 속에서, 보통의 사람들은 접하기 어려운 것들을 보고, 듣고, 배우며 자란 사람이었다. 온갖 격투기는 물론 총기도 거의 다룰 줄 알며, 특히 어떠한 경우에라도 동요를 하는 법이 없었다. 그것은 다시 말해 '일과 사람'을 다룰 줄 안다는 의미였다.

"밥이나 사줘."

사빈은 버럭, 퉁명스럽게 던졌다.

같은 시간에 미교의 오빠, 정교는 어느 고급 유흥가에 위치한 룸살롱에 있었다. 속칭 '룸녀'인 예쁜 여자와 둘이 앉아, 그녀를 상대로 허풍에 가까운 수다를 떨고 있는 그는 전처럼 덥수룩한 머리에 허름한 옷차림이 아닌, 제법 멋을 부린 모습이었다. 테이블 위에는 커다란 접시에 잘 세팅된 안주와 고급 위스키가 놓여 있었다.

똑똑, 노크 소리에 이어 한 남자가 들어왔다. 차 비서다. 손에 서류 봉투를 들고서였다.

"잠깐 나가 있어."

정교가 여자의 엉덩이를 두들기며 말했다. 여자는 나가고 그 자리에 차 비서가 앉았다.

"한 잔 드시겠어요?"

정교는 먼저 차 비서 앞에 컵을 놓았다. 차 비서는 대꾸도 없이 서류 봉투에서 내용물을 꺼냈다.

"먼저 사인하시죠."

차 비서는 정교 앞으로 볼펜을 내밀었다.

"그러니까……."

A4 용지 크기의 문서를 눈으로 훑으며 정교는 입을 열었다. 술이 올라 충혈된 눈빛을 깜박이면서였다.

"절대 발설하지 마라, 뭐 그런 내용인가요?"

"네. 채권 추심 건은 이미 해결했습니다."

정교의 도박 빚을 해결했다는 의미였다.

"사인하시면 나머지 금액에 대해서는 직접 전달해 드리겠습니다."

정교는 문서와 차 비서를 번갈아 힐끔거리며 볼펜을 잡았다.

"사인하고 나서 돈 안 주는 거 아니죠?"

"그럴 리가 있습니까?"

차 비서는 정교가 서명하는 것을 보며 문서를 넘겨 몇 군데 더 서명을 요청했다. 정교는 '뭐가 이렇게 많아?' 하면서도 차 비서가 내민 인주로, 제 서명 위에 군소리 없이 지장까지 찍었다.

"시간이 좀 걸립니다."

문서를 다시 봉투에 넣은 차 비서는 말했다.

"얼마나요?"

"글쎄요, 기다려 보세요. 당분간은 지금 계시는 곳에 계시구요."

"암튼 빨리, 빨리 부탁드려요. 거기가 여동생 집이라서 말이죠, 걔가 지금 나 땜에 친구 집에 얹혀살고 있거든요. 집이 코딱지만 해서 낑겨 살 만한 데도 못 된다니까."

"이건 당분간 지내시면서 쓰실 용돈입니다."

차 비서는 재킷 안주머니에서 꺼낸 흰 봉투를 테이블 위에 올려놓고 일어나, '다시 연락한다'는 말을 마지막으로 룸을 나갔다. 정교는 재빨리 봉투를 집어서 열어보았다.

"있는 것들이 더 해."

봉투를 확인하고 입가에 만족한 웃음을 지으면서도 그는 내뱉었다. '용돈'이 아닌 다른 것을 두고 한 말이었다.

"그거 몇 푼이나 한다고 시간을 끄는 거야? 자기네들한텐 껌값일 거면서."

그 '껌값'이 도박 빚만도 일억이 넘었다. 정교가 가져갈 두둑한 몫이 거기에 더해진다. 그가 사온을 찾아가 과거, 각자의 아버지들이 저지른 일을 언론에 폭로하겠다는, 협박 아닌 협박의 대가로 원한 것은 당연히 돈이었다. 때문에 일차로 도박 빚을 차 비서가 나서서 처리해 준 것이고, 그다음이 정교, 제 몫인 것이다. 그것으로 그는, 추어탕 식당 하느라 고생하는 어머니와 역시나 '불쌍한 내 동생' 미교에게 한몫씩 쥐어주며 아들과 오빠로서의 체면 좀 살리고 나머지로는 사업이나 해볼까, 하는 중이지만 큰돈을 손에 쥔 그가 다시 도박의 길로 빠지리라는 것은 불을 보듯 빤한 일이었다.

사온은 밤 9시 조금 넘은 시간에 안전가옥으로 돌아와, 저를 기다리고 있던 미교를 품에 안았다. 그는 그녀의 정수리에 입을 맞추고, 그녀는 그의 몸에서 나는 익숙한 담배 향을 맡았다. 미교가 있는 데서는 잘 안 피워 보통은 향으로만 전해지는 그의 냄새였다.

"얼굴이……."

미교의 얼굴을 두 손에 잡아 내려다보며 그는 말했다.

"이제 돌아왔군요. 건강하게."

"이틀간 잠만 잤으니까요. 잠자는 미녀란 말도 있잖아요."

"네. 아주 예쁩니다. 그런데 씻다 나왔습니까?"

사온이 그렇게 물은 것은 미교가 목욕용 가운 차림이기 때문이었다.

"너무 잠만 잤더니 되레 머리가 아파서 반신욕 같은 거 하려고 욕조에 물 받던 중이었거든요. 자기도 씻어야죠?"

"그래요. 들어갑시다."

잠시 후 두 사람은 함께, 라벤더향 가득한 욕조 안에 몸을 담갔다. 세 개의 계단식 외양에, 물이 담긴 부분을 제외한 나머지가 고급 원목으로 된 욕조는, 크기 또한 무척 커서 미교 혼자 사용할 때는 팔다리를 좌우로 크게 움직일 수도 있을 정도였다. 그런 그녀가 이번에는 사온의 품 안에 갇혀, 온전히 그의 손길 아래에 있었다.

사온은 그녀를 제 위에 올려놓고 쉼 없이 애무했다. 그 애무를 받는 미교는 그것을 저어한다고 할 수는 없지만 깊이 느끼고 있는 것도 아닌, 그렇다고 다른 생각을 하는 것처럼 보이지도 않는, 다만 공허한 얼굴을 하고 있었다. 그가 오기 전까지 '이상한 일'에 대해 생각했었다. 아니, 사혜에 대해 생각했었다고 해야겠다. 그러다 그만두었다. 두려웠다. '숨어 있는' 것이 도리어 밖으로 나올까 봐 무서웠다. 영원히 숨어 있으라 하고 싶었다.

미교가 '사혜'에 지배돼 있는 동안 사온은 그녀의 몸을 구석구석, 씻겨주는 것인지 애무하는 것인지 그 경계가 애매한 손길을 쉬지 않다가 돌연 그녀의 몸을 잡아서 돌렸다.

"응……?"

사온을 등진 채 앉아 편안히 그의 가슴에 머리를 대고 있던 미교는 그가 이끄는 대로 그와 마주 앉으며 눈을 동그랗게 떴다.

"왜요?"

"뭐가 왜입니까? 내 것을 내 마음대로 하는데 이유가 있어야 합니까?"

미교의 엉덩이를 잡아 바짝 제 앞으로 끌어당기며 그는 태연하게 말했다. 그러느라 미교의 두 다리는 절로 그의 허리에 감긴다.

"이젠 대놓고 소유권 주장이신가요?"

"네."

"난 나도 모르게 사온 씨한테 팔렸네?"

"네."

"안심하진 마세요. 도망갈 수 있으니까."

미교는 그의 목에 팔을 걸고 농담인 양 미소를 지었지만 사온은 말없이 그녀의 눈을 응시했다.

"무서워요⋯⋯."

미교는 그의 눈을 피하느라 얼굴을 더 바짝 들이대 그의 이마에 제 그것을 닿게 했다. 사온의 눈은, 가늘고 긴 눈매인데도 눈꼬리가 살짝 처져서일까. 특별히 차갑거나 날카로운 눈빛이 아닌 대신 좀 묘한 데가 있었다. 그것이 안경 렌즈를 통해 한 번 걸러 나올 때는 신비하게도 느껴졌던 그 눈빛은 차라리 무심하고 서늘했다.

깊이도 느껴지지 않는 것이, 너무 깊어 심연과 같아서라기보다는 의욕이 없어 보이는 쪽에 더 가까웠다. 그러니 굳이 눈빛을 통해 감정이나 생각을 읽기도 힘들었다. 그러면서 빈틈이 없어 보이는 것은 왜일까. 그래서 미교는 무서워졌다. 그에게 제 감정과 생각을 들킬 것 같아서.

"다른 말은 몰라도⋯⋯."

미교는 뜨거운 숨결이 먼저 전해지는 사온의 나직한 말소리를 들었다.

"도망간다는 말은 하지 말아요."

9. 환멸

　미교와 사온, 두 사람은 욕조 안에서 오래 있었다. 물의 온도가
조금 떨어졌다 싶을 때 사온이 움직였는데 미교의 엉덩이 사이로
손을 깊숙이 찔러 넣어 그대로 그녀를 들어 올리면서였다. 미교는
'꺅' 하고 짧게 소리치며 그의 허리를 휘감은 다리에 더욱 힘을 주
고 그의 목을 또한 더욱 끌어안았다. 그는 그렇게 그녀를 안고 욕
조를 나와, 파우더 룸에서 커다란 타월을 꺼내 그녀의 몸을 덮어
주었다.

　사온이 미교를 침실로 데려와, 미처 침대로 가기도 전에 그녀가
그의 입술을 덮쳤다. 그는 뒤늦게 그녀와 함께 침대 위로 쓰러졌
다. 미교를 아래에 두고 쓰러졌으나 얼마 지나지 않아 그 반대가
되었다. 사온의 위로 올라온 미교는, 그것을 격정이라고 불러야
할지, 공격이라고 불러야 할지 모를 정도의 격렬한 애무로 그의

몸을 탐했다. 그렇게 하는 것으로 불길한 예감과 두려움으로부터 벗어나고 싶었던 것일까. 그녀의 격정은, 그런데 쉬이 사온에게 제압돼 다시 그의 아래로 내동댕이쳐졌다.

사온 아래에서 미교는 마치 먹잇감 모양 버둥댔다. 그렇게 버둥대다 다시 기어코 그를 눕히고 올라탔다. 두 사람은 사랑을 하는 것이 아니라 마치 전쟁을 치르는 적수들처럼 엎치락뒤치락했다. 그 끝에서 사온의 손에 미교의 무릎이 좌우로 활짝 벌어졌다. 더 벌어질 수 없을 만큼 벌어져, 그것이 정말 전쟁이라면 백기 투항해도 이상할 것 없었는데 정작 침략자는 항복을 받을 생각이 아예 없거나 스스로의 잔인성을 즐기듯, 잠깐의 사이도 두지 않고 그녀의 거무스름한 중앙을 한입에 물어뜯었다.

"흐윽……."

미교는 허리 아래를 비틀었다. 눈을 꽉 감았음에도 속눈썹이 절로 바르르 떨렸다. 제 주인의 격정 속에서도 수줍음을 잃지 않던, 깊은 숲의 연약한 꽃은 사온의 혀끝에서 이리 쓸리고 저리 쓸리며 때로 갈라지고, 때로 누웠다. 수줍음의 본능은 시나브로 와해되었다.

"아아아……."

미교는 시트를 그러잡고서 온몸을 비틀었다. 신음은 거의 흐느끼듯 하더니, 잔뜩 벌어져 있던 그녀의 양 무릎이 순식간에 모여, 그 사이에 있는 사온의 머리를 조였다. 그런 그녀의 격정은 그대로 사온에게 옮겨가 그는 더욱 맹렬히 그녀의 숲을 헤집었다. 흥분한 나머지 급기야 혀가 아닌 치아로 그 연약한 꽃을 난폭히 애무했다.

"으읏……."

사온의 격정에 미교는 더욱 몸부림쳤다. 쾌락의 파도를 넘어 고통이 섞여들었다. 그는 금세 물러섰다. 이가 닿았던 자리는 다시 부드러운 혀의 감촉만이 휘몰아쳤다. 도리어 미교가 물러서지 않았다. 그녀는 제 허벅지에 더욱 힘을 주었을 뿐더러 손을 내려 그의 머리칼을 움켜잡아 더욱 밀착시켰다. 두 사람은 다시 주도권을 넘겨주고, 넘겨받으며 싸웠다.

사온은 미교에게 머리칼을 잡힌 채로 몸을 올려 제 분신으로 그녀의 몸을 빈틈없이, 묵직하게 채웠다.

"나만 지배해 달라…… 했어요……."

미교는 제 위로 보이는 사온의 얼굴을 향해 신음처럼 읊조렸다.

"당신밖에 없습니다."

사온은 속삭였다. 그 속삭임을 증명이라도 하듯 뒤이어 세찬 행위로 미교를 크게 흔들었다.

"아……."

그가 너무 깊이 들어와 미교는 저도 모르게 어깨를 올렸다. 그러자 콱, 사온이 그녀의 목 뒷덜미를 움켜잡아 달아나지 못하게 했다. 그는 더 깊숙이 들어왔다.

"헉……."

미교는 옴짝달싹 못하게 잡혀 거친 신음을 토해냈다. 행위는 그렇게 시작서부터 거셌다. 그동안에 그 사나운 발톱을 어찌 숨기고 살았을까 싶게, 그는 격랑처럼 미교를 뒤덮었다.

미교는 얼마 동안 숨소리도 못 낼 정도로 위태롭게 흔들렸다. 현기증이 인다 했더니 사실은 소용돌이에 빠져 버렸다는 것도 알았다.

"아아악……."

미교는 소리를 지르면서 제 소리에 저가 잡아먹히고 있다는 것을 어렴풋 깨달았다. 소리의 끝은 바닥없는 심연이었다.

죽음과 같은 잠이었다. 아니, 죽음보다 깊은 잠이었다. 도저히 깰 수 없을 줄 알았는데 어떤 감각에 의해 미교는 의식의 빛줄기를 발견했다. 감각의 정체는 사온이다. 그는 그녀의 몸을 더듬고 있었다. 그의 목소리도 함께 들려왔다. 말이라기보다 신음에 가까운 소리. 미교는 소름이 끼쳤다. 그러면서도 온 신경을 제 귀로 집중시켰다.

"사혜…… 사혜야……."

미교는 눈을 질끈 감았다. '숨어 있으라' 했더니 결국 수면 위로 올라왔다. 그러는 사이 그의 신음은 다시 이어졌다. '사혜'라고. 그 이름이 왜 나오는가. 미교는 의식적으로 물었다. 말도 안 된다, 그것은 패륜이라고 또 의식적으로 답했다. 그녀는 몸부림을 치며 사온의 손길로부터 달아났다.

"헉……."

몸을 일으킨 미교는 가쁜 숨을 토했다. 사온은 뒤이어 천천히 몸을 일으켰다.

두 사람의 눈길이 서로를 향하기까지는 약간의 시간이 걸렸다. 눈길을 마주하고서도 마찬가지였다. 눈빛만으로도 두 사람은 서로에게 불필요한 설명을 하지 않아도 될 만큼, 모든 것을 고스란히 드러내고 또 주고받았다.

"어째서……."

미교는, 그럼에도 입을 열었다.

"왜……."

그러나 뭐라 물어야 할지 갈피를 잡지 못했다. 대신 눈시울에 눈물을 가득 담아냈다. 사온이 손을 들어 그 눈물을 닦아주었다. 미교는 세차게 뿌리쳤다.

"나가요."

미교는 차갑게 말했다. 사온은 곧장 움직였다. 그런데 침대에서 내려간 것이 아닌, 도리어 미교 가까이 몸을 기울였다. 미교는 두 팔을 휘둘러 그의 접근을 막았다.

"놔아……."

미교는 저항과 함께 악을 썼지만 속절없이 사온의 품에 갇히고 만다. 그는 여전히 아무 말도 없는 가운데 제 품에 가둔 그녀의 얼굴을 만지고, 정수리에 입을 맞추고서야 그녀를 놓아주고 침실을 나갔다.

미교는 잠을 이루지 못했다. 날이 밝으려면 아직 멀었는데 그 긴 시간을 거의 뜬눈으로 새다시피 하다가 해가 뜰 무렵 깜빡 잠 들었다는 것을 어떤 소리에 소스라치게 놀라 깨어난 후에야 알았다. 소리를 낸 사람은 사온으로, 침실로 들어온 소리였고 출근 준비를 마친 모습이었다. 그를 보자 미교는 이불로 몸을 가리며 머리맡 쪽으로 움츠렸다. 간밤에 이미 실내복을 챙겨 입어 발가벗은 때문은 아니었다. 다만 방어의 몸짓일 뿐이었다.

"출근합니다."

사온은 어젯밤에 아무 일도 없었던 사람 모양 말했다. 미교는 말도 없이 외면한 채 사온이 손을 내밀고 있는데도 쳐다보지 않았다. 사온은 침대 위로 무릎 하나를 대고 미교를 잡아끌었다.

"놔요……."

미교는 저항했다. 두 주먹을 마구 휘둘러 그것이 사온의 얼굴에 맞기도 했지만 결국은 꼼짝없이 그의 품에 안기고 말았다. 사온은 미교의 머리를 쓰다듬고 입을 맞췄다. '밥 잘 먹고 잘 지내고 있어요' 하는 말과 함께, 그는 저 하고 싶은 것을 하고서야 그녀를 풀어주었다. 미교는 화가 난 얼굴로 눈시울을 붉혔다.

미교는 어느 이탈리안 레스토랑으로 들어섰다. 사온과 두 번 온 적이 있는, 파스타를 먹었던 곳이었다. 처음 그의 손에 이끌려 왔을 때, 매니저로 보이는 여인이 미교를 향해 무척 친숙한 낯빛으로 인사도 했었다. 미교는 바로 그 여인을 찾았다. 직원은 잠시 기다려 달라 했다.

미교는 홀의 한 테이블에 앉아 기다리고 있다가 여인이 모습을 보이자 자리에서 일어났다.

"안녕하세요. 그냥 앉으세요. 커피 드시겠어요?"

여인은 상냥하게 물었다. 미교는 됐다며 맞은편에 자리를 권했다.

"실례인 줄 알지만 무엇 좀 물어보려 뵙자 했습니다."

미교가 말을 꺼냈다.

"네. 괜찮아요. 말씀하세요."

"저를…… 잘 아시죠?"

"물론이죠. 고객을 몰라볼 리 있나요? 얼마 전에도 그분과 함께 오셨잖아요."

"최근 말고…… 그전부터 절 아시죠?"

"네……?"

여인은 사뭇 경계하는 눈빛을 보였다.

"저 여기 처음…… 아니, 작년 12월 중순쯤에 왔을 때 절 보고 그러셨잖아요……. 정말 오랜만이라구요……."

"네. 남자분이 오랜만에 오셔서요."

"저를 그전부터 알고 하신 말씀이잖아요?"

"네? 무슨 말씀이신지……. 고객분은 그날 처음 뵈었는데요……?"

말과 함께 여인은 미교를 가리켰다. 즉 사온과는 전부터 아는 사이지만 미교는 그날 처음 봤다는 의미였다. 미교는 말문이 막혔다.

미교는 레스토랑을 뒤로하고 거리로 나왔다. 여인의 거짓말에 대해서는 더 이상 생각하고 있지 않았다. 제 문제에 정면으로 부딪칠 용기가 없어서 다만 우회하고 있는 자신을 탓했을 뿐이다. 답을 줄 수 있는 곳은 방금 나온 레스토랑이나, 전에 사온과 옷을 사러 갔던 매장 따위가 아니다, 미교는 결심한 듯 택시를 잡아탔다.

똑똑, 미교는 문을 노크했다. 계성의대종합병원의 별관 내에 있는 한 입원실 문이었다. 곧 안으로부터 문이 열렸다.

"누구십니까?"

모습을 보인 사람은, 한눈에도 간병인인 것을 알 수 있는 중년 여인이었다.

"전 서미교라고 합니다. 사모님을 뵈러 왔어요."

미교의 말을 듣고 다시 안으로 들어간 간병인은 잠시 뒤 미교를 안으로 들이고 자신은 밖으로 나가 문을 닫았다.

"어서 와요."

사빈의 어머니는 환히 웃음 띤 얼굴로 미교를 맞았다. 미교가 허리를 숙여 정중히 인사를 한 후였다. 사빈의 어머니는 비록 45도 이상 올라온 침대의 머리맡에 등을 기대어 앉은 모습이나 전에 미교가 봤을 때에 비해 한층 화색이 도는 얼굴을 하고 있었다.

"가까이……."

어머니의 손짓에 미교는 다가와 또 어머니의 권유에 의자에 앉았다.

"연락도 없이 불쑥, 죄송합니다. 사모님."

"아니, 아니에요. 언제든 환영이에요. 와줘서 오히려 내가 고마워요."

"몸은 좀 어떠세요?"

"보다시피…… 많이 좋아졌어요. 이제 곧 퇴원도 할 거예요."

"네. 전보다 좋아 보이세요."

"이게 다 미교 양 덕분이지. 이름이 미교 맞지요?"

"네. 말씀 놓으세요. 사모님."

"그럼…… 그럴까? 대신 미교 양도 사모님 대신 다른 호칭으로 불러줬으면 좋겠는데."

"뭐라 불러 드릴까요?"

"글쎄……? 아줌마?"

"네? 그건 좀……."

미교는 저도 모르게 웃음 지었다. 그 수줍은 웃음을 어머니는 가만히 바라보았다.

"빈이처럼 엄마라 부르기도 그렇고, 뭐 나야 괜찮지만……."

"어머님이라 부를게요."

"그래. 그거 좋네."

이번에는 어머니가 웃음 지으며 손을 내밀었다. 미교가 그 위로 제 손을 주니 어머니는 그것을 잡았다.

"우리 친하게 지내. 응?"

"네에……."

미교는 눈길을 떨어뜨렸다. 단지 죽은 딸과 닮았다는 이유로 이처럼 다정하게 대해주는 사빈 어머니가 애처로우면서도 한편으로는 부담스러웠다.

"아 참, 뭘 대접해야 하는데……."

"아녜요. 아닙니다. 실은……."

미교는 머뭇거렸다.

"말해봐. 괜찮아."

어머니는 미교가 단순히 인사차 왔을 리 없다는 것을 잘 아는 눈치였다.

"아실지 모르겠는데…… 저, 사온 씨와 만나고 있어요."

"응. 알아. 빈이한테 들었어. 왜? 문제 있어?"

미교는 숨을 살짝 들이켜는가 싶더니 이내 고개를 끄덕이는 것으로 제 대답과 심정을 대신했다. 어머니 대신 사빈을 만날까도 했지만 그냥 이곳으로 오는 것을 택했다. 알고 싶은 것은 사혜에 관한 것이었다. 또 사혜에 관해서라면 사빈을 통해 들은 것이 다였다. 그러니 그 이상을 알아내려면 그 어머니를 만나는 것이 낫다 여겼다.

"사빈 씨한테 들었는데 사혜…… 라고 여동생에 관해서요. 저와 나이도 같고…… 외모도 닮았다고요."

어머니는 먼저 손을 들어, 머뭇거리고 망설이는 움직임을 보이면서도 그 손을 미교의 얼굴에 살포시 갖다 댔다. 그리고 눈시울을 붉혔다. 그것만으로도 미교는 어머니의 대답을 들을 필요도 없었다.

"머리……."

어머니는 입을 열었다. 미교의 땋은 머리를 보면서였다.

"직접 한 거야……? 아니면……."

"제가 직접 한 거예요."

"우리 딸…… 어릴 때랑 같아서……."

결국 눈물 한 방울 뚝 떨어뜨리면서도 어머니는 미소를 지었다.

"내가 그렇게 땋아주고는 했지. 초등학교 때까지는 그랬던 것 같아……."

"아주 많이…… 사랑하셨나 봐요……?"

어머니는 고개만 끄덕였다. 그것은 마치, 말로 표현할 수 없을 정도였다고 하는 것 같았다. 미교는 사빈이 했던 말을 떠올렸다. 사혜는 공주였다고.

"실례인 줄 알지만…… 어머님의 딸은…… 사온 씨 형제와는 이복인가요?"

"그건 왜……? 그런 것과 관계없이 사혜는 오빠들의 사랑을 넘치게 받았어."

"사온 씨도요? 사온 씨도 여동생을 사랑했나요?"

"가족인데……."

어머니는 말했다.

"가족이 서로 사랑하고 걱정하는 것은 당연하지."

그 말을 들으면서 이번에는 미교가 눈시울을 붉혔다. 그 딸의 어머니를 상대로는 차마 더 물을 수 없었던 까닭이다.

"왜……? 온이와 무슨 문젠데?"

미교의 손을 꼭 잡으며 어머니는 물었다.

"아닙니다. 죄송합니다. 이만…… 가볼게요."

미교는 일어났지만 어머니는 그녀의 손을 놓지 않았다.

"내가 도울 일이 있으면……."

어머니는 급히 말했다.

"무엇이든 해줄게. 무엇이든……."

도와주겠다는 사람이 도움을 바라는 사람 모양으로 간절했다. 미교는 그 모습이 무척이나 낯익다 했더니 얼마 전에 사빈도 그러했다는 것을 떠올렸다. '도움이 필요하면 말하라'고, 그도 간절했었다. 미교는 또 그때처럼 기묘한 부담을 느껴 제 손목을 슬쩍 비트는 것으로 어머니의 손에서 빠져나왔다. 그리고 편히 쉬시라, 인사를 하고는 입구로 움직였다. 문은, 그런데 미교가 문고리를 잡기도 전에 먼저 열렸다.

"어……."

문을 열고 들어온 사빈은 미교를 발견하고 깜짝 놀랐다.

미교는 사빈과 함께 그의 차에 나란히 앉아 있었다. 별관의 주차장도 아닌, 보다 한적한 곳이었지만 병원 내이기는 했다. 차는 시동만 걸린 채 히터가 가동된 상태로, 두 사람의 손에는 커피가

든 종이컵이 들려 있었다.

"형과 헤어져요."

사빈은 말했다. 이미 어느 정도 이야기가 진전된 후였다.

"고민할 거 없이 그게 정답이에요."

"난 사빈 씨의 여동생이 이복이냐고 물었어요."

미교는 화가 난 것을 참고 있는 사람의 얼굴로 사빈의 말을 받았다.

"이복이면요? 이복이면 좀 낫습니까? 그럼 패륜이 패륜 아니게 돼요?"

"됐어요. 그만해요."

"잔인하게 들릴 진 모르겠는데 형이 미교 씨를 만나는 이유는 한 가지밖에 없어요. 사혜와 닮은, 그게 다라구. 그러니 남의 대역 맡기 싫으면 형과 헤어지라구요."

"그만……."

"그거 알아요? 미교 씨 핸드폰 번호……."

사빈은 거침없이 말을 계속했다.

"그거 사혜 번호예요. 바로 사혜가 사용했던 번호라구. 뿐인가? 에메랄드 목걸이도 사혜 것이야……."

미교는 눈을 질끈 감았다. 고개는 이미 손에 든 커피 위로 떨어뜨린 채였다.

침묵이 흘렀다. 미교는 커피 위로 고개를 떨어뜨린 모습 그대로 꼼짝도 않고 있었다. 그런 그녀를 바라보는 사빈 역시 제 거침없는 말과는 다르게도 아무렇지 않은 얼굴은 결코 아니었다. 도리어 아주 괴로워하는 얼굴이었다. 마음 아파하는 얼굴이었다. 과거와 현재가 한 공간에 있는 것 같은 착각을 불러일으킬 정도로, 그에게 미교와 사혜, 두 여자는 동시에 완전히 한 여자였다.

"동생은 어쩌다……."

이윽고 미교는 입을 열었다.

"사고였나요?"

사혜가 죽게 된 이유를 물은 것이다.

"사고라면…… 사고죠."

"혹시……. 볼 수 있어요? 여동생의 모습……."

사빈은 먼저 손에 든 커피를 차내 음료 받침대에 두고 이어 핸드폰을 꺼내, 그 화면을 손가락으로 몇 번 터치 후 미교 앞으로 내밀었다. 미교는 눈을 먼저 화면으로 가져가고, 뒤이어 천천히 손을 뻗었다. 떨리는 손끝으로 사빈의 핸드폰을 건네받아 눈앞에 댔다.

그곳에는 보이시하게 느껴질 정도의, 비교적 짧은 단발을 한 여자의 얼굴이 있었다. 입을 다물고 있으면서도 양쪽의 입꼬리를 한껏 위로 올린, 웃음 띤 얼굴이었다. 또한 놀랍게도 미교에게는, 저가 거울을 보고 있는 것 같은 착각이 들 만큼의 얼굴이었다. 머리 모양이 다른데도, 하물며 한 사람도 머리 모양에 따라 전혀 다른 인상을 주기도 하건만 그마저 무시하듯 두 여자는, 서로 완연히 다른 머리 모양에도 불구하고 오히려 그것에 하등의 영향도 받지 않는다는 듯 아주 똑같은 얼굴이었다.

'어떻게 이럴 수 있는가, 혈육도 아닌 남이…….'

미교는 충격을 받았다. 그녀는 손에 든 핸드폰을 버리듯 사빈에게 던졌다. 마치 못 볼 것을 본 사람처럼. 그리고 곧장 차의 문을 열었다. 거의 동시에 사빈은 그녀의 팔을 잡았다.

"놔요……."

미교는 사빈을 보지도 않고 야멸치게 내뱉었다.

"그냥 있어요. 어딜 가든 데려다줄게요."

"상관 말아요."

"그럴 수 없어요. 도와준다고 했잖아요."

미교는 세차게 사빈에게 고개를 돌렸다. 경계와 불신의 눈초리를 하고서였다.

"뭘 도와줘요? 아니, 내가 왜 사빈 씨의 도움을 받죠?"

"형의 일이니까. 형한테 상처받았으니까……."

"그건 내 문제예요. 나와 사온 씨의 문제예요. 사빈 씨와 사빈 씨 어머님은 그다음이라구."

"그렇다 쳐요. 그럼 그다음에, 형과 헤어지고 나서 얘기를 하죠."

"못 알아듣는군요. 사온 씨와 헤어지면…… 사온 씨와 끝나면 다 끝나는 거야. 사빈 씨와도 끝나는 거라구요."

"난 형이랑 아무 상관도 없어."

사빈은 소리쳤다. 동시에 미교의 손에 있던 커피가 그의 얼굴을 향했다. 미교가 거의 입에도 대지 않아, 종이컵에 고스란히 남아 있던 커피는 사빈의 얼굴을 흠뻑 적셨다.

"소름 끼치는 집안이군요. 입에 담기도 끔찍한 제 누이와 어쩌구……. 그것도 모자라 형제가 서로 상관도 없다고? 구역질이 나요."

미교는 신랄하게 쏘아붙이고는 차에서 내렸다. 사빈도 잡지 않았다. 그는 젖은 얼굴 그대로, 눈앞에서 멀어져 가는 미교를 차창

너머로 지켜보았다. 그리고 그녀의 모습이 완전히 보이지 않고서야 픽, 웃었다.

"어쩜…… 성격까지 똑같냐……."

사빈은 구시렁댔다.

❖

미교는 안전가옥으로 돌아왔다. 그러나 그것은 그곳을 영원히 떠나기 위한 경유에 지나지 않았다. 그녀는 바로 가방을 꾸렸다. 사온의 손에 이끌려 처음 엉겁결에 이곳에 왔을 때 가져왔던 작은 여행용 가방에 제 물품을 주섬주섬 쑤셔 넣었다. 다만 이곳에서 새로 산 물품들은 모두 제외시켰다. 그렇게 가방을 꾸리고, 마지막으로 에메랄드 목걸이를 풀어 화장대 위에 올려놓던 그녀는 갑자기 그 자리에 풀썩 주저앉았다.

"그 모든 것이…… 다 거짓이었다니……."

미교는 입속으로 뇌까렸다. 그 아름다운 가을, 꿈결처럼 다가온 사랑은 거짓이었다. 그토록 다정했던 손길은, 그래서 전생에 만났던 것이 아닌가 상상하게 만들었던 그 불가해한 친숙함은 알고 보니 미교가 아닌, 다른 여자를 향한 것이었다. 더는 이상할 것도 의심의 여지도 없었다. 사빈의 말대로 미교는 사온에게 사혜의 대역일 뿐이었다.

시간이 흘러 밤이 되었는데도 미교는 여전히 아파트에 있었다. 리빙 룸에서 가방을 옆에 둔 채 그녀는 소파에 앉아 꼼짝도 하지 않은 모습으로 사온을 맞았다. 그전까지 그의 전화 연락과 문자를 받았지만 통화하지 않고, 답도 보내지 않았었다. 특히 문자는 미교가 전화를 받지 않자 온 것으로, '9시에 들어간다'는 내용이었다. 그는 정말 9시에 들어왔다.

사온은 재킷의 단추를 풀며 미교 앞으로 다가왔다. 미교는 여전했다. 밤 9시에 외출복 차림을 하고 있는 것과 곁에 있는 여행용 가방만이 그녀가 따로 말하지 않아도 '떠나겠다'는 그녀의 뜻을 대신 보여주고 있었다.

"오늘 사온 씨 어머님 만났어요."

사온이 가까이 왔을 때 미교는 불쑥, 그러면서 담담히 말했다. 그리고 사온이 아무 반응도 하지 않은 새 일어나 그를 마주했다.

"사실은 두 번째 만남이에요. 동생인 사빈 씨는 몇 번 더 만났구요."

"네."

"놀라지 않는군요? 알고 있었나요?"

"네."

"정말 무서운 사람이네요. 사온 씬 날 처음 봤을 때도 전혀 놀라지 않았어요. 사빈 씨와 어머님은 귀신이라도 본 것처럼 놀라던데…… 사온 씬 안 그랬어요. 그땐 그게 이상한 게 아니었지만 지금은 이상한 거예요. 그 서점에서 나를 처음 본 게 아니죠?"

"네."

"언제예요? 어디서 봤어요?"

"계성병원 본관 4층에서 처음 봤습니다."

계성의대종합병원 본관은 미교가 엄마에게 내려가기 전까지 근무했던 곳으로, 병원을 그만둔 시점은 상엽과 끝을 낸 시기와도 일치한다. 사온이 그녀를 처음 본 것은 그보다 약 3~4개월 앞선 5월로, 공교롭게도 미교가 상엽과 막 사귀기 시작한 때와 또 일치했다. 당시 별관에는 사온의 아버지인 제 회장이 입원해 있어, 사온이 본관을 방문한 것은 그다지 부자연스러운 일도 아니었다. 형인 사혁은 일본에 주로 있으면서 병원 내 별관만을 오갔고, 동생인 사빈은 물론 회사 관계자들 역시 주로 별관을 드나들었으며 설혹 본관을 한두 번 왔었다 해도 규모가 큰 대학병원에서 미교와 우연히 마주치기란 또 그리 쉬운 일도 아니었다.

그런 면에서는 별반 다르지 않았을 사온이 본관에 들렀던 것은 당시 그 자신이 앓고 있던 어떤 병과—당시 그는 이유를 알 수 없는 흉통으로 고통받고 있었다—관계가 있었다. 그런 그가 미교를 발견한 것은 어쩌면 운명이었으리라. 그는 그날 4층의 복도에서 간호사 복을 입은 미교를 처음 보았다. 그녀는 의료 차트를 손에 들고 급한 걸음으로 그의 곁을 스쳤다.

"결국 우리의 만남은…… 계획적이었다는 거군요? 그때서부터 어디선가 날 지켜봤다는 거군요?"

미교는 새삼 소름이 끼쳤다.

"그, 그럼…… 그때 안상엽과 만나고 있는 것도 알았던 거예요?"

사온은 대답하지 않았지만 그 침묵이 긍정이라는 것을 모를 정도는 아니었다. 그는 당연히 미교와 상엽의 관계를 알고 있었으며 또 그의 입장에서는 다행히도 상엽이 '양다리'를 걸치는 바람에, 따로 계략을 꾸밀 필요도 없이 둘은 헤어졌다.

미교는 상엽의 몰락도 사온의 짓인지 묻고 싶었지만 차마 입이 떨어지지 않았다. 아니, 그보다는 제 앞에 떨어진 혼란과 분노가 더 커서 그것은 뒷전이라는 것이 맞을 것이다. 증명하듯 그녀의 눈시울은 붉게 물들었다.

"어떻게…… 그렇게 날 속일 수가 있어요?"

미교는 그러나 북받쳐 오르는 감정에도 불구하고 눈물을 기어코 참아냈다. 눈물을 흘릴 가치도 없다, 그녀는 손끝을 모아 그러쥐었다. 그 아름다운 가을날, 뿔테안경을 쓴 지적인 외모의 '백수'와 만나 난생처음 느껴보았던 그 설렘의 추억을, 그 추억과 함께한 현재의 시간을 이토록 끔찍한 악몽으로 바꿔놓은 그를 정말 용서할 수 없었다.

"무엇보다…… 내가 누군가의 대용품이었다는 사실 하나만으로도…… 토할 것 같아요."

미교는 여행용 가방을 낚아채듯 잡고 걸음을 떼었다. 이내 사온에게 잡힌다. 미교는 뿌리치려 했으나 그가 놓아주지 않자 주먹으로 그의 가슴을 쳤다. 한 대, 두 대, 세 대, 그렇게 치다가 발작적으로 몸부림을 쳤다.

"놔아……."

미교의 날카로운 외침에도 사온은 제 품으로 그녀의 몸부림을 잠재웠다. 그의 가슴에 갇힌 미교는 쌕쌕, 거친 숨소리를 냈다.

"난……."

미교는 헐떡거리는 숨과 함께 토해냈다.

"난 서미교예요……. 그 누구도 아닌 나예요."

"그래요. 압니다."

사온은 마치 어린아이 달래듯 그녀를 토닥였다.

"데려다줄게요."

사온은 제 말대로 미교를 차에 태워 그녀의 자취집으로 향했다. 늘 그랬듯 그는, 떠나겠다는 그녀의 뜻도 굳이 꺾지 않고 원하는 대로 해주고 있었다.

미교는 아무 말도 않고 있었다. 그저 제 옆의 창에 눈을 두고, 빠르게 사라지는 바깥 풍경을 텅 빈 눈으로 지켜보았다. 이제 그와 영영 이별이라고 생각했지만 아직 실감은 나지 않은, 그런 비현실 속 망연한 기분에 사로잡혀 있었다.

차가 멈추고서야 미교는 집에 도착했다는 것을 알았다. 사온이 먼저 내려 미교가 차에서 내릴 수 있도록 문을 열어주고, 그녀의 가방도 꺼내 건넸다.

"잘 지내요. 잘 먹고 잘 자고……."

사온은 말했다.

"다시 만날 때까지."

"그럴 일 없어요."

미교는 차갑게 잘랐다.

"다신 안 만나요."

"만나게 될 겁니다."

"오지 마세요."

"오는 건 미교 씨죠."

미교는 멈칫, 입을 다물고 사온의 말을 이해할 수 없다는 눈빛을 해 보였다.

"기다리겠습니다."

이어진 사온의 말에 미교는 그러나 더 들을 필요도 없다는 듯 냉담히 그를 지나쳐 등을 보였다.

"보고 싶을 겁니다."

미교의 뒤를 바람결처럼 따라붙는 나직한 그의 목소리가 발길을 잡았지만 잠시뿐으로, 그녀는 이내 다가구주택의 담장에 난 조그만 문을 열고 사라졌다.

텅, 문이 닫히는 소리를 들으며 사온은 담배를 꺼내 입에 물었다. 이어 불을 붙이고 연기를 가슴 깊이 들이마신 잠시 후, 천천히, 아주 천천히 그것을 뱉어냈다. 원래 뽀얗던 연기는 훨씬 탁해진 빛을 띠고서 그의 얼굴 주변으로 마치 물에 푼 회색 물감처럼 번져 갔다. 찬 공기에 쉬이 퍼지지도 않는 그것은 또한 그의 얼굴 주변에 오래 머물러, 제 주인의 깊은 상념에 동조하는 듯했다. 사온은 미교의 집 앞에 꽤 오래 머물러 있었다.

미교는 집에 들어와 다소 어수선한 풍경을 앞에 두고 있었다. 예상을 못했던 것도 아니어서 별로 놀라지는 않았다. 차라리 잘됐다 싶었다. 청소하는 동안에는 사온을, 또한 현실을 잊을 수 있을 테니까. 미교는 곧장 집을 치우기 시작했다.

청소는 한 시간 반 만에 끝이 나고, 그사이 가동된 보일러 덕에 집 안에는 온기가 감돌기 시작했다.

미교는 방에서 여행용 가방을 앞에 두고 있었다. 가방을 열어 내용물을 정리할 생각이었는데 열기만 했을 뿐 그녀는 그냥 그 앞에 앉아 넋을 놓았다. 그런 잠시 뒤에는 다시 정신을 차려 캐리어 안으로부터 옷을 하나, 하나 꺼냈지만 그 움직임은, 옷을 하나 툭하니 떨어뜨리는 것으로 금세 멈췄다.

정말 끝난 것인가, 사온과 끝난 것인가, 아니다, 끝을 낼 수 있는가, 라고 물어야 했다. 당연하다. 끝이어야 한다. 그것은 사랑이 아니었으니까. 신기루였다. 미교가 아닌 다른 여자를 향한 그의 일방적인 환상이었고, 미교, 저는 잠시 꿈을 꾼 것뿐이라고, 그것도 악몽이라고. 눈부신 가을날, 그림처럼 다가온 사랑은 한낱 신기루에 지나지 않았다. 미교는 그것이 몹시 화가 났다. 화가 나서 견딜 수가 없다.

미교는 자리에서 일어났다. 안전가옥에서 가방을 꾸릴 때처럼 눈물이 왈칵 쏟아질 것 같아 차라리 몸을 움직인 것이었으나 정작 밖으로 나와서는 무엇을 해야 할지 허둥대기만 하던 그녀는 커피 물을 올려놓고서야 긴 한숨을 쏟아냈다.

울지 말자, 했다. '나를 속인 사람 때문에 흘릴 눈물은 없어' 하며 고개도 저었다. 뱃속에서부터 무엇인가, 아주 뜨거운 것이 스멀스멀 기어오르는 것도 함께 참아내야 했다. 몸에 열이 오르는 것 같았다. 그래서일까. 머그잔에 커피를 너무 많이 넣은 것을 갑자기 깨달았다. 그녀는 머그잔에 있는 커피를 다시 티스푼으로 떠서 도로 커피 병 안으로 넣었다. 두 스푼을 넣다 스푼을 개수구 안으로 던졌다. 이어 손에 든 커피 병을 던졌다. 그리고 곧장 머그잔을 들어 현관을 향해 집어 던졌다. 텅, 소리가 먼저 나고 이어 쨍, 하며 머그잔이 깨졌다.

"아아악…….."

미교는 두 손에 머리를 싸안고 주저앉아 소리를 질렀다. 마치 비명처럼 목이 갈라질 정도로 질렀다.

어두운 방 안에서 앓는 소리가 났다. 신음에 가까운 그것은 때론 흐느낌처럼 가느다랗게 어둠 속에서 파동 치다 끊어질 듯 위태롭게 이어지고는 했다. 미교였다. 침대에 이불을 싸안고 잔뜩 움츠려 누워 있는 그녀는 비몽사몽의 의식 속에서 심히 앓고 있었다. 시간이 좀 더 흐르자 추운지 부들부들 떨며 이불로 제 몸을 둘둘 말기도 했다. 그렇게 하루가 흘렀다. 사람이 그렇게 오래 누워 잘 수 있는지 의아할 정도로 미교는 먹지도 않고, 화장실조차 거의 가지 않은 채 잠만 잤다.

방 안에 새벽빛이 일렁일 때쯤 침대 머리맡에서 핸드폰이 밝은 빛과 함께 소리를 냈다. 그 소리에 눈을 뜬 미교는, 그러나 움직이지는 않고 그대로 있었다. 이불을 한껏 제 몸에 끌어 구부정하게 움츠려 있는 모습이었다. 몸에 있는 물기가 모두 증발한 양 눈가는 퀭하고, 입술은 허옇게 변해 버렸다. 그녀는 심한 갈증을 느끼며 부스스 몸을 일으켰다. 그때 잠시 끊겼던 핸드폰이 다시 울렸다. 무심히 화면을 보니 '엄마'라 떠 있었다.

[미교야. 엄마가 깨웠니? 좀 이르기는 하다만 어차피 출근할 거라 생각해서 그냥 걸었는데…….]

통화음이 떨어지자마자 엄마는 말했다. 어쩐지 다급한 목소리여서 미교는 왠지 불안했다.

"으응…… 괜찮아. 왜? 무슨 일 있어?"

[정교 놈, 네 오빠 말이다……. 혹시 어쩌고 다니는지 몰라?]

"오빠……? 왜?"

[너도 노는 거 아니고 바쁜데, 더구나 그놈이 밖에서 저지르고 다니는 일을 알게 뭐야……. 아니다. 어휴, 내 팔자야…….]

"왜? 무슨 일인데? 오빠가 엄마한테 뭐라고 그래?"

[아니, 이놈이 바로 10분 전쯤에 전화해서는 불쑥 돈 좀 있냐

구……. 급한 대로 이천만 마련해 달라고……. 야, 이 미친놈아. 먹고 죽으려고 해도 없다고 호통이야 쳤지만……. 이놈 목소리가 아무래도 심상치 않아서 말이다. 얼마 전에 한 말도 마음에 걸리고…….]

"무슨……."

[아니다, 아니야. 우리가 이런다고 뭔 뾰족한 수 있어? 아들 새 끼 아니다, 하고 살아야지…….]

엄마는 도리어 서둘러 전화를 끊었다. 미교 역시 급히 방을 나와 싱크대 개수구의 수돗물을 틀어 컵에 받아 마셨다. 컵을 가득 채워 두 번을 마시고서야 갈증은 비로소 가셨지만 머릿속은 엄마와의 통화 내용으로 윙윙거렸다. 엄마의 불안한 목소리만큼이나 미교도 불안했다.

오빠가 갑자기 돈을 달라니. 오래전, 장사를 한다며 돈을 가져가 모두 도박으로 탕진한 적은 있었어도 정작 도박 빚 때문에 따로 손을 벌린 경우는, 적어도 최근 몇 년 간은 없었다. 추심하는 자들이 엄마의 추어탕 가게까지 찾아와 다 때려 부수고 갔을 때도 오빠는 도리어 그자들에게 돈 주지 말라고, 자신이 갚는다고 따로 엄마에게 신신당부를 했을 정도였는데 왜 갑자기 돈을 달라는 것일까.

"이상한 일……? 설마……."

미교는 가슴이 철렁 내려앉았다. 가만 되짚어보니 도박 빚을 받겠다고 진을 치고 앉아 있던 남자들은 왜 또 사라졌는가. 정교가 빚을 갚았을 리도 없을 텐데. 털썩, 식탁 앞에 주저앉은 미교는 곧 큰돈이 생길 것처럼 허풍 떨던 정교의 모습까지 떠올라 더욱 불길한 예감을 떨칠 수가 없었다.

"아니야……."

미교는 고개를 저었다. 정교의 문제까지 사온과 연결시키는 것은 무리라 여겼다. 둘은 알지도 못하는 사이 아닌가. 그녀는 핸드폰을 들어 오빠의 번호에 손을 댔다. 그런데 통화가 되지 않았다. 신호는 가는데 받지 않는 것이다. 그렇게 세 번을 더 한 후 핸드폰을 내려놓자마자 오빠의 번호로 벨이 울렸다.

[미, 미교야…….]

"대체 어떻게 된 거야? 미쳤어? 엄마가 돈이 어딨다고 돈을 달래?"

[그, 그게…….]

"한두 살 먹은 애도 아니고……. 앞으로 오빠 일은 오빠가 알아서 해. 나랑 엄마 괴롭히지 말란 말이야. 알았어?"

[나도 속았다고…… 나도…….]

미교는 멈칫했다. 정교의 목소리에 흐느낌 소리가 묻어난 것이다.

"그게 무슨 말이야……? 지금 어디야? 대체 뭐 하고 다니는 거야?"

[아냐……. 걱정 마. 죽기밖에 더해, 씨팔…….]

"오빠…… 오빠……."

그 사이로 '이 새끼가 돈 갖고 오라니까 무슨 개소릴 지껄이는 거야?' 하는 다른 남자의 목소리가 끼어들더니 이내 '여보쇼, 동생분?' 하는, 역시나 낯선 남자의 목소리가 들려왔다.

"오빠 바꿔줘요."

미교는 떨리는 가슴을 누르며 말했다.

[걱정 마쇼. 돈 토해내기 전엔 죽지도 못할 테니. 아, 뭐, 장기라도 팔아야 할 거면 우리도 어쩔 수 없고.]

그 말을 끝으로 전화는 끊겼다. 미교는 방으로 뛰어들어 이불 안으로 몸을 숨겼다. 갑작스러운 한기가 몰려왔다. 이불 안에서 몸을 잔뜩 웅크려 있어도 벌벌 떨릴 정도의 오한에 방금 전에 들었던 낯선 목소리는 내장까지 얼어붙게 만들었다.

도박 빚의 부담을 못 이긴 아버지는 심근경색으로 세상을 떴다. 엄마한테 들은 말로는, 아버지가 죽고 나서 보니, 온통 빚이었다고 했다. 그런 상황에서 아들인 정교마저 도박 중독에 빠진 것은 엄마에게 있어 죽음보다 더한 고통이었다. 엄마는 한때 '너만 아니면 엄마는 진즉 세상 버렸다'고 딸을 향해 푸념하고는 했었으니까. 딸이라도 있어 살아야 할 이유가 있는 엄마지만, 그렇다 해도 만약 오빠가 잘못된다면 무슨 일이 벌어질지 생각만으로도 미교는 몸서리가 쳐졌다.

정교는 어느 방에 있었다. 한눈에도 허름한 여관방인 것을 알 수 있었다. 그는 폭행을 당했는지 퉁퉁 붓고 터진 얼굴에, 또 혼자가 아니었다. 허우대 좋은 남자들 세 명과 함께였는데 그중 두 명은 전에 미교의 자취집을 점거했던 남자들 중에도 있던 면면이었다. 침대도 없는 방은 소주병과 오징어, 과자 등으로 발 디딜 틈도 없이 어지러웠고, 별로 크지도 않은 방의 나머지 공간은 담배 연기로 꽉 차, 보통의 사람들이면 숨을 쉬기도 힘들 지경이었다. 그

럼에도 남자들 두 명의 입에서는 여전히 담배 연기가 피어오르고
있었다.

"난 좀 자야지."

담배를 피우지 않은 남자가 몸을 모로 누이며 이불을 발로 툭툭
차서 제 위로 오게 했다. 벽에 등을 대고 있던 정교는 재떨이를 뒤
져 조금 긴 꽁초를 찾아내 불을 붙였다. 그리고는 한숨처럼 연기
를 토해냈다. 그는 미교의 자취집에 있는 동안에도 하우스 도박을
했다. 미교의 집에 있는 동안에 쓰라며 차 비서가 준 생활비로, 그
냥 가볍게 시간 죽이기 한다며 시작해, 언제나 그랬듯 끝을 모르
고 달렸다.

그런데 이번에는 그도 믿는 구석이 있었다. 곧 큰돈이 생기니까
그것을 믿고 고리의 하우스 대출을 받았다. 하우스에서 운영하는
대부는 상상을 초월하는 고리라 웬만한 대부업과도 비교가 안 될
정도다. 문제는 또 있었다.

"새끼가, 우리한테 사기까지 치고 뭘 잘했다고 한숨은……."

담배를 피우던 남자들 중 한 명이 정교를 노려보았다. 전에 미
교의 집을 점거했던 자들 중 하나이기도 했다.

"이번에 또 구라면 넌 죽은 목숨인 줄이나 알어, 씹새야. 산 채
로 배 갈라서 국물 한 방울 안 남게 딱딱 긁어버릴 테니까."

그러자 옆에서 '아따, 무섭다'며 추임새를 넣었다. 남자의 위협
에 정교는 입도 벙긋 못했다. 분명 차 비서는 저자들의 추심을 해
결했다고 했다. 즉 채무를 해결했다는 뜻 아닌가. 그런데 어쩐 일
인지 추심으로 정교를 괴롭히던 자들은 하우스까지 찾아와서 도
리어 정교더러 '사기 쳤다'며 폭력을 행사했다. 그들은 돈을 못 받

았다고 했다.

정교는 당장에 차 비서에게 전화를 했지만 그는 받지 않았다. 수십 번을 해도 받지 않는 동안 잠도 못 자고 시달림을 받던 끝에 엄마에게 전화도 했던 것이었다. 엄마에게라도 손을 벌려 일단은 새로 진 빚부터 갚으려던 것이다. 지금 잠을 자고 있는 남자가 현재 정교가 드나든 하우스 대부와 관계있는 자였기 때문이다. 그러니 정교는 사면초가였다.

"야, 다시 해봐."

조금 전 정교를 위협하던 남자가 핸드폰을 충전기에서 빼 죽 밀었다. 정교의 것으로, 저들이 맡아놓고 감시 중이었다.

"빨리, 이 새끼야."

남자의 재촉을 받고서야 정교는 핸드폰을 집어 들었다. 제사온에게 속았다고 이미 판단한 그는 내심 이를 갈면서도 절망적이었다. 사온이 도와주지 않으면 현재로서는 방법이 없기 때문이었다. 그런 이유로 저자들에게 돈 나올 데가 있다고 큰소리까지 쳐놨던 것인데 간밤에 차 비서와 통화가 되지 않아 누구보다 정교 자신이 당황했다. 속았어, 하면서도 그는 실낱같은 기대를 하며 차 비서의 번호에 손을 댔다.

한편 미교는 멀리서 들려오는 쾅쾅, 소리에 눈을 떴다. 이불 안에서 떨며 잠이 들었다 깬 것으로, 깨고서야 제 손에 움켜쥔 핸드폰도 보았다. 그때 '미교 씨' 하고 부르는 소리도 들려왔다. 미교는 몸을 일으켰다.

미교가 열어준 현관문으로 사빈은 급히 한 발을 내디뎠다. 눈을 약간 부릅뜬 채 먼저 미교를 위아래로 훑어보았다. 두터운 스웨터 카디건을 걸치고 있는 미교는 환자처럼 해쓱한 모습이었다.

"괜찮아요?"

사빈은 도리어 다소 안도하는 얼굴로 물었다.

"왜…… 요?"

미교는 얼굴에 불쾌한 빛을 띠었다.

"통화 중에 갑자기 말이 안 들리니 그렇죠."

"네……?"

한 시간 전에 사빈은 미교에게 전화를 했었다. 오전 10시쯤이었다. 미교는 손에 핸드폰을 쥐고 잠들었다가 잠결에 전화를 받고는 그대로 다시 잠들어 버렸던 것이다. 사빈은 놀라고 당황한 끝에 혹시나 하는 마음으로, 그러나 별로 기대는 하지 않은 채 이곳으로 달려온 것이었다.

"그래서요? 죽었을까 봐요?"

"많이 아파요?"

미교의 신경질적 반응에도 아랑곳없이 사빈은 그녀를 걱정하는 모습이었다.

"안색이 너무 안 좋은데……."

"상관 말고, 살아 있는 거 확인했으면 이제 가보세요."

"환자 두고 어떻게 가요? 같이 병원 갈래요?"

"글쎄 상관 말고 가라니까……."

언성을 높이던 미교는 말끝에 신음을 내며 휘청했다. 사빈이 그런 그녀를 얼른 잡았다. 미교는 어깨를 흔들며 저항의 몸짓을 보였지만 사실 저항할 힘도 없었다. 결국 사빈이 이끄는 대로 가 다시 침대에 누웠다.

"불과 사흘 전에 봤었는데……."

미교의 턱 밑까지 이불을 덮어주며 사빈은 말했다.

"그새 얼굴이 반쪽이네. 밥도 안 먹고 이러고 있는 거죠? 가만히 있어요. 내가 밥도 주고 약도 줄 테니까, 알았죠?"

미교는 듣기도 싫다는 듯 등을 돌렸다. 사빈은 손을 뻗어 그녀의 팔 위로, 그러나 닿지는 않게 올리고는 잠시 머뭇거리다 토닥토닥해 주었다. 미교는 어깨를 흔들어 귀찮다는 뜻을 전했으나 한 번뿐으로, 나머지 '토닥토닥'은 그대로 받았다. 그 잠시 후 사빈은 일어나 급히 방을 나와서는 또 급히 걸음을 멈추었다. 이어 고개를 든 그의 얼굴에서 눈시울은 붉게 변해 있었다. 그 위를 촉촉이 적신 물기는 또 그의 의식적인 미소로 간신히 진정되었다. 의식적이나 익숙한 기억의 한 조각이 가져다준 포근한 미소였다. 기분 좋은 미소였다.

미교의 현관 열쇠를 들고 외출했던 사빈은 손에 종이 백 두 개를 들고 돌아왔다. 그리고 그중의 하나에서 포장된 죽 등을 꺼내, 조그만 상 위에 수저와 함께 세팅했다.

"미교 씨……."

상을 들고 방에 들어온 사빈은 조심히 미교를 불러 깨웠다. 사빈이 나간 후 바로 잠든 그녀였지만 그렇다고 깊은 잠은 아니어서 쉽게 눈을 떴다.

"아……."

몸을 일으키던 미교는 저도 모르게 앓는 소리를 냈다.

"힘들어요?"

사빈은 재빨리 미교의 어깨를 팔로 감싸 부축했다. 그러느라 두 사람의 몸이 붙어 거의 포옹한 것처럼 된 것을, 또 둘 다 의식했다. 미교가 먼저 고개를 돌려 외면했다. 뿌리칠 기운도 없어 대신 표현한 것이었다. 사빈은 바로 알아듣고 곧장 물러난 대신, 베개와 쿠션을 침대 머리맡에 모아 미교를 기대게 하고, 죽을 올린 상도 그녀 앞에 놔주었다.

　"먹어요."

　숟가락을 집어 들어 손잡이 부분을 미교 앞으로 내밀며 사빈은 말했다.

　"입맛이 없겠지만 그래도 먹어요. 자더라도 먹고 자야 기운도 납니다."

　미교는 그가 내민 것을 순순히 잡았다. 사빈의 말대로 입맛은 전혀 없었지만 배가 고프다 못해 쓰린 데다, 먹는 것으로 사빈과 실랑이할 기운도 없어서였다.

　"약도 사왔으니까 밥 먹고 약도 먹어요. 과일도 좀 사왔구요."

　사빈은 침대 발치 쪽에 미교를 마주하고 앉아, 이후로는 입을 다물고 그녀가 먹는 것을 지켜보았다. 그녀의 행색만 봐도 사온과 무슨 일이 있었음을 짐작하기는 어렵지 않았다. 또 짐작대로라면 더없이 다행한 일이기는 했지만 더불어 앞으로 쉽지 않다는 것도 알았다. 사온이 미교를 놔줄 리 없다는 것을 아니까.

　"더 먹어요."

　그릇의 반을 비우고 숟가락을 놓는 미교를 보며 사빈은 더 권했다. 미교는 고개를 흔들었다.

　"이제 가요."

미교는 말했다.

"혼자 있고 싶어요."

"환자를 혼자 두면 안 되죠. 간호사가 그것도 몰라요? 쫓아내고 싶으면 얼른 건강해져요. 그래야 싸워도 싸우죠."

"싸우기 싫어요."

"그래도 싸워야 할걸요? 나랑은 몰라도 형이랑은."

미교는 멈칫, 사빈의 눈을 마주했다.

"미교 씨 꼴이 말해주잖아요. 형이랑 헤어졌다고. 맞죠?"

"맞아요. 헤어졌는데 뭘 싸울 게 있어요?"

"지금부터 진짜 시작일 텐데? 형이 미교 씨를 놨다고 생각해요?"

"내가 놨어요. 그거면 끝 아닌가요?"

"이럴 줄 알았어. 제사온을 진짜 모른다니까……."

사빈은 뭐라 표현할 길이 없다는 듯 고개를 흔들었다. 짧은 한숨과 함께.

"왜요? 형이 날 막 강제로 가둬놓기라도 할까 봐?"

미교는 말과 함께 픽, 웃었다. 염두에 둘 가치조차 없다는 조소였다.

"지금은 실감이 안 갈 겁니다. 형이 어떤 짓까지 할 수 있는 사람인지."

그런 미교를 보며 사빈은 말했다. 미교는 바로 정색해 사빈의 눈길을 잡았다. 그리고 당장 입을 열 듯하더니 이내 머뭇거렸다.

"말해요."

사빈이 눈치채고 부드럽게 재촉했다.

"사온 씨가…… 사혜한테 무슨 짓을 했는데요……?"

"알고 싶어요?"

사실은 알고 싶지 않았다. 근친상간, 패륜이라는 생각에 듣기조차 끔찍하다 여겼다. 조금 더 솔직해지자면 그것을 아는 것이, 미교는 두려웠다.

"아뇨……."

그래서 그녀는 재빨리 고개를 흔들었다.

"됐어요. 말하지 말아요. 난 사혜가 아니에요."

"알아요. 미교 씬 쉽게 항복하지도 않을 거라는 거. 항복할 필요도 없어요. 내가 막아줄 거니까."

"네? 그게 무슨……."

"얼마 전에 미교 씨의 오빠를 만난 적 있어요."

"오빠? 어떻게요?"

"여기 왔다가 우연히……. 그보다는 오빠 하는 말이…… 제양사의 부대표를 잘 안다던데요?"

미교는 먼저 주춤했다가 곧이어 휘둥그레진 눈과 함께 입을 벌렸다. 제양사의 부대표가 사온으로 이어지는 데에 약간의 시간이 걸린 것이다.

"거봐, 모르고 있을 줄 알았어."

"대체 그게 무슨…… 오빠랑 사온 씨가 안다고……? 오빠가 정말 그랬어요?"

"네. 혹시 최근에…… 오빠한테 무슨 일 없나요?"

사빈이 떠보듯 조심스럽게 물었을 때 미교는 거의 넋이 나간 얼굴이 돼 있었다.

10. 보고 싶어졌어요

여관방의 문이 열리고 차 비서가 모습을 보였다. 검은색 슈트에 사뭇 단정한 모습의 그는 방 안에 들어서자마자 주변의 '잠바 쪼가리'들을 순식간에 압도해 버리는 포스로 잠시 서 있었다. 방 안에 불량한 자세로 앉아 있던 남자들은 슬금슬금 몸을 추슬렀다. 그사이, 오직 정교만이 반짝하고 잠시 반가운 기색을 보였지만 또 금세 화가 난 얼굴을 해 보였다.

"잠시⋯⋯."

손에 낀 가죽 장갑을 벗으며 차 비서는 입을 열었다.

"나가주시겠습니까?"

남자들 셋은 자리에서 일어나 차례로 방을 나갔다.

"대체 어떻게 된 겁니까?"

남자들이 나가자마자, 그리고 차 비서가 채 자리에 앉기도 전에 정교는 따지듯 했다.

"전화도 안 받고……. 아니, 그것보다 약속이 틀리잖아요, 약속이."

"무슨 약속 말입니까?"

"뭐요? 채권 추심 해결했다면서요? 그리고 내가 받을 돈……."

정교는 마치 지금 달라는 듯 손을 내밀어 흔들었다.

"그것도 기다리라고만 하고 안 주고 말이야. 정 그렇게 나오면 나도 가만 안 있어요?"

"어쩌실 건데요?"

"그거야……."

"과거의 일을 발설하시려면 돈이 있어야 할 겁니다. 발설할 경우 10억을 배상한다에 서명하셨거든요."

"그건 그쪽에서 먼저 나한테 5억을 주고 나서의 얘기잖아요."

"아니죠. 합의서에는 발설하지 않는 대신 우리 쪽에서 천만 원을 지불한다, 라고 돼 있고, 천만 원을 지불했으며 그 금액에 대해 서명도 하셨습니다."

차 비서는 안주머니에서 두 번 접은 용지를 꺼내 창백하게 질려 있는 정교 앞으로 내밀었다.

"사본이니 확인해 보시든가."

정교는 그것을 옆으로 확, 치웠다. 그동안 차 비서를 통해 돈을 받기는 했다. 수표거나 온라인 송금으로 받았는데 대략 천만 원이 될 법했다.

"뭐야…… 나한테 무슨 짓을 한 거야……?"

그제야 위기를 느낀 정교는 경악의 눈빛을, 태연자약한 차 비서의 얼굴에 고정시켰다.

"짓이라고 할 수는 없지만 내가 온 이유를 말씀드리죠. 서정교 씨께서는 제양사의 제사온 부대표님을 협박, 공갈한 혐의로 곧 경찰 조사를 받을 거고, 이후 검찰에 소환되실 겁니다. 아마도 구속 수사가 될 것이니 모쪼록 실력 있는 변호사를 선임하시길 바랍니다. 그리고 혹시나 해서 하는 말입니다만…… 차후에라도 과거의 일을 발설해 돌아가신 전 회장님의 명예를 훼손하는 일이 벌어진다면 역시나 그에 상응하는 법적 절차를 밟을 것이니 염두에 두는 것이 좋을 겁니다."

차 비서가 선명한 발음으로 줄줄 말하는 동안 정교는 멍한 낯빛으로 차 비서의 입만 쳐다보고 있었다.

"이해되시죠?"

정교의 멍한 얼굴을 보며 차 비서는 확인하듯 물었다.

"혀, 혀, 협박은 지금 당신이 하고 있잖아……."

정교는 소리쳤지만 자리에서 일어나는 차 비서의 바짓가랑이를 잡으며 곧장 '차 비서님' 하며 애처롭게 불렀다.

"대, 대체 왜 이러는 건데요? 나 같은 놈 감옥에 처넣어서 무슨 이득이 있다고……. 더구나 나, 감옥에 갈 수도 없어요. 거기 들어가기도 전에 저 밖에 있는 놈들한테 먼저 죽습니다. 아시잖아요? 저놈들이 내가 감옥에 가게 내버려 둘 것 같아요? 돈 받아야 하는데……."

"일단……."

차 비서는 장갑을 다시 손에 꼈다.

"여기서 나가게는 해드리죠."

얼마 후, 정교는 정말 차 비서가 운전하는 차에 실려가고 있었다.

"어, 어떻게 나온 겁니까?"

정교는 히터가 돌아가는 차 안에서도 추운지 옷깃을 여미며 물었다.

"전과 같은 방법이지요."

차 비서는 태연하게 대답했다.

"서정교 씨의 채무를 내가 보증한다, 했습니다. 당연히 거짓이고, 그 후환은 온전히 서정교 씨가 감당해야겠죠."

"뭐, 뭐라구요……?"

"집에 내려 드릴 테니 푹 쉬시고 가족들과 인사도 나누세요. 앞으로 가야 할 길이 멀고 험하지 않겠습니까?"

차 비서의 친절한 조언에 정교의 낯은 흙빛이 되었다.

차는 어느덧 미교의 자취집 앞이었다. 차 비서는 브레이크를 잡기 전, 약 5미터 앞에 주차돼 있는 짙은 블루색 승용차에 눈길을 주었다. 그것이 사빈의 차라는 것을 금세 알아보는 눈치였다. 끼익, 차를 세운 후 차 비서는 지갑을 꺼내 오만 원 지폐 십수 장을 정교에게 내밀었다.

"맛있는 거라도 사 드시지요."

정교는 그러나 바로 받지 않고 차 비서와 현금을 번갈아 노려보았다.

"아시다시피 현금은 매우 안전합니다."

차 비서의 말이 떨어지기가 무섭게 정교는 그것을 낚아챘다.

미교의 집에서 사빈은 그녀의 방에 있었다. 침대 머리맡에 서서, 잠들어 있는 그녀의 얼굴을 내려다보고 있었다. 미교는 사빈이 준 약을 먹고 잠들어 편안한 얼굴이었다. 사빈은 내내 식탁에서 노트북을 보고 있다가 화장실을 다녀오던 중에 방문을 슬쩍 열어보고는 들어와 그녀를 보고 있는 것이었다.

핏기 없이 창백한 얼굴이어선지 더욱 애잔해 보이는 미교의 얼굴은, 동시에 사빈에게는 세상에서 가장 친숙한 여인의 얼굴이고 동시에 더없이 가슴 저미는 누이의 그것이었다. 기억의 가장 끝부분부터 함께 자라고, 함께 커온 누이, 철이 들 무렵 친누이가 아니라는 사실을 알았을 때의 충격과 거기서 파생된 야릇하고 가슴 설렌 나날들.

달콤하고 아련한 상념은, 그러나 거기서 중단되었다. 사빈은 잔뜩 미간을 좁힌 아래로 눈을 질끈 감았다. 떠올리기조차 괴로운 기억을 막아내듯 그렇게 눈을 감고 있던 그는 다시 천천히 눈을 떠, 손을 아래로 내렸다. 미교의 얼굴을 향해, 그녀의 얼굴을 지난 몇 올의 머리카락에 조심히 손끝을 갖다 대었다. 그때 덜컹, 현관문 소리가 난다.

번쩍, 미교가 눈을 떴다. 방문을 돌아보던 사빈이 다시 미교를 보며 두 사람의 눈이 마주친 순간, 문가에 정교가 나타났다. 방문은 사빈이 들어오면서 이미 반쯤 열린 상태였다.

"어, 뭐야? 둘이 이 시간에……."

정교는 눈이 휘둥그레져 사빈과 동생을 번갈아 바라보았다.

"남친 아니라더니 설마 여기서 사는 거?"

미교가 몸을 일으키는 것을 사빈이 잡아주자 그 모습을 보며 정교는 말을 이었다.

"오빠……."

미교는 침대에 걸터앉은 모습으로 오빠를 향했다.

"어떻게 된 거야?"

"넌? 꼴이 왜 그래? 어디 아파?"

"묻잖아, 어떻게 된 건지, 말해. 말하라구……."

"얘가 왜 소리는 지르구……."

"말해……."

미교가 다시 발작적으로 소리치자 사빈이 그녀를 진정시키며 정교에게 앉으라 하고 자신도 바닥에 앉았다. 정교는 먼저, 도박 빚 때문에 추심하는 자들에게 잡혀 있었노라, 했다.

"빚이 모두 얼맙니까?"

사빈이 물었다.

"그건…… 댁이 왜 물어요? 갚아줄 것도 아니면서……."

"갚아줄 테니 말씀하세요."

"뭐……?"

"다 해결해 준단 말입니다. 제사온 부대표와는 어떻게 알게 된 겁니까? 말려들진 않았겠죠?"

"대체…… 그쪽은 정체가 뭐요?"

"정말이야? 오빠, 정말로 제사온 씨랑 알아? 어떻게?"

미교가 끼어들어 걱정 가득한 얼굴로 물었다.

"그게……."

"말해봐……."

미교는 다시 소리쳤다.

"미안하다. 난 잘해보려고 그런 건데……."

"다 필요 없고……."

사빈은 급히 정교를 보며 입을 열었다.

"형이랑 무슨 거래를 했는지나 말해요."

"형……?"

사빈이 저도 모르게 내뱉은 '형'이란 말에 정교는 눈을 부라렸다. 사빈은 어쩔 수 없이 제 신분을 밝혔다. 그러자 정교가 느닷없이 사빈의 멱살을 와락, 쥐어 잡았다.

"나쁜 놈들, 내 동생 데려가 죽게 만들어놓고 이젠 나까지 감옥에 보내려고? 사기는 내가 당했어. 제사온한테 내가 당했다고……."

"무슨 말인지 알아듣게 얘기를 해봐요. 이거 놓고……."

사빈은 힘으로 정교의 손을 뿌리쳤다. 그 곁에서 놀라고 당황한 미교는 그 위에 혼란까지 얹힌 얼굴로 정교와 사빈을 번갈아 보기만 했다. '내 동생 데려가 죽게 만들어놓고' 했던 오빠의 말을 잘못 들었나, 하는 빛이 역력했다.

"근데……."

정교는 갑자기 황당한 얼굴로 입을 열었다.

"둘이…… 정확히 언제부터 아는 사이야? 그쪽……."

정교는 사빈을 가리켰다.

"그럼 미교한테도 말했어? 그쪽 누이가 바로……."

"그보다는……."

사빈은 목청을 높여 얼른 정교의 말을 잘랐다.

"형하고의 일이나 말해봐요. 어서……."

"날 공갈, 협박에 거시기 머시기로 고소한다고 합디다, 당신 형이."

정교는 버럭 소리쳤다. 그 말에 미교가 다시 놀라는 사이 사빈은 자리에서 일어났다.

"걱정 말아요, 미교 씨. 내가 다 알아서 한다고 했죠. 날 믿어요. 연락할게요."

사빈은 곧장 방을 나가고 잠시 후 현관문 소리가 났다.

"저 자식도 한통속 아냐……?"

현관문이 닫히는 소리와 함께 내뱉던 정교는 미교의 서슬 퍼런 얼굴을 향한 순간 입을 다물었다.

"그게…… 무슨 말이야?"

미교는 물었다.

"공갈, 협박은 뭐고…… 아까 그…… 동생 데려가 죽였다는 게…… 그게 무슨 소리야?"

"제사온 동생 놈한테 안 들었냐?"

"오빠한테 묻고 있잖아. 말해."

"그게……."

정교가 제 눈 주위를 손으로 문지르며 머뭇거리는 새 핸드폰 벨소리가 났다. 정교는 아직 벗지 않은 제 패딩 재킷의 주머니를 뒤져 핸드폰을 꺼냈다. 그리고는 모르는 번호인지 잠시 주춤하다가 받았다.

"네. 제가 서정교입니다만……. 네? 경찰서요?"

놀라는 정교 옆에서 미교 역시 소스라쳤다.

"네……. 네…… 나흘 뒤에요? 이, 일단 알겠습니다."

"뭐래?"

정교가 통화를 끝내자마자 미교는 급히 물었다.

"조사차 나오라구……. 아, 씨팔, 벌써 고소했던 거잖아. 난 또 앞으로 한다는 건 줄 알았는데……. 구속 수사할 거라 했으니 소환돼 가면 보나 마난데……."

정교는 두 손에 머리를 감쌌다.

"말해. 말해봐, 얼른. 제사온한테 왜……?"

미교는 입이 바싹 마르는 얼굴로 다그쳤다.

"그게…… 사실은…… 휴우…… 놀라지 마. 미교야……."

정교는 머리를 감쌌던 손을 그대로 내려 얼굴을 한 번 문지르고는 말했다.

"너…… 쌍둥이야."

미교는 오빠 앞으로 몸을 기울여 있다가, 그 말을 듣는 순간에 뒤로 확, 물러섰다. 마치 경기를 일으킨 사람 모양.

"안 믿어지지? 야, 나도 첨엔 말도 안 된다 했었거든. 그래서 접때 언제, 엄마한테 확인차 물어봤더니 첨엔 펄쩍 뛰다가 나중엔 누구한테 들었냐구, 그래서 아버지 친구, 최씨 아저씨한테 들었다구 하니까 망할 영감탱이, 하시더니 결국 마지못해 털어놓으시더라. 낳자마자 며칠 만에 병원에서 실종돼 찾다, 찾다 포기하고 그냥 없는 자식으로 알고 살았다고, 그러니 괜히 미교한테 말해 머리 어지럽히지 말라구……."

미교는 망연자실한 가운데서도 언젠가 엄마한테서 전화가 와 '정교가 미친 소리 하거든 무시해라' 했던 통화 내용을 떠올릴 수 있었다.

"그 실종된 애가 살아 있었다는 거…… 물론 지금은 죽었지만……. 엄마도 거기까진 몰라……."

정교는 이어서 '제양사의 외동딸'에 관한 설명을 이어갔지만 미교의 귀에는 더 이상 들려오지 않았다. 들을 필요도 사실 없는 것이었다. 그것은 그저 미교에게 날벼락일 뿐이었다.

제양사 부대표 비서실로 사빈은 습격하듯 들어왔다.

"부대표님 안에 계시죠?"

사빈은 말을 하면서 이미 부대표실 문을 향했다. 비서진이 자리에서 일어나기도 전이었다.

"자, 자, 자, 잠깐……."

비서실장이 혼비백산해서 사빈을 막으려 했으니 그는 이미 부대표실의 문을, 제 방문 열 듯 하고 들어갔다.

사온은 중역들로 보이는 네 명의 남자들과 소파에 앉아 있었다. 그들 모두는 사빈의 침입으로 하던 대화를 중단한 채 사빈에게 눈길을 모았다. 사빈 뒤로는 비서실장이 '멘붕'인 얼굴로 좀비처럼 서 있었다.

"잠시만 자리를 비우겠습니다."

사온이 말하고 일어서자 중역들도 소파에서 엉덩이를 들며 고개를 끄덕였다. 사온은 사빈을 지나며 고갯짓을 해 보였다. 서가 옆에 난 문으로 오라는 것이고 사온이 먼저 문을 열고 들어가니 사빈이 뒤를 따랐다. 물론 그전에 중역들을 향해 '죄송합니다' 하고 고개를 숙여 인사하는 것을 잊지 않았다.

사온이 들어온 방은 작은 규모의 회의실이었다. 그는 들어서자마자 환풍기를 켜고 담배를 꺼내 물었다.

"엄마 내일 퇴원해."

사빈은 마치 그 볼일로 온 사람 모양 입을 열었다.

"아주 좋아지셨어. 왠줄 알아? 딸을 찾았거든."

"그런 말은……."

담배에 불을 붙인 후 사온은 동생을 향했다. 태연한 얼굴이었다.

"전화로 해도 되잖아."

"서정교 씨에 대한 고소, 취하 안 할 거지?"

사빈은 느닷없이 화제를 돌려, 더구나 거두절미하고 공격적으로 물었다.

"그래, 하지 마. 서정교 씨의 변호인단은 내가 꾸릴 거야."

사빈은 손가락으로 자신을 가리켰다. 사온은 애매한 얼굴과 눈빛을 동생에게 보냈다. 마치 다시금 '그런 일 역시 전화로 해도 되지 않느냐' 하는 것 같았다.

"다 알고 있었지? 내가 미교 씨 알고 있는 거, 엄마랑 만난 것도……. 나도 알아. 알 건 다 알아."

"그래서?"

"전에…… 기억나? 형이 뭘 양보하냐, 나한테 물었지?"

얼마 전, 사빈은 사온의 집무실로 지금처럼 쳐들어와서 형에게 '양보하라' 했었다.

"지금 대답할게. 미교 씨 양보해."

"변호인단 꾸린다며?"

"결국 싸워보잔 거야?"

"아니. 난 안 싸워. 특히 동생과는."

"나도 그때의 그 순진한 동생이 아니거든."

사빈은 형 앞으로 바짝 다가섰다.

"사혜는 빼앗겼지만 서미교는 안 되겠어. 누구보다 엄말 위해서."

"여전하구나."

"뭐? 무슨 뜻이야?"

"어머니 핑계 대는 거 말이다."

툭 던지듯 한 사온의 그 말에 사빈은 저도 모르게 뒤로 한발 물러섰다. 그의 그런 모습에서 나타난 반응은, 보통 어떤 충격을 받았을 때 보일 수 있는 그것이었다. 이내 그의 턱 끝 쪽에 약간의 경련이 일었다.

"할 말 다 했으면 돌아가서 변호인단이나 꾸려."

사빈의 그 모습을 보면서도 사온은 태연하게 말을 이었다.

"오케이."

사빈은 욕하듯 내뱉었다. 어금니를 꽉 깨문 끝에 튀어나온 말이었다.

"알아둬. 나 안 물러서."

사빈은 나직이 말했다. 눈은 붉게 충혈돼, 큰소리를 내지 않는 것이 그 때문인지, 큰소리를 내지 않기에 그 대신으로 눈이 충혈된 것인지는 알 수 없었다.

"이번엔 나까지 죽여야 할걸?"

사빈은 돌아섰다. 쾅, 하는 소리가 뒤를 이었다.

사온은 동생이 나간 후 천천히 몸을 돌려 창을 향했다. 창틀 위를 담배 든 손으로 올려 잡고 그는 석양이 내려앉은 창밖을 응시했다. 사빈에 대해서는 벌써 잊었다. 머릿속은 온통 미교에 대한 생각에 지배돼 있었다. 그녀를 그 자취집에 데려다주고 헤어진 지 겨우 이틀이 흘렀을 뿐인데 그 시간이 몹시도 지루했다. 그 지루함을 보여주듯 그의 손가락 사이에 있던 담배가 홀로 제 몸을 태운 긴 재를 가만한 소리로 떨어뜨렸다.

창밖은 시간이 멈춘 것 같은 정경이었다. 정작 멈춘 것은, 그러나 따로 있다는 것을 그는 알고 있었다. 사온, 제 시간이었다. 영원히, 그 자리에 멈춰 버린 시간, 박제돼 버린 시간.

"내 삶의 빛……."

사온의 마른 입술이 들썩였다.

"내 욕망의 죄악…… 나의 누이…… 나의 생명…… 나의 모든 것……."

미교는 어둠 속에 있었다. 침대 위에서 벽에 등을 대고 앉아 아마도 해가 지기 전부터 그렇게 있다가 해가 진 후로도 변치 않았을 모습으로 움직이지 않고 있었다. 패닉은 길었다. 머릿속뿐 아니라 공간조차 진공의 그것 안에 있는 듯 그녀는 생각은커녕 손가락 하나 까닥할 수 없는 긴 시간을 견디고 있었다.

긴 시간 후에도, 그러나 남은 것은 없었다. 제 앞에 떨어진 것이 생각을 정리하고 말고 할 종류의 진실은 아니라는 것을 아니까. 그것은 다만 벼락과 같은 것으로 그저 받아들여야 하는 운명이었다. 운명에 무슨 논리가 있고 합리가 있는가. 사혜와 한 배에서, 그것도 '하나'로부터 갈라져 나와 전혀 다른 삶을 살다가 느닷없이 맞닥뜨린, 그야말로 거지 같은 운명이었다.

시간이 더 흐르고 난 뒤에야 미교는 문득, 만약 사혜와 함께 자랐다면, 자매로서 때로는 토닥이고 또 때로는 서로를 의지하며 지금까지의 시간을 함께했다면 어땠을까, 하는 것을 떠올렸다. 그 생각은 다시 자연스레 제씨 일가에서 자란 자매의 삶은 어떠했을까, 하는 것으로 이어졌다.

사빈의 말대로라면 부족함 없이 사랑받고 자랐다. 사빈의 어머니만 보더라도 딸을 얼마나 사랑했는지 미루어 짐작할 수 있을 만큼이었다. 그렇게 사랑받고 자라 행복했을 자매는 어찌해 그리도 빨리 세상을 떠나 모두의 가슴에 어두운 기억으로 남았는가. 그녀에게 무슨 일이 있었는가, 아니, 그녀와 사온 사이에 무슨 일이 있었는가.

"만약…… 내가 사혜의 삶을 살았다면……."

그 뇌까림 끝에 미교는 몸을 옆으로 툭 하니 쓰러뜨렸다. 까닭을 알 수 없게 눈물이 흘렀다. 까닭 없이 가슴도 아팠다. 마치 사혜에 빙의된 것만 같았다. 아직 그녀의 사연도 모르면서.

이튿날, 오후 늦게 사빈이 방문했다. 정교가 식탁 앞에서 피자를 먹고 있을 때였다. 그는 어제부터 하루 종일 집에서 먹고, 자고, TV 보는 일로 소일하며 툭 하면 미교를 붙잡고 '경찰서 가면 바로 구속인데 어떡하지?' 하는 소리만을 해댔다. 그렇게 제 걱정을 하면서도 끼니는 용케 거르지 않았는데 그나마 그것을 동생에게 기대지 않고 저 알아서 중국집 등에서 배달시켜 먹는 것이 다행이라면 다행이었다.

"그거, 어제 말한 그거……."

사빈을 보자마자 정교는 손에 피자 조각을 든 채 일어나 다가왔다.

"빚 갚아준다는 거 사실이죠? 허언 아니죠?"

"허언 아닙니다. 걱정 마세요. 미교 씨는요?"

"제 방에 있죠. 애가 뭘 통 못 먹네. 물밖엔 안 먹어요."

사빈이 곧장 방문 앞으로 걸음을 옮기자 정교는 그 뒤에 대고 '모레 경찰서 가는데 그건 어쩌죠?' 하며 여전한 제 걱정을 했다.

미교는 사빈이 들어오는 것을 보며 침대에서 부스스 몸을 일으켰다.

"왜 밥을 안 먹어요?"

사빈은 인사도 전에 나무랐다.

"얼굴이……."

그는 미교의 얼굴을 두 손에 잡았다. 너무도 자연스러웠다. 또 너무 자연스러워 그는 도리어 흠칫 놀라고, 놀라고 나서야 저도 모르게 그러했다는 것을 알았다. 그런데도 그는 그녀의 얼굴을 놓지 않고 가만히 있었다.

"내가 사혜로 보여요?"

미교는 물었다. 비난의 뜻도, 기분 나쁜 감정도 보이지 않는 무미건조한 얼굴이었다.

"얼굴이 너무 상했잖아요."

사빈은 대답 대신 말했다.

"사빈 씬 언제 알았어요? 나와 사혜의 관계······."

사빈의 손을 밀치며 미교는 물었다. 저와 사혜가 쌍둥이라는 사실을 언제 알았느냐, 하는 의미였다. 사빈은 선뜻 대답을 못했다. '뒷조사'를 했다고 어떻게 말하겠는가.

"끔찍한 형제들······."

미교는 경멸적으로 내뱉었다. 사혜와 똑같이 생긴 여자를 발견한 사온과 사빈이 그녀의 신상부터 캐냈으리라 짐작하는 것은 결코 어려운 일이 아니었으니까.

"미안합니다."

사빈은 착잡한 얼굴로 사과했다.

"비난, 달게 받을게요. 변명의 여지없어요. 하지만 그것으로 더이상 몸은 축내지 말아요. 오빠 문제도 걱정 말구요. 오빠한텐 아무 일 없을 거예요. 지금 변호사 사무실에서 오는 길인데, 내일 오빠와 함께 다시 가볼 겁니다. 그 방면으로 아주 유능한 변호사예요. 불구속 수사로 일단 진행하게 할 거고······."

"됐어요. 그만해요."

미교는 외면한 채로 조용히 사빈의 말을 잘랐다.

"됐다니······?"

사빈은 미교가 외면한 쪽으로 가 앉았다.

"제발 날 좀 믿어요. 나한테 다 맡기라구요."

"사빈 씨가 원하는 건 뭔데요?"

미교는 제 앞으로 온 사빈의 얼굴을 마주하고 물었다.

"날 도와주고······ 원하는 게 뭐죠?"

"아무것도……."

"그럴 리 없어요. 말해봐요."

"정말이에요. 그저……."

"그저?"

"지금처럼 이렇게 있어주면 돼요. 그러면서 가끔…… 엄마 좀 만나줘요. 오늘 오전에 퇴원시켜 드렸는데 거의 매일 미교 씨 안부를 궁금해하세요. 그러니 서로 안부도 전할 겸 만나서…… 말동무도 하고, 그러면 좋겠네요. 그거면 돼요."

"사혜처럼……?"

사빈은 대답을 못하고 눈길을 떨어뜨렸다. 그런 사빈을 보며 미교는 '똑같네요' 라고 읊조렸다.

"내가 사혜이기를 원하는 건…… 똑같아요."

"아뇨. 미교 씨를 통해 잠시 추억하는 것뿐이죠. 엄마는 틀림없이 그럴 겁니다. 미교 씨를 좀 더 빨리 알았더라면 아버지도 돌아가시기 전에……."

"그건 내가 거절이에요."

미교는 분노했다.

"천륜을 갈라놓은 그런 사람…… 절대 보고 싶지 않아요."

사빈은 내심 충격을 받았다. 미교가 말한 내용을 정확히 확인한 것은 아니지만 막연히 유추하고는 있었다. 제 아버지와 미교의 아버지 사이에 거래가 있지 않고서야 그런 일이 있을 수 없을 테니까. 또 바로 그런 까닭으로 더 알아보고 싶지도 않았다. 비겁한 일인 줄 알지만 진실을 정면으로 마주하기가 두려웠다.

"미안합니다……."

사빈은 다시 사과하는 것 외에 달리 할 말을 찾지 못했다. 미교는 그러나 허탈했다. 그 더러운 거래의, 또 다른 아버지의 딸인 자신이 사과를 받을 자격이 있는가 하고.

"만약……."

잠시의 침묵 후에 미교는 입을 열었다.

"오빠 일이 잘 마무리되고 난 후예요…… 그땐 사온 씨도 어쩔 수 없겠죠?"

미교의 조심스러운 질문에 사빈은 바로 입을 열지 않았다. 두 사람은 서로의 눈을 보며 각기 다른 의미의 당혹감을 느끼고 있었다.

"그는…… 멈추지 않나요?"

미교는 다시 물었다.

"걱정 말아요. 열 번이든 백 번이든 내가 다 막을 거니까."

"묻는 말에만 대답해 줘요. 그는 멈추지 않나요?"

사빈은 대답 대신 고개를 끄덕였다.

"어디까지…… 인가요?"

"한계가 없어요. 사혜가…… 죽을 때까지였으니까……."

미교는 얼른 귀를 막았다. 자신이 물어놓고도 제 본심은 진실을 아는 것이 두려운 모양이었다. 사빈은 자리에서 일어났다.

"먹을 것 좀 사올게요. 일단 건강해야죠. 나머진 나한테 맡겨요."

사빈은 전처럼 죽을 사 미교에게 먹이고, 정교와 향후의 일을 의논하고, 이튿날에는 그를 데리고 변호사 사무실에 가는 등 제 입으로 말한 대로 하나씩 일을 처리해 나갔다. 먼저 정교의 경찰

소환 날짜를 며칠 더 미루었는데, 그런 후 당일에는 변호사 일행을 이끌고 함께 경찰서로 향했다.

❖

겨울 한파가 기승을 부렸지만 하늘은 아주 맑았다. 시리도록 맑다는 표현이 실감 난다 느끼며 미교는 옷깃을 여몄다. 정교가 경찰에 소환된 날, 미교는 엄마의 고향으로 향하는 고속버스에 몸을 실었다. 역에 내려서는 택시를 탔다.

"여기서 세워주세요."

미교는 택시기사에게 말했다. 보통은 이면도로를 들어가 엄마의 추어탕 식당 앞에서 내리지만 이면도로를 들어가기 전에 택시를 세운 것이다. 미교가 내려선 곳은 서점 앞이었다. 사온과 처음 만났던 곳, 기이한 이끌림으로 그녀를 전혀 낯선 운명 안으로 끌어들였던, 바로 그곳이었다. 서점은 이미 폐점인 것을 알리듯 가로 창살로 된 철문에 굳게 막혀 있었다. 아마도 다음 입주자가 아직 나타나지 않은 모양이었다.

미교는 머뭇거리던 발걸음을 기어이 창살에 바싹 붙여, 쇼윈도의 유리에 눈을 대었다. 그렇게 하면 마치 안을 볼 수 있을 것처럼. 그러나 서점은 쇼윈도 앞을 제외한 그 너머의 정경을 허락하지 않았다. 어둠뿐이었다. 과거의 기억을 간직하고도 드러내지 않는 것은, 과거 역시 미래와 똑같이 한 치 앞을 알 수 없는 것이라 말하는 것 같았다. 그것은 역설일까. 아니면 단순한 망각일 뿐인가. 미교는 아주 천천히, 떨어지지 않는 걸음을 억지로 떼듯 서점으로부터 몸을 돌렸다.

"아니…… 연락도 없이……."

미교의 엄마는 놀라면서도 반가운 기색을 감추지 못하는 기색으로 딸을 맞았다. 미교가 추어탕 식당으로 막 들어섰을 때였다. 식사 시간대가 아니라 식당 안은 한산했다.

"웬일이야? 쉬는 날이야? 설날이 바로 다음 주라 설에 올 줄 알았더니……."

딸의 팔을 잡고 엄마는 주방 가까운 테이블로 끌었다.

"청주댁은 시장 갔어. 앉어, 앉어. 가만, 커피 주마."

커피라고 해봐야, 손님들이 식사 후 '셀프'로 마시라고 마련한 봉지 커피였지만 엄마는 그것을 종이컵에 잘 풀어서 딸 앞에 내놓았다.

"내 정신 좀 봐. 커피를 주네. 밥은? 안 먹었으면 금방 추어탕 데워서 주마."

커피를 주고 나서 엄마는 손바닥을 치며 제 정신을 나무라듯 웃었다. '요즘 치맨가 보다' 하면서.

"먹었어. 엄마도 앉어."

"자고 가?"

"아니. 가봐야 해."

"그럼 뭐 하러 와? 피곤하게. 그냥 푹 쉬지."

"보고 싶어서."

딸의 말에 엄마는 어딘지 쑥스러운 기색을 보이며, 다만 테이블 위에 있는 딸의 손을 한 번 쓰다듬었다. 그사이 식사를 하던 손님이 일어나 잠시 중단된 모녀의 대화는 손님이 나간 후 다시 이어졌다.

"엄마. 나…… 오빠한테 그 얘기 들었어……."

일상적인 대화 끝에서 미교는 화제를 돌렸다. 이미 다 마신 종이컵을 손안에서 빙글빙글 돌리면서였다. 엄마의 얼굴은 사뭇 굳었다.

"나, 쌍둥이였다는 거……."

"그 염병할 새끼, 말하지 말라고 그렇게 다짐을 줬건만……. 그 얘길 뭐 하러 해? 지금 그걸 알아서 뭔 영양가가 있다고……."

엄마는 대번에 아들을 향해 욕을 하며 구시렁댔다.

"이건 자식이 아니라 웬수야, 웬수."

"그때…… 엄마 속 많이 상했겠다……."

"말이라고……."

엄마는 한숨을 푹 쉬었다.

"낳은 지 일주일도 채 안 됐지…… 젖도 몇 번 못 물렸어. 신생아실에서 감쪽같이 사라졌다는데…… 그 당시야 무슨 카메라가 있어, 뭐가 있어? 경찰도 도리가 없다고 손 놓고…… 그랬지. 출생신고도 하기 전이라 누가 훔쳐 갔대도 도리 없고, 어디서 살았는지 죽었는지…… 생사라도 확인했으면 그나마 속을 덜 끓였을 텐데……. 그래도 그 애가 쌍둥이, 그것도 일란성이라 어디 살아 있다면 너랑 똑같을 테니 못 알아보진 않을 거잖아. 어디 얼굴만 같나, 너 가슴에 점 있지? 다른 녀석도 똑같이 그래. 얼굴처럼 그것도 아주 똑같아서 다들 신기해했지. 암튼 너랑 똑같으니 길에서라도 혹시 마주치면 내 자식 찾는 거 어려운 거 아니다, 엄만 아직도 그런 생각하며 살아……."

묵묵히 듣고만 있던 미교의 눈이 휘둥그레졌다. 쌍둥이 자매의 왼쪽 가슴에도 점이 있다는 사실보다는, 그 똑같은 것을 사온에게서 보았다는 것 때문이었다. 더구나 사온의 그것은 문신에 가까웠다.

"이름은…… 있었어?"

미교는 조심히 물었다. 그런데 엄마는 바로 대답하지 못하고 일어나 정수기에서 물 한 잔을 받아 마셨다.

"사실은 그 애가 미교다."

엄마는 물을 마신 후 한숨 섞어 말했다. 미교는 '뭐?' 하며 놀랐다.

"그 애가 미교, 네가 혜교, 원랜 그랬지. 쌍둥이라도 어쩜 이렇게 똑같냐고, 간호사들은 둘을 구분하지 못했는데 내 눈엔 구분이 가더라. 원래 미교인 그 녀석이 내 눈엔 더 이뻤다."

엄마는 다시 맞은편에 앉아 말하며 웃음 지었다.

"넌 눈빛이 초롱초롱한 것이 더 영리해 보였고. 그래서 이쁜 녀석은 미교, 영리해 보이는 녀석은 혜교, 그렇게 지었는데……. 미교가 사라진 후 네가 그 녀석의 몫까지 살라, 그냥 너를 미교로 했던 거야."

출생신고조차 되지 않은 아이의 이름을 바꾼 것이 무슨 대수일까마는 그럼에도 미교는 뭐라 설명할 수 없는 감정에 압도돼 등골이 오싹해지고 말았다. 엄마가 미교라 이름 지었던 그 아이는 사혜로 살다가 길지 않은 삶을 마감했고, 원래 혜교의 이름을 받았던 미교는 미교로 아직 살아 있다. 만약 그때 바뀌어서 지금의 미교가 제 회장 집으로 갔다면, 당연히 먼저 사온을 만났을 테고, 또

한 죽음에 이르게 되었을까. 그렇게 죽고 난 후 남은 쌍둥이의 하나는 또 지금의 미교처럼 다시 사온을 만나고 있을지, 그 복잡하고 어지러운 환상 속에 빠진 미교는 다시 한 번 몸서리를 치고 말았다.

얼마의 시간이 흐르는 동안에도 미교는 거의 제정신으로 있지를 못했다. 엄마와 더 시시콜콜한 이야기를 나누고, 청주댁 아줌마가 시장을 봐서 온 것을 보고, 또 손님이 들어와 미교가 전처럼 서빙도 했지만 그 대부분이 그녀의 의식 속에서는 비현실이었다.

그러다 저녁 손님 맞을 준비를 해야 한다며 엄마가 주방으로 들어가 얼마 지나지 않았을 때였다. 미교도 이제 그만 서울로 올라가야지, 하고 있을 때이기도 했다. 주방으로부터 엄마의 목소리가 들려왔다. 마치 큰일이 난 듯 놀란 목소리였으며 누군가와 통화를 하고 있는 것도 알 수 있었다. 미교는 가슴이 철렁했다. 엄마의 통화 상대가 정교인 때문이었다. 벨 소리를 들은 기억이 없는 것을 보면 엄마가 먼저 전화를 한 것 같았다.

"미, 미교야……."

엄마는 불난 집에서 나오듯 주방을 나왔다.

"네 오빠…… 정교 말이 무슨 말이야?"

엄마의 목소리는 숨넘어갈 듯했다.

"너한테 쌍둥이 얘기했다고 뭐라 하려고 전화를 했더니…… 글쎄 이놈이 지금 경찰서에 잡혀 있대. 너도 안다던데…… 그게 뭔 소리야? 응? 뭐야? 정교 말이 사실이야? 대체 무슨 짓을 했기에 경찰에 잡혀? 아휴……."

"엄마……."

말끝에 비틀하는 엄마를, 미교는 얼른 부축했다.

"별일 아냐. 그냥 조사 좀 받는 거야. 빚 때문에⋯⋯."

미교는 침착하게 설명했지만 마음 한구석은 불안에 가득 찼다. 그리고 보니 경찰 조사가 끝나 있겠구나, 하는 짐작과 함께였다.

"조사만 받고 나오는 거야. 그러니 걱정 마요. 나 지금 올라갈 거거든. 가서 오빠 만나고 전화할게."

"정교 말은⋯⋯ 못 나오는 것처럼⋯⋯ 그러던데⋯⋯?"

"오빠 엄살, 엄마도 알잖아. 구속도 쉬운 거 아니거든. 그쪽도 도박 관계자들이라 사기로 못 걸잖아. 그럼 구속 못 시켜. 암튼 내가 올라가서 전화할게요."

미교는 엄마를 안심시키고, 배웅받으며 식당을 나왔다. 그리고 큰길로 걸어가는 길에 사빈에게 전화를 했다. 그는 바로 받았다.

[미교 씨⋯⋯.]

한숨처럼 미교의 이름을 부르는 사빈의 목소리만으로도 미교는 사태를 직감할 수 있었다. 구속만은 피하게 한다더니 조사 후 바로 구속된 모양이었다. 좋은 결과였다면 사빈이 먼저 연락을 해도 했을 것이다.

[사전에 영장을 신청해 놓은 모양이에요. 추심하는 측에서도 사기로 걸고 넘어져서 더 그런 것 같습니다. 사기는 돈 갚으면 해결되는 거니 큰 문젠 아닌데⋯⋯. 암튼 지금 변호사님이 증거 인멸이나 도주 우려 없다고 항의하고 있구요⋯⋯. 만일 오늘 구속되더라도 하루, 이틀 내로 뺄 수 있을 거니 너무 걱정 말아요.]

사빈과의 통화를 끝내고 나서 미교의 걱정은 오히려 더욱 깊어졌다.

서울을 향하는 버스에서 미교는 창밖의 풍경을 벗 삼아 깊은 상념에 잠겼다. 이제 결심을 해야 했다. 그 결심의 내용이 뭐가 됐든. 아직은 자신이 정확히, 구체적으로 무엇을 결심해야 하는지도 그녀는 알지 못했다. 다만 한 가지를 알고 있으며 그것이면 충분하다, 생각했다. 사온을 피할 수 없다는 것을 말이다. 창밖은 저무는 빛과 다가올 어둠의 힘겨루기가 한창이었다.

서울의 버스터미널에서 내리니 완전히 어두웠다. 미교는 핸드폰으로 7시 35분인 것을 확인하며 택시를 잡아탔다.

"제양사 본사 앞으로 가주세요."

제양사의 1층 로비의 중앙쯤에는 사원증을 가진 직원들만이 통과할 수 있도록, 지하철역과 같은 몇 개의 바(Bar)가 설치돼 있었다. 직원증이 없는 경우에는 경비 데스크에 방문 이유를 설명하고 허락을 받아야만 한다. 그런데 어쩐 일인지 경비 데스크가 비어 있어, 미교는 난감한 얼굴로 출입 바를 바라보고만 있었다. 퇴근 시간도 좀 지나 출입 바를 빠져나오는 직원이 그리 많지 않았는데 그래선지 다들 승강기에서 이어지는 동선에서 가장 가까운 바를 주로 이용하고 있었다.

미교는 한산한 출입 바로 다가갔다. 그리고 바와 기둥 사이의 불과 한 뼘도 채 안 되는 공간을 이용해 스르르, 안으로 들어갔다. 퇴근 중인 직원들 몇이 그런 미교를 발견하고 신기해하기는 했지만 제 퇴근이 바쁜 그들은 그저 제 갈 길을 갈 뿐이었다.

미교는 승강기 앞에서 버튼을 누르고, 그 옆에 있는 각 층의 맵을 눈으로 읽었다. 경비 데스크에서 본 것을 다시 확인하는 차원이었다. 부대표실은 11층이었다. 그녀는 사온과 통화도 하지 않고 가는 길이었다. 그가 현재 집무실에 있는지도 알지 못했다. 그저 무작정 가는 것이었다. 또 그것이야말로 화가 난, 지금 그녀의 심정을 대변할 수 있을 것이다.

제양사 부대표 비서실에서 두 명의 남녀 비서는 황당한 얼굴을 하고 있었다. 두 비서의 눈앞에는 미교가 있었다.

"무슨 일이십니까?"

남자 비서는 재빨리 일어나 미교 앞으로 다가왔다.

"누구시죠? 선약이 있으십니까?"

비서는 의아한 얼굴로 미교가 뭐라 대답할 틈도 없이 연속해서 질문을 던졌다. 그도 그럴 것이 부대표의 일정은 설사 비공식, 사적 방문이라 해도 선약은 필수였다. 그런데 전혀 예정에도 없는 인물이 여기까지 올라온 것만도 비서진에게는 황당한 일일 것이다.

달칵, 미교가 대답도 하기 전에 이번에는 문소리가 났다. 부대표실의 문이 열리고 모습을 보인 이는 비서실장이었다. 실장은 무심히 나와 미교를 보고는 흡사 귀신을 본 사람 모양, 그것도 입으로 이상한 소리까지 내며 소스라쳤다. 그 모습만으로도 실장은 사혜를 아는구나, 하고 미교는 짐작할 수 있었다.

"전 서미교라고 합니다. 부대표님 뵙기를 청합니다."

실장을 향해 미교는 차분히 말했다. 실장은 얼른 정신을 차려, 다시 안으로 들어갔다 곧 나왔다.

"들어가십시오."

문고리를 잡고 실장은 말했다.

미교가 부대표 집무실로 들어왔을 때 사온은 집무용 책상을 등진 채 서 있었다. 미교를 맞으려 그랬는지 검은색 뿔테안경에, 자연스럽게 내린 두 팔 아래로 두 손을 가볍게 맞잡은 정중한 자세까지, 옷차림만 슈트였을 뿐 미교가 처음 그를 보았을 때의 바로 그 모습으로 말이다. 미교는 천천히 걸어 그의 앞으로 조금 다가섰다.

"놀랐습니다."

사온이 먼저 말했다. 변함없이 건조한 목소리였지만 동시에 다정한 그것이었다.

"정말 오래 기다렸어요. 보고 싶었습니다."

"나도요……."

미교는 한 발 더 다가서며 그의 인사에 응했다.

"당신이 사혜에게 무슨 짓을 했는지……."

그녀는 미소 짓고 있었다.

"보고 싶어졌어요."

제 2 부

나 죽거든, 그대여

1. 게이샤의 추억

열여섯에서 이제 막 열일곱 살이 된 소년은 그보다 어린 한 소녀와 만난다.

"사혜야, 오빠란다."

소녀의 어머니는 소년을 가리키며 말했다.

"사온 오빠야. 큰오빠 동생이고 빈이 오빠의 형이니까, 우리 혜한텐 둘째 오빠가 되는 거야. 어서 인사해."

열 살이 된 소녀, 사혜는 미간을 찌푸린 얼굴로 인사는커녕 뒤로 한발 물러섰다.

"괜찮아. 사온 오빠도 다른 오빠들과 똑같은 오빠야. 인사해야지."

"싫어."

사혜는 단호히 거부하며 한 발 더 물러선 끝에 어머니 뒤로 숨기까지 했다. 생전 처음 보는 소년이 오빠라니, 더구나 소녀의 눈에 비친 '사온 오빠'의 모습이 영 마음에 들지 않았다. 작고 여린 소녀에 비해 위협적일 정도로 훌쩍 큰데다 사막처럼 건조한 눈빛은, 소녀에게 이미 익숙해 있던 다른 오빠들의 그것과 너무 달랐다. 특히나 그 눈빛으로 저보다 한참 작은 소녀를 얕잡아보듯 내려다보는 눈길은 심히 거부감마저 불러일으켰다.

"사혜가 낯설어서 그래. 네가 먼저 혜한테 인사해 볼래? 사온아."

어머니는 할 수 없다는 듯 사온에게 청했지만 어쩐 일인지 사온 역시 입을 다문 채 어머니 뒤로 숨어 얼굴만 내놓고 있는 소녀의 얼굴에 눈을 두고 있을 뿐이었다. 어머니의 솜씨로 두피부터 땋아 모양을 낸 머리를 하고 토끼처럼 경계의 눈빛을 한 소녀 사혜는, 그러나 사온의 눈을 피해 고개를 돌렸다. 인사를 해도 받지 않겠다는 듯.

사온은 일본, 오사카에 있는 외가에서 10년의 억류 생활을 끝내고 한국, 서울의 본가로 돌아왔다. 재일교포인 외가라 일본어는 물론 한국말을 함께 사용해, 한국으로 돌아왔을 때 소년에게 언어적 문제는 전혀 없었다. 일본에서 교육도 받아, 그것도 최고의 사립학교에서 교육을 받아 학업적인 문제도 없었다. 다만 새로운 환경, 특히 가족이면서 10년을 떨어져 살았던 데서 오는 소원함은 어쩔 수 없었을 것이다.

그나마 아버지와는 일본에서 자주 만났고, 형인 사혁과도 몇 번을 봤지만 계모와 사혜, 사빈과는 초면이거나 초면과 한가지거나 했다. 계모와 사빈은 너무 어릴 때 봐서 기억이 지워져 그러했고, 사혜는 그야말로 처음이었다. 사혜가 태어났던 바로 그해에 사온의 억류가 시작되었으니까.

제 회장의 자택은 신축한 지 2년도 안 된 것으로, 규모가 꽤 큰 2층 건물과 차고, 그리고 후원을 포함한 넓은 정원으로 이루어져 있었다. 집에는 제 회장의 가족 외에 두 명의 가사 도우미 아주머니가 순번제로 와서 가사를 돕고, 관리인이자 기사인 남자가 출퇴근을 하고 있는데 가끔 제 회장의 비서진 등, 회사 사람들도 드나들지만 그들은 차고에서 통하는 입구를 이용해 주로 회장의 서재에서만 머물다 가는 경우가 많았다. 사온이 한국으로 돌아와 살게 된 아버지의 집은, 그러니까 제 회장의 나머지 가족이 다른 곳에서 살다 이사 온 집이었다.

사온의 방은 소년의 다른 남자 형제들의 방과 마찬가지로 2층에 마련되었다. 후원으로 창이 나 있어, 소년은 그 창을 통해 그곳에 나와 있는 사혜를 볼 수 있었다. 지금도 소년의 눈 아래에 사혜가 있었다. 이번이 두 번째다. 처음은 소녀 혼자서 후원에 쌓인 눈을 갖고 놀던 모습이었고, 이번에는 사빈과 함께 공을 차며 놀고 있었다. 사혜와 네 살 터울인 사빈은 열네 살로, 형제 중에서는 가장 부드러운 인상에, 미소년에 가까운 외모였다.

사혜와 사빈, 두 남매는 제법 추운 날씨에도 열심히 뛰어다니며 서로 공을 갖겠다고 때로는 몸싸움을 벌였다. 물론 사빈이 절대적으로 우세해 곧잘 동생을 약 올리는 사빈의 소리에 사혜의 빽빽대는 소리가 뒤섞이고는 했다. 잠시 후에는 사혁이 나와, '혜한테 공 안 주면 형이 들어간다'며 사빈을 겁주었다. 그는 스물한 살로 새 학기에 대학 2학년이 된다.

사혜는 곧 큰오빠 앞으로 쪼르르 달려와 사빈의 '만행'을 고자질했다. 그런 누이 앞에 사혁은 무릎과 허리를 굽혀 눈높이를 맞추었다. 사혁은 늘 사혜가 제 앞으로 오면 몸을 낮춰 어린 누이의 눈높이를 맞춰주었다. 그것은 아버지인 제 회장도 마찬가지여서, 이 집은 마치 사혜를 중심으로 화합하고 결속하며 웃음도 이는, 그런 가족 같았다. 사온이 돌아온 때는 특히, 그의 다른 형제들과 사혜 모두 겨울방학 중이라 이처럼 대낮에도 집 안에 웃음과 활기가 넘쳐 났다.

그 분위기 속에서 사온은 고등학교 입학을 위한 제반 준비를 위해, 특히 한국어 학습을 좀 더 다지고 국내 교과 과정의 점검을 위해 가정교사에게 개인교습을 받기 시작했다. 소년이 집에 온 지 열흘이 지날 즈음이었다. 그사이 특별한 일은 없었다. 소년의 적응은 조용했다. 적어도 겉으로는 말이다.

사온이 제 방의 창에서 축구하는 사혜를 지켜보았던 이튿날, 소년은 2층으로부터 계단을 내려와 홀(Hall)로 내려섰다. 때맞춰 주방에서는 사혜가 빨간 사과를 손에 들고 나왔다. 무심한 얼굴로 나왔던 소녀는 사온을 보자 화들짝 놀라며 손에 든 사과를 놓치고 말았다. 사과는 바닥에 떨어져 사온의 발아래로 굴러왔다. 사온은 허리를 굽혀 사과를 집어 들었다. 그사이 사혜는 홀을 가로질러 쪼르륵 달려가 곧 탕, 문소리를 냈다. 삼형제의 방이 모두 2층에 있는 것과 달리 소녀의 방은 1층, 제 회장의 침실과 가까운 곳에 있었는데 바로 제 방으로 들어가 문을 닫은 것이다.

사온은 손에 사과를 들고 소녀가 사라진 방향에 눈을 두고 있었다. 사혜의 그런 행동은 새삼스러운 것이 아니었다. 사혜는 늘 그런 식이었으니까. 사온을 오빠라 부르며 살갑게 굴기는커녕 소년과 눈도 마주치려 하지 않았다.

문은 벌컥, 열렸다. 사혜는 깜짝 놀라 의자에서 뛰어내렸다. 책상 앞에 앉아서 손에 마우스를 들고 있다가 문을 연 사람이 사온인 것을 알고는 그런 것이었다. 소녀는 흡사 강도를 맞은 사람의 얼굴을 하고 있었다.

사온은 사혜의 방이 처음이었다. 들어올 기회가 없었으니까. 소녀의 방은 겨우 열 살 아이의 방이라고는 믿어지지 않을 만큼 크고 호사스러워 제 회장 부부의 딸에 대한 사랑을 대신 확인할 수 있을 정도였다. 휘장이 늘어진 공주풍의 침대에, 유럽풍의 패브릭 소파와 장식용 콘솔, 벽의 한 면을 다 차지하는 드레스 룸 같은 옷장과 화장대, 그 모든 분위기에 잘 어울리도록 선택된 서가와 책상에 이르기까지, 어느 것 하나 고급스럽지 않은 것이 없었다.

사온은 누이를 향해 천천히 걸어왔다. 손에 사과를 들고서. 사혜는 사온과 정면으로 서 있으면서도 소년의 얼굴을 보지 못하고 불안하게 눈알을 이리저리 굴리다, 소년이 가까워졌다 싶으니 재빨리 그를 피해 도망가려 했다. 그러나 사온이 더 빨랐다. 소녀의 앞을 막아선 것이다.

"어......."

소녀는 앞이 막히자 화들짝 놀랐다. 그러면서도 고개를 올려 사온을 보려 하기보다는 무작정 소년을 피해 다시 달아나려 했다. 물론 또다시 소년에 의해 막히고 말았지만. 그것은 세 번, 네 번 반복되었다. 하나는 피하려 하고, 다른 하나는 그것을 막으려는, 둘의 이런 신경전 역시 처음이 아니었다. 이미 주방에서도 한 번 그런 적이 있었는데, 그때는 가사 도우미 아주머니가 곧 모습을 보여, 사혜에게만은 다행히도 금세 끝날 수 있었다.

"비, 비켜……."

사혜는 결국 숨을 약간 헐떡이며 말했다. 여전히 고개는 들지 못한 채였다.

"엄마한테 이를 거야."

사온은 먼저 손에 든 사과를 내밀었다. 그 사과를, 사혜는 바로 받지 않고 잠시의 머뭇거림 끝에 손을 내밀었다.

"고개 들어."

사혜에게 사과를 건네자마자 사온은 말했다. 저보다 키가 많이 작은 소녀를 내려다보면서였다. 정수리의 양옆에서부터 화려하게 땋아 내려간 소녀의 머리는 뒤통수에서 하나로 만나, 꼬리처럼 길게 늘어져 있었다.

"싫어."

사혜는 단호히 거절했다. 사온에게 그것은 참으로 익숙한 말이었다. 소녀는 소년 앞에서 늘 '싫어'라고 했으니까. 사온은 두 번 말하는 대신 사혜의 그 긴 꼬리 같은 머리를 한 손에 움켜잡아 대번에 뒤로 확, 젖혔다.

"헉……."

사혜는 목이 뒤로 꺾이며 절로 신음을 토해냈다. 이어 놀라고 불쾌한 제 감정에 아랑곳없이 금세 눈시울을 붉히고 눈물을 글썽였다. 지금껏 아무도 소녀에게 그런 행동을 한 사람은 없었다. 머리를 잡아당기기는커녕 앞을 막듯 벽처럼 떡 버티고 선 사람도 없었다. 아빠와 큰오빠는 언제나 몸을 낮춰 눈을 보여주고, 한없이 자비로운 미소도 함께 보여주었다. 그런데 사온은 달랐다. 어쩌다

마주치기라도 하면 그 큰 키로 소녀 앞에 떡 버티고 서서 얕잡듯
소녀를 내려다보기 일쑤였다.

사온은 사혜의 사나운 눈초리를, 역시나 내려다보면서 누이의
얼굴에 다른 손을 가져다 댔다. 사온이 손을 펴면 그 손에 다 가려
지고도 남을 작은 얼굴이었다.

"게이샤 같다."

손끝으로 누이의 붉은 입술을 더듬으며 소년은 말했다.

"그런데 게이샤는 말이야…… 싫다는 말을 입에 담지 않아."

'게이샤'가 무슨 뜻인지도 모르는 사혜는 그저 입을 꾹 다물고
있었다. 그 입술 사이를, 사온은 심술 맞게도 제 엄지 끝으로 갈랐
다. 입술을 벌리려는 것이다. 사혜는 제 모든 힘을 입술에 주었지
만 힘으로 밀고 들어오는 사온을 당해낼 수는 없었다. 소녀는 제
입안으로 들어온 그것을 콱, 물어버렸다. 아주 힘껏 물었다. 사온
이 전신을 움찔할 정도였으니까. 그런데도 소녀는 신음 소리는커
녕 그 손을 뿌리치지도, 무엇보다 소녀의 머리를 놔주지도 않았
다. 사과는 어느새 도로 바닥을 구르고 있었다.

사혜는 내심 당황했다. 그렇게 세게 물었는데 사온이 꿈쩍도 않
으니 무리도 아니었다. 소녀는 더욱 힘을 주며, 마치 머리만 놔주면
저도 놓겠다는 뜻으로 사온을 노려보았지만 소년은 역시나 눈썹도
까딱하지 않았다. 도리어 소년은 그 물린 손가락을 더욱 안쪽으로
밀었다. 놀란 사혜가 엉겁결에 문 것을 놓으니 사온의 손가락은 한
순간에 소녀의 목구멍 깊숙이 들어와 거의 목젖까지 닿고 만다.

"우욱……."

사혜는 격한 구토를 느꼈지만 머리 뒤를 단단히 잡혀 있어, 그저

소년의 팔을 잡고 버둥거릴 뿐이었다. 소녀가 내지르는 소리는 점차 '컥, 컥' 하는, 보다 고통스러워하는 소리로 바뀌어갔다. 그 모습을 보며 사온은 천천히 손가락을 거두었다. 이어 머리도 놔준다.

털썩, 곧바로 바닥에 주저앉은 사혜는 심한 헛구역질을 했다. 그사이 사온은 사혜가 깨물었던 손가락을 제 눈앞으로 올렸다. 엄지 첫 마디의 바로 아래에 깊은 이빨 자국이 선명했다. 그 주변의 피부는 붉게 변해 있었다.

"사나운 게이샤군."

사온은 중얼거렸다.

게이샤는, 사온의 10년 억류 생활의 보상과도 같은 것이었다. 일곱 살 때부터 10년간 일본의 외가, 즉 외할아버지 집에서 자란 사온은 일본 전통식과 현대식을 섞어놓은 것 같은, 또한 일본식의 아기자기하고 아름다운 정원이 있는 매우 큰 규모의 저택에서 살았다. 소년은 외할아버지의 가치대로 키워져, 매우 엄격한 규율 속에서 무도(武道)와 함께 컸으며 소년의 곁에는 솜씨 좋은 경호원이 늘 붙어 다녔다.

집에는 여러 명의 남자들이 매일같이 출입해, 사온이 볼 수 있는 거의 전부라고 해도 과언이 아니어서, 소년은 제 또래보다는 그들과 대화를 하는 일이 더 많을 정도였다. 그들은 결코 사온을 어린아이 취급하지 않았으며, 도리어 존중했다. 여자라고는 늙은 하녀 둘뿐이었다. 그 하녀들은 늘 무채색의 기모노를 입고, 어린 사온 앞에서도 무릎을 꿇고 차를 따랐다.

그러던 어느 날, 사온이 본가로 돌아오기 전인 열여섯 살 때, 소년은 외할아버지의 측근이자 소년의 유도 사부인 켄지라는 이름의 남자와 함께 교토를 가게 되었다. 교토는 게이샤의 본고장이라 해도 과언이 아닐 정도로 보통 다른 도시의 게이샤에 비해 다섯, 혹은 여섯 배의 수련 기간을 거쳐 진정한 의미의 예자(藝者)를 만들어내는 도시라고도 할 수 있다.

켄지는 사온에게 '열여섯이면 이미 당당한 사내다'라며 한 게이샤를 소개하고 동침하게 했다. 짙은 자주색을 기본으로, 몇 가지의 색이 배합된 단아한 기모노를 입고 나타난 게이샤는 사온보다 무려 열 살이나 많은 여인이었다. 그럼에도 저를 낮춘 공손과 순종을 미덕으로, 여인은 정성을 다해 사온의 시중을 들었다.

게이샤는 황금색 비단 이불 위에 제 벌거벗은 몸을 놓았다. 농익은 여인의 몸이었다. 희고, 풍만하고, 동시에 요사스러운 그것이었다. 아무 저항이 없는 완전한 제물이었고, 그러면서 음란하지 않은 순수의 관능이었다. 또한 소년이 처음 본 여인의 나신이기도 했다.

게이샤는 사온에게 만져 보라 했다. 제 몸의 어디든 아무 곳이라도 좋다 했다. 사온은 여인의 풍만한 젖가슴을 움켜잡았다. 그것은 솜사탕 같기도, 출렁이는 푸딩 같기도 했다. 게이샤는 사온의 그 서툴고 투박한 애무에도 부드럽게 제 몸을 일렁였다. 소년은 시키지 않아도 여인의 젖꼭지를 입에 물고, 그것으로 여인의 입에서 나오는 간드러지는 신음 소리에 신기해했다.

게이샤의 아랫배는 쿠션처럼 푹신하고 따뜻했다. 또 그 아래 겉은 수풀에 대비해 더욱 희고 뽀얗게 빛이 났다. 게이샤는 무릎을 세우고 크게 벌려 제 가장 수줍은 비밀을 내어 보였다. 여인은 사온에게 잘 보라 했다. 그것도 되바라져 음탕하지 않고, 삶의 한 부분으로 받아들일 쾌락에의 정중한 태도이듯 그러했다.

사온의 눈에 그것은 깊은 숲 속에 숨은 꽃처럼 보였다. 신비한 것과 동시에 또 너무 연약해 오히려 괴롭히고 싶은, 귀여운 장난감 같기도 했다. 여인은 만져 보라 했다. 사온은 손을 뻗었다. 젖가슴을 움켜쥘 때처럼 그렇게 하지는 못하고 손끝을 먼저 댔다. 숲은 눅눅했다. '마음대로 다뤄요' 여인은 속삭였다. 사온은 그렇게 했다. 검은 수풀에 요새(要塞)처럼 둘러싸인 그곳을 마구 헤집었다. 꽃잎 사이를 훑고, 지나고, 더 깊은 곳을 보려 꽃을 활짝 열어 붉디붉은 빛을 드러냈다.

신기한 경험이었다. 그 작은 꽃이 보여주는 다변의 모습도 그렇거니와 사온의 손을 흠뻑 적실 만큼의 이슬은 어디서 그처럼 쉴 새 없이 나오는지, 그것도 신기했다. 무엇보다 신기한 것은 소년의 거친 희롱에, 조금 전과는 비교할 수도 없이 요동치는 게이샤의 몸짓이었다. 그 몸에 이는 떨림이었다. 여인이 내는 신음은 또, 그 소리만으로도 사온을 흥분시킬 만큼 숨 가쁜 리듬이었다. 그러니 꽃의 어디를 건드리면 게이샤가 가장 유혹적인 몸짓과 신음을 흘리는지를 알게 되었다. 굳이 찾지 않아도 여인의 깊은 동굴은 스스로 저를 알리고 또 열린다는 사실도 알게 되었다.

진정한 황홀경은 그다음이었다. 게이샤는 사온을 받아, 제 온몸으로 열락을 열었다. 그것은 오사카에서의, 답답할 정도로 꽉 짜인 일정과 엄격한 규율, 거기에 삭막한 외가의 분위기까지 더한 남자들의 세계에 갇혀 지내던 소년에게 더없는 선물이요, 위로였다. 사온은 그 게이샤와 사흘 밤낮을 함께했고, 그 기간 동안에 게이샤는 온갖 체위와 방중술로 소년을 남자로 만들었다.

＊

게이샤가 무슨 뜻인지, 사혜는 인터넷 검색을 해보고서야 알았다.

"기생……? 그거 나쁜 거잖아."

사혜는 제 입에 손끝을 가져다 댔다. 입술 사이를 비집고 들어오던 사온의 손가락을 떠올리며 또한 몸서리를 쳤다. 소녀는 얼른 휴지통 앞으로 가 퉤, 퉤, 침을 뱉었다. 사온에게 그런 일을 당한 것도, 기생 이란 말을 들은 것도 너무나 분했다. 한 번만 더 그러면 아빠한테 일 러야지, 사혜는 다짐하면서 그전보다 더욱 사온을 피해 다녔다.

그러던 어느 날이었다.

"비, 비켜……."

사혜는 겁먹은 얼굴로 말했다. 계단에서 사온이 사혜의 앞을 떡 하니 막아섰을 때였다. 원수는 외나무다리에서 만난다더니, 사혜 는 내려가고 사온은 올라오는 중에 딱 마주친 것이었다. 한집에 살면서도 요리조리 사온을 잘 피해 다녔던 사혜는, 그렇잖아도 사 온 때문에 2층에 잘 안 올라가던 터였는데 사빈의 방에서 만화책 을 갖고 오느라 올라갔다가 당한 '불상사'이기도 했다.

"비키란 말이야……."

그러나 사온이 순순히 비켜줄 리 없다는 것을 잘 아는 사혜는 제 딴에는 재빨리 옆으로 피해가려 해보지만 사온은 당연히 더 빨 랐다. 소년은 여전히 사혜 앞을, 거대한 벽처럼 가로막고 있었다.

"엄마한테 이를 거야……."

사혜는 짐짓 눈을 부라렸다.

"어머니 불러줄까?"

도리어 맞받아치는 사온이다.

"왜…… 왜 그러는 건데?"

"몰라 물어? 너……."

사온은 누이의 울상인 얼굴을 보며 목소리를 낮췄다.

"각오는 하고 있겠지?"

"뭐, 뭘?"

옆으로 피해봤자 도리가 없다는 것을 잘 아는 사혜는 품에 안은 만화책 두 권을 더욱 꼭 품고서 어깨를 움츠렸다.

"뭘? 내 손가락을 물고도 무사할 줄 알았어?"

사온은 오른손 엄지를 소녀의 눈앞에 가져다놓았다. 사혜는 움찔했다.

"오, 오빠가 먼저 잘못했잖아. 입에다 손 넣으니까……."

"그럼 너도 내 입에다 손 넣어."

사온이 입을 살짝 벌리자 사혜는 도리어 질색하며 뒷걸음질로 한 계단 물러섰다.

"무, 물려고?"

물러선 만큼 따라온 사온을 보며 소녀는 울먹였다.

"너도 물었잖아."

사온이 이번에는 부러 정색한 제 얼굴을 사혜의 눈앞에 바싹 갖다 댔다. 사혜는 다시 움찔했다. 소녀의 눈에 둘째 오빠의 얼굴은 너무 무서웠다. 실제 소년의 얼굴이 그 생김새를 떠나, 부드럽거나 다정한 느낌은 전혀 없는 건조한 인상이었으니 소녀의 눈에 그렇게 비친 것도 무리는 아니었다.

"또 물 거야?"

사혜는 얼른 고개부터 좌우로 흔들었다.

"아, 아니. 그러니까 오빠도 손가락 넣지 마……."

"넣으면?"

'넣으면 어쩔 건데?' 하듯 사온의 입꼬리가 위로 말리는 것을 보며 사혜는 입술을 앙다물었다.

"대답해 봐. 내가 또 네 입에 손가락을 넣으면……."

"큰오빠……."

그때 사혜가 큰 소리로 외쳤다. 마침 사혁이 현관에서 모습을 보인 것이다. 소녀에게는 구세주나 다름 아니었다.

"오빠아……."

사혜는 제 품의 만화책까지 내던지며 계단을 뛰어내렸다. 사혁은 어리둥절해서 저에게 달려든 누이를 안았다.

"그렇게 반가워?"

사혁은 웃었다. 사혜는 사혁의 옷깃을 그러잡은 채 뒤를 돌아보았다. 계단에, 사온은 이미 없었다.

그날 밤 사혜는 악몽을 꾸었다. 사온에게 쫓기는 꿈이었다. 아니, 괴물 같기도 하고 악마 같기도 했다. 그런데 도망가려 해도 발이 마음대로 움직이지 않았다. 소리도 지르지 못했다. 얼마나 무서웠는지, 깨고 나서도 꿈이라 안도하기보다는 또 같은 꿈을 꿀까 봐, 다시 잠을 이루지 못할 정도였다. 둘째 오빠는 왜 그러는 걸까, 왜 저를 그렇게 미워하는지, 괴롭히는지, 사혜는 알 수가 없었다.

사온, 사혜, 이 '불화의 남매'의 숨바꼭질은 계속되었다. 사혜는 더욱 필사적으로 사온을 피했고, 피하는 것이 여의치 않을 시에는 부모나 다른 오빠들 곁에 꼭 붙어 제 방패막이로 삼았다. 그런데 그것도 따지고 보면 사혜 혼자만의 숨바꼭질이었다. 소녀가 그처럼 전전긍긍하는 동안 사온은 저 할 일만을 하며 부러 누이를 찾아다닌 적도 없기 때문이었다. 사온은 그저 우연히 만들어진 '외나무다리'에만 반응할 뿐, 평상시에는 사혜를 물끄러미 쳐다보는 것이 다였다. 물론 소년의 그러한 눈빛을 사혜는 몸서리치게 싫어했지만 말이다. 그렇게 여름이 지나고 있었다.

❖

가을이 한창 무르익어 갈 무렵, 어느 날 밤이었다. 교복 차림의 사온은 현관에서 1층 홀로 들어섰다. 학교에서 돌아온 길이다.

"모두 리빙 룸에 있어."

사온을 맞은 가사 도우미 아줌마가 말했다.

"사혜가 무슨 글짓기 상 받았잖아. 그거 축하한다고."

사온이 리빙 룸의 열린 문 사이로 모습을 드러냈을 때 안은 조용했다. 사온의 가족이 모두 모여 있었는데 제 회장과 그의 아내, 사혁, 사빈이 소파나 의자에 저마다 앉아, 오직 한곳에 눈길을 모으고 있었다. 바로 사혜였다. 화려한 머리 장식에 연분홍 원피스를 입은 공주 같은 모습의 소녀는 손에 든 A4 용지에 눈을 두고 자못 진지한 얼굴이었다. 사온이 들어온 기척을 느낀 사혁은 얼른 손가락 하나를 입에 대고 조용히 하라는 신호를 해 보였다.

모두 숨죽인 가운데 사혜의 낭랑한 목소리가 울려 퍼졌다. 시 낭송이었다. 제 회장은 몹시 흐뭇한 얼굴로 딸에게서 눈을 떼지 않고 있었다.

가슴에서 새가 파닥인다
푸른 안개 긴 강의 숨소리를 담아
새의 깃털이 파닥인다.
하나의 창이 열리며 닫힌 열 개의 문.
가슴에서 새가 난다.
해는 저문 지 오래다.
날개를 잃은 꿈은 강의 사이사이마다 어둠의 자리를 펴고
새는 강이 되어 가슴에서 날아간다.

　사혜가 낭송을 멈추고 용지에서 눈을 뗀 것과 동시에 박수 소리
가 터졌다. 그런데 그 소리를 들으며 웃어야 할 소녀의 안색은 일
순 굳었다. 사온을 발견한 것과 동시였다.

　"난 무슨 말인지 하나도 모르겠는데?"

　박수를 치면서도 사빈은 투덜댔다.

　"가슴에서 어떻게 새가 날아가? 가슴이 새장인가?"

　"그러니까 시지, 자식아."

　사혁이 면박 주듯 했다.

　"그래도 그렇지, 무슨 말이 되는 소릴 해야지. 맞다. 여자라면
브라쟈에 숨길 수 있겠다. 근데 사혜가 벌써……?"

　고개를 갸웃하는 사빈을 향해 사혜가 발끈해, '오빠' 하며 달려
가 발로 뻥 차고 재빨리 아버지에게 도망가자 사혁이 '잘했다' 며
다시 박수와 함께 웃음을 터뜨렸다.

　"사온이 왔구나."

어머니도 함께 웃다가 사온을 발견하고는 소파에서 일어났다.

"토요일이고 한데 좀 일찍 들어오라니까. 사혜, 글짓기 대회에서 시 부분 상 탄 거, 아빠가 선물 사갖고 오셔서 가볍게 축하 파티 중이야. 참, 저녁은?"

"먹었습니다."

"이리 와."

"올라갈게요."

말과 함께 몸을 돌리던 사온은 그 잠깐 사이, 아버지의 무릎에 앉아 활짝 웃고 있는 사혜의 모습을 눈에 담았다.

"씻고 내려와. 응?"

어머니는 얼른 사온의 뒤를 따르며 말했지만 소년은 뒤를 한 번 슬쩍 돌아볼 뿐 별 대꾸도 없이 2층의 계단을 밟았다. 그런 사온의 뒷모습을 보며 어머니는 짧게 한숨을 쉬었다. 소년이 다시 내려오지 않으리라는 것을 이미 아는 눈치다. 10년 만에 가족의 품으로 돌아온 소년에게, 어머니는 특별히 더 신경 쓰고 있었다. 아직 젖 먹을 나이였던 사빈을 제 자식인 양 키우고, 당시 초등학교에 다니던 사혁의 뒷바라지도 열심히 했지만 정작 사온에게는 해준 것이 없어 미안하고 안쓰러운 마음에 더욱 그러했다.

그런데 사온과 친해지기는 좀처럼 쉽지 않았다. 집에 온 지도 벌써 10개월이 넘어가고 있건만 소년은 늘 그대로였다. 계모라고 색안경을 끼고 보는 것은 결코 아니면서도 한 가족으로서의 임의로운 모습도 보여주지 않았다. 그렇다고 모난 성품도, 차가운 성품도 아니었다. 말이 많지는 않지만 필요한 말은 다 했고, 제 형과의 사이도 무난했으며 사빈의 심술에도—사빈은 사온에 대해 그럴 만한 이유가 있었다―화를 내는 법이 없었다. 그렇게 밖으로 드러난 것만으로는 온화한 성품처럼 보이는데도 묘하게 사온에게는 온기나 습기가 전혀 느껴지지 않는, 사막과도 같은 황량함이 따라다녔다.

어머니는 그래서 더욱 제 둘째 아들과 가까워지고 싶었다. 가족의 따뜻함을 알려주고 싶었다. 또 그래야 저를 통해 사온과 사혜의 관계도 보통의 오누이처럼 좋아질 것이라 믿었다. 두 오누이의 관계는 처음 만났을 때로부터 조금도 가까워지지 못하고 있다고, 또 그것만큼은 사온보다는 사혜 탓이 더 크다고 어머니는 판단하고 있었다. 어머니의 눈에는 사혜가 사온에게 통 곁을 내어주지 않는 것처럼 보였으니까.

"사혜야, 이거 온이 오빠 갖다주고 올래?"

어머니는 매우 상냥한 목소리로 말했다. 어머니가 준비한 것은 방금 사혜를 축하한 데에 사용했던 케이크에서 자른 한 조각과 거기에 계절 과일 몇 조각을 보기 좋게 세팅해 놓은 커다란 접시였다.

"내가 왜……?"

사혜는 대번에 펄쩍 뛰었다. 그러자 어머니는 그럴 줄 알았다는 듯 눈을 살짝 흘겼다.

"왜긴 뭐가 왜야? 오빠한테 갖다주라는데. 온이 오빤 너 축하하는 데에 제대로 참석도 못했으니 속으로 얼마나 섭섭하겠어? 그럴 때 네가 이거 가져다주면서 오빠 먹어, 하면 오빠가 너 얼마나 이쁠 거야? 안 그래?"

어머니는 말뿐 아니라 눈짓으로도 은근한 압력을 주며 접시를 내밀었다. 데면데면하게 지내는 딸과 사온을 위해 나름 머리를 쓴 것이었다. 정작 사혜는 입이 한 자나 나와 버렸지만 말이다. 사혜는 딱히 반박할 말을 찾지 못해 결국 접시를 받아 들기는 했지만 주방에서 계단까지 고작 몇 걸음 안 되는 거리를 천 리인 양 많은 시간 끝에 다다를 정도로 내적인 저항을 심하게 느끼고 있었다. 계단을 올라 사온의 방문 앞까지도 마찬가지였다. 또 문 앞에서도 제법 긴 시간을 지체한 끝에 마침내 소녀는 문을 노크할 수 있었다. 얼른 주고 나와야지, 하고 수백 번을 다짐한 뒤였다.

사혜가 노크를 했는데 안에서는 아무 반응이 없었다. 자나, 하면서 소녀는 조심히 문을 열었다. 만약 자면 접시만 놔두고 재빨리 나와야지, 이번에는 그렇게 다짐하면서였다.

사온은 침대에 있기는 했다. 그러나 자고 있는 것은 아니고, 쿠션에 등을 기대어 비스듬히 앉은 모습으로 책을 보던 중이었다. 사온은 움직임 없이 눈길만 사혜에게 던졌다.

"엄마가 가져다주래."

사혜는 두 손에 든 접시를 앞으로 살짝 내밀어 보였다. 파티하느라 입었던 프릴 달린 연분홍 원피스 차림의 소녀는 사온과의 심리적 거리감을 대신하듯 무릎을 안쪽으로 모아 실룩실룩한 움직임도 보여주었다. 나이에 비해 발육이 앞서기는커녕 오히려 작은 왜소한 체격의 소녀는, 그럼에도 불구하고 그 또래에서는 찾아볼 수 없거나, 혹은 찾아보기 힘든 묘한 분위기를 갖고 있었다. 그것이 무엇이냐 한마디로 설명하기 어렵고, 또 단순히 얼굴 생김새와도 딱히 상관없었지만 타고난 것만은 분명했다. 굳이 표현하자면 이성을 향해 열려, 알 수 없는 이유로 끌리게 만드는 힘, 바로 미혹의 기운이었다.

사온은 책을 덮어 곁에 두고 손을 까닥까닥했다. 가까이 가져오라는 의미다. 소년의 방도 제법 널찍해, 사혜가 서 있는 지점으로부터 침대까지의 거리는 소녀의 걸음으로도 열 몇 발자국은 되었다.

"저기에 둘게."

사혜는 그보다 가까운 책상으로 몸을 틀었다.

"가져와."

사온이 말했다. 명령 투였다. 사혜는 어쩔 수 없다는 듯 한 발, 한 발, 침대로 다가섰다. 그렇게 가면서도 사온의 눈길만은 피하고 있었다. 한집에서 사온을 열심히 피해 다니고 있는 사혜가, 그럼에도 불현듯 사온을 마주칠 때마다 가장 싫었던 것이 바로 소년의 눈빛이었다. 소년은 늘 묘한 눈빛으로 사혜를 바라봤다. 지금도 분명 그런 눈빛으로 보고 있으리라는 것을 알기에, 소녀는 그것을 의식적으로 피하고 있는 것이었다.

"더 가까이."

두 걸음 정도를 남겨두고 사혜가 접시를 내미니 사온은 다시 명령했다. 사혜는 마지못해 한 걸음 더 다가섰다. 여전히 사온에게 눈을 제대로 주지 않으면서였다.

"더."

"받을 수 있잖아."

"네가 더 와."

사혜는 입을 삐죽대고는 한 걸음 더 내디며, 마침내 침대에 다리를 스칠 정도가 되었다. 이제는 어쩔 수 없이 사온의 그 야릇한 눈빛도 피할 수가 없다.

사온은 그제야 몸을 움직여 천천히 손을 뻗었다. 그리고 덥석, 잡은 것은 접시가 아닌 사혜의 손목이었다. 놀란 사혜가 접시의 한쪽을 놓아버리자 케이크 조각과 과일이 우르르 바닥으로 떨어졌다.

접시도 마저 놓치려는 것을 사온이 재빨리 받아 침대 위로 던졌다.

"놔……."

손목을 잡힌 사혜는 몸을 뒤로 뺐지만 거의 동시에 도리어 앞으로 딸려가 침대 위로 나뒹굴었다. 소녀는 소리도 지르지 못했다. 정신을 차려보니 바로 코앞에 사온의 얼굴이 있었다. 소년에게 깔린 것이다.

"쉿!"

뒤늦게 비명이라도 지르려는 듯 입을 벌린 사혜를 보며 사온은 나직한 소리를 냈다.

"게이샤는 큰 소리를 내지 않아. 온순하고 순종적이지."

사온은 손끝으로 소녀의 이마를 가린 잔머리를 쓸어 올렸다.

"춤을 추라면 추고, 노래를 부르라면 부르고, 옷을 벗으라면 벗고……."

"나 게이샤 아냐."

사혜는 보란 듯 소리를 빽 질렀다.

"그럼 뭔데?"

"제사혜."

"사혜? 사혜가 누구지?"

"나. 오빠 동생이잖아."

"동생? 네가? 정말 내 동생이야?"

사온은 마치 지금 처음 알게 된 사실이라는 투였다. 사혜는 어이가 없어 말문이 막혔다.

"뭐가 됐건……."

다문, 소녀의 입술에 살포시 손끝을 갖다 대며 소년은 더욱 나직이 중얼거렸다.

"예쁘다."

분명 '칭찬'의 말인데도 사혜는 오히려 기분이 나빴다. 입술을 더듬는 소년의 손끝 때문인가 했더니 그것은 또 여지없이 소녀의 입술을 파고들었다. 사혜는 입을 벌리지 않으려 안간힘을 썼지만 사온은 또 물어봐라, 하듯 짓궂게 소녀의 입술과 치아 사이를 비집었다.

소년의 손가락은 결국 소녀의 입안으로 들어갔다. 그런데 이번에는 소녀가 그것을 물지 못했다. 대신 눈시울을 붉혔다. 눈빛에 미움과 분노를 가득 싣고서.

"착하기도 하네?"

사온은 입꼬리를 슬쩍 올렸다.

"이게 무슨 뜻인 줄 알아?"

말과 함께 사온은 사혜의 입안에 있는 제 손가락을 슬며시 움직였다.

"내가 널 열었다는 뜻이야."

사온의 말에 사혜는 미간을 잔뜩 좁혔다. 기분이 나빠서라기보다는 무슨 말인지를 몰라서였다. 물론 기분도 금세 나빠졌다. 사온의 야릇한 눈빛 때문이었다.

"네 처녀를 내가 가졌다는 뜻이기도 하지."

사온은 더욱 나직이 속삭였다. 동시에 소년의 손가락은 사혜의 입안에서 더욱 크게 움직였다. 입천장과 치아를 훑고 혀를 희롱했다. 얼굴이 벌게진 사혜는 전처럼 콱 깨물었다. 소년은 얼굴을 찌푸렸다.

"역시 사납다니까."

사온이 손가락을 빼주자 사혜는 벌떡 일어나 침대를 벗어났다. 그리고 퉤, 더럽다는 듯 사온에게 침을 뱉었다.

"너, 싫어……!"

사혜는 부르짖고 방을 뛰쳐나갔다.

"싫어, 라고 말하는 게이샤가……."

사온은 제 뺨에 묻은 사혜의 침을 손등으로 천천히 닦았다.

"더 마음에 드는군."

소년은 머릿속에 또 한 명의 게이샤를 떠올렸다. 아니, 그녀는 마이코였다.

사온이 켄지와 함께 다시 교토를 찾은 것은 처음 방문했던 시기로부터 몇 달 뒤로, 사온이 한국의 본가로 떠나기 직전이었다. 사온은 다시 한 게이샤와 만났다. 교토에서는 게이샤를 게이코라고도 부르는데 수련 중에 있는 게이코를 또 마이코라고 부른다. 사온이 두 번째로 만난 게이샤가 바로 그 마이코로 열여덟 살의, 남자 경험이 전혀 없는 처녀였다. 켄지는, '남자는 여자를 지배할 줄 알아야 한다'고 했다. 그래야 '내 여자'를 가질 자격이 있으며 갖고 싶은 여자를 가질 수 있다고도 했다.

마이코는 사온이 처음 겪은 농익은 게이샤와 달리 화려한 무늬의 기모노를 입고 나타나, 그것을 모두 벗었을 때는 한층 수줍고 싱그러운 몸을 비단 이불 위로 뉘였다. 발그레한 뺨 아래로, 한 손에 꽉 채워 쥐기에도 모자란 젖가슴과 아직은 약해 보이는 골반 아래, 허벅지를 꼭 붙인 모습을 하고서였다.

마이코는 소년에게 이런저런 주문을 하지 않았다. 그저 저를, 사온이 알아서 다뤄주기를 바라듯 어떤 기대와 흥분, 그리고 달콤한 불안에 젖은 눈빛을, 반쯤 내려와 있는 눈꺼풀 안에 감추고 있을 뿐이었다.

사온은 마이코의 몸을 만지며 그것이 앞서 만났던 게이샤의 몸과는 다르다는 것을 알았다. 마이코의 몸은 싱그럽기는 해도 민감하지 않았고, 파동을 치듯 꿈틀대는 대신 수줍게 움츠렸으며, 신음을 입 밖에 내보내기보다는 삼켜, 기껏해야 깊은 숨결로 표현할 뿐이었다. 사온이 무릎을 잡아 벌렸을 때에야 마이코는 처음으로 탄식과도 같은 소리를 토해냈다.

마이코의 깊은 샅 중앙에 놓인 그것 역시도 게이샤와는 달랐다. 게이샤의 그것이 풍성한 숲 속에 자리한 농익은 꽃이었다면 마이코의 것은 봄날의 신록 안에서 제 빛도 채 찾지 못해 떨고 있는 꽃봉오리였다. 그 꽃봉오리는 고통과 함께 활짝 피어나며 피를 흘렸다. 그런데 사온은, 마이코가 고통에 몸부림치는 것을 그 이전의 게이샤가 쾌락에 그러했던 것과 처음에는 잘 구분하지 못했다. 마이코의 고통이 잦아들고, 그것으로부터 쾌락은 몰라도 평온이 찾아왔을 때에야 소년은 비로소 이해했다. 고통과 쾌락은 그리 먼 관계가 아니라는 것을, 여자에게 고통이란 쾌락의 통과의례라는 것을, 여자는 자신에게 그 첫 고통을 안겨준 남자를 더불어 쾌락을 가르쳐 준 남자를 잊지 못한다는 사실을 말이다. 그래서일까, 사온이 마이코와 헤어지던 날에 그녀는 눈물을 보였다. '데려가 주세요' 라 청하며 주인으로 모시겠다, 다짐했다. 사온이 마이코와 사흘 밤낮을 함께 보내고 난 후였다.

사온은 그러나 그 사흘의 밤낮으로 충분하다고 생각했다. 그 사흘 동안 소년은 처녀를 여자로 만들며 한 남자로서 온전히 여자를 지배했고 지배하는 법을 배웠으니까.

2. 내 피와 살

제주도의 겨울바다는 유난히 옥빛을 띠었다. 그 옥빛에, 사온은 가만히 눈을 두었다. 여름에도 바다를 보았지만 동해안의 그 푸른 바다와 제주도의 그것은 달랐다. 또 오사카에서 보았던 항만의 바다, 그 검푸른 빛과도 달랐다.

외가에 살 때 사온은 매해 외할아버지와 함께 항만에 띄운 요트를 타고 꽤 먼 바다까지 가보고는 했다. 또 그때가 유일하게 할아버지와 매우 사적인 대화를 나눌 수 있는 시간이었다. 당시 사온은 학업과 학업 외 수련으로 그 나이에 비하면 빠듯한 일정을 소화하고 있어, 역시나 바쁜 할아버지와는 하루 한두 번의 안부 인사가 고작이었고, 또 어쩌다 시간이 날 때라도 할아버지는 손자에게 다정한 곁을 내어주는 법이 없었다. 그저 물어보는 말이라고는 '학업과 수련을 잘하느냐'와 그 변주일 뿐이었다.

그런 할아버지가 사온을 데리고 바다로 나갈 때만은, 특히 단둘이 있을 때면 평소에는 하지 않던 여러 가지 이야기를 들려주었다. 사온의 어머니인, 하나밖에 없는 딸의 어린 시절에 관한 것에서부터, 그 딸의 결혼식과 장례식에서의 소회, 그리고 이제는 딸 대신 손자를 곁에 두고 자라는 모습을 보는 현재에 이르기까지 주로 내밀한 것들이었다.

그런 바다에서, 할아버지와의 마지막은 한국으로 오기 불과 일주일 전이었다. 사온이 한국의 본가로 돌아가는 것이 이미 결정된 후였으며 그 사실을 소년도 알고 있었다. 그때 할아버지는 이전에는 한 번도 물어본 적이 없는 것을 물었다. '한국에 가고 싶었느냐'고. 즉 집에 가고 싶냐 묻는 것으로, 그때까지 그것을 물어본 적이 없는 할아버지만큼이나 사온 역시 집에 가고 싶다, 보내달라, 한 적이 한 번도 없었다.

할아버지의 질문에 사온은 대답하지 못했다. 그 질문을 5, 6년 전에만 받았어도 가고 싶다고, 아버지와 가족에 대한 의무감 같은 것으로나마 대답했을 테지만 그때는 이미 그런 의무감조차 희박해져 딱히 돌아가야 할 이유를 찾을 수 없고, 마음도 없었던 때문이다. 더구나 오사카에서도 일 년에만 몇 차례 아버지를 만나고, 형인 사혁과도 서로 낯가림을 하지 않을 만큼은 만났던 터라 별로 아쉬운 것도 없었다. 낯선 곳으로 간다는 불편이 도리어 먼저였다.

'거기 계집애 하나 있다' 하고 할아버지는 불쑥 말했었다. 사온도 알고 있었다. 아버지와 형에게 들었고, 사진도 보았다. 사혁은 특히 누이의 얘기를 즐겨 들려주며, 실제로 보면 얼마나 귀엽고 예쁜지 모른다는 말을 자주했었다. 그 말이 맞는다는 것을 사온은 나중에야 이해했다. 형의 핸드폰 화면 속 사혜는, 실제의 소녀가 갖고 있는 놀라운 생동감을 제대로 전해주지 못했으니까. 그런데 그 '생동감'은 사온을 보자마자 밀어내기부터 했다

사온은 옥색 빛의 바다에서 눈길을 거두어 그 '생동감'에게로 보냈다. 그 생동감, 사혜는 부모와 오빠들에 둘러싸여 밝은 얼굴로 수다를 떨고 있었다. 뭐라 수다를 떠는지는 가족에게서 약간의 거리를 두고 서 있는 사온의 귀에는 들려오지 않았다. 그저 바람결을 따라 '짹짹' 하는 소리만이 귓가를 스칠 뿐이다. '짹짹' 조차 멈춘 것은 사혜의 눈길이 사온의 그것에 딱 잡힌 찰나였다. 사람의 눈길에도 기(氣)가 실려 있는 모양이다. 누군가 저를 집요하리만큼 뚫어지게 쳐다보면 대부분 그것을 느낀다. 사혜 역시 그렇게 사온의 눈길에 끌려, 그것을 느낀 순간에 눈살을 팍, 찌푸렸다. 그리고 이내 아랫입술을 대놓고 삐죽 내밀어 제 혐오의 감정을 분명하게 내비쳤다.

제 회장의 가족은 성탄절을 맞아 3박 4일 일정으로 제주도의 별장에 내려와 있는 중이었다. 사온이 가족의 품으로 돌아온 지도 거의 일 년이 되어 그동안에 소년은 이처럼 가족 여행에도 함께하고 있었다. 사혜는 그것이 싫었다. 그전까지는 가족과 함께하는 여행을 무척이나 좋아하고, 특히 제주도 별장을 좋아하던 소녀가, 사온이 오고부터는 달랐다. 여름에도 한 차례 가족 여행이 있었지만, 여행이든 모임이든 가족이 함께하는 것이 꼭 즐겁지만은 않게 돼버린 것이다. 그 가족에 사온이 함께했으니까. 사혜는 사온과 함께하는 것이면 무엇이든 싫었다. 아빠와 엄마, 그리고 사온을

뺀 나머지 두 오빠와 있을 때만 행복했다.

"온아."

어머니가 사온을 향해 소리쳤다. 오라는 손짓과 함께였다.

"왜 혼자 있어? 이리 와."

어머니의 손짓을 보며 사온은 천천히 발길을 옮겼다. 여전히 사혜의 얼굴에서 눈을 떼지 않고서였다. 더욱 불편한 얼굴이 된 사혜는, 그러나 피하지 않고 제 눈에 힘을 콱 주고는 '눈싸움'을 벌였다. 둘의 눈길은 허공에서 부딪쳐 소년은 다가서고, 소녀는 그것을 밀어내는 싸움의 형국이 되었다. 결국 힘에 부친 사혜가 먼저 고개를 휙, 돌려 외면했다. 동시에 소녀는 재채기를 심하게 했다.

"어, 감기 걸렸어?"

어머니가 걱정스러운 듯 딸의 얼굴에 손을 댔다.

"콧물도 나네."

"그만 들어가죠? 사혜 추운 모양인데."

사혁이 청했다. 아버지인 제 회장도 딸을 걱정하며 '가자' 했다.

이튿날, 제 회장 내외는 제주도 호텔에 내려와 있는 비즈니스 관계자들을 만나러 오전부터 별장을 비웠다.

"형, 썰매 타러 안 갈래?"

사빈이 사온에게 물었다. 아쉬운 듯 묻고 있으면서도 떨떠름한 얼굴이었다. 점심식사 후 얼마의 시간이 지난 후로, 사온이 있는 2층의 방에 들어와 청한 것이기도 했다.

사온은 바닥에 한 손을 대고 일명 '푸샵' 중이었다. 다리를 벌려 발꿈치를 들고, 또 바닥을 짚지 않은 팔은 등 뒤에 둔 채였다.

일본에서 좋든 싫든 유도와 검도, 가라테 수련을 받았던 사온은 여전히 몸에 밴 습관으로 인해 지금도 틈만 나면 운동을 했다.

"큰형은 친구 만나러 나갔어. 동아리 친구가 제주도에 있다나."

사온이 대답할 틈도 없이 사빈은 또 그렇게 말을 이었다. 썰매 타러 갈 사람은 사온밖에 없다는 것을 알린 것이다. 사혜를 데려 갈 수도 없는 것이, 어제 바닷바람을 맞은 누이가 결국 감기에 걸려 '오늘 하루는 사혜를 데리고 나가지 마라'는 어머니의 당부가 이미 있었던 때문이다.

"싫어."

사온은 팔굽혀펴기를 그만둘 생각이 없는지, 더구나 동생을 쳐다보지도 않고 짤막하니 대답했다. 냉정한 투도 아니고 평소와 같은 어조였다. 더불어 일말의 망설임도 여운도 없는, 그러니 냉정하다기보다는 건조했다. 사빈도 이미 작은형의 그런 말투에 익숙해 있었다. 잠시 생각하는 척이라도 하는 배려는 고사하고, 큰형처럼 '어쩌지?'라든가 '미안하지만' 하는 전조도 없이 늘 무 자르듯 단칼에 결정해 버리는 말투에, 그래서 저 아쉬워 청함에도 떨떠름한 입맛을 감출 수 없었던 것이다.

"왜 싫어?"

심술이 난 사빈은 시비 걸 듯 했다.

"귀찮아."

사온의 대답은 여전했다.

"귀찮으면서 그건 잘도 하네?"

여전히 팔굽혀펴기 중인 사온을 손가락질하며 사빈은 더욱 목청을 높였다. 형의 그런 모습을 집에서도 여러 번 목격했었다. 그러면서 내심, 한 손만으로 팔굽혀펴기를 하는 것이 신기해 한 번 따라해 봤다가 아무나 되는 일이 아니라는 것도 알았다. 힘든 것은 그만두고라도, 일단 균형을 잡을 수가 없었다. 균형을 잡으려면 팔 하나에 두 배의 힘을 실어야 하고, 또 그것이 가능하려면 그것을 버틸 단련된 근육이 필요하기 때문이었다.

"자기 혼자 노는 것은 안 귀찮고 나랑 노는 건 귀찮아? 그렇게 귀찮으면서 여긴 왜 왔냐? 집에서 혼자 놀지. 그러니까 사혜도 형 싫어하는 거라구. 친형 맞나 몰라……."

사온이 친형이라는 것을 사진으로만 보고 알고 있다가, 이제 일 년을 가족으로 함께 지낸 사빈이었다. 만나기 전부터 아버지나 어머니, 사혁으로부터 늘 말은 들어왔기에 마땅히 가족으로, 작은형으로 받아들이기는 했지만 '형'으로서 마음에 들었던 것은 아니었다. 무엇보다 가족 같지가 않았다.

"작은형 따위, 차라리 없는 편이 나을 뻔했어."

이어지는 사빈의 불만에 사온은 갑자기 일어났다. 뒷짐 졌던 손을 풀어 바닥에 대고 거의 동시에 양쪽으로 벌렸던 양다리를 모으고는 두 손으로 바닥을 밀어 그 반동을 이용해 순식간에 몸을 일으킨 것이었다.

"아, 알았어. 나 혼자 가면 되잖아."

사빈은 급히 소리를 빽 지르고는 사온이 돌아보는 새에 달아났다. 그리고 1층으로 내려와 사온이 쫓아오지 않는 것을 확인하고서야 발을 멈추고 숨을 몰아쉬었다. 사온이 본가에 합류한 지 얼마 안 되었을 때 사빈은 한 번 사온에게 깐족거렸다가 팔을 잡혀 눈물을 펑펑 쏟은 적이 있었다. 겨우 팔을 잡혔을 뿐인데 꼼짝을 할 수 없었을 뿐더러 전신이 무력해지고, 잡힌 자리는 또 얼마나 아프던지, 그 기억 때문에 사빈은 작은형 앞에서 깐족거릴 때면 일정 거리를 꼭 확보해야 한다는 사실을 잊지 않았다.

사빈은 그냥 소파에 털썩, 주저앉았다. 막상 나가려니 혼자 무슨 재미로 썰매를 타나 싶어 나갈까 말까 하는데 그 고민을 오래 할 새도 없이 계단으로부터 쿵쿵, 소리를 듣는다. 사온이 내려오는 소리였다. 외출복 차림이었다.

"에이 씨, 혼자 간다니까. 오지 마, 오지 마……."

사빈은 펄쩍 뛰듯이 일어나 거의 악을 쓰더니 무심결에 손에 잡힌 것을 사온을 향해 힘껏 던졌다. 퍽, 그것은 사온의 가슴 위를 맞고 바닥으로 떨어지며 쨍, 소리와 함께 반으로 쪼개졌다. 무게가 제법 나가는 사기 장식품이었다. 비록 외출복 위로 맞았지만 가까운 거리에서 정면으로 맞아 그 타격으로 인한 통증이 만만치 않을 텐데도 사온은 아파하는 시늉은커녕 내색조차 없이 사빈이 더욱 질려 버릴 정도로 꼼짝 않고 있었다.

"오, 오지 말랬잖아."

사빈은 다시 소리치고는 현관을 향해 냅다 뛰었다. 그런 동생의 뒷모습을 사온은 여전한 모습으로 바라봤다.

"같이 가자더니."

사온은 중얼거렸다. 소년은 얼마 후, 사빈이 던진 것에 맞았던 부위가 시퍼렇게 멍든 것을 확인했지만 대수롭지 않아 했다. 일본에서 무도 수련을 할 때 항시 겪었던 일이기에 웬만한 신체 상해에는 눈도 깜짝 안 하게 되었다. 어리다고 울고불고하는 일은 통하지 않았다. 그래 봐야 오히려 더 맞을 뿐이어서 어느 때부터인가 무감각해져 버렸다. 자신에게뿐 아니라 남에게도 마찬가지였다.

한 번은 사온이 외가의 정원에서 피투성이가 된 남자를 본 적이 있었는데 안면도 있는 남자였다. 남자는 보기에도 끔찍할 정도의 상태였지만 당시 겨우 열세 살의 사온은 그 곁을, 마치 바위 옆을 스치듯 무심히 지났다. 전후 상황을 궁금해하지도 않았고, 물을 달라는 남자의 애원도 들어주지 않았다.

사온과 사빈이 쉽게 친해질 수 없는 것은, 그러니 어찌 보면 당연한 것이었다. 서로 너무나 다른 환경에서 어린 시절을 보냈기 때문이다. 그럼에도 분명한 것은 사빈은 제 작은형과 친해지고 싶어 한다는 사실이었다. 사빈의 깐족거림도 사실은 형과 친해지고 싶은 제 나름의 표현이었을 텐데 그럴 때마다 사온은 항상 '쟤 왜 저래?' 하는 식으로 넘기기 일쑤였다. 사온을 정말 싫어하고, 절대 곁을 내어주려 하지 않는 사람은 단 하나, 사혜였다.

별장은 조용했다. 얼마나 조용한지 1층의 커다란 벽시계에서 나는 재깍, 재깍 소리가 홀(Hall) 전체를 울릴 정도였다. 그렇게 시간이 흘렀다.

사온은 사혜가 있는 침실로 노크도 없이 불쑥 들어왔다. 점심식사 후 약을 먹고 내내 잠을 자던 사혜가 마침 깨어났을 때였다. 화장실 욕구로 깨기는 했지만 아직 약 기운에 취해 눈을 뜨고도 약간 멍한 상태이기도 했다. 그런 소녀는 당연히 별장에 저와 사온, 둘뿐이라는 사실을 몰랐다. 식사 때가 아니면 별장지기도 별장에 없어, 그야말로 완전하게 '외나무다리'였는데 그것을 모르는 사혜는 눈앞에 사온이 보이자 처음에는 의아해했다.

"먹자."

사온의 한 손에 사과 하나와 함께 과도가 들려 있었다. 그는 침대 한편에 무릎을 하나 올린 모습으로 걸터앉았다. 그제야 사혜는 펄쩍 뛰며 뒤로 물러나 앉았다.

"싫어."

사혜는 소리쳤다.

"안 먹어. 나가."

사온은 그러나 태연히 사과를 위에서부터 돌려 깎았다.

"나가라니까."

"소리치지 마. 게이샤는 항상 조용히 말하는 거야."

"엄마……."

사혜가 이번에는 문을 향해 소리를 질렀다.

"아무도 없어."

사과 깎는 것을 잠시 멈추고 누이에게 눈길을 보낸 사온은 조용히 말했다.

"우리 둘뿐이야. 그러니 사이좋게 지내자. 사혜야."

"큰오빠……? 빈이 오빠도?"

그제야 부모님이 외출 중인 것을 기억해 낸 사혜는 다른 두 오빠에 대해 물었다.

"다 나갔어."

사혜는 눈알을 이리저리 굴리며 불안한 숨소리를 쌕쌕 흘렸다.

"불러보든가."

사혜는 정말 약간의 사이를 두고 큰오빠와 막내 오빠를 큰 목소리로 불러 보았지만 돌아온 것은 별장의 고요함뿐이었다.

"자, 이제 사과 먹자."

사온은 껍질을 다 벗긴 사과를, 과도를 든 손으로 한 조각 잘라 내 그것을 과도 끝으로 콕, 찍어 사혜 앞으로 내밀었다. 사혜는 황당하고 겁먹은 얼굴로 그것을 빤히 바라볼 뿐이다. 눈을 뜨자마자 나타나 덮어놓고 사과를 먹으라는 사온도 이해가 안 되었지만 날카로운 과도의 칼날도 왠지 섬뜩했다.

"어서."

사온이 다그친 순간 사혜는 급히 침대에서 뛰어내렸다. 사온에게 잡힐까 너무 서둔 나머지 털썩, 넘어지기까지 하면서도 죽을힘을 다해 문을 향했지만 사온은 그저 누이를 쳐다만 볼 뿐이었다. 소년이 누이의 방으로 온 까닭은 어머니의 전화를 받고서였다. 어머니는 사혁과 사빈에게 먼저 전화를 했다가 다들 밖이라 해서 사온에게 전화해, '사혜가 괜찮은지 들여다보고 과일이라도 좀 먹여라' 했던 것이다.

침실을 나온 사혜는 이리 뛰고 저리 뛰고서야 비로소 별장에 정말 아무도 없다는 것을 확인했다. 그 상황에서 소녀의 선택은 화장실이었다. 안에서 문을 잠갔다. 엄마가 올 때까지 나오지 말아야지, 했다. 그렇게 문고리를 잡고 행여 사온이 문밖에서 문을 두드리거나 하면 어쩌지 하며 잔뜩 겁먹고 긴장해 있는데 다행히 밖은 조용했다. 시간이 다소 흐르자 화장실 욕구도 살아나 사혜는 다소 머뭇거린 끝에 변기로 가 실내용 바지를 벗고 변기 위에 앉았다.

쪼르륵, 소리가 난 것과 문에서 철컹, 소리가 난 것이 거의 동시였다. '철컹'은 열쇠 돌아가는 소리로, 이어 문이 벌컥 열린 것과 쪼르륵 소리가 사라진 것이 또한 동시였다.

　사온을 본 사혜는 아연실색했다. 여전히 손에 껍질 깐 사과와 과도를 들고 있는 사온은 화장실 안으로 한 발자국 정도 들어와 선 채로 누이의, 흡사 귀신을 본 사람과도 같은 흙빛의 얼굴을 빤히 내려다보았다.

　"사과 먹자."

　사온이 먼저 입을 열었다. 그 말에 정신이 든 사혜는 서둘러 무릎에 있던 바지를 끌어 올렸다.

　"나, 나가……."

　일어날 수도, 그대로 앉아 있을 수도 없어 이제는 얼굴이 벌게진 사혜가 계속해서 '나가라니까' 하고 소리쳤다. 그런 소녀의 벌거벗은 엉덩이는 변기 위에서 들썩거렸다. 사온은 나가기는커녕 사혜 맞은편에, 한 발자국의 거리를 두고 몸을 낮춰 앉았다. 까치발을 하고서.

　"나가란 말이야, 나 오줌 누잖아."

　사혜는 다리를 꼭 오므리고 상의도 아래로 바싹 내려 잡아 두 손으로 앞을 가리고는 울상을 지었다.

　"싸. 기다릴게."

　사온은 태연히 말했다. 사혜는 어찌할 바를 몰랐다. 세상에서 제일 싫은 사온이 바로 코앞에서 보고 있는데 소변이 봐질 리도 없거니와 너무 무서웠고, 또 너무 창피했다.

　"다 쌌어?"

　사온은 묻고 대답도 기다리지 않은 채 손에 든 과도로 사과를 한 조각 잘라내 아까처럼 칼날 끝으로 콕 찍어서 사혜 앞으로 내밀었다. 사혜가 손을 뻗으면 충분히 잡을 수 있는 거리였다.

"먹어."

"시…… 싫어……."

사혜의 이번 '싫어'는 별로 단호하지 못했다. 밖으로 던진 소리가 아닌, 안으로 기어들어 가는 소리였다.

"먹어."

사온은 반복했다. 사혜는 곧 울음을 터뜨릴 것 같은 얼굴로 사온을 노려보고만 있었다.

"안 먹으면 변기에 빠뜨렸다 줄 거야."

사온의 협박에 사혜는 몸서리를 쳤다. 사온이라면 정말 그런 짓을 하고도 남을 것 같았으니까. 소녀는 바지와 상의 아래를 움켜잡고 있던 손 하나를 먼저 슬며시 뗐다. 그리고 그 손을, 칼날 끝에 꽂힌 사과 조각을 향해 천천히 뻗었다. 소녀의 손끝은 가늘게 떨렸다. 아마도 그 탓이었을까. 칼끝에서 사과 조각을 빼낸 가녀린 손은 또 즉시 그것을 아래로 떨어뜨리고 말았다.

"주워 먹어."

사온은 명령했다. 추호의 감정도 내비치지 않는, 평소의 건조한 말투였다. 사혜는 울먹울먹한 얼굴을 아래로 내려 타일 바닥 위에 떨어져 있는 사과 조각을 내려다봤다. 변기 위에 앉은 채로는 그것을 집을 수 없었다.

"옷…… 입고……."

"입어."

"보, 보지 마……. 딴 데 봐."

"볼 거야. 요령껏 입어."

사혜는 포기한 얼굴이 되었다. 이런저런 부탁을 들어줄 사온이
라면 이렇게 저를 괴롭히지도 않을 테니까.

사혜는 앉은 채로 엉덩이를 좌우로 들썩들썩해 가며 바지를 끌
어당겼다. 사온이 코앞에서 빤히 쳐다보고 있으니 마음은 급한데
바지를 허리까지 올리기 위해서는 엉덩이를 완전히 들어야 해, 사
온의 눈치를 살폈다. 잠깐이라도 다른 곳을 봤으면 좋으련만 소년
은 눈도 한 번을 깜박거리지 않았다.

사혜는 에라, 모르겠다는 심정으로 급히 벌거벗은 엉덩이를 들
자마자 바지를 추어올렸다. 그렇게 너무 서둔 나머지 또 그만 풀
썩, 균형을 잃고 바닥으로 넘어지고 말았다. 아직 바지는 엉덩이
중간에 걸쳐 있어, 소녀는 주저앉은 채로도 바지를 끌어당겼다.
그러다 보니 눈물이 앞을 가린다.

"이제 사과 먹자."

사혜가 하는 꼴을 내내 지켜보던 사온이 타일 바닥에 그대로 있
는 사과 조각을 향해 눈짓했다. 사혜는 터져 나오려는 울음을 꾹
참고 몸을 앞으로 기울여 사과 조각을 집어 들었다.

"착하다."

사온은 입꼬리를 살포시 올렸다. 그것은 사혜가 사과 조각을 입
에 대는 순간 더 위로 올랐다. 사과를 한 입 조금 베어 문 사혜는
닭똥 같은 눈물을 뚝, 뚝 흘렸다. 자신이 왜 지금, 그것도 화장실
안에서 사과를 먹어야 하는지 너무 서러웠다.

"아빠한테……."

서러운 눈물을 삼키며 사혜는 말했다.

"이를 거야……."

"이를 거면 굳이 나한테 말할 필요 없어. 그냥 가서 이르면 되는 거야."

사혜는 말문이 막혔다. 그동안 둘 사이에 크고 작은 마찰이 여러 번 있었고, 그때마다 소녀는 '이른다'고 위협해 왔지만—그것만이 제 유일한 무기라는 듯—실제로는 단 한 번도 이른 적이 없었다. 어쩌면 소년은 소녀의 '이르는 모습'이 보고 싶어 더 짓궂게 구는지도 몰랐다.

"왜…… 나 미워해? 동생인데……."

소녀는 물었다. 줄곧 의아해 오던 것이지만 물어보는 것은 처음이었다.

"너도 나 미워하잖아."

사혜는 움찔했다. 둘째 오빠가 싫었던 것은 사실이었으니까. 그러나 더 싫게 만든 것도 오빠였다.

"아, 안 미워할게……. 그럼 됐지?"

"아니."

"그, 그럼……? 계속 나 미워할 거야?"

"아니. 널 미워한 적이 없었단 뜻이야. 미워하지 않아."

"근데 왜 괴롭혀?"

"예뻐서."

"거짓말……."

"정말이야."

"그럼 괴롭히지 마. 응?"

"그럼 너도 약속해."

"뭘……?"

"게이샤가 되겠다고."

말과 함께 드러난 사온의 눈빛은 사혜가 가장 싫어하는 바로 그 눈빛이었다. 소녀는 몸서리를 쳤다.

"내 게이샤. 나만의 게이샤."

사온의 부언에도 사혜는 입을 다물고 있었다. 소녀가 알고 이해하는 게이샤는 분명 나쁜 것이었다. 그런데 그 나쁜 것이 되라 하니 바로 대답할 수 없었다.

"대답 안 해?"

"게, 게이샤가 되면 뭘 해야 하는데?"

"나중에 가르쳐 줄게. 네가 크면."

소녀는 다시 입을 다물었다.

"사과나 먹자."

사온은 굳이 대답을 강요하지 않겠다는 듯 과도로 사과를 또 한 조각 베어냈다. 그리고 그것을 휙, 던졌다. 퐁당, 변기에서 소리가 난다. 사혜는 경악했다. 보나 마나 그것을 먹으라고 할 것이 뻔했기 때문이다.

"아, 알았어. 게이샤 될게."

사혜는 얼른 고개를 끄덕였다.

"누구 게이샤?"

사온은 확인하듯 물었다.

"오빠 게이샤."

"명심해 둬."

사온은 사혜의 눈길을 집요하게 끌었다.

"내 게이샤는 한 남자만을 섬긴다. 사혜야."

사혜는 멍한 얼굴을 하고만 있었다. 사온의 말을 알아들을 수 없음도 물론이다.

그때 밖으로부터 기척이 들렸다. 어머니의 목소리도 들려왔다. 소녀에게는 구원이나 다름없었다. 그 '구원'에 의지해 와아앙, 사혜는 큰소리로 울음을 터뜨렸다.

"아니……."

울음소리를 듣고 온 어머니는 깜짝 놀란 모습을 보였다. 사온은 천천히 일어났다. 당황한 기색은 전혀 없었다.

"화장실에서 뭐 하는 거야? 왜 그래? 무슨 일이야?"

어머니는 엉엉 우는 딸과 사온을 번갈아 보았다.

"사혜한테 들으세요."

사온은 그렇게만 말하고 먼저 화장실을 나갔다.

"엄마……."

사혜는 어머니 품에 몸을 던져 정말 서럽게 울었다. 그런 소녀는 이상하게도, 나중에 진정이 된 후에 어머니가 '왜 그러냐' 하고 물었을 때는 자신이 사온으로부터 당한 일을 말하지 않았다. 그것은 그 일을 고자질하고 난 후에 있을 사온의 '보복'이 두려워서만은 아니었다. 그냥 소녀는 사온이 큰오빠나 막내 오빠와 달리 친오빠가 아닐지도 모른다고만 결론 냈다. 다른 두 오빠들은 어릴 때부터 함께 살았는데 사온은 뒤늦게 나타난 것만 봐도 틀림없다고, 심지어 '사온 오빠는 고아원에서 데려왔을 거야'라고 마음대로 생각해 버렸다. 때문에 친오빠가 아니니 불쌍하니까 봐줄까, 하는 마음으로 사혜는 고자질을 참을 수 있었다. 그런 소녀가 제 출생에 관한 진실을 알기까지는 5년 가까이 걸렸다.

◈

　더위가 본격적으로 시작하는 7월의 어느 날, 제 회장 자택의 1
층 홀(hall)로 한 청년이 캐리어를 끌며 들어섰다. 제사온이다. 이
제 더는 소년이 아닌, 스물두 살의 대학생으로 더욱 훤칠한 키에
흰색 면 티 하나로도 아주 보기 좋은 몸을 숨기지 못하는 매우 인
상적인 젊은이의 모습이었다. 특징적인 것이라면 어릴 때와 변함
이 없는, 회색을 연상시키는 마른 눈빛이랄까. 그것은 또한 더욱
견고해져 있었다.

　"형……."

　2층의 계단으로부터 모습을 보인 사빈이 사온을 발견하고는 빠
르게 내려왔다. 사빈은 현재 고3이다.

　"난리 났다. 사혜 말이야……."

　사빈은 말하는 중에 2층의 계단을 힐끔 살피며 목소리를 낮췄다.

　"친동생 아니야."

　사빈 역시도 그로 인해 충격을 받았던 것이 틀림없는 얼굴로 말
했지만 사온은 전혀 놀라지 않았다. 오사카의 바다 위에서 외할아
버지로부터 들어 이미 알고 있던 사실이었으니까.

　"사혜가 자기 혈액형 이상하다고 하면서 엄마 붙들고 울고불고
하는 바람에 결국 아빠랑 엄마가 나까지 불러서 다 얘기했어. 사
혜, 입양해 온 거라고. 큰형은 알고 있었대. 형도 알았어? 나만 몰
랐나?"

　"그래서?"

"그래서 뭐? 아, 그 뒤에 어떻게 됐냐구? 아빠랑 엄마가 사혜는 가슴으로 난 자식이지만 친자식이나 똑같다, 그렇게 달랬는데도 혜가 가출한다고 난리 치는 바람에 엄마가 맘고생 좀 했지. 나도 달래다 커피 가져온다고 나왔어. 사혜 지금 내 방에 있거든."

"알았다."

"사혜 보면 형, 티 내지 마. 애가 지금 엄청 예민해 있거든. 더구나 사춘기잖아."

계단으로 몸을 돌린 사온을 따라가며 사빈은 계속 떠들다가 눈을 위로 향하면서 입을 딱 다물었다. 사혜가 위로부터 내려오고 있었던 때문인데 그런 소녀도 계단을 내려서던 발길을 우뚝 멈췄다.

올해 열다섯인 사혜는 여전히 풋풋하고 싱그러운, 덜 익은 과일 같으면서도 면 티 위로 봉긋하니 오른 젖가슴과 둥근 모양으로 자리를 잡아가는 골반은 또한, 소녀에서 여자로 건너가는 길목에 있음을 잘 보여주고 있었다. 다만 키는 별로 안 자라, 5년 전과 별로 다를 것도 없이 왜소하고 가녀렸지만 작고 야무진 두상에 입체적인 이목구비, 거기에 긴 팔과 다리에서 오는 고운 자태는 전보다 더욱 진한 미혹의 향을 풍기고 있어, 그것이 소녀만의 독특한 아름다움으로 자리 잡아가고 있었다.

"사혜야……."

사빈은 사온을 지나 먼저 계단을 뛰어올라 사혜 앞으로 갔다.

"작은형 왔으니까 본격적으로 여름 여행 계획 짜보자."

사온은 대학 입학과 함께 기숙사 생활을 함께하고 있어 여름과 겨울의 방학 중에만 집으로 돌아왔다.

"큰형은 공익이라 안 되니 우리 셋이 가야 하거든. 나도 뭐 고삼이지만 까짓 며칠 시간 내지, 뭐. 원래 공부 잘하니까 괜찮아."

말끝에 사빈은 부러 웃음소리를 냈다.

"난 여행 안 가. 오빠들이나 다녀와."

사혜는 쌀쌀맞게 말했다.

"네가 안 가면 형이랑 나랑 무슨 재미야? 공주님이 가셔야 제대로지. 그치? 형."

사빈은 동조를 구하듯 뒤를 돌아보았다.

"공주는 필요 없어. 하녀를 데려가야지."

사온은 시큰둥하니 대답했다. 순간 사빈이 당황해 얼굴을 일그러뜨렸지만 그것도 사혜의 벌게진 얼굴에 비하면 아무것도 아니었다. 소녀는 그대로 사온에게 덤벼들 기세였다. 그것을 눈치챈 사빈이 누이의 이름을 부르며 팔을 잡으니 소녀는 또 그것을 뿌리치다 그만 균형을 잃고 발을 헛딛고 말았다.

눈 깜짝할 순간이었다. 사혜가 계단 위에서 앞으로 고꾸라지는 것과 사온이 몸을 날려 소녀를 받아내 품에 안은 것이 말이다. 그는 제 몸으로 사혜를 거의 포위하다시피 안아, 계단에 떨어진 충격을 온전히 혼자 감당했다.

"사혜야……."

놀란 사빈이 뒤늦게 뛰어내려 왔다.

사혜는 사온의 품에서 정신을 차리자마자 꿈틀댔다. 빠져나가려는 몸부림이었다. 아직 열다섯의 소녀라 해도 여자의 직감은 있는 법이다. 소녀는 사온의 손이 닿은 등과 엉덩이에서 불쾌하고도 묘한 느낌을 받고 있었다.

"싫어……."

사혜는 나직이, 그러나 격한 감정을 섞어 내뱉었다.

"곧 좋아질 거야."

사온은 속삭였다.

"넌 나의 게이샤니까."

사혜는 눈을 부릅떴다. 게이샤, 참으로 오랜만에 다시 들어본다는 것 같은 눈빛이었다. 사온은 천천히 몸을 일으켜 사혜를 놓아주었다. 위로부터 '괜찮냐' 하는 사빈의 말과 함께 멀리서 어머니의 목소리도 들려오는 중이었다.

퍽, 풀려난 사혜가 주먹을 쥐고 대뜸 사온의 얼굴을 갈겼다. 사빈은 물론이고 어머니도 깜짝 놀란다. 팍, 팍, 사혜는 계속해서 사온에게 주먹을 휘둘렀다.

"사혜야, 왜 그래? 응? 왜 오빠를 때려?"

어머니는 딸을 뜯어말렸지만 정작 사온은 소녀를 내버려 두었다.

얼마 후 사혜는 제 방문을 걸어 잠근 채 울음을 터뜨렸다. 침대에 엎드려 베개에 얼굴을 파묻고 눈물을 쏟으며 소녀는 두 주먹으로 침대를 팡팡 치기도 했다. 소녀가 제 출생에 대해 의심을 갖게 된 것은 방학 직전이었다. 당연히 혈액형에서 비롯됐다.

사혜의 혈액형은 CIS—AB형으로 희귀 혈액형에 속한다. 또 부모 중 한쪽이 같은 '시스'여야 나올 수 있는 혈액형이기도 하다. 물론 그전에도 사혜가 제 혈액형을 몰랐던 것은 아니지만 어린 만큼 그것을 특정한, 즉 출생과 관련시키지는 못했을 뿐더러 무엇보다 가족의 사랑을 넘치게 받는 소녀가 제 출생을 의심할 이유도 하등 없었다. 그러던 중 최근에 사혜의 혈액형이 소녀의 친구들 사이에 화제가 되면서 '부모 중 누가 시스냐' 하는 의문이 나왔고, 인터넷에서 쉽게 정보를 찾아볼 수 있는 환경은, 소녀를 '난 입양아인가' 하는 고민에 빠뜨린 것을 넘어 곧장 확신에 이르도록 만들었다. 때문에 제 회장 부부도 사혜에게 사실대로 말할 수밖에 없었다.

사혜는 벌떡, 몸을 일으켰다. '나의 게이샤니까' 했던 사온의 조롱이 귀에 생생했다. 저가 입양아라는 것에 대한 충격이 채 가시지도 않은 상황에서 사온의 그러한 조롱은 마치 소녀가 입양아라서 당할 수밖에 없다는 것으로 여겨졌다. 더구나 열 살 때와 달리 이제는 사혜도 게이샤에 대해 보다 구체적인 개념을 갖고 있었다. 즉 막연히 기생이다, 했던 것에서 '몸을 파는 더러운 여자'라고 알고 있었다. 그러니 더욱 모욕적이었다. 그런데 이제 와보니 다른 오빠들과 다르게 사온은 그 사실을—사혜가 입양아라는 사실을—처음부터 알고 있었던 것이 아닌가 싶었다. 사혜는 제자리를 박차고 일어났다.

쾅쾅, 노크라기보다는 선전포고 하듯 두드리는 소리에서 거의 시간차도 없이 문은 벌컥 열렸다. '선전포고'의 주인은 사혜였고, 그렇게 기세 좋게 들어와 또 거의 동시에 화들짝 놀라 제자리에 우뚝 멈춰 섰다.

방의 주인, 사온은 거의 벗은 몸이었다. 방금 샤워를 했는지 위는 다 벗은 채 허리 아래로만, 무릎을 덮는 길이 정도의 흰색 타월을 두른 모습이었다. 그의 구릿빛 몸에서는 아직 몇 개의 가는 물줄기가 흐르고 있었다.

사혜는 뒤로 슬쩍 물러섰다. 아직 남자에 대해 알 리 없는 소녀는 저도 모르게 얼굴까지 붉게 물들였다. 오빠들의 상반신 벗은 몸 따위야 여름이면 집과 휴양지에서 자주 보아왔던 것인데도 말이다.

"왜?"

사혜의 반응이 재미있다는 듯 지그시 응시하는 눈빛으로 사온은 툭, 던졌다.

"저기……. 흠, 흠……."

사혜는 짐짓 목청을 가다듬며 표정 정리를 하려 애썼다.

"하, 한 번만 더 그러면 아빠한테 이를 거야."

"뭘?"

"그거……."

"그거? 게이샤?"

"그거 나쁜 말이잖아."

"게이샤는 수련을 받은 예인이야."

"나쁜 거야."

사혜는 고집스럽게 제 목소리에 힘을 주었다.

"무슨 오빠가 그래? 오빤 내가 오빠 동생인 게 싫은 거지? 아니…… 처음부터 날 동생으로 생각 안 했던 거지?"

사혜의 그 질문에는 '처음부터 내가 입양이라는 것을 알고 있었지?'가 포함되었다.

"넌?"

사온은 되물었다.

"넌 내가 오빠인 게 좋아? 오빠라고 생각했어?"

소녀는 대답을 얼른 못 했다.

"거봐. 우린 똑같아."

"아, 아냐. 난 달라. 오빠랑 달라. 그냥…… 오빠가 다른 오빠들 같지 않으니까 그런 것뿐이야. 다른 오빠들이랑 다르니까……."

"어떻게 다른데? 아니, 잘못 물었군."

말과 함께 사온은 사혜 앞으로 천천히 발을 옮겼다.

"왜 같아야 하지?"

"그, 그거야……."

경계하듯 뒤로 한 발을 빼던 사혜는 그 순간에 사온의 팔에서 푸른 멍을 발견했다. 굳이 생각하지 않아도, 조금 전 계단에서 사혜를 안고 구를 때 생겼으리라는 것을 알 수 있었다.

"오빠니까……."

사혜는 대답과 함께 눈을 사온의 얼굴로 옮겼다.

"오빠는 원래 동생 다치게 하면 안 되는 거잖아."

"그게 다야?"

사온은 누이와 한 발자국 정도의 거리에서, 가슴 아래에 팔짱 낀 모습으로 다시 물었다.

"나쁜 말도 하면 안 돼."

사혜는 고개를 흔들었다.

"근데 왜 자꾸 나더러 게이샤래? 그런 오빠가 어딨어? 내가 그거 모를 줄 알아? 몸 파는 여자잖아. 나쁜 거잖아."

"한 남자에게만 팔면 돼."

사온은 산뜻하게 정리했다.

"그럼 나쁜 거 아니야."

사혜는 놀라 눈이 휘둥그레졌다.

"됐지?"

누이의 놀란 토끼 눈을 보며 사온은 태연하게 다짐을 받듯 물었다.

"되긴, 뭐, 뭐가?"

"뭐가? 잊었니? 너, 내 게이샤 되기로 한 거."

"말도 안 돼……."

사혜는 펄쩍 뛰었다. 그런 누이를 사온은 말없이 응시했다. 물론 두 사람 다 5년 전 겨울, 제주도 별장에서의 '약속'을 기억하고 있었다. 또 그날 이후 사온의 괴롭힘이 거짓말처럼 사라졌다는 것도, 특히 사혜는 잘 알았다. 그날 이후로도 사혜는 여전히 사온을 향해 노골적인 혐오의 감정을 드러내고, 또 격렬히 밀어냈지만 그럴 때라도 그는 늘 무덤덤하게 반응했으니까.

그러다 보니 사혜도 차츰 경계를 풀고, 시간이 더 지남에 둘째 오빠가 더는 저를 괴롭히지 않는다는 것을 알고 믿게 되었다. 다만 물끄러미 쳐다보는 눈길만은 여전해, 그런 사온의 눈빛이 사혜는 변함없이 싫었지만 그것도 그가 대학 기숙사에 들어가면서 그나마 참을 수 있게 되었다.

"내가 왜 기숙사로 들어간 줄 알아?"

사온은 불쑥 물었다.

"어느 날부턴가, 좀 힘들었어. 널 보고 있는 게."

"그, 그게 왜 힘든데?"

사온은 대답 대신 입꼬리를 살짝 올렸다. 사혜가 제일 싫어하는 눈빛과 함께였다.

"싫어."

소녀는 소리를 지르며 다시 펄쩍 뛰었다. 정말 두 발이 바닥에서 붕 뜬 것 같을 정도였다. 그 사이로 '걱정 마' 하는 사온의 나직한 소리가 스며들었다.

"당장 어쩌지는 않으니까. 네가 좀 더 자라야지."

"싫다니까."

사혜는 발작적으로 악을 썼다. 뭐라 말할 수 없는 분노와 서러움이 치밀어 올랐다.

"처음부터 내가 친동생이 아닌 거 알고 그랬던 거지? 그래서 그렇게 날 괴롭히고 게이샤라고 놀렸던 거지? 나도 오빠, 오빠라고 생각 안 해. 안 할 거야. 다신 말도 안 할 거야. 한마디도 안 할 거야."

한편 사빈은 제 방문 열고 나오다 사혜를 발견했다. 계단을 향해 거의 뛰는 걸음으로 가고 있는 뒷모습이었지만 동선으로 보아 사온의 방에서 나왔으리라는 것쯤은 금세 알 수 있었다.

"사혜 왔었어?"

사온의 방문을 연 사빈은 무심히 물었다. 사온이 옷장 문을 열 때였다.

"그래."

사온 역시 무심히 대답하며 티 한 장을 꺼냈다.

"뭐래?"

"뭐가?"

"사혜가 와서 뭐라냐고?"

"궁금하면 직접 물어봐."

"좀 잘 다독여 주지……."

사혜가 제 출생 문제로 사온을 찾았다고 사빈은 생각했다. 그 문제로 사빈 역시 제 방에서 누이와 함께 있었으니까. 사빈의 눈에 누이는 약간 불안해 보였고, 자신만 피로 연결된 가족이 아니라는 사실에 화가 난 것 같았다.

"아 참, 엄마가 내려오래."

얼마 후 사온, 사빈 형제는 어머니와 마주 앉아 있었다. 리빙 룸의 소파에서였다. 어머니는 사혜가 제 출생 문제로 마음을 다치지 않게 특별히 주의를 기울여 달라, 부탁했다. 사빈에게는 이미 당부했던 것이지만 사온이 여름방학을 이용해 집에 온 김에 다시 한 번 자리를 마련한 것이었다.

"너희 둘도 알겠지만……."

어머니는 당부 끝에 말했다.

"아버지와 난 사혜를 우리 딸이 아니라고, 손톱 끝만큼도 생각해 본 적 없어. 너희와 똑같은 우리 자식이야. 내 피고, 내 살이야."

어머니는 스스로 의식도 못하는 새 '우리'에서 '나'로 바꾸며 제 의지를 실었다.

"걱정 마, 엄마. 시간이 좀 지나면 괜찮아질 거야. 사혜도 알 텐데, 뭐. 아버지랑 엄마가 저를 얼마나 사랑하는지. 솔직히 형들이랑 나야말로 아버지한텐 거의 찬밥 아닌가?"

사빈은 말하며 웃었다. 그런 그도 중학교에 다니던 16살 무렵에 어머니가 계모란 사실을 알고는 충격받은 적이 있었다. 그런데 그 충격은 다만 생모가 아니라는 사실 그 자체보다는, 친모라 믿어 의심치 않을 만큼 자식들에게 헌신적인 어머니에 놀랐던 까닭이 더 컸다. 오히려 사혜가 입양된 누이라는, 얼마 전에야 밝혀진 진실이 진짜 충격이었다. 그 직전까지는 사혜가 어머니의 딸, 즉 이복누이라 알고 있었다. 그러니 사빈에게 사혜는 양친이 같은 친누이에서 이복누이로, 이제는 아무 혈연관계가 없는 누이로 계속 자리바꿈한 셈이었다.

리빙 룸에서 세 사람이 모여 있는 사이 사혜가 집을 나갔다는 사실을 아는 사람은 아무도 없었다. 저녁식사 시간이 돼서야 사혜의 방이 비었고, 외출과 귀가 시에는 항상 인사를 하고 다니게끔 어릴 때부터 교육을 받고 또 늘 그대로 실천하고 있는 사혜가 집안 어디에도 없다는 것까지를 확인한 어머니는 불길한 예감에 사로잡혔다. 그리고 그 예감대로 여름의 긴 해가 졌는데도 사혜는 돌아오지 않았다.

"형, 사혜 가출했어."

사빈은 핸드폰에 대고 소리쳤다. 사온은 리빙 룸에서의 모임 후 바로 외출해 아직 귀가 전이었다.

"알게 된 건 두세 시간 전쯤. 엄마가 사혜 친구들한테 다 연락해봤는데 친구랑 있는 것 같진 않은가 봐. 핸드폰 당연히 안 받고. 어떤 때는 신호가 가는 거 보면 전원을 켰다, 껐다 하는 거 같애. 아마 문자는 확인하고 있을 거야. 아버지한텐 걱정하실까 봐 아직 안 알렸는데 퇴근하시면 금방이지, 뭐. 엄만 지금 하얗게 질렸어."

사빈과 통화를 하는 사온은 자가용 차 안에 있었다. 갓길에 차를 세우고 있던 그는 통화를 끝낸 후 다시 차를 몰았다. 운전대를 잡고 가만히 생각하는 얼굴이었다.

"내 피와 살……."

사온은 중얼거렸다. 그는 달린 지 5분 만에 좀 더 안정적인 위치에 차를 세우고 핸드폰을 다시 들었다.

「내 귀여운 게이샤. 어디에 있니?」

사온의 문자를 보고 있는 사혜는 몸에 열이 확 오르는 것 같은 느낌을 받았다. 소녀의 얼굴은 정말 벌게져 있었다. 그런 얼굴로 아랫입술을 지그시 깨문 사이, 소녀의 핸드폰은 새로운 문자가 도착했음을 알렸다.

「내 착한 게이샤, 설마 약속도 안 지키고 도망갈 생각은 아니겠지?」

"아이, 정말……."

사혜는 더욱 열 받은 얼굴로 중얼거렸다. 소녀가 있는 곳은 어느 영화관의 대기실로, 가동 중인 에어컨의 온도가 낮게 설정이 돼 있는지 카디건이 필요할 정도로 실내 공기는 무척 서늘했다. 대기용 장의자의 가장자리에 홀로 앉아 있는 사혜 역시 베이지색 티 위에 체크무늬의 긴팔 셔츠를 오픈해 입은 모습에, 제법 크기가 있는 숄더백을 곁에 두고 있었다. 숄더백은 그 안을 무엇으로 채워놓았는지 아주 터질 듯 뚱뚱했다. 그것만 봐도 정말 가출을 결심하고 집을 나오기는 한 모양이었다.

"내가 누구 땜에 나온 건데……."

사혜는 거의 볼멘소리를 냈다. 소녀는 정말 사온이 미워서 그에게 복수하고 싶어 집을 나왔다. 그래서 '사온 오빠 때문에 집을 나간다' 하는 쪽지라도 남겨놓고 나올까 하다가 차라리 나중에 어머니로부터 왜 나갔냐는 추궁을 들은 후에 실토하는 편이 더 효과가 있을 것 같아 그만두었다. 그래야 고자질하는 느낌도 들지 않을 테니까.

사온이 얼마나 나쁜 오빠인지를, 그전에도 고자질하고 싶은 마음은 굴뚝같았지만 참았다. 왜 참았는지 소녀도 잘 모른다. 그저 고자질은 어쩐지 나쁜 짓 같다는 것이 표면적인 이유였고, 나중에는 '친오빠가 아닐 거야'라고 마음대로 믿어버렸다. 그런데 정말 친오빠가 아니었다. 그것도 사혜, 자신이 튕겨져 나간 모양새로 말이다. 그러니 이제 고자질을 해도 양심의 가책 따위 받을 필요 없다고 소녀는 생각했다.

'불쌍한 건 온이 오빠가 아니라 나잖아.'

이유는 또 있었다. '내가 집을 나가면 온이 오빠도 조금은 양심의 가책을 받겠지?' 했는데 그것은 아무래도 참담한 실패인 것 같았다. 사혜는 사온의 문자를 다시 보며 바르르 떨었다. 어머니와 사빈의, 걱정과 사랑 가득한 문자와는 너무도 대비되었다. '내 게이샤'라니? 누구 마음대로?

「말 안 듣는 게이샤를 다스릴 땐 엎어놓고 엉덩이를 아주 세게 때리는데, 5분 내로 전화 안 하면 한 대다. 5분마다 한 대씩 추가.」

문자를 본 사혜는 너무 기가 막혀서 허, 허, 하는 소리만 뱉어냈다. 그런데 정말 5분 뒤에 '한 대'라 쓰인 사온의 문자가 도착하는 것이 아닌가. 사혜는 물론 가뿐하게 무시했다. 영화나 볼까 했다. 영화관에는 네 편의 영화가 상영 중이었는데 이미 한 편은 본 터였다. 그러는 새 '두 대'라는 문자가 날아들었다. 그것이 '세 대'가 되고 '다섯 대'가 되니 사혜는 폭발 직전이 되었다. 소녀는 씩씩대며 영화관 내 흡연 구역인 야외로 나갔다.

[일곱 대가 되기 직전이네? 잘했다.]

통화음이 떨어지자마자 사온의 여유 있는 목소리가 들려왔다.

"누가 그까짓 거 무섭대?"

사혜는 소리를 빽 질렀다. 사실 소리를 지르기 위해 나온 것이었다. 담배를 피우고 있던 남자들 몇몇이 사혜에게 눈길을 던졌다.

"내가 전화를 한 건 문자 보내지 말라고 말하려구 그런 거야. 알았어?"

[어디에 있니?]

"남이야 어디든? 장난치지 마. 나 장난감 아니야. 오빠의 게이샤 아니야. 그렇게 부르지 말란 말이야."

[그래. 너, 게이샤 아니야.]

사혜가 화를 내는 사이로 사온의 목소리는 나직이 스며들었다. 사혜는 멈칫했다.

[대신 어디에 있는지 말해.]

"그, 그게 무슨…… 말이야?"

[말 그대로야. 지금부터 게이샤라고 안 부른다.]

"진짜지?"

[그래. 그러니까 어디에 있는지 말해.]

"그럼…… 그거, 오빠의 게이샤가 되기로 한 것도 무효인 거지?"

[그래.]

40여 분 후 사온은 영화관의 대기실로 들어섰다. 대기실 의자에 앉아 있는 사혜의 모습은 금세 눈에 들어왔다. 소녀는 뚱뚱한 숄더백을 무릎 위에 올려놓고, 그 위에 다시 팔꿈치를 올려 받치고는 핸드폰 화면에 눈을 고정한 채였다. 그렇다고 뭘 보고 있는 것은 아니었다. 핸드폰 화면은 꺼져 있었으니까. 상념에 빠져 있거나 그저 멍하니 있는 것이 틀림없었다.

때문에 소녀는 사온이 다가오는 것도 모르다가 화들짝 놀라는 것으로 제 의식을 깨웠다. 조금 전까지만 해도 통화 중에 그리 기세 좋게 소리를 지르더니만 정작 사온이 와서 그 큰 키로 떡 버티고 서서 내려다보자 소녀는 다소 움츠러들었다. 저가 있는 영화관의 이름과 위치를 대고 시간 맞춰 밖으로 나간다 했는데도, 그냥 그 자리에서 꼼짝 말고 있으라 하고 여기까지 들어온 사온이었다. 시간이 벌써 밤 10시가 넘어, 거리보다는 영화관이 안전하다 생각해 그는 그렇게 한 것이었다.

"엄마한텐…… 아직 전화 안 했어……."

사혜는 모기 소리만 하게 말했다. 사온은 말없이 손을 내밀었다. 사혜는 머뭇거리다 그 손을 잡았다. 사온은 누이의 손을 잡고, 다른 손에는 누이의 가방을 든 채 주차장으로 향했다.

"밥은 먹었어?"

사온은 물었다. 주차장에서 사혜를 차에 태우고 나서였다.

"저녁은 아직……. 근데 배 안 고파."

"파스타 먹을래?"

"이 시간에 파스타 하는 데가 어딨어?"

대부분의 음식점들이 문을 닫을 시간이었다.

얼마 후 사온과 사혜 남매는 커피 전문점에 마주 앉아 있었다. 사온은 커피, 사혜 앞에는 라떼와 샌드위치가 있었다. 배가 안 고프다던 사혜는 샌드위치를 열심히 먹었다.

"오빠가 전화했어?"

먹는 중에 사혜가 물었다.

"엄마한테."

사온은 고개를 살짝 저었다.

"어, 엄마 걱정할 텐데……."

"걱정하시는 거 알면서 가출해?"

"오빠 때문이야."

사혜는 대번에 비난을 실어 내뱉고는 저가 전화를 한다며 핸드폰을 찾았다.

"하지 마."

사혜가 제 핸드폰의 전원을 켜려 하는 것을 보며 사온은 말했다.

"왜?"

"너 오늘 집에 못 들어갈지도 모르니까."

순간 사혜는 캑, 먹던 샌드위치가 목에 걸린 소리를 냈다.

"농담이다."

사온은 태연하게 커피 잔을 입에 댔다. 입가에 웃음기조차 없었다.

"나 겁주는 거 재밌어?"

사혜는 짜증이 확 난 얼굴로 톡, 쏘아붙었다.

"내가 무섭니?"

"아, 아니."

"그런데 왜 겁을 먹어?"

사혜는 대답하지 못했다. 다만 못 미더운 눈으로 그를 힐끔거릴 뿐이었다.

"왜?"

사혜의 눈길을 느낀 사온이 툭 던지듯 물었다.

"그거…… 게이샤, 취소 맞지?"

"그래. 취소 맞아. 대신…… 뭐라 부를까?"

"대신? 대신이라니? 뭘 대신이야? 나 사혜야. 제사혜."

"제사혜…… 내 피와 살."

"뭐……?"

"어머니가 그러시더라."

사혜는 멈칫하더니 이내 고개를 옆으로 돌렸다. 갑자기 코끝이 찡했기 때문이다. 그렇잖아도 출생 건으로 꽤나 심통을 부려 어머니 속을 썩였기에 더욱이 마음이 쓰리고 미안했다. 울먹울먹한 얼굴로 간신히 눈물을 참고 있는 사혜의 얼굴을, 사온은 또 물끄러미 쳐다봤다. 집안에 웃음과 애깃거리와 행복을 몰고 다니는 작은 소녀. 어디서 왔는지 알 수도 없는 소녀는 정말 피와 살처럼 사온의 가족에게 없어서는 안 될, 절대적인 존재가 돼 있었다. 그리고 그것이 어느덧 사온, 자신에게도 전염되었다는 것을 그는 어렴풋 깨닫고 있었다.

"나도 그걸로 해야겠다. 게이샤 대신."

사온은 말했다. 사혜의 안전띠를 채워주면서였다. 이미 커피 전문점에서 나와 그의 차로 자리를 옮긴 후이기도 했다.

"응? 뭐……?"

사혜가 어리둥절한 눈빛을 사온에게 던진 순간 그가 턱, 사혜의 머리를 양손에 틀어잡았다.

"넌 내 피와 살이다."

사온은 사혜의 머리를 제 앞으로 바짝 끌어 그 정수리 위에 입을 맞췄다. 입술 전체를 대 지그시 누르는 깊은 입맞춤이었다. 사혜는 제 머리 꼭대기에 불붙은 숯덩이라도 올라 있는 것처럼 뜨거운 열기를 느꼈다. 너무 뜨거워서 정신이 다 아득해지는 것 같았다. 두 손을 뻗어 그를 밀치고 싶은데 꼼짝할 수 없을 정도였다.
그 시간은 짧고도, 매우 길었다.

"사혜야."

현관 밖, 정원으로 뛰어나온 어머니가 사혜를 보며 소리쳤다.
어머니 뒤로 제 회장과 사빈의 모습도 보였다. 사혜는 사온이 열
어준 문으로 막 차에서 내린 모습이었다. 오는 길에 사온이 전화
를 해서 집 안에 있던 가족 모두는 사혜를 기다리던 중이었다.

"엄마……."

사혜도 얼른 어머니 앞으로 다가갔다. 그런데 어머니는 그리 다
급히 딸 앞으로 달려온 것이 무색하게도 갑자기 발길을 늦추더니
사뭇 화가 난 얼굴을 해 보였다.

"미안해……."

사혜는 어머니 앞으로 주춤 다가와 고개를 푹 숙였다. 어머니는
아무 말도 없이 딸의 손목을 낚아채 곧장 현관을 향했다.

"어, 엄마 진짜 화났나 보다."

사빈이 아버지 뒤에서 혼잣말처럼 하자 아버지의 얼굴에 근심
의 빛이 감돌았다. 그런데다 어머니 손에 끌려가는 사혜가 아버지
를 향해 애처로운 눈빛으로 '아빠' 하자 제 회장은 급히 아내의 뒤
를 따르며 '너무 혼내지 마'라고 사정 반, 권위 반의 목청을 높였
다. 그사이 사온은 사혜의 퉁퉁한 가방을 사빈에게 던졌다.

"뭐야……?"

가방을 턱, 받으며 사빈은 어이없는 얼굴이다.

"뭔 살림을 이리 바리바리 쌌대?"

사혜의 뚱뚱한 가방에 사빈은 이내 웃음을 터뜨렸다.

"근데 어디서 찾았어?"

가방을 들고 사온과 함께 현관을 향해 걸어가며 사빈은 물었다.

"안 찾았어."

"그럼……?"

"제 발로 왔다."

"뭐?"

어머니는 사혜를 데리고 딸의 방으로 들어왔다. 들어와서도 딸의 손목을 놓지 않고 딸에게 등을 보인 채로 방 한가운데 우두커니 서 있어, 그 딸은 조마조마한 얼굴로 어머니의 눈치만 살폈다. 어머니는 마침내 천천히 몸을 돌렸다. 여전히 화를 풀지 않은 얼굴이라 사혜는 움찔했다.

"일단 씻어."

어머니는 엄한 목소리로 말했다.

"밥 차려놓을 테니 씻고 나와 밥부터 먹자."

"밥…… 먹었어."

"언제?"

"사실은…… 오빠가 샌드위치 사줘서……."

"샌드위치 갖고 돼? 밥을 조금 먹고 자야지."

"으응……. 알았어."

"얼른 씻어."

"응. 근데 엄마……."

"왜?"

"손을 놔줘야 씻지."

여전히 제 손목을 놔주지 않는 어머니를 보며 사혜는 저도 모르게 풋, 웃었다.

"웃기는……."

웃는 딸을 나무라며 손목을 슬며시 놓는 어머니 역시 이미 웃고 있었다.

사혜는 샤워를 하고, 어머니가 차려준 밥을 먹은 후 잠자리에 누웠다. 조금만 먹으려고 했는데 식사하는 내내 아버지가 옆에 앉아서 '더 먹어라' 하는 바람에 과식해 속은 약간 불편했으나 마음만은 편안했다. 또 그렇게 편안한 마음에 사온이 떠오르니 금세 뱃속처럼 불편해진다. 그가 입을 맞췄던 정수리가 새삼 뜨끈해진 착각도 들어 손으로 그곳을 탁, 탁 쳐 보기도 했다. '온이 오빠'라고 부르고는 있지만 오빠들 중 유일하게 오빠 같지도, 가족 같지도 않은 사온.

"싫어……. 싫다구……."

사혜는 주문을 외듯 뇌까렸다.

같은 시간, 사온 역시 제 누이를 머리에 떠올리고 있었다. 불 꺼진 방에서 이불도 덮지 않고 두 손을 머리 뒤로 깍지 껴 누운 모습의 그는 이제 열다섯 살밖에 되지 않은 소녀로 인해 잠들지 못했다. 한국에 와서 처음 만난 여자아이, 누이면서 누이가 아닌 소녀, 사혜.

"내 피와 살……."

시간은 무심히 흘렀다. 그것은 또 평화로웠다. 마치 아무 일도 일어나지 않았고, 앞으로도 일어나지 않을 것처럼 시간은 사온과 사혜, 두 사람 앞에서 시치미를 떼는 듯했다.

3. 빛나는 스물

"빈이 오빠. 나 합격."

핸드폰에 대고 사혜는 환한 얼굴로 말했다. 대학 입학 합격을 통보 받아 그 기쁜 소식을 막내 오빠, 사빈에게 전하는 그녀는 이제 열아홉을 꽉 채워 스물을 눈앞에 둔 어엿한 처녀의 모습이었다. 쇼트커트보다는 길고 일반적인 단발보다는 짧은 상큼한 헤어스타일에, 여전히 선이 고운 몸으로 세련된 옷차림을 소화할 줄 아는 매력적인 여자가 돼 있었다.

[와, 축하한다. 축하해. 내가 군바리만 아니었어도 우리 사혜 막 업고 뛰어다닐 텐데.]

"어후, 징그러. 오빠도 나이 많은 거 아니면서 꼭 나한테만 어른인 척해. 나, 이제 애 아니거든. 참, 아빠가 포르쉐 사준대. 빨간색 어때? 괜찮지? 얼른 면허증 딸 거다."

사혜가 즐겁게 수다를 떠는 맞은편에서 어머니는 흐뭇한 얼굴로 딸을 바라보고 있었다. 가끔 커피 잔을 입에 대기도 하면서 '내 딸이 어느새 저렇게 자랐지?' 하는 얼굴을 하고서였다. 사혜를 키우는 동안 어머니는 딸로 인해 특별히 속 썩은 일이 없었다. 출생 문제로 인해 잠깐의 위기가 있었지만 얼마 지나지 않아 딸은 원래의 모습으로 돌아왔다. 그 나이에는 '입양아'라는 사실만으로도 충분히 충격을 받을 수 있을 테니 사혜의 혼란과 방황은 당연하다고, 그러나 출생의 진실이 밝혀지기 이전에도 그 이후에도 변치 않는 가족의 사랑 앞에서 그 어떤 부정적인 요소들이 힘을 쓸 수 있겠는가, 라고 어머니는 생각했다.

두 모녀는 주방의 식탁 앞에 있었고, 싱크대 앞에서는 가사 도우미로 보이는 아줌마가 일을 하고 있었다. 사혜는 '알았어. 면회 갈게' 하는 말을 마지막으로 통화를 끝냈다.

"휴가 나온 지 얼마나 됐다고……."

딸의 통화가 끝나는 것을 보며 어머니는 말했다.

"오빠가 그러는데 군대에 있으면 하루가 삼 년 같대."

"오빠 아마 너 보고 싶어 더 그러는 걸 거야. 빈이가 누이 생각 하난 끔찍이 하잖니. 나중에 너 시집갈 땐 빈이 오빠가 엄마보다 더 울지 몰라."

"엄마 울 거야?"

"아~ 니."

어머니는 말끝에 웃음소리를 내고, 사혜는 '피이' 하는 입 모양을 해 보였다.

"근데 너 결혼 빨리 못 해. 네 아빠가 너 아주 늦게, 늦게 보낸다시더라."

"그게 뭐 아빠 맘인가? 내 맘이지. 대학 들어가면 연애 시작."

"사혜는 연애도 힘들걸?"

마침 사혜 어머니의 뒤를 지나던 아줌마가 농담처럼 툭 던졌다.

"멋지고 잘생긴 오빠들 틈에서 자랐으니 웬만한 남자들이 눈에 들어오겠어?"

그러자 어머니가 곧장 '그건 그렇다'며 맞장구를 쳤다.

"멋지고 잘생기면 뭐 해? 입대 전에 여친도 못 만들어놔서 여동생더러 면회 오라 사정할 정도로 능력이 없는걸?"

사혜는 악의 없이 야유했다.

"그건 빈이가 깔끔해서 그런 거지."

"아들이라고 실드 쳐? 큰오빠를 보시죠, 사모님. 맞선 봐서 겨우 결혼했잖아."

"맞선이 어때서 겨우야? 네 큰오빠 일본에서 얼마나 바쁜지 몰라 그런 소릴 해? 연애는커녕 여자 만날 시간도 없었을 텐데."

"근데…… 가만 생각해 보니까…… 결혼하고 연애하는 것도 재미는 있겠다……."

사혜는 한 손에 턱을 괴고 혼잣말처럼 중얼거렸다. 사혁은 현재 일본 제양사에 근무 중으로, 약 3개월 전, 대학 총장의 딸과 결혼해 도쿄에서 신혼 중이다.

"큰오빠면 남편감으로 일등이긴 하니까."

"온이 오빤?"

어머니가 슬쩍 묻자 사혜는 짐짓 눈살을 찌푸렸다.

"온이 오빠가…… 성격이 좀 쿨하다고 할까, 시큰둥해서 그렇지 너 생각하는 마음은 다른 두 오빠들 못지않을걸?"

어머니는 은근히 딸의 마음을 떠보았다.

"됐거든. 누가 뭐…… 온이 오빠 싫대?"

"그럼…… 좋아?"

어머니의 솔깃한 표정에 사혜는 '그렇다고 할 수는 없지만' 으로 대답을 이었지만 그 뒤는 얼버무린 채 커피 잔을 들어 입에 대는 것으로 제 애매한 심정을 대신했다. 스무 살을 코앞에 둔 그녀는 이미 전처럼 사온에 대해 날카로운 감정을 갖고 있지 않았다. 지금도 사온이 화제에 오르자 그저 눈살을 살짝 찌푸린 것이 다였으며 그마저도 매우 의식적이었다.

"제 대리님 앞으로 혼담 많이 들어온다면서요, 사모님?"

아줌마는 또, 모녀의 대화에 슬쩍 끼어들었다. '제 대리' 란 사온을 가리키는 것으로 올해 봄, 그는 국내 제양사에 말단 사원으로 입사해 큰 틀에서 보자면 경영 수업 중이었다.

"정말?"

사혜가 어머니를 향해 눈을 동그랗게 떴다. 놀라면서도 궁금한 표정이었다.

"많으면 뭐 해? 온이 오빤 귓등으로도 안 듣는걸. 이젠 아예 말도 못 꺼내게 해."

어머니는 사뭇 불만스럽다는 듯 말하면서도 입가에 웃음을 띠었다.

"어떻게 우리 집 아들들은 여자나 연애에 관심이 없나 몰라. 누이만 너무 예뻐하고."

"근데…… 온이 오빠 나이면 좀 빠르지 않나……? 혼담 어쩌고

하기에는."

"인기가 많다는 거지."

아줌마는 이제 옆에 서서 끼어들었다.

"괜찮다 싶으면 금방 소문나거든. 그쵸, 사모님?"

아줌마의 호들갑에 어머니가 다시 맞장구를 칠 찰나, 핸드폰 벨이 울렸다.

"어, 사온이네?"

커피 잔 옆에 놔둔 핸드폰을 집어 든 어머니의 눈이 휘둥그레졌다.

"온이가 웬일로 전화를……. 여보세요……."

전화를 받는 어머니를 보는 사혜의 얼굴에 약간의 긴장감이 떠올랐다. 사온은 현재 해외 장기출장 중으로 집을 비운 지 삼 주째였다.

"거긴 몇 시야? 새벽 아냐? 사혜? 당연히 합격했지. 사혜가 전화 안 했어?"

말과 함께 눈을 흘기는 어머니 앞에서 사혜는 슬그머니 자리에서 일어나 '화장실 가야지' 하며 딴청을 부렸다.

"사혜 지금 앞에 있어. 제 방에 핸드폰을 두고 와서 안 받는 걸거야. 바꿔줄까?"

사혜는 어머니를 향해 양손을 마구 저으며 싫다는 뜻을 전했다. 그런데 사온도 '됐다' 했는지 어머니는 '축하한다는 말 대신 전해줄게' 했다.

"아 참…… 사혜가 방금 그러는데, 온이 오빠 좋대."

"내가 언제……."

어머니의 말이 떨어지기 무섭게 사혜가 발끈했다. 그런 딸을 향해 어머니는 다시 눈을 흘겼지만 그 딸은 쌩하니 몸을 돌렸다. 그러나 그런 행동과 달리 사혜는 15살 이후부터 지금까지 지난 5년 동안, 사온과 관련해 특별히 나쁜 기억을 갖고 있지 않았다. 나쁜 기억은커녕 지난 5년은 평화였다.

일단 두 사람은 서로 부딪칠 기회가 많지 않았다. 그동안에 사온은 학업과 군복무를 마치고, 제양사에 입사해 업무를 익히느라 지금까지도 바쁜 나날을 보내고 있고, 사혜 역시 대학을 목표로 오직 공부만을 해왔으니까. 또 무엇보다 가장 큰 이유는 사온이 그녀를 누이 이상으로 대하지 않았다는 점이다. 물론 그것만으로 사혜가 그에 대한 경계심을 완전히 풀었다고 볼 수는 없겠으나 그것을 조금씩 희석시키기에도 모자람은 없었을 것이다. 그것은 동시에 어머니의 눈에, '드디어 두 오누이가 좀 친해지나 보다' 하는 것으로 비칠 수 있었다.

사혜는 제 방으로 들어오자마자 핸드폰을 찾아 두리번거린 끝에 창가의 장식용 콘솔 위에서 발견하고는 집어 들었다. 통화 내역을 확인해 보니 각각 15분 전과 8분 전 시각으로 사온의 번호가 기록돼 있었다. 전화를 안 받으면 문자를 남길 일이지 엄마한테 전화할 건 뭐야, 그런 생각에 사혜는 제 입술을 삐뚜름하니 만들었다. 하기는 평소에도 그는 문자보다는 통화를 선호하기는 했다.

사혜는 창가를 서성이며 사온에게 전화를 할까 말까 망설였다. 원하는 대학에 합격했다고, 큰오빠와 막내 오빠에게는 신나서 한 전화를 왜 둘째 오빠에게는 망설이는가. 그것을 이제 사온 탓만이라고 하기에는 지난 5년이 가져다준 평화의 무게가 만만치 않앉다.

사혜는 핸드폰 화면에 손을 댔다. 그런데 사온의 번호 대신 엉뚱하게도 사진 보관함을 열었다. 화면에는 금세 사온이 나타났다. 약간의 거리를 두고 찍은 사진, 그래서 상반신 정도 잡혀 있는 사온의 모습은 정면도 아니고 다소 측면에 가까운 데다 그의 눈길도 다른 곳을 향해 있었다. 상대가 모르게 찍은 사진이 틀림없었다. 따뜻한 봄이었다. 사온이 제양사에 입사한 얼마 후였다. 주말에도 일이 있어 나간 그가 퇴근했을 때 사혜는 정원에 나와 있었다. 증명하듯 사진 속 슈트를 입은 사온 주변으로 화사한 꽃들이 피어 있고, 해가 질 무렵임을 말해주듯 기우는 빛의 찬란함을 품고 있었다.

사혜는 그 찬란한 빛을 받고 선 사온을 가만히 들여다보았다. 꽤 오래 보고 있었다. 정신이 들었을 때는 저도 의식을 못했다는 듯 얼른 사진을 꺼버렸다. 그리고 핸드폰을 내려놓았다.

얼마 뒤 성탄절이 있는 주간, 사혜는 1층 홀의 창가에 바짝 서서 밖을 내다보고 있었다. 가로등이 켜 있는 정원을 한 남자가 가로질러 오고 있었다. 제법 크기가 되는 캐리어를 한 손에 끌고 천천히 다가오는 남자, 바로 사온이었다. 스물일곱의, 이제 완연한 남자의 향을 물씬 풍기는 그는 턱 바로 아래까지 오는 회색 터틀넥 니트에 재킷보다 조금 짧은 길이의 검은색 무스탕 차림이, 그 특유의 건조하면서도 무심한 분위기와 더할 나위 없이 잘 어울리는 도회적이면서도 세련된 모습이었다.

사혜는 뒤로부터 '이게 얼마 만이야?' 하는 어머니의 목소리를 듣고 창가에서 물러났다. 때맞춰 사온이 현관문을 열고 들어섰다.

"어유, 고생했네. 한 달 만이지?"

어머니는 반갑게 사온을 맞았다.

"회사 차로 온 거야?"

"네."

사온은 대답하며 사혜에게 눈길을 던졌다. 그는 한 달여간의 해외 출장을 마치고 돌아온 길이었다. 그러니 제 누이의 얼굴을 보는 것도 한 달 만이었다.

"얼굴이 좀 까매졌다, 오빠."

사온과 눈을 마주한 사혜는 그렇게 인사했다.

"한 달 동안 고생하고 온 오빠한테 인사가 그게 뭐야?"

어머니는 대번에 딸을 나무라고는 곧장 사온을 향해 '얼른 짐 올려놓고 내려오라' 면서도 성탄 전야인 모레, 사혁 내외가 온다는 것과 사빈은 휴가를 못 내서 아쉽지만 가족 모임에 함께하지 못한다고, 당장 하지 않아도 될 말을 늘어놓았다.

"잘 지냈니?"

어머니가 주방으로 들어간 후에야 사온은 비로소 사혜에게 말을 건넸다.

"보면 몰라?"

쌩한 대답과 달리 사혜의 입가에는 웃음이 맺혀 있었다.

"오빠 내 입학 선물 뭐 해줄 거야?"

이어 그녀는 불쑥 물었다. 사온이 캐리어를 계단으로 들어 올리며 2층을 향할 때였다.

"뭐 필요해?"

"그럴 줄 알았다."

"뭐?"

"아냐. 현금 줘."

"그래."

"근데 뭐 안 사왔어?"

사혜는 사온의 커다란 캐리어에 눈길을 보냈다.

"뭐……?"

"됐어. 그럴 줄 알았다구."

사온의 표정만 보고도 알겠다는 듯 사혜는 고개를 절레절레 흔들었다.

"이 가방 안에 오빠 물건만 잔뜩 있는 거구나?"

사혜는 말과 함께 발끝으로 사온의 캐리어를 툭툭 찼다.

"출장 같은 거 갔다 오면 선물 좀 살 줄 알아봐. 더구나 곧 크리스마슨데 외국 나간 김에 선물 사갖고 오면 좀 좋아?"

"뭐 갖고 싶어?"

"그런 거 말고, 바보 오빠야."

사온은 사혜가 무슨 말을 하는지 당최 알아들을 수 없다는 듯 미간을 좁혔다. 그런 그를 보며 쯧쯧, 사혜는 부러 소리를 내면서도 친절한 설명을 해줄 의향은 전혀 없는지 날름 돌아섰다. 생일이나 성탄절 같은 날에 사온은 늘 물었다. '뭐 갖고 싶어?' 혹은 '뭐 필요해?'라고. 그런 후 사혜를 데려가서 원하는 것을 사주고, 또 그것이 다였다. 다른 오빠들처럼 저 혼자 '정성껏' 선물을 준비하는 일 따위는 없었다. 즉흥적인 선물로 기분 좋게 놀라게 해주는 일은 더더욱 없었다.

사혜는 그래도 사온의 생일에 그의 '됐다'는 표명에도 불구하고 책이며, 선글라스 등을 선물한 적도 있건만, 또 그는 그 선글라스를 열심히 쓰고 다니면서 정작 아무것도 깨닫지 못하는 것을 보면 틀림없이 '병이다'라고 사혜는 결론지었다. 그러니 사온에게 그런 센스를 바란다는 것은 무리였다. 바란 적도 사실 없었다. 사혜는 그저 괜한 트집을 잡아본 것에 불과했다.

사혜의 그 실없는 트집이 사온의 고민이 되기까지는 얼마 걸리지 않았다. 우선 당장에 바로 이튿날, 발신 주소가 평택 가까운 곳인 한 군부대로부터 소포가 날아들었으니까. 수신인은 당연히 사혜였다. 군복무 중인 사빈이 보낸 것으로, '군인 월급이 얼마 안 되니 이해해 줘' 하는 메시지와 함께 소박한 성탄 선물이 담겨 있었다. 성탄절 전야에 아내와 함께 귀국해 본가에 들른 사혁의 손에도 누이에게 줄 선물은 여지없이 들려 있었다. 입학 선물을 겸한다며 내용 또한 푸짐했다.

사온은 누이에게 현금을 미리 주고도 아무것도 주지 않은 양 혼자 '뻘쭘해져' 버렸다. 사실은 새삼스러웠다. 전부터 늘 그러했으니까. 늘 그렇던 것이 새삼스럽게 느껴진다면 무심했던 의식이 깨었다는 것이다. 그것도 사혜의 '실없는 트집' 하나로 말이다.

사온은 고민하기 시작했다. 날이 가고 달의 숫자가 바뀔수록 고민은 또 그만큼 깊어갔다. 그러다 보니 핸드폰을 꺼내 5월의 달력을 찾아 사혜의 생일을 확인하는 것이 습관이 돼버렸을 정도였다. 그녀의 생일을 자주 잊어 그런 것은 물론 아니었다. 사온 제 생일은 잊을지언정 사혜의 생일만큼은 꼭 기억하고 있으니, 그가 달력에서 확인한 것은 그녀의 생일이기보다는 제 답답한 마음이었을 것이다. 사혜의 생일에 무엇을 선물할지 그녀에게 묻지 않고 저 혼자 선택, 결정하는 일이 사온에게는 자다 벌떡 일어나 고뇌에 빠질 만큼 너무나 힘든 그것이었다.

❖

겨울을 이미 멀리 보낸 봄이 제 세력을 확고히 굳힌 5월, 제 회장 자택의 정원은 유달리 더 푸른 빛깔로 풍성했다. 그것은 또 한낮의 화려한 빛이 아닌, 저물어가는 빛의 아쉬움 속에서 도리어 선연한 아름다움을 뽐냈다.

펑, 펑, 폭죽 터지는 소리와 함께 제 회장 자택의 리빙 룸은 떠들썩했다. '생일 축하한다'는 여러 사람의 말소리에 박수 소리도 뒤섞였다. 방금 촛불이 꺼진 커다란 케이크 앞에는 오색의 실타래를 머리와 몸에서 걷어내며 함박웃음을 머금고 있는 사혜가 앉아 있었다. 그녀의 스무 살 생일인 것이다. 사혜 주변으로는 사빈을 제외한 제 회장의 가족이 모두 모여 있었는데 사혁의 아내를 물론 포함해서다.

"사빈이니?"

그때 핸드폰에 대고 말하는 어머니의 목소리가 모두의 이목을 집중시켰다.

"그래. 맞어. 지금 막 파티 중이야. 시간 딱 재서 전화했구나? 어제 사혜랑 통화했다며? 사혜도 막내 오빠 없다고 얼마나 섭섭해하는지 몰라. 생일도 보통 생일이야? 스무 살 생일이잖아."

그 소리에 사혜는 손끝을 입에 대고 킥, 웃었다. 어머니의 과장된 언사가 웃긴다는 의미였다. 사빈에 대해서도 마찬가지였다. 군복무 중인 사빈은 누이의 생일에 맞춰 휴가를 내거나 하다못해 외박이라도 하려 했으나 뜻을 이루지 못했다. 때문에 그의 그런 아쉬움의 푸념을, 사혜는 이미 전화상으로 넘칠 만큼 들었던 터였다. 사혁도 '오늘 날짜로 휴가 못 내서 어지간히 애통한 모양이군' 하며 웃음 띤 얼굴을 해 보였다.

"뭐래요?"

어머니의 통화가 끝나자 사혁이 물었다.

"그냥 뭐, 아쉽다, 주말에 사혜 데리고 면회 오라, 그런 거."

"면회 오란 말은 막내오빠 말 습관이야."

어머니의 말을 사혜가 받았다.

"전화 끝에서는 늘 습관적으로 면회 와라, 그러는데 뭐."

"그게 군바리 정신이다."

사혁이 정리하듯 한마디 하니 다들 웃음을 터뜨렸다.

"그래도 누이 생일이니 특별히 더 보고 싶겠지. 선물도 준비했다잖아."

어머니는 그래도 막내아들 사빈을 변명해 주었다.

"아 참, 선물……."

그때 사혁의 아내가 제 곁에 있는 커다란 쇼핑백을 사혜에게 건넸다.

"아가씨 학생이라 책 넣고 다닐 수 있게 실용적인 걸로 골랐는데 마음에 들지 모르겠어요."

"어, 고맙습니다. 언니."

사혜가 쇼핑백을 풀어보니 고가의 가방이었다.

"예쁘다."

어머니는 딸이 가방을 어깨에 메 보는 모습을 보며 웃음 지었다.

"고맙다. 일부러 와줘서."

이어 어머니는 며느리를 보며 말했다.

"아녜요, 어머님. 어차피 사혁 씨 일정이 잡혀 있었던 거잖아요."

일본에서 근무하는 사혁은 마침 한국 본사를 방문하는 공식 일정이 사혜의 생일과 겹친 덕분에 이 자리에 함께할 수 있었다.

"회사 일정에 너까지 올 필요는 없는데 일부러 온 거잖니. 사혜 생일이라서."

"사혁 씨가 엄청 눈치 주던걸요. 아가씨의 스무 살 생일인데, 더구나 결혼 후 처음이니까 꼭 참석해야 한다구."

사혁의 아내는 짐짓 질투 섞인 눈빛을 슬쩍 남편에게 보냈다.

"생일 선물도 잘 고르라고 어찌나 여러 번 말을 하던지⋯⋯."

"딱 두 번 했는데?"

사혁은 변명했다.

"딱 두 번? 딱? 딱?"

사혁의 아내가 남편을 향해 장난스럽게 눈을 부라리는 사이 어머니는 오히려 흡족해서 '우리 사혜가 오빠 복은 있다니까' 하며 웃었다.

"복이 너무 많아서요, 어머님⋯⋯."

며느리는 얼른 시모의 말을 받았다.

"아가씨랑 결혼할 남자는 장난 아닐 것 같아요. 일단 오빠들 테스트가 무시무시할 거잖아요? 특히 사온 도련님은 살벌해서⋯⋯."

사혁의 아내는 말끝에 제 회장 너머로 눈길을 보냈다. 그곳에 사온이 앉아 있었다. 그것도 투명인간처럼 앉아서 형수가 보내는 눈길을 받고도 무표정했다. 농담하려던 사혁의 아내는 재빨리 눈길을 거두었다.

"아가씨, 아직 남친 없죠? 썸남은? 아니면 찍어놓은 남자라도……."

사혁의 아내는 곧장 사혜에게 가벼운 질문을 던졌다. 그러자 어머니는 '썸남이 무슨 뜻이야?' 하고, 사혁은 '우리 사혜 순진해서 아직 그런 거 잘 몰라' 하며 주로 사혜의 훗날 남자친구에 관한 대화를 이어가는 사이, 그것을 듣고 있던 사온의 얼굴에 불편한 기색이 감돌았다. 그 불편함도 단순히 그 대화 내용이 마음에 안 들어서라기보다는 그 대화 내용으로 인해 그동안 잊고 있던 무엇인가가 환기된 쪽에 더 가까웠다. 사온은 잊고 있었다. 누이에게 언젠가는 남자가 생기고 결혼도 하게 될 것이란 사실을, 그리고 그것은 매우 자연스러운 일이라는 것을 말이다.

"어, 아가씨. 둘째 오빠한텐 선물 안 받아요?"

사혁의 아내가 사혜를 보며 물었다. 마침 다들 사혜가 아버지와 어머니로부터 받은 생일 선물에 관한 수다 중이었다.

사혜는 말없이 사온에게 눈길을 던졌다. 생일을 앞두고 사온이 이번에는 '뭐 갖고 싶어?' 라고 묻지 않았다. 그녀의 생일에 앞서 늘 물어왔었기에 좀 이상하다고 생각은 했지만 그녀도 굳이 그를 붙들고 뭐 사달라, 말하지 않았다.

"사온인 아마 따로 했을걸?"

사혁이 대신 대답했다. 제 회장 내외도 그렇게 알고 있는지 아예 궁금해하지도 않는 얼굴이었다. 결혼한 지 일 년도 안 된 사혁의 아내만 모를 뿐이었다.

"응……? 뭐?"

그때 어머니가 의아한 얼굴로 제 옆을 돌아보았다. 어머니의 옆구리를 네모난 상자가 쿡쿡 찌르고 있었기 때문이다. 그 네모난 상자를 움직인 것은 사온의 손이었다. 그는 저와는 멀리 있는 사혜 대신, 보다 가까운 곳에 있는 어머니를 찌른 것이다.

"이게 뭐야?"

네모난 상자를 건네받은 어머니가 놀란 얼굴을 해 보였다. A4 크기의 반만 한 그것은 포장 상태만 봐도 선물인 것이 분명해, 어머니는 정말 몰라서 물은 것이 아닌, 뜻밖의 놀라움을 표현한 것이었다. 사혁도 '엥?' 한다.

"뭘까……? 엄청 궁금하네."

어머니는 신기하다는 듯 사온을 한 번 힐끔, 쳐다보고는 이내 그것을 딸에게 건넸다. 사온의 선물에 놀란 것은 사혜도 마찬가지였다.

"빨리 풀어봐. 빨리……."

사혁의 재촉 속에 사혜가 선물 포장을 풀었다. 기대 가득한 눈길이 사혜의 손으로 쏠렸다. 아버지인 제 회장조차 엉덩이를 살짝 들고 목을 길게 뺐다.

"와……."

가장 먼저 어머니의 감탄이 울려 퍼졌다.

"목걸이네……?"

사혁의 목소리가 뒤를 이었다. 플래티넘을 하드웨어로, 5월의 신록처럼 선명한 녹색 보석 하나만으로 세팅한 심플한 디자인의 목걸이였다.

"에메랄드네요."

사혁의 아내가 말했다.

"어디 봐요, 아가씨. 일 캐럿쯤 되겠는데요. 와, 굉장히 품질이 좋은 것 같은데……."

"무슨…… 약혼하나?"

아내 옆에서 목걸이를 함께 보던 사혁이 농을 쳤다.

"내 탄생석이야."

사혜가 말했다. 5월이 생일인 그녀의 탄생석이 바로 에메랄드인 것이다.

"설마…… 사온이가 그걸 생각해 냈단 말이야? 빈이가 아니라 온이가? 분명 제사온 맞어?"

사뭇 놀랐다는 듯 사혁이 이죽대자 모두의 눈길이 사온을 향했다. 역시나 아버지도 뒤로 고개를 돌려, 둘째 아들을 향해 눈을 가늘게 떴다.

"몰랐는데?"

사온은 모두의 눈들을 향해 퉁명스럽게 툭, 던졌다. 에메랄드가 5월의 탄생석인지 몰랐다는 의미다. 그런데도 사혁은 '살다 별 구경을 다 하네' 라거나 '대리 주제에 돈 좀 썼겠네' 하는 등 계속 동생을 놀리는 사이, 그의 아내는 시누이의 목에 목걸이를 걸어주었다.

"세상에, 너무 예쁘다……. 우리 사혜한테 정말 잘 어울리네."

사혜의 가늘고 흰 목에서 반짝이는 녹색의 보석을 보며 어머니는 감탄했다.

"뭐 하는 거야? 오빠한테 고맙다고 안 해?"

그런데 사혜가 사온에게 눈길을 보내자마자 그는 기다렸다는 듯 몸을 일으켰다. 이어 아버지에게만 '먼저 나가보겠습니다' 하고는 뒤도 안 돌아보고 리빙 룸을 빠져나갔다. 마치 사혜가 고맙다고 할까 봐 도망가는 것 같았다. 사온이 나간 후 모두는 한바탕 웃음을 터뜨렸다.

"온이 오빠는 겉으로 표현하는 게 쑥스러운 모양이다."

어머니는 여전한 웃음을 머금고 딸에게 말했다.

"그래도 하나밖에 없는 누이 생각하는 마음은 다른 오빠들하고 똑같애. 너도 이제 인정하지?"

사혜가 예전처럼 사온에게 아주 쌩한 반응을 보이지 않는다고, 어머니는 꽤 이전부터 생각해 왔다. 막내 오빠인 사빈과의 관계처럼 아주 다정한 그것은 아니지만 사온과도 이제는 많이 좋아졌다고, 어머니의 눈에는 비친 것이다. 그런 어머니의 말에 사혜도 일부 동의한다는 듯 환하게 웃었다.

생일 파티 후 사혁이 아내와 함께 처가로 떠난 후, 제 회장의 자택은 평소와 같은 밤 시간 중에 있었다.

똑똑, 노크 소리에 이어 사온의 방문이 조심스레 열렸다. 사온은 책상 앞에서 컴퓨터 모니터를 보던 중에 돌아보았다. 들어온 사람은 사혜로, 손에 커피 잔을 올린 쟁반과 함께였다.

"커피 생각 안 났어?"

커피를 들고 오는 사혜를 그는 말없이 쳐다보기만 했다. 그제야 그녀의 목에 걸린 녹색 보석도 함께 보는 것이었다.

"고맙다는 말도 안 듣고 사라져서 대신 가져다주는 거다. 큰오빠 갈 때도 안 나와보고 말이야."

사혜는 말과 함께 커피 잔을 키보드 옆으로 놔주었다.

"오빠, 기특해."

사혜의 얼굴은 장난기 가득했다. 역시나 손을 사온의 뒤통수에 대고 살살 쓰다듬고 있었다. 그러나 거의 닿지는 않고 시늉만 한 것이다.

"어떻게 이런 생각을 다 했어?"

사혜는 새삼 믿기지 않는다는 듯 제 쇄골 바로 아래에 내려와 있는 에메랄드에 잠시 손끝을 가져다댔다. 그 '기특한 생각'을 하기까지의 그의 지난(至難)했던 몸부림을 그녀가 알 리 있겠는가. 사온은 그녀가 가져다준 커피만 마셨다.

"음…… 그런 뜻에서 나도 중요한 거 하나 가르쳐 줄게."

사혜는 팔짱을 척 끼고, 저만 아는 비밀이라도 있는 양 뻐겼다.

"오빠 곧…… 무슨 팀이더라, 암튼 거기 팀장으로 발령받게 될 거래. 지난 일요일에 아빠한테 들었다."

제 회장은 사혜가 어릴 때부터, 그 어린 딸을 데리고 자주 이런저런 잡다한 이야기를 들려주고는 했는데 그 잡다한 얘기 속에는 지금처럼, 사혜가 가장 빠른 소식통이 되는 경우도 왕왕 섞여 있었다. 그뿐이 아니었다. 사혜는 아버지가 둘째 아들의 능력을 높이 평가하며 또 매우 신뢰하고 있다는 사실을, 사온이 제양사에 입사한 최근에야 알게 됐다. 물론 그 말을 사온에게 하지는 않았다.

"근데 팀장이면 높은 건가……?"

사혜는 갸웃하다가 갑자기 웃음을 터뜨렸다.

"아까 큰오빠 갈 때 새언니가 그러는데, 이런 선물을 할 줄 아는 거 보니까 온이 도련님도 머지않아 연애하시겠어요, 하더라. 근데 새언닌 오빠가 연애하는 게 영 상상이 안 된대."

"넌?"

사온은 무심히 툭, 던지듯 했다.

"응? 나 뭐?"

"넌 상상이 돼?"

"오빠 연애하는 거? 글쎄…… 별로 생각 안 해봤는데……."

사혜는 고개를 갸웃했다.

"오빠 연애는 오빠가 알아서 해. 난 내 연애만 알아서 할 거거든."

"네가……."

사온은 누이의 얼굴을 가만히 바라보며 느릿하니 목소리를 길게 끌었다. 사실 지난 5년의 평화는 사혜에게뿐 아니라 사온에게도 동일했다. 완전치 않은 평화라는 의미까지도, 심지어는 같았다. 사혜가 사온에게 점차 가족을, 그 편안함을 느끼는 한편으로 여전히 가족이 아닌 자로부터 느껴야 하는 위험성을 함께 갖고 있는 것처럼, 사온 역시도 사혜를 가족의 울타리 안에 두고 안심했던 다른 편에서는 제 위험한 욕망과 싸워야 했고, 싸워 이겨왔다. 안심이 되었기 때문에 이길 수 있었던 것이다. 그런데 더 이상 안심이 되지 않는, 사혜가 울타리를 벗어나려 하는 상황에 그는 갑자기 직면하게 된 것이다.

"연애를 한다고?"

"무시해? 나 스무 살이다. 당당히 연애할 수 있는 나이라구. 아, 뭐 당장 연애한다는 건 아니구……."

사혜는 쟁반만 들고 쪼르륵 문으로 갔다. 사온의 눈길이 그녀를 좇는다.

"앞으로 할 거라구."

사혜는 웃음소리를 내며 사라졌다. 그녀가 사라진 자리에 사온의 눈길만이 홀로 남아 그녀의 흔적이라도 찾으려는 듯 허공을 헤맸다. 길 잃은 눈길은 그러나 제 주인에게 쓸쓸히 돌아가는 것으로 그 마지막을 다하고 만다. 그렇게 되돌아온 마른 눈빛은 더욱 습기를 잃고 시리게 굳었다.

낙뢰의 순간처럼 밝아진 공간에 사혜가 들어와 있었다. 그리고 그녀는 혼자가 아니었다. 비슷한 또래의 남자와 함께였다. 사혜는 그 남자와 함께 빛을 향해 얼굴을 두고 눈을 가늘게 떴다. 두 사람을 비추고 있는 것은 차의 헤드라이트였다.

"우리 오빠 차예요."

끽, 차가 정지하는 소리와 함께 사혜는 남자를 보며 말했다. 제 회장 자택의 대문 앞이었다. 남자의 차로 보이는 흰색 차도 함께 있어 아마도 남자가 사혜를 그녀의 집에 바래다준 직후에 맞이한 상황으로 보였다.

헤드라이트를 비추던 차에서 사온이 내렸다. 그는 '오빠' 하고 부르는 사혜의 밝은 얼굴에 대비되게도 헤드라이트를 등 뒤로 받아 제 앞을 짙은 어둠으로 무장한 채 천천히 다가왔다. 그의 그런 모습은 사혜 곁에 있는 남자를 일순 긴장시켰다.

사혜는 제 곁에 선 남자를 동아리 선배라고 먼저 소개했다. 차를 안 갖고 학교에 갔다는 것과 시간이 늦어 동아리 선배가 바래다주었다는 내용이 뒤를 이었다. 늦은 시간이라고 해봐야 밤 9시도 되지 않은 시각이었다. 남자는 사온에게 꾸벅, 인사를 했다. 그러나 사온은 눈길도 주지 않았다.

"타."

사온은 제 차를 향해 고갯짓을 했다.

"응? 난 그냥 대문으로 들어가지, 뭐."

차를 이용해 집으로 들어갈 경우에는 대문이 아닌, 차고로 직행하는 다른 문을 이용했다. 사온은 다시 타라고 하며 조수석의 문을 열어주었다. 사혜는 다소 귀찮은 얼굴로 '알았어' 하고는 동아리 선배라는 남자에게 고개를 돌렸다.

"그럼 안녕히 가세요, 선배님. 바래다주셔서 고마워요."

"응. 내일 학교에서 봐."

선배는 손을 살짝 흔들어 보였다. 그런 남자의 모습에서 그가 사혜에게 호감을 갖고 있다고 짐작하기는 어렵지 않았다. 동아리 선배는 사온이 사혜를 조수석에 태우는 모습을 지켜보았다.

"전 들어가시는 거 보고 갈게요."

남자는 말했다. 사온이 운전석 쪽으로 걸어갈 때였다. 사온은 걸음을 멈추고 그제야 처음으로 남자에게 눈을 주었다.

"꺼져."

사온은 이 사이로 나직이 뱉어냈다.

제 회장의 자택 1층 홀에서 어머니는 사온과 사혜를 맞았다.

"둘이 어떻게 함께 들어오네?"

"오빠랑 대문 앞에서 만났어."

"근데 주중에 웬일로 이렇게 일찍이야? 아직 9시도 안 됐는데."

어머니가 사온을 보며 한 말이었다. 그의 퇴근 시간은 주중에 빨라야 10시였다. 어머니는 이어 사혜에게는 '넌 너무 늦고' 했다.

"내일 평택에 내려갑니다."

사온은 대답했다. 평택항에 있는 제양사 지사에 간다는 의미였다.

"아, 출장이구나. 며칠 일정인데?"

"일박입니다. 올라올 때는 마침 주말이니 사빈이한테 들렀다 오려구요."

사빈이 군복무 중인 군부대가 평택 가까운 곳에 있었다.

"그래, 잘됐네. 그렇잖아도 빈이가 면회 기다리던 눈치던데. 가만 사혜가 가야 젤 좋아할 텐데……."

어머니는 눈을 사혜에게 옮겼다. 사온의 눈도 마찬가지였다.

"내일 강의는 어쩌고?"

사혜는 애매한 얼굴을 해 보였다.

"금요일에 두 시간짜리 강의 하나뿐이긴 하지만……."

"가자, 사혜야."

사온은 입꼬리를 살짝 말아 올리며 청했다.

봄의 기운이 완연한 5월 말경, 어쩐 일인지 이른 아침부터 검은 하늘이 낮게 내려와 있었다. 그 흐린 하늘을 이고 사혜는 사온의 차에 실려 집을 나섰다. 사혜의 생일로부터 불과 일주일 후였다.

"두 시간 좀 안 걸리지?"

차가 주택가를 벗어나 차도로 진입했을 쯤에 사혜는 굳이 답을
원하지 않는 질문을 혼잣말처럼 던졌다. 그래도 사온은 '지사까지
는 두 시간 채운다'고 답을 주었다. 주요 무역항마다에 제양사의
지사가 있는데 그중 평택항은 가까운 거리라 출장 때마다 비행기
대신 자동차를 이용한다.

"콘도로 먼저 갈 거야?"

평택에서 좀 떨어진 곳에 있는 한 콘도미니엄에 제 회장 가족
소유의 80평형 객실이 있어, 사온이 일을 보는 동안 사혜는 그곳
에 머물기로 했다. 지사에 사택이 있어 사온 혼자일 경우에는 그
곳에서 하루 머물겠지만 사혜가 동행하는 터라, 특히 어머니는
'업무차 가는 것에 사혜까지 사택에 머물면 모양새가 좋지 않다'
며 꼭 콘도미니엄에 머물라 당부했다.

"내가 길을 알면 오빠 일 보는 동안에 나 혼자 면회 다녀와도 되
는데."

"무섭지는 않고?"

"뭐가 무서워? 혼자 군인 아저씨들 만나러 가는 거?"

"나와 단둘이 있는 거."

"간만에 겁주네?"

사혜는 피식, 콧방귀를 뀌었다.

"근데 나도 이제 애 아니거든. 옛날처럼 겁먹고 엄마야, 할 줄
알아? 좀 세게 나오든지."

"다행이다."

"뭐가? 겁 안 먹어서?"

"더 이상 애가 아니어서."

사온은 지나가는 말처럼 했지만 사혜는 일순 긴장했다가 금세 풀어진 얼굴이 되었다. 지금껏 보면 사온은 늘 말뿐이지, 어떤 실제적인 위협이 될 만한 행동을 한 적은 한 번도 없어, 짐짓 겁을 주는 그의 언사가 다만 짓궂은 장난에 불과하다고, 의식적으로 치부한 지도 사실은 꽤 되었다. 사혜에게 있어 지난 5년의 평화는 그렇게 여러 가지 편안한 요소들이 만들어낸 결과에 기댄 것이었으니까.

　그런데 왜, 하며 사혜는 스스로에게 질문을 던졌다. 왜 여전히 사온에게서는 다른 오빠들한테서는 느낄 수 없는 긴장되고 편치 않은 감정을 전달받고 있는가, 라고. 그녀는 마치 그 답을 얻을 양 슬며시 사온에게 눈길을 던졌다. 귀밑에서 턱까지 바짝 깎은 희미한 수염의 흔적이, 그러나 또렷하게 가장 먼저 눈에 들어왔다. 사혜는 얼른 눈길을 거두었다. 그렇게 거두고 나서야 왜지, 하며 다시 사온을 향하다 이번에는 그의 눈과 '따닥' 만난다. 물론 찰나였다. 운전 중인 사온이 흘끔 사혜 쪽으로 눈길을 돌리다 금세 앞을 향했기 때문이다.

　"왜?"

　사온이 툭, 던졌다.

　"응? 뭐? 내가 뭐?"

　재빨리 사온에게서 눈을 돌린 사혜는 말을 더듬었다.

　"참새가 왜 그렇게 조용하냐고?"

　"참새가 좀 졸려서. 항구에 급히 도착해야 해?"

　"왜?"

　"커피 마시자구. 밥만 먹고 나왔잖아, 우리."

　사온의 차는 서울을 벗어나 경기도 어디쯤에서 멈춰 섰다. 노천 테이블을 갖춘 편의점 앞이었는데 흔한 플라스틱으로 대충 꾸민 노천 테이블이 아닌, 나무로 된 바닥과 테라스에 역시나 나무를 이용한 의자와 테이블로 제법을 멋을 낸 곳이라 사혜가 먼저 발견하고는 콕 찍어 '저기' 해서 선택된 곳이었다.

두 사람은 편의점에서 원두커피를 사서 테이블과 의자가 다소 더럽기에 그냥 테라스 앞에 나란히 섰다.

"와, 좋다……."

테라스에서 멀리 보이는 산야를 바라보며 사혜는 기분 좋은 얼굴을 했다.

"날씨는 좀 흐리지만……. 근데 정말 비 올 거 같기도 하다. 오빠."

하늘을 잠시 쳐다보다 천천히 커피를 입에 대던 사혜는 금세 고개를 들어 사온을 향했다.

"근데 오빠도 콘도에서 잘 거야?"

"그럼? 거리에서 자?"

"사택도 있잖아."

"너랑 잘 거야."

"하긴 나 혼자면 밤에 무섭겠다. 그렇게 큰 콘도에서."

사혜는 아무렇지도 않게 대꾸했다. 그의 장난에 안 넘어간다는 듯.

"그럼 재워주는 거?"

"응. 머슴방 하나 내줄게."

말끝에 사혜는 까르르, 웃었다.

"나 콘도에서 내려주지 말고…… 그냥 오빠랑 같이 있을래."

다시 차에 오른 후 사혜는 말했다.

"따라다녀도 되지?"

"지루할 텐데?"

"콘도에 있어도 마찬가질 텐데, 뭐. 차라리 바다 구경이 나아."

"그러든가."

사혜는 사온과 함께 평택 지사에 함께 내려서 그의 일정을 따라다녔다. 항구에서 바다를 보고, 이후 점심식사를 할 때만 해도 나름 괜찮았다. 그러나 그 후부터는 사온의 말대로 지루하기 짝이 없었다. 사온이 회사 관계자들과 함께 돌아다닐 때 사혜는 사온의 뒤만 보며 졸졸 쫓아다녔는데 거기서 오가는 대화들이라야 그녀는 알아들을 수도 없는 업무에 관한 것이 전부였으니까.

그런데 그것도, 여전히 알아들을 수 없는 말들만 오간다 할지라도, 갑갑한 회의실에 가만히 앉아서 구경하는 것에 비하면 그나마 나았다. 회의실에 있던 사혜는 너무 지겨운 나머지 그곳을 나와 주로 핸드폰으로 영화를 보면서 시간을 보냈다. 그사이에 물론 어머니와 통화도 했다. 그냥 콘도에 있을 걸, 하는 후회는 저녁식사를 위해 이동하면서였다.

"언제 끝나?"

식당을 향해 걸어가는 중에 사혜는 사온의 옷깃을 슬며시 잡아당겼다. 회사 관계자들과 모두 함께 가는 길이었다.

"저녁 먹고도 한참 더 해?"

사온은 먼저 사혜의 어깨를 한 팔로 감쌌다.

"자정까지."

"정말?"

사혜는 울상을 지었다. 그런 그녀를 사온은 제 쪽으로 더 바짝 끌었다.

"키스해 주면 한 시간 줄여볼 수 있는데."

사온의 나직한 속삭임에 사혜는 눈을 흘겼다.

"그럼 뽀뽀라도."

'그럼 커피라도' 하는 것과 같은 어조로 말하는 사온에 사혜는 웃음이 나오는 것을 간신히 참느라 눈을 더욱 부라렸다. 저 얼굴에, 저 건조한 목소리로 뽀뽀라니, 웃겼어.

"파스타라도 사주면 뽀뽀는 해주겠다, 뭐. 또 고깃집 같은 데 가는 거지?"

점심에 회를 위주로 한 식당에서 스키다시만 먹었던 기억을 떠올린 사혜는 입을 삐죽거렸다.

"순 아저씨들만 있어서 먹는 것도 좀 그래."

사온은 별다른 대꾸 없이 사혜의 어깨를 놓아주고 회사 관계자들에게 가서 잠깐 말을 나누는가 싶더니 다시 돌아와 '가자'며 그녀의 손을 잡아끌었다.

"응? 어딜?"

"파스타 먹으러."

"진짜?"

사혜는 환하게 웃었다. 사온은 그녀를 차에 태우고 약 8분 정도를 달려 어느 파스타 전문점으로 들어섰다. 파스타와 피자가 주 메뉴인, 소박한 규모의 전문점으로 사온이 회사 관계자들에게 누이와 따로 식사를 한다 양해를 구하고, 근처에 파스타 전문점이 있느냐 물어 찾아온 곳이었다.

"썩 맛있다고 할 순 없지만……."

토마토소스가 풍부한 파스타를 앞에 둔 사혜는 포크로 면을 두 툼하니 말았다.

　"아저씨들 틈에서 밥 먹는 거에 비하면 이 정도도 고맙지, 뭐."

　이어 몇 년 전 로마에서 먹었던 프로슈토 모짜렐라 파스타가 먹고 싶다는 둥, 얼마 전에 엄마가 바운스 크림 파스타를 만들어줬는데 면이 별로 쫄깃하지 않았다는 둥 수다를 떠는 사혜의 맞은편에서 사온은 제 앞의 파스타를 거의 먹지 않고 있었다. 파스타를 별로 좋아하지 않는 것이다.

　"기분이 좀 나아졌어?"

　밝아진 사혜의 얼굴을 보며 사온은 물었다. 식당을 나와 차가 주차된 곳으로 가면서였다.

　"응. 커피만 있음 퍼펙트."

　사온은 조수석의 문을 열어 사혜를 먼저 태운 뒤 그곳을 벗어나, 얼마 후에 테이크아웃용 커피를 들고 다시 나타났다. 그는 그것을 차창으로 사혜에게 건네기만 하고는 자신은 바로 차에 오르지 않았다. 담배를 피우기 위해서라는 것을, 차 안의 사혜는 그가 라이터 불을 켜는 것으로 확인한다.

　사혜는 커피 하나를 두 손에 잡고 창밖의 사온에게서 눈을 떼지 않았다. 어둠에 반쯤 묻혀, 그의 전신에 짙은 음영이 드리워 있는데도 워낙 익숙한 모습이라 그녀의 눈에는 아주 잘 보였다. 눈썹 아래 움푹 꺼진 어두운 눈두덩, 다시 그 눈두덩 아래에서 건조한 빛을 내고 있는 그의 눈동자까지도 말이다. 특히 쌍꺼풀이 깊어, 평소에는 거의 보이지 않다가 눈꺼풀을 슬며시 아래로 했을 때에만 존재를 드러내는, 그래서 눈을 그냥 뜨고 있을 때와 내리뜰 때의 인상마저 바꿔 버리는 사온의 그 마른 눈빛은 그의 인상의 전부라고 해도 과언이 아니었다. 그 인상은 또, 사혁과 사빈의 전체적으로 온화한 그것과는 많이 달라, 그 두 오빠가 아버지를 닮았다면 사온은 사혜로서는 전혀 알 수 없는 그의 외가 혈통에 더 가깝다고, 때문에 일본의 외가에서 특히 그를 사랑했다고 하는 말을 들은 적도 있었다.

사온은 차 앞을 천천히 거닐며, 담배 연기를 뱉어낼 때는 마치 밤하늘을 바라보듯 고개를 약간 들고는 했다. 그런 그가 갑자기 눈을 돌려 사혜를 향했다. 사혜는 놀라 얼른 눈을 피했다. 피하고 나서야 차 안의 저를, 그가 볼 수 없다는 사실도 깨달았다. 야간에, 더구나 주차장의 가로등도 그리 밝지 않은 상황에서 차 밖에 있는 사람이 차 안에 있는 사람의 미세한 눈빛까지 식별하기는 거의 불가능했으니까. 그런데도 사혜는 그가 다시 차에 오를 때까지 그에게 눈을 주지 않았다.

"자……."

사혜는 사온의 몫의 커피를 그에게 내밀었다.

"그전에……."

커피를 받으며 사온은 입을 열었다.

"뽀뽀 안 해줘?"

"뭐?"

사혜는 어이없다는 얼굴이다.

"파스타 사주면 뽀뽀해 준다며?"

"담배 냄새나서 싫어."

쌩하니 말하는 사혜를 그는 빤히 바라봤다. 사혜는 '왜?' 한다.

"예뻐서."

사온은 말과 함께 손끝으로 사혜의 코를 꾹, 눌렀다.

"아이, 뭐야?"

사혜는 주먹으로 사온의 팔을 팡팡 쳤다. 누이 손에 맞으며 사온은 커피를 입에 댔다.

사온과 사혜는 자정보다 이른, 밤 10시 경에 콘도미니엄에 도착했다. 회사에서 15분 거리인데 사혜는 그새 잠들어 사온이 차를 세운 후에도 눈을 뜨지 못했다. 사온은 그녀를 바로 깨우지 않고, 창쪽으로 고개를 약간 기울인 모습으로 잠들어 있는 그녀를 가만히 지켜보기만 했다. 이윽고 손을 뻗어 누이의 뺨을 손등으로 슬며시 쓸어 올리니 그녀는 그제야 반짝, 눈을 떴다.

"어……."

눈을 뜬 사혜는 깜짝 놀랐다. 사온의 얼굴이 바로 코앞에 있는 것이 아닌가. 사혜는 재빨리 제 입을 두 손으로 막았다. '키스는 안 돼' 하는 것처럼.

"입이 그렇게 중요해?"

사온은 태연히 그녀의 안전벨트를 풀어주었다. 사혜는 재빨리 손에 힘을 풀며 하품하는 척했다.

"콘도 들어가서 조심하는 게 낫지 않겠어?"

이어진 사온의 말에 사혜는 주먹으로 그의 가슴을 팍, 때렸다.

"짜증나……."

짜증을 내는 누이를 사온은 번쩍, 두 팔에 안아 차에서 내려주었다. 그리고 그대로 승강기를 향했다.

"내, 내려줘. 누가 보면…… 창피하게……."

사혜는 발을 허공에 휘휘 저으며 주위를 두리번거렸지만 마침 사람의 모습은 보이지 않았다.

"누가 보면 신혼부부인 줄 알겠지."

"웃겨. 내려달라니까."

"그냥 있어. 오빠 따라다니느라 피곤했을 텐데."

사온의 그 말에 사혜는 바로 얌전해졌다. 정말 '오빠'가 하는 말처럼 들렸기 때문이다. 큰오빠한테도 이렇게 안긴 적이 여러 번 있었으니까. 물론 큰오빠의 품과 사온의 품은 달랐다. 그러나 다르다고 의식하지 않기 위해, 그녀는 승강기 안에서 사온의 목에 팔도 척, 걸쳤다.

"객실에 도착하면……."

사온이 말했다.

"얼른 방에 들어가서 문 잠가."

사혜의 얼굴을 내려다보며 말하는 사온을 그녀는 새치름한 눈빛으로 째렸다.

"문만 잠그면 안전해?"

"그래."

"오빠야? 늑대야?"

사혜는 어처구니없다는 얼굴을 했을 뿐 겁먹은 그것은 아니었다.

"우리, 그동안 잘 지내왔잖아?"

"그동안은 네가 안전했으니까."

"응? 그게 무슨 말이야? 지금은 내가 위험하단 말이야?"

"그래. 울타리 밖은 위험하지."

사혜는 알아들을 수가 없었다. 그래도 그의 말대로 하기는 했다. 제 것으로 차지한 욕실 딸린 침실로 들어오자마자 문을 잠갔으니까. 가족과 함께 올 때는 회장 내외가 사용하는 방이었다. 그녀는 그 넓고 안전한 방에서 샤워를 하고, 작은 여행용 가방에 담아온 편한 옷으로도 갈아입었다. 문밖은 조용했다. 그대로 잠을 자려니 심심하고 좀 허전했던 사혜는 사온은 뭘 하나 싶은 마음에 문을 빠끔히 열었다.

사온은 거실의 소파에 창을 마주하고 앉아 있었다. 사혜처럼 씻고 옷을 갈아입은 모습으로 다리를 테이블 위에 올린 채 소파 등받이에 푹 파묻혀 손에는 서류 같은 용지를 쥐고 있었다.

사혜는 사온 뒤로 살금살금 고양이 걸음으로 다가왔다.

"왜 나왔어?"

돌아보지도 않고, 여전한 모습으로 사온은 물었다.

"겁도 없이."

"나 원래 겁 없거든."

눈치 못 챌 것이라 생각했던 사혜는 김샌 얼굴로 퉁명스럽게 대꾸했다.

"근데 뭘 들어와서까지 그딴 걸 봐? 골치 아프게."

사혜는 이어 그의 뒤편 너머에서 그의 손에 든 것을 슬쩍 보며 말했다.

"나 재스민 차 마시러 나왔어. 그거 마시면 잠 잘 온다. 오빠도 타줄까?"

"차 마시는 동안 너, 무사하지 못할 텐데?"

"또, 또……. 에잇."

사혜는 이제 그가 겁주는 것 따위 무섭지 않다는 듯 그의 머리를 마구 헝클어뜨렸다. 그런 그녀의 손 위로 사온의 손이 갑자기 포개졌다. 사온은 제 손에 잡힌 누이의 손을 천천히 끌어 제 뺨에 댔다가, 이윽고 더 아래로 끌어내려 가슴에서 멈췄다. 그러느라 사혜의 몸도 그의 위로 기울어졌다.

"잡혔다. 사혜."

그렇게 말하면서 그는 사혜의 손을 꽉 쥔 것도 아니었다. 돌아보지 않은 채 마치 지나가는 말처럼 하는 것도 여전했다. 그래서 사혜도 굳이 힘을 줘 제 손을 빼지 않았다. 빼려고 하면 언제든 뺄 수 있을 줄 알았다.

"문을 잠그고 들어갔으면……."

사온은 여전한 목소리로 말했다.

"날이 밝을 때까진 나오지 말았어야지."

"뭐?"

사혜는 이상한 기분이 들었다. 그래서 그제야 사온에게 잡힌 손을 빼려 했지만 이미 단단히 붙잡혀 있었다.

"놔……."

사혜는 소리쳤다.

"내가……."

사온은 천천히 돌아보았다.

"노리고 있다는 거 몰랐니?"

"놔아……."

사혜는 다시 소리치며 손을 빼려 더욱 힘을 주었으나 오히려 휙

끌려가 눈 깜짝할 새 사온의 무릎 위로 나자빠졌다. 이어 재차 소리를 지를 틈도 없이 입이 막혀 버렸다. 입을 막은 것이 다름 아닌 사온의 입이라는 것도, 그녀는 약간의 사이를 두고서야 알았다. 입술이 빨려드는 것같이 아팠다. 저릿저릿하면서도 무엇인가 날카로운 것이 입술을 콕콕 찌르는 것 같은 통증이었다.

사혜는 주먹을 허우적대며 저항했지만 그것에 대한 답은 그녀의 입안으로 물밀듯 들어오는 축축한 무엇이었다. 그 '무엇'은 그녀의 잇몸을 훑고, 입천장을 훑고, 심지어 목구멍 깊숙이까지 더듬었다.

"흐흡……."

사혜는 사온의 머리칼을 움켜잡았다. 또 그것에 대한 그의 대답은, 그녀의 뒤를 받친 손의 노골적인 움직임이었다. 그 손은 거침없이 사혜의 옷 속을 파고들어 그녀의 등에서 브래지어를 풀었다. 사혜는 온몸으로 저항을 해보지만 아무 소용도 없이, 사온은 그녀의 매끈한 등을 뜨겁게 애무하고 내려가 허리선이 밴딩 처리된 실내용 바지 안으로 손을 밀어 넣었다.

사혜는 허리를 힘껏 비틀었다. 그것도 소용없었다. 그는 별로 힘도 들이지 않고 그녀의 팬티 안으로 손을 넣어 둥근 엉덩이를 움켜잡았다. 어쩌면 이리 아기 피부 같은지, 사온은 제 손이 더듬어간 그녀의 살결 어느 곳에서도 눈곱만큼의 거친 곳을 찾을 수 없다가, 포동포동한 엉덩이 살에서 그 절정을 느끼고는 아찔한 황홀경에 빠져들었다. 여기서 멈춘다는 것은 불가능했다. 사온은 손을 더 내려 손끝을 간질이는 체모를 지났다.

"으옷……."

사혜는 격렬한 몸짓을 보였다. 그래 봤자 단단한 사온의 팔 안에서 금세 제압당하고 만다. 그사이 사혜의 팬티 안에 있는 사온의 손끝은 정확히, 여인의 내밀한 숲에서도 더욱 내밀한 비밀의 문에 닿아 있었다. 중지의 첫 마디로, 마치 딱 짚어내듯 말이다.

사혜는 얼어버린 것처럼 가만히 있었다. 너무 수치스럽고, 또 너무 무서웠다. 순간 어릴 적에 그가 그녀의 입을 강제로 벌리고 손가락을 집어넣었던 기억을 떠올렸다. 그것은 '열었다'는 뜻이라고, '처녀를 가졌다'는 뜻이라고 했다. 그때처럼 또 강제로 비집으면 어떻게 하지, 사혜는 두려움에 휩싸였다.

그때 벨이 울렸다. 테이블 위에 있던 핸드폰이 낸 소리로 사온의 것이었다. 이때다 싶어 사혜는 그에게서 빠져나가려 몸부림쳤다.

"놔…… 놔아……."

사온은 놓아주지 않았다. 그저 핸드폰으로 눈을 옮겼을 뿐인데 그 화면에 '어머니'라 떠 있는 것이 보였다. 그것은 마치 금기를 향한 경고처럼 반짝였다.

"너……."

금기의 그것은 도리어 사온의 욕망을 더욱 부채질했다. 그는 사혜를 내려다보았다.

"내 것으로 만들어야겠다."

사혜는 경악했다.

"지금!"

4. 사온의 여자

"싫어."

사혜는 단호하게 부르짖었다.

"곧 좋아질 거야."

사온은 늘 그렇듯 건조하게, 그리고 속삭이듯 말했다.

"싫어. 싫다니까⋯⋯. 우리 남매잖아. 오빠는 오빠잖아."

"네가 안전할 때까지는 그랬지. 이제는 안전하지가 않아. 보내기 싫어. 내 것으로 만들어 안 보낼 거야."

사온은 그녀를 안고 일어섰다. 누이는 언젠가 보내야 할 존재니 제 여자로 만들어 안 보내겠다는 것을, 사혜는 그제야 알아들었다.

"안 돼⋯⋯. 나 오빠 꺼 안 해, 안 할 거야⋯⋯."

사혜는 사온의 가슴팍을 움켜잡고 마구 흔들었다.

"이러지 마아……."

번쩍, 낙뢰에 이어 콰쾅, 소리가 밤하늘을 울렸다. 오전부터 흐렸던 하늘은 깊은 밤이 돼서야 거센 비를 뿌리기 시작했다.

사혜는 침대 위로 떨어져 나뒹굴었다. 사온의 침실이었다. 그는 먼저 제 셔츠를 단번에 벗어버렸다. 그사이 튀어 일어난 사혜는 침대 아래로 발을 내딛기도 전에 다시 침대 위로 엎어졌다. 이어 상의가 눈 깜짝할 새에 벗겨졌다. 이미 뒤가 풀린 브래지어는 있으나 마나였다.

"아악……."

사혜는 비명을 지르며 두 팔로 가슴을 가렸다. 사온은 그녀의 바지를 잡아서 내렸다.

"하지 마, 하지 마아……."

사혜는 있는 힘껏 발을 뻗어 사온을 찼지만 금세 그의 손아귀에 발목 하나가 잡혀 바지가 벗겨졌다. 사온은 그리 서두르지도 않으면서 묵묵히, 그러면서 거스를 것 없이 그녀를 발가벗기고 있었다. 마치 꼭 해야 하는 과제를 수행하듯, 심지어는 무덤덤한 모습이었다.

사혜는 큰 소리로 울음을 터뜨리며 상체를 틀어 시트에 꼭 붙여 앞을 가린 채 손을 내려 팬티를 움켜잡았다. 그러나 그것도 찍, 소리와 함께 그녀의 몸에서 사라졌다. 사온이 단번에 잡아 뜯어버린 것이다.

사혜의 몸에는 에메랄드 목걸이 외에 아무것도 남지 않았다. 그녀는 더 이상 비명도 지르지 못한 채 무릎을 최대한 굽히고 두 팔 역시 더할 수 없을 만큼 안으로 당겨, 제 몸을 어떻게 해서든 최대한 가릴 양으로 움츠렸다. 활처럼 굽은 등과 겁먹은 강아지의 꼬리처럼 안으로 말린 엉덩이는 덜덜 떨리고 있었다. 그 모습을 보며 사온은 제 몸에 남은 옷을 벗었다. 그리고 조금의 주저함도 없이 사혜의 몸에 손을 댔다.

"아악……."

그가 손을 댄 것만으로도 사혜는 비명을 지르며 몸을 떨었다. 사온은 아랑곳하지 않고 그녀의 종아리를 움켜잡았다.

"오빠, 오빠……."

사혜는 울음 섞인 목소리로 토해내듯 부르며 두 손을 앞으로 모았다.

"제발…… 하지 마, 하지 마, 그러지 마, 응? 여, 여기서 멈추면 엄마, 아빠한테 말 안 할게. 아무한테도 말 안 할게……."

"말해. 내가 다 감당한다."

"아악……."

사혜는 다시 비명을 지르며 젖 먹던 힘까지 다해 몸부림쳤다. 그래 봤자 사온의 손에 간단히 다리 하나가 벌어졌다. 그는 사혜 아래에 한쪽 무릎을 세우고 앉았는데 그런 제 종아리 아래에 그녀의 다리를 걸어버렸다. 무릎의 안쪽을 걸면, 어지간한 유연성이 아니고서는 제 힘으로는 걸린 다리를 풀기 어렵기 때문에 당연히 무릎이 바깥쪽으로 벌어진 채로 고정되었다.

사혜는 목이 쉴 정도로 소리를 질렀다. 두 손으로 아래를 가리고 다른 쪽 발로 사온을 차며 발버둥을 쳤지만 그 다리도 금세 사온의 팔에 걸리고 말았다. 그가 그녀의 다리 하나를 팔에 건 것과 동시에 그녀의 두 손을 잡아 위로 올리니, 그의 팔에 걸린 다리도 무릎이 위로 올라 그녀의 아래는 그야말로 훵해져 버렸다.

사온은 그 모든 것을 조금의 주저함도 없이, 또 무척 빠르고 쉽게 해치웠다. 마치 어떻게 해야 여자로 하여금 저항을 포기하게 만드는지 아는 것 같았다. 실제로 사혜는 더 이상 소리를 지르지 않았다. 몸부림도 멈췄다. 아래가 적나라하게 드러나 버린, 스무 살의 여자가 할 수 있는 일이라고는 그 수치심에 매몰되는 것뿐이었다. 사혜에게는 감당하기 힘든 쇼크였다.

그런데도 그녀를 그렇게 만들어 버린 사온에게서 연민의 빛을 읽어내기는 힘들었다. 그는 사혜의 몸을 위에서 아래까지 구석구석, 눈으로 죽 훑고 있을 뿐이었다. 그런 그의 눈길이 마지막으로 머문 곳은 사혜의 왼쪽 젖가슴에 난 세 개의 점이다. 그는 그곳에 손을 뻗어 젖가슴의 바깥쪽부터 모아 쥐었다. 그러자 젖무덤이 부풀어 올라 젖꼭지 위에 있는 삼태성 모양의 점 세 개도 뚜렷이 올라왔다.

사온은 몸을 숙여 사혜의 '삼태성'에 입을 맞췄다. 그리고 천천히 머리를 든 찰나였다. 짝, 하는 소리가 그의 눈앞에서 세찬 바람처럼 스쳤다. 사혜가 그의 뺨을 후려친 것이다.

"제발……."

뺨을 맞고도 표정 하나 안 변한 사온을 향해 정작 그를 때린 사혜는 눈을 붉게 물들였다.

"하지 마…… 오빠……."

눈물을 흘리며 그녀는 애원했다. 사온의 대답은 없었다. 아니, 그녀의 몸을 손끝으로 죽 훑어 내린 것이 대답이라면 대답일까. 그 손은 더구나 그녀의 아랫배를 지나 검은 수풀을 헤쳐, 축축한 숲의 중앙을 내려가 딱 멈추었다. 정확히 또 비밀의 문에서였다. 소스라친 사혜는 벌게진 얼굴로 다시 얼어버렸다. 사온이 제 손끝에 힘을 약간 줘 문을 건드리니 그녀는 대번에 온몸을 움찔했다. 그뿐이었다. 그는 마치 문이 얼마나 단단히 잠겨 있는지만 확인만 한 듯 이내 손끝에 힘을 빼고 손가락 전체로 그곳을 애무했다.

"시…… 싫어……."

사혜는 그의 어깨를 밀며 다시 저항했지만 그는 그녀 위에서 바위와 한가지였다. 한 팔로 사혜의 몸을 단단히 휘감은 그는 그녀의 몸을 핥고 애무했다. 사혜도 쉬지 않고 그를 때리고, 밀고, 쥐어뜯었다. 소리를 지르다 지치면 울고, 눈물도 다하면 다시 소리를 질렀다. 그렇게 몸부림을 치느라 어느 순간 그녀의 머리는 침대 아래로 떨어져 목이 꺾이고 만다.

"헉……."

사혜는 제 두 다리가 다시 위로 올라와 벌어지자 뒤로 꺾인 머리를 들며 격한 소리를 토해냈다. 그 머리는, 그러나 곧장 다시 아래로 떨어지고 만다. 사온은 그녀의 허벅지뿐 아니라 검은 수풀에 가려진 내밀한 수줍음도 벌려 아주 깊은 곳까지 혀를 밀어 넣었다.

"흐으……."

사혜는 울음 비슷한 소리를 냈다. 처음에는 차가운 뱀이 들어온 것 같더니 이내 기묘하고, 불쾌하고, 징그럽게 움직였다. 사혜는 허리를 이리저리 움직여 그것으로부터 달아나려 했으나 그것은 한 여름날의 후텁지근한 습기처럼 집요하게 달라붙었다. 그 집요함에 결국 지쳐 버린 순간, 그녀의 몸이 아래로 쭉 당겨졌다. 그

바람에 머리도 다시 침대 위에 올라, 그녀는 본능적으로 고개를 들었다. 그때 그녀의 눈에 보인 것은 사온의 남성이었다. 생전 처음 보는, 완전히 팽창된 남성. 사혜는 경악해 도망가려 했다. 그런 그녀의 허리를 사온은 도리어 바짝 잡아당겼다.

"싫어……."

사혜는 부르짖었다. 그 찰나였다. 그녀는 마치 벼락을 맞듯 저를 엄습한 강력한 고통 앞에 입을 벌렸다.

"아아악……."

입을 벌린 것이 먼저, 목청이 찢어질 듯 날카로운 비명은 그 뒤를 이었다. 한 번도 열려본 적 없는 문이 열리는 데에는 생살이 찢기는 고통이 함께했다. 그 고통에서 벗어나려 사혜는 사력을 다해 발버둥 쳤지만, 보다 강력한 힘 앞에서 그것은 허무할 정도로 무력했다.

사온은 제 아래에서 고통에 몸부림치는 사혜를 보면서도 조금도 물러섬 없이, 오히려 더욱 깊숙이 들어와 또한 더욱 집요하게 그 불쌍한 육체를 옭아맸다. 제 것을 향한 탐욕에는 동정도 자비도 끼어들 틈이 없는 것일까. 그는 눈도 깜짝하지 않고 허리를 움직였다. 사혜의 비명으로 잠시 쉬어주는 아량도 베풀지 않았다. 어서, 빨리 제 것으로 만드는 것밖에 다른 생각은 없는 것 같았다.

침실을 가득 채웠던 예리하고 위태로운 비명은 시나브로 잦아들고 그 자리를 비틀리는 신음이 대신하고 있었다. 그렇게 되기까지 적지 않은 시간이 흘렀다. 사온의 행위는 쉼 없었다. 그 행위 아래에 시체처럼 흔들리고 있는 사혜는 저가 살아 있음을 고통에 찬 신음으로 말해줄 뿐이었다.

"으으……."

사혜의 신음이 더욱 높아졌다. 흔들림이 격렬해진 것과 동시였다. 사온은 사혜를 부둥켜안고 미친 듯 내달려 제 마지막을 쏟아부었다.

"사혜야……."

그 마지막에서 사온은 그녀의 이름을 불렀다.

피와 욕정과 몸부림으로 얼룩진 침대를 벗어나 사온은 다른 방의 침대에서 사혜를 안고 잠이 들었다. 깊은 잠에 들었을 때라도 사혜를 놓지 않아 그 답답함에 그녀는 밤새 자다 깨다를 반복하고, 그때마다 격한 감정에 사로잡혀 눈물짓기도 했다. 무어라 형언하기도 힘든 감정이었다. 분노와 증오라고 딱 정해 부르는 것으로는 부족했다. 죽여 버리고 싶은 감정일까. 아니, 그럴 가치도 없어, 하며 사혜는 입술을 깨물었다. 분명한 것은 있었다. 절대 그의 여자는 되지 않을 것이다, 결코 그를 용서하지도 않을 것이다, 그렇게 다짐하고 다시 잠이 들었는데 눈을 뜨니 침실 안은 어느새 뿌연 빛이 일렁이고 있었다. 그녀는 제 몸을 만지는 사온의 손길에 그가 먼저 깨어 있음도 알았다.

"깼니?"

사온이 물었지만 사혜는 계속 잠들어 있는 척, 대답하지 않았다. 사온은 더 말하지 않고 그녀의 젖가슴을 부드럽게 움켜쥐었다. 그렇게 잡아 손안에서 애무하는가 싶더니 이내 손을 풀어 손끝으로 희롱을 이어갔다. 특히 유륜 주변을 빙빙 돌아 젖꼭지를 간질였는데 그것을 꼬집듯 잡는 순간에 사혜가 그의 손을 거칠게

탁, 뿌리쳤다. 그러자 그는 다시, 보다 세게 그녀의 젖가슴을 움켜 잡았다.

"하지 마아……."

사혜는 어깨를 틀며 거의 짜증 섞인 소리를 냈다.

"너, 이제 내 것 됐으니 내 마음대로인데?"

"누구 마음대로?"

사혜는 벌컥 소리를 질렀다.

"난 누구 소유도 아니야. 이딴 거에 내가 굽힐 줄 알아? 용서 안 해……."

"그래. 용서하지 말고……."

사혜가 길길이 뛰는데도 사온은 태연하게 말하며 그녀의 손을 잡았다.

"너도 네 마음대로 하면 돼."

그는 사혜의 손을 제 아래에 가져다 댔다.

"악……."

사혜는 기겁을 하며 손을 뺐다.

"누가 그딴 거 갖겠대? 더러워……."

악을 쓰는 사혜를 사온이 덮쳐 입을 맞췄다. 사혜는 '읍' 소리를 여러 번 내며 그를 밀치려 애를 썼다.

"이, 이러지 마……."

간신히 입을 뗀 사혜는 말했다. 갈라지고 한풀 죽은 목소리였다.

"오늘…… 빈이 오빠한테 가야 하잖아."

"안 가."

사온은 잘라 말했다.

"아무 데도 안 가. 너, 네 뼛속까지 내 여자 만들 때까지."

"뭐……?"

사혜는 소스라쳤다. 오늘 사빈의 군부대를 방문하고 집으로 돌아갈 예정이었는데 지금으로서는 그것이 사온을 탈출하는 유일한 방법이기도 했기 때문이다.

"집에는…… 뭐라 말하고…….."

"있는 그대로 말해."

"뭐…… 뭐……?"

사혜는 놀라고 황당한데 사온은 그녀의 몸에만 관심 있는 모양이었다. 그녀가 붕어처럼 입만 뻐끔거리는 새 그녀의 젖가슴 위로 얼굴을 가져갔다.

"아……."

젖가슴에 따끔한 통증을 느낀 사혜가 짤막한 소리를 냈다. 사온이 젖꼭지를 깨문 것이다. 그는 그것을 탐욕스럽게 빨며 손을 아래로 내려, 그녀의 검은 수풀을 헤집었다.

"싫어……."

사혜는 고개를 흔들며 허벅지를 꼭 붙였지만 허벅지의 힘만으로 사온을 막기에는 무리였다. 수풀 안에 감춰진 붉은 정원을, 그는 거침없이 유린했다. 꽃잎 사이를 가르고 클리토리스를 깨워 이슬을 내어놓으라 재촉했다. 그런데 그것이 사혜에게는 그저 수치심일 뿐이라, 그녀는 그에게 등을 돌리는 것으로 막아보려 했다.

"악……."

등을 돌리다가 사혜는 조금 전보다 더 격한 소리를 냈다. 사온이 그녀의 숲 속, 깊은 동굴 안으로 손가락을 찔러 넣은 때문이다. 이슬이 내리기 전의 마른 동굴은 그 작은 침입에도 고통을 동반했다. 그는 그렇게, 그녀가 달아나려 하면 고통을 주어서라도 그것을 무력화시켰다. 동굴 깊숙이까지 들어간 사온의 손가락은 그 안을 탐험하듯 꿈틀댔다.

"그러지 마……."

사혜는 울먹였다. 그의 대답은 손가락을 빙빙 돌리는 것이다.

"열어."

사온은 뒤이어 말했다.

"열어야 고통이 없어."

"싫어, 싫어, 싫어…… 죽여 버릴 거야……."

사혜가 아무리 악을 써도 그는 요지부동, 그녀의 그곳을 더욱 집요하게 헤집을 뿐이었다.

"하지 마아……."

사혜의 저항이 거셀수록 사온의 애무도 맹렬해져, 그녀의 그곳을 입으로 물었을 때는 구강섹스를 하자는 것인지 그곳을 파먹자는 것인지 알 수 없을 만큼이었다. 그는 지독히도 탐욕스러웠다.

사혜가 지쳐 저항을 멈추니 그는 그녀의 아래에서 천천히 고개를 들었다. 그렇게 떨어졌어도, 긴 타액 한줄기가 그녀의 검은 숲으로부터 그의 입을 연결하고 있었다. 그것은 마치 '아직이다' 하는 것 같았다. 사온은 포수의 사인을 받은 투수처럼 고개를 끄덕였다. 그리고 손끝을 사혜의 검은 숲에 대고는 좌우로 활짝 벌렸다. 붉은 정원이 모두 드러나도록.

"허억……."

축 처져 있던 사혜는 기겁했다. 수치심의 극한까지 까발려진 것 같은 충격에 온몸으로 저항했지만 아무 소용도 없이, 그녀의 수줍은 정원은 더욱 노골적으로 드러날 뿐이었다.

"아악……."

몸부림에 이은 사혜의 날카로운 비명은 그녀의 붉은 정원으로 사온이 침입한 것과 동시였다. 짧은 비명은 긴 꼬리를 달고 흐느낌으로 이어졌다. 그런데도 사온은 조금의 머뭇거림도 없이 허리를 쳐올렸다. 앉은 자세에서 사혜의 허벅지를 팔에 낀 모습으로, 사혜가 비명을 지르든 어린아이처럼 엉엉 소리를 내 울든 개의치 않고 규칙적인 행위를 이어갔다. 그녀의 몸부림은 속절없어, 아무리 해야 저만 손해로 보일 지경이었다. 그래선지 차츰 얌전해져, '끄윽, 끄윽' 하는 소리만으로 제 눈물과 아픔을 섞었다.

사온은 사정하지 않고 사혜의 몸에서 나와 그녀를 반대편으로 뒤집었다. 사혜의 몸은 정말 쉽게, 계란 프라이처럼 뒤집어져 그가 그녀의 아랫배를 베개로 받쳐 놓는데도 꼼짝하지 않았다. 그렇게 해서 위로 불룩 올라온 사혜의 엉덩이를, 사온은 물고 핥으며 다시 집요하게 탐닉했다. 그러는 동안 사혜는 내내 움직이지 않다가 그가 뒤로부터 다시 들어온 순간에 발작처럼 한 번 파닥거렸다. 사온은 그녀를 두 팔에 끌어안아 그녀의 정수리와 귓불, 목덜미, 뺨에 차례로 입을 맞추고 혀로 핥았다.

"문신과 같은 거야."

사온은 속삭였다.

"문신처럼 지워지지도, 지울 수도 없게 깊이…… 새기는 거야. 제사온이 네 남자고, 네 주인이라고."

"싫어······."

그의 사랑에 괴롭기만 한 사혜가 쥐어짜는 소리를 냈다. 비록 그런 후에는 더 강하게 흔들려 더욱 괴로워졌지만. 그녀는 시트를 그러쥐고 이를 악물었다.

얼마 후, 욕실에서 물 떨어지는 소리가 요란했다. 사온이 사혜를 안고 들어왔다. 둘 다 발가벗은 몸 그대로였다. 그는 사혜와 함께 물이 떨어지는 욕조 안으로 들어갔다.

사온은 욕조 안에서 사혜를 제 위에 둔 채 그녀의 몸을 따뜻한 물로 씻겨주었다. 사혜는 무표정한 얼굴로 가만히 있었다.

"집에 전화해."

사온은 말했다.

"전화해서 네가 말하고 싶은 대로 해."

사혜는 눈시울을 붉혔다. 만약 '엄마와 아빠가 이 사실을 안다면' 하고 상상만 해도 심장을 나사로 조이는 것만 같았다. 어떤 일이 일어날지 무서웠다. 그런데 더 무서운 것은 사온이 '말하고 싶은 대로 하라'는 말의 의미가 '사실대로' 말하지 못할 것을 알고 그런 것이 아니라, 오히려 사혜가 사실대로 말하기를 바라고 있기 때문이라는 사실이었다. '내가 다 감당한다'더니, 그는 정말 둘의 관계가 밝혀진 이후의 일과 싸울 생각인 모양이었다.

목욕 후 사혜는 가운 차림으로 혼자 침실에 있었다. 손에 핸드폰을 쥐고서였다. 시간을 확인하며 그녀는 꽤 오래, 몇 번을 머뭇거린 끝에 결심을 했다.

"엄마······."

그렇게 부르자마자 울컥한 사혜는 얼른 한 손으로 제 입을 틀어

막았다.

[사혜야…….]

사혜는 제 떨리는 입술을 손끝으로 꾹 누르며 터져 나오려는 눈물을 꾸역꾸역 삼켰다.

[어제 일찍 잤니? 그래서 이렇게 일찍 일어나 전화한 거야? 전화 안 받아 온이 오빠 번호로도 해봤는데 온이도 안 받더라. 자는가 보다 하긴 했다. 온이가 곁에 있는데 뭔 일이야 있겠어? 근데 오늘 군부대 들렀다 올라와? 온이 오빠 일은 다 마무리 지었대?]

"으응……. 일이 좀 남았대. 오늘 갈 수 있을지…… 모르겠어."

[그래? 그럼 내일 오겠네?]

"참, 엄마……. 엄만 시간 안 나? 시간 나면 와서 같이 빈이 오빠 보러 가지…… 응?"

사혜는 절실했다. 어머니는 구세주다, 하면서.

[오늘? 저녁에 아빠랑 리셉션 연회에 가야 하는데. 정 심심하면 친구를 부르지 그래?]

"으응……. 알았어……."

[근데 너 어디 아프니? 컨디션 별로야? 목소리가 좀 그러네.]

"어, 어제 바닷바람을 좀 많이 쐬었더니……."

[항구엔 나가지 말고 콘도 근처에서만 놀아. 비도 아직 안 그쳤잖아. 밤보다는 덜 내린다만……. 아빠 출근하신다. 다시 전화해.]

통화 후 사혜는 창으로 눈길을 옮겼다. 어젯밤의 폭우가 지나고 잔뜩 흐린 하늘 아래로 이제는 비가 추적추적 내리고 있었다.

사온과 사혜는 함께 콘도미니엄 건물을 나왔다. 사온은 우산을 들고 다른 팔에 누이의 어깨를 꼭 안고서, 콘도에서 이어진 길을 따라 걸었다. 콘도미니엄 근처로 음식점 등의 부대시설이 많아서, 두 사람은 아침식사를 위해 나온 것이었다.

"뭐 먹고 싶은지 아직도 생각 안 나?"

사온이 물었다. 웃음기 하나 없는 어찌 보면 뚱한 얼굴의 사혜를 보면서였다.

"근처에 적당한 게 없으면 차 타고 나갈까? 파스타 먹을래?"

그가 이어서 묻자 사혜는 입술을 약간 오므렸다. 그렇게 오므린 입술을 꿈틀대는 것이 입안에서 맴도는 말을 할지 말지 머뭇거리는 모양새였다. 이윽고 결심한 듯 그녀는 고개를 들어 사온의 눈을 마주했다.

"빈이 오빠한테 가면 안 돼? 면회하러 온 건데…… 안 가면 엄마도 이상하게 생각할 거잖아. 빈이 오빠도 보고 싶고……."

"그래. 대신 아침밥 잘 먹어."

사혜는 아침식사의 밥그릇을 억지로 비우고 얼마 후 사온의 차에 올랐다. 물론 사전에 사빈과 통화를 했고, 가는 길에 사빈이 부탁한 잡지 몇 권도 샀다. 그러느라 소요한 시간까지 해서 두 시간 후에 군부대에 도착, 위병소를 거쳐 면회소로 들어가니 면회소에는 이미 면회 온 사람들과 군인들로 반 이상 차 있었다.

"사혜야."

사온과 사혜가 자리를 차지하고 앉은 지 불과 3분 만에 상병 계급을 단 사빈이 나타나 누이를 향해 함박웃음을 머금었다. 그의 눈에 형은 보이지도 않는 모양이었다. 사혜도 얼른 자리에서 일어나 제 앞으로 다가온 막내 오빠를 보며 눈물을 글썽거렸다.

"어······."

반갑게 다가와 사혜의 어깨를 잡은 사빈은 누이의 눈물을 보고 정색했다.

"뭐야? 그렇게 반가워? 와, 이거 뿌듯하네. 남들이 보면 여친 온 줄 알겠다. 그럼 여친 좀 안아볼까?"

이내 장난기 어린 말로 능청을 떤 그는 사혜를 가볍게 안았다. 그녀는 막내 오빠의 품에서 슬며시 손등으로 눈물을 훔쳤다. 평소의 사혜였다면 겨우 군대 면회를 와 눈물지을 리 없었다. 그런 그녀는 지금 납치범을 곁에 두고 가족을 만나, 제 억울한 사연을 털어놓지도 못하는 인질과 같은 심정이었을까. 그 '납치범'은 두 남매의 감동 어린 '상봉'을 무표정하니 지켜보다가 자리에서 일어났다.

"어디 가?"

사빈은 그제야 처음으로 형에게 눈길을 주었다.

"얘기해라."

사온이 면회소를 나가는 사이 사빈은 '담배 피우러 가나 보다' 하며 사혜를 다시 자리에 앉히고 커피를 가져왔다. 그는 누이 옆에 나란히 앉았다.

"잡지만 사와도 되는 거야? 먹을 거 말하면 사다 주려 했는데."

커피를 받으며 사혜는 말했다.

"잡지면 됐어."

"아 참, 내 선물은? 생일 선물 말이야, 준비했다며?"

사혜는 사빈의 얼굴 앞으로 척, 손을 내밀었다. 사빈은 재빨리 그 손바닥에 쪽, 입을 맞추었다.

"아이, 뭐야……."

그 손을 얼른 주먹 쥔 사혜가 오빠의 어깨를 때렸다.

"미안. 먹어버렸어."

사빈은 웃으며 말했다.

"휴가 가는 놈한테 부탁해서 너 좋아하는 수제 초콜릿 샀는데 제때 못 주고 있다가 어영부영 방 동기들 입으로 다 들어갔지 뭐야? 그거 뜯은 놈은 물론 내 손에 반 죽었지. 대신 전역하면 너 초콜릿에 파묻혀 죽게 해줄게."

"관둬. 그래 봐야 살만 찌지, 뭐."

"넌 살 쪄도 이뻐. 가만……."

사빈은 고개를 뒤로 빼, 짐짓 사혜를 예리하게 훑어보는 시늉을 했다.

"그러고 보니 짜식, 그새 더 자란 것도 같네?"

"에이, 설마……."

"키 말고…… 뭐랄까……. 암튼 더 이뻐졌다."

말과 함께 사혜의 얼굴에 눈을 둔 그는, 이제 제법 여자의 향이 물씬하다 말하고 싶었지만 하지 못했다. 누이에게 그런 말을 해도 되나, 안 되나 머릿속으로 골랐고, 그렇게 말을 고른다는 것은 언젠가부터 의식을 전혀 하지 않을 수 없었던, 친누이가 아니라는 사실에, 그가 완전히 자유롭지 못함을 의미했다. 그래선지 사빈은 사혜를 오래 바라보지도 못하고 눈을 돌려 커피에 두었다. 그는 제 눈빛을, 정확히는 제 심중을 들킬까 조심했다. 사혜는 아마 몇 달 전과 전혀 달라지지 않았을 것이다. 다르게 보는 것은 사빈, 저의 마음이다. 그러나 다르게 봐서는 안 된다, 하고 스스로를 타일렀다.

"국문과 지원한 거 보면 다시 시를 쓸 생각이 있는 모양이네?"

사빈은 다시 입을 열었다.

"너 불문과 갈까도 했었잖아."

"응. 근데 꼭 시를 쓰려고 국문과 선택한 건 아니고 그냥……."

사혜는 중학교와 고등학교 때는 특별히 글을 쓰지 않고 학업에만 열중했었다. 대신 또래에 비하면 독서량은 풍부한 편이었다.

"재능도 없는데, 뭐."

"재능이 없다니……?"

사빈은 자못 눈을 부라렸다.

"너 어릴 때 상 받은 시, 그거 내가 대학 문학 동아리에 있는 후배한테 보여줬었거든. 그랬더니 나이에 비하면 정말 잘 썼다고 놀라더라. 나야 시를 잘 모르지만…… 그래도 다 외웠어. 특히 그 표현……."

사빈은 가늘게 뜬 눈을 허공에 두었다.

"하나의 창이 열리며 닫힌 열 개의 문……."

사빈은 '맞지?' 하고 확인까지 했다.

"뭔가 멋있어. 그 후배도 그 이미지 좋다고 그러더라. 근데…… 그게 무슨 뜻이야? 무슨 창이 열리고 무슨 문이 열 개씩이나 닫힌 건데?"

"바보……."

사혜가 눈을 흘기자 사빈은 '무식해서 미안하다'고 사과했다. 이어 둘은 누가 먼저랄 것도 없이 웃음을 터뜨렸다. 그런 둘의 모습을 입구에서 사온이 보고 있었다. 물론 그는 사혜만 눈에 담았다. 무표정으로도 놀라운 생동감을 지닌 사혜의 얼굴은, 웃을 때면 주변까지 환하게 할 정도의 밝은 에너지를 발산했다. 그래서 그녀는 사랑받았다. 아버지는 특히, 제 핏줄을 이어받은 아들들보다 그렇지 않은 사혜에게 거의 무조건적인 사랑을 보여왔는데 그것도 따지고 보면 아버지의 일방적인 감정이었다기보다는 사랑받기에 충분한 그녀의 자질이 오히려 크게 한몫했음이 더 진실에 가까웠다.

사랑받기 위해 태어난 사혜는 그러나 사온의 차에 다시 올라서는 시무룩해지고 말았다.

"그냥…… 집으로 가면 안 돼?"

달리는 차 안에서 사혜는 사온의 눈치를 보며 물었다.

"그럼 네가 내 것이라는 걸 증명해."

사온이 대답했다.

"어떻게……?"

"내 것 맞아?"

확인하듯 사온은 물었지만 사혜는 대답을 못 했다. 그도 굳이 강요하지 않았다.

"응……. 맞아."

사혜가 그렇게 대답한 것은 10분이 넘어서였다.

"오빠 꺼 맞아."

사온은 갑자기 핸들을 확 틀어, 4차선 차도를 벗어나 한가로운 이면도로로 진입했다.

"어디 가는 건데?"

사혜가 불안한 얼굴로 묻자 그로부터 몇 분 지나지 않아 인적이 드문 곳에서 사온은 차를 세웠다. 이어 제 안전띠와 사혜의 안전띠를 차례로 풀고는 곧장 그녀의 청바지 앞을 움켜잡았다.

"왜, 왜 이래?"

사혜가 두 팔을 휘저으며 저항했다.

"가만히 있어."

사온은 그녀의 청바지를 풀어 벗기려 했다.

"싫어……."

사혜는 격렬히 저항했다. 그는 바로 손을 놓았다.

"네가 좋아, 라고 할 때까지."

사온은 답을 내놓았다.

"뭐?"

사혜의 입에서 '싫어' 대신 '좋아'라고 할 때, 비로소 그녀는 그의 것이 된다는 의미였다.

"이 악당……."

사혜는 주먹을 휘둘러 사온을 마구 때렸다. 그는 그것을 다 맞으며 묵묵히 사혜의 안전띠를 해주고 다시 차를 출발시켰다.

오후 6시쯤, 사온의 차가 콘도미니엄의 지상 주차장에 도착했다. 차가 서자마자 안전띠를 제 손으로 재빨리 푼 사혜는 문을 열고 뛰쳐나가 죽어라 뛰기 시작했다. 얼마 가지도 못했다. 주차장도 다 벗어나지 못했으니까.

"놔아……."

사혜는 다시 주먹을 휘두르고 발길질을 했다. 그녀의 뒷덜미를 잡은 사온은 이어 단번에 그녀의 뒤로부터 허리를 한 팔로 낚아채 두 발이 바닥에서 들릴 정도로 올려 잡고는 성큼성큼 콘도 건물을

향했다. 사혜는 주위에 있는 사람들을 향해 살려달라고 소리치고
싶었으나 차마 그 말은 못하고 대신 의식적인 비명만 악, 악 질러
댔다. 그런데 그것이 사람들의 눈에는 장난으로 비쳤는지 둘의 모
습을 보며 웃는 사람도 있었다. 그나마도 사온은 정말 빨리 걸어
금세 승강기로 사라졌으며 얼마 안 있어 객실 안으로 사혜를 밀어
넣었다.

사혜는 신발을 벗자마자 방을 향해 달렸다. 방문을 열고 들어가
또 곧장 문을 닫으려 거의 몸으로 힘껏 밀어붙였다. 턱, 그 문은
불과 5센티미터를 남겨두고 멈추었다. 문에 손바닥을 댄 사온과
함께였다. 그는 별로 힘도 안 들이고 문을 슥 밀었다. 사혜는 힘없
이 밀려 뒤로 휘청했다가 다시 미꾸라지처럼 사온의 겨드랑이 사
이로 빠져 달아나려 하니 그가 뒷덜미를 잡아챘다. 사혜는 뱀이
허물을 벗듯 카디건을 그냥 벗어버리고 거실을 가로질러 뛰었다.
다른 방으로 숨으려는 것이다. 철컹, 다행히 안으로 들어와 문을
잠갔다.

"휴우⋯⋯."

사혜가 안도의 한숨을 내쉰 바로 그때였다. 콰앙, 흡사 벼락 치
는 것 같은 소리에 사혜는 뒤로 벌렁 나자빠졌다. 문고리 부분의
문짝이 뜯기며 난 소리였다. 또 한 번의 쾅, 소리와 함께 문은 활
짝 열렸다.

"헉⋯⋯."

부서지다시피 한 문으로 들어오는 사온을 본 사혜는 거의 경기
를 일으켰다. 사온은 그녀를 향해 손을 뻗었다.

"아악⋯⋯ 놔, 놔, 놔아⋯⋯."

사혜는 소리치며 발버둥을 쳤지만 그 과정에서 면 티가 벗겨졌다. 물론 그녀는 계속해서 맹렬히 저항했다. 그러나 그 결과는 브래지어가 벗겨지고, 아랫도리도 벗겨지는 것을 도리 없이 당하고 있어야만 하는 것뿐이었다. 그녀를 뒤에서부터 결박한 사온이 그녀의 청바지를 풀어 아래로 내렸던 것인데 딱 붙는 바지는 팬티도 함께 데리고 갔다.

사혜는 이제 무릎을 꼭 붙이고 하체를 비비 꼬았다. 음모가 보이지 않을 정도로 그곳을 감싼 사온의 손이 그 아래로 깊이 들어온 때문이었다. 사혜는 울상을 짓고 울음 섞인 소리를 냈지만 제 아래를 헤집는 그의 손을 막을 도리는 전혀 없었다. 사혜를 뒤에서 안고 있는 사온은 그녀의 젖가슴을 움켜잡고, 다른 손으로는 그녀의 은밀한 부위를 점령한 채 그것도 모자라 그녀의 귓불을 잘근잘근 깨물어댔다.

"아, 아파……."

사혜는 눈을 꼭 감고 울먹였다. 아픈 것은 귀뿐이 아니라 사온이 터질 듯 쥐고 있는 젖가슴도 한가지였다.

사온은 사혜를 안고 침대 위로 쓰러졌다. 쓰러지자마자 그녀의 목덜미를 물어뜯어 죽이려는 사람처럼 입술과 혀로 애무하고 어깨와 등으로 내려갔다. 사혜가 도망치려 버둥대면 댈수록 그는 그녀를 더욱 옥죄었다. 사온의 손은 다시, 이번에는 사혜의 엉덩이 뒤로부터 들어와 그녀의 수줍고 은밀한 부위를 애무했다. 검은 수풀을 능숙하게 헤친 그의 손끝은 축축한 숲의 내밀한 곳을 샅샅이 훑고 다녔다. 사혜는 그곳에서 마치 불이 나는 것 같았다. 그 불길이 아랫배까지 올라와 복통이 이는 것 같은 느낌도 들었다.

"으흑……."

사혜가 저도 모르게 격한 신음을 흘리자 사온은 그녀의 몸을 돌려 다리를 위로 올렸다. 사혜의 다리에는 바지와 속옷이 무릎 부근에 그대로 걸려 있어, 그 상태로 한데 모인 채 위로 올랐다. 그러니 허벅지 사이의 검은 숲도 타원형을 띤 모습으로 드러났다. 사혜가 저항하느라 엉덩이를 들썩들썩하는 것을, 사온은 또 아랑곳없이 제 엄지와 검지로 그 '타원형'을 벌려 혀를 밀어 넣었다. 그녀의 수줍은 타원형은 아직도 충분할 만큼의 이슬을 내어놓지 못해, 사온은 그것을 강제로 끌어내려는 듯 그 은밀한 숲 속을 미친 듯 휩쓸었다. 달래고, 어르고, 그도 안 되다 하면 입술로 물어 한껏 빨아들였다.

"아……."

사혜는 고개를 흔들었다. 다시 저 아래에서 불이 난 것 같았다. 너무 뜨거워 아프다 싶을 때 아랫도리가 묵직하게 차오르는 것을 느꼈다. 사온이 들어온 것이다. 아침에 비해서, 그는 비교적 수월하게 들어왔다. 사혜는 바지에 두 다리가 묶여 옆으로 돌아누워 있는 모습이었는데, 그런 그녀 위로 사온은 몸을 기울였다.

"착하다."

눈가에 눈물이 맺혀 있는 사혜의 얼굴을 내려다보며 사온은 말했다. 허리 아래를 움직이고 있어, 사혜는 흔들리고 있었다. 그녀는 제 엉덩이로부터 규칙적으로 전해지는 기분 나쁜 흔들림 속에서 입을 꾹 다물었다. 그런 그녀가 입을 벌리고 소리를 낸 것은, 사온이 그녀의 다리에 걸쳐 있던 바지와 속옷을 분리해 두 다리를 활짝 벌렸을 때였다. 사혜는 '싫다'며 격렬한 반응을 보였으나 그녀의 허벅지는 아주 넓게 펼쳐진 브이 모양으로 고정됐다. 사온은 양손으로 그녀의 다리를 그렇게 고정시킨 채 무릎으로 침대 바닥을 지탱하며 제 무게를 실어 더욱 깊이, 그녀 안으로 파고들었다.

"으흑……."

사혜는 목을 뒤로 꺾으며 괴로워했다. 바로 어제 처녀를 벗어난 그녀에게는 감당하기 어려운 침투였다. 아랫도리를 꽉 채운 그것이 내장까지 들쑤시는 것 같았다. 사온은 자신이 했던 말처럼 그녀의 뼛속까지 '넌 내 것' 임을 아로새길 모양이었다. 저녁의 정사는 사혜가 기진해 버릴 정도로 길고 집요했다.

밤이 되자 정사는 다시 시작됐다. 사온은 사혜를 마주 끌어안은 모습으로 있었다. 물 샐 틈 없이 끌어안았다. 그녀의 얼굴을 그는 제 목덜미에 두고, 그녀의 뒤통수를 손에 잡아 딱 붙인 채 그의 품에 그녀의 몸을, 역시나 풀로 붙인 듯 붙인 채로 당연히 아래도 하나였다. 그런 모습으로 그는 그녀와 사랑을 했다. 오직 허리만을 움직여, 사혜의 몸에 그를 새겼다. 누워서, 때로 앉아서, 혹은 그녀를 위에 두기도 하면서였다. 사혜는 죽은 듯 꼼짝을 하지 않았다.

이튿날 아침, 사온은 눈을 뜨자마자 사혜의 몸을 더듬었다.

"싫어……."

아직 눈도 뜨지 못한 사혜는 고개를 돌리며 저도 모르게 중얼거렸다. 그러나 소용도 없이 그에게 끌려갔다.

"싫어, 싫어, 싫단 말이야……."

사혜는 주먹 쥔 손을 마구 휘둘러 그것이 사온의 얼굴을 맞히기도 했지만 그는 막무가내였다. 그는 사혜가 때리든, 물든 저 할 일만을 했다.

사혜의 몸은 거의 전신에 붉은 자국들이 산재해 있었다. 진한 애무의 흔적이었다. 사온의 몸에도, 특히 어깨와 팔에 그런 붉은 자국이 많았는데 얼핏 비슷해 보이는 그것은 피멍으로 사혜가 물어 생긴 것이었다. 사온이 사혜의 다리 쪽으로 머리를 둔 상태로, 그녀의 허벅지를 벌려 그 사이로 머리를 집어넣기 무섭게, 역시나 이번에도 그녀는 달려들어 그의 허벅지를 물었다. 그런데도 그는 그때만 움찔할 뿐 사혜의 가랑이 사이에서 도통 나올 생각을 안 했다. 포기는 언제나 사혜의 몫이었다.

아침식사 후에도 사혜는 스툴 같은 의자 위에 엎어져 사온의 '내 것 만들기'에 흔들리며 신음해야 했다. 두 사람은 밥 먹고 섹스만 한다고 해도 과언이 아닐 정도였다.

[많이 아파? 방금 온이 오빠랑 통화했어. 감기 몸살이라며?]

사혜는 힘없는 얼굴로 핸드폰에서 들려오는 어머니의 목소리를 듣고 있었다. 침대 위에 웅크려 앉아 이불로 제 나신을 가린 채였다. 커튼이 드리운 창은 빛을 가득 머금고 있어, 밖은 한낮임을 보여주고 있었다.

"어제…… 빈이 오빠한테 다녀오면서…… 비 와서 좀 추웠잖아……."

[하긴…… 거기만 해도 서울이랑 기온이 다르지. 오늘은 완전히 개었는데. 거기도 맑지?]

"응……."

[목소리에 힘이 하나도 없네. 그냥 차에 실려만 오면 되는

데…… 못 일어나겠어?]

"으응……. 밤에…… 일어날 수 있으면 가고…… 아님 내일 갈게. 엄마."

[내일 월요일이라 온이도 출근해야 하는데, 너 괜히 따라가서 온이한테 민폐만 끼치나 보다, 얘.]

"엄만 잘 알지도 못하면서……."

순간 울컥한 사혜가 볼멘소리를 냈다.

[응……?]

"아, 아냐……."

사혜는 눈물을 간신히 삼켰다. 사온은 곁에 없었다. 먼저 어머니와 통화해 '사혜가 아파서 오늘도 집에 못 간다'는 내용을 전한 그는 전과 마찬가지로, 사혜와 어머니의 통화에 자리를 피해주고 있는 것이었다. 사혜가 자유로이, 말하고 싶은 대로 하라는 의미였지만 그의 그 배려 아닌 배려가 그녀는 더 미웠다. 그리고 두려웠다. 이 모든 사실이 드러났을 때 과연 무슨 일이 일어날지, 특히 부모가 받을 충격은 상상하기조차 끔찍했다. 그런데 더 끔찍하고 두려운 것은, 사혜가 상상조차 하기 싫은 그것조차 감당하려 하는 사온, 바로 그였다.

달각, 문이 열리고 사온이 모습을 보였다. 나신이었다. 그는 사혜의 노려보는 눈빛 속에서 천천히 다가왔다.

"배 안 고파?"

그가 말을 한 것과 동시에 사혜는 제 손에 쥔 핸드폰을 그를 향해 세차게 집어 던졌다. 뿐만 아니었다. 침대 옆 콘솔 위에 있던 탁상시계와 장식용 메모지 케이스, 볼펜 등 손에 잡히는 대로 사온을 향해 던졌다. 그런 순간 퍽, 소리와 함께 사온의 오른쪽 눈썹 부근을 무엇인가가 정통으로 맞히고 튕겨 나가더니 맞은 곳으로부터 금세 붉은 피가 주룩 흘러내렸다. 단단한 플라스틱으로 된 메모지 케이스의 날카로운 모서리에 맞아 피부가 깊게 찢긴 것이었다.

"허억⋯⋯."

맞은 사람보다 던진 사람이 더 놀라 소리를 질렀다. 사혜가 마구 던질 때 사온은 부러 맞았다 할 정도로 거의 피하지 않았었다. 그는 피를 흘리면서도 별 표정 없이 사혜 곁으로 왔다. 사혜는 이불을 꼭 쥐고 제 앞을 막았다. 눈으로는 그의 피를 보면서.

"잘했다, 사혜야."

사온은 입꼬리를 올렸다.

"오, 오빠⋯⋯."

"괜찮아."

그는 사혜의 얼굴을 한 손에 감쌌다.

"피⋯⋯."

사혜는 계속 피에 눈을 두고 있었다.

"괜찮아."

"피가⋯⋯."

그녀의 다음 말은 사온의 입속으로 들어갔다. 그가 입술을 덮친 것이다. 사혜는 그를 밀치려 했다. 전과 같은 단순한 저항이 아닌, 그의 상처 때문이었다. 지혈을 해야 한다는 걱정이 먼저였다. 그런데 정작 사온에게는 제 상처나 피 따위는 아무것도 아닌 모양이었다.

피는 점차 사혜의 얼굴로도 번져 갔다. 그녀의 목으로, 젖가슴으로, 배로, 그것은 계속 번져 갔다. 사온의 손에 의해 거칠게 벌어진, 그녀의 허벅지 깊숙한 곳까지.

"오빠…… 피……. 어헉……."

사혜가 계속 사온의 상처를 걱정하는 순간에도 그는 그녀와 하나 되는 것이 먼저였다. 제집인 양 당당히 들어간 그는 그녀의 허벅지를 움켜잡고 폭주 기관차처럼 내달렸다.

"으으……."

사혜의 몸은 인형처럼 흔들렸다.

"오빠……."

사혜는 결국 울음을 터뜨렸다.

"알았어……. 싫다고 안 할게. 안 해, 안 한다구……."

이어진 그녀의 울부짖음도 사온을 즉시로 멈추게 하지는 못했다. 그는 사혜의 허벅지를 제 가슴에 품고 여전히 맹렬했다. 그에 따라 사혜의 울음소리도 높아만 갔다.

"나, 나…… 오빠 꺼야, 오빠 꺼……."

각혈하듯 토해놓은 사혜의 날카로운 절규 뒤로 엉엉, 울음소리는 마치 어린아이 같았다. 그것은 또 격렬히 살 부딪는 소리와 뒤섞였다. 피에 물든 시트 위로, 두 사람이 만들어낸 침실 안 풍경은 그 소리들에 더해 기이하기 짝이 없었다.

커튼을 가득 채웠던 빛은 시나브로 시들어갔다. 어느새 창밖은 어둠이 밀려들어, 사흘째 밤으로 접어들고 있었다.

❖

아직 깜깜한 밤이었다. 사온은 욕실 내 거울 앞에 서 있었다. 거울에 비친 그의 얼굴에 오른쪽 눈 위로, 눈썹까지 다 가릴 정도의 반창고가 붙어 있었다. 그는 또 나신이었으며 손에 펜대를 들고 있었다. 펜촉을 꽂아서 쓰는 펜대로, 그 끝에 꽂힌 펜촉은 거무스름한 빛을 띤 새것이었다. 펜촉도 여러 종류가 있지만 사온이 들고 있는 펜대에 꽂힌 것은, 만화가들이 그림을 그릴 때, 특히 미세한 선을 살릴 때 사용하는 것으로 끝이 바늘처럼 뾰족하다.

사온 앞에는 검은색 잉크가 뚜껑이 열린 채로 있었다. 그는 펜촉에 잉크를 조금 묻혀 그것을 제 왼쪽 가슴으로 가져갔다. 거울을 보며, 왼쪽 젖꼭지에서 위로 손가락 두 마디 정도의 위치에 펜을 찔러 넣었다. 펜촉이 피부를 뚫고, 잉크와 함께 들어간다. 그렇게 피부에 들어간 잉크는 평생을 통해 지워지지 않아 문신과 똑같다. 그는 같은 방식으로 두 개를 더 찍었다. 처음 찍은 것에서 사선 방향으로 나란히, 사혜의 왼쪽 젖가슴에 있는 것과 같은 모양의 삼태성이었다.

To be Continued···